La mémoire piégée

Bouleversantes retrouvailles

ELLE JAMES

La mémoire piégée

éditions Harlequin

Titre original : KILLER BODY

Traduction française de CATHERINE BERTHET

HARLEQUIN®
est une marque déposée par le Groupe Harlequin

BLACK ROSE®
est une marque déposée par Harlequin S.A.

Photos de couverture

Paysage : © ROYALTY FREE/OREDIA/MATTON IMAGES
Femme : © KONRADBAK/ROYALTY FREE/FOTOLIA
Ciel : © ROYALTY FREE/DIGITAL VISION

83-85, boulevard Vincent-Auriol 75646 PARIS CEDEX 13.

Service Lectrices — Tél. : 01 45 82 47 47
www.harlequin.fr

ISBN 978-2-2802-2175-7 — ISSN 1950-2753

1

Dawson Gray crispa les doigts sur son téléphone portable pour empêcher sa main de trembler.

— Je ne suis pas qualifié pour ce job. Vous n'auriez pas un travail de surveillance temporaire, pour moi ? Et Jack, il ne peut pas s'en charger ?

C'était exactement le genre de mission qui convenait à son copain Jack. Dawson ne voulait pas décevoir son nouvel employeur, mais il ne voulait pas non plus être responsable de la vie de quelqu'un d'autre.

Quand il avait intégré l'Agence Lone Star, c'était pour effectuer des enquêtes privées. Prendre en photo des époux adultères, cela ne lui posait aucun problème. Mais protéger quelqu'un d'un ennemi inconnu, non. Plus jamais ça.

Il contempla, depuis le parking, la façade de l'hôpital de Laredo, retardant le moment d'y pénétrer. Ses deux derniers passages dans un hôpital l'avaient marqué à vie. Quand il était dans l'armée, il était resté au chevet d'un jeune caporal qui était sous ses ordres, et il l'avait vu lentement se vider de son sang, après avoir sauté sur un engin explosif improvisé, en bordure de route. Puis il y avait eu la mort de sa femme, à laquelle il n'avait même pas pu dire adieu, puisqu'elle était morte avant qu'il ne soit arrivé.

— Le procureur de Laredo a besoin de quelqu'un

aujourd'hui même. J'aurais bien envoyé Jack, mais il n'est pas disponible. Tu es le seul agent qui ne soit pas occupé en ce moment.

Audrey Nye soupira, et ajouta d'une voix suppliante :

— J'ai besoin de toi. La vie d'une femme est en jeu.

Dawson sentit son estomac se nouer. Ses paumes étaient moites. Comment aurait-il pu protéger quelqu'un, alors qu'il avait déjà perdu tant de gens qui comptaient pour lui ? Comment Audrey pouvait-elle lui confier cette mission, alors qu'il n'y avait que deux mois qu'il était redevenu sobre ? Deux mois, c'était à peine suffisant pour lui permettre de paraître en public sans tituber ! C'est dire qu'il ne se jugeait pas encore apte à veiller sur la sécurité d'une femme que des voyous avaient laissée pour morte dans une ruelle. Il ouvrit la bouche pour annoncer à sa patronne qu'il ne pouvait pas se charger de ce travail, mais elle fut plus rapide que lui.

— Dawson, tu peux le faire. Je ne t'aurais pas mis sur cette affaire si je n'étais pas sûre que tu en étais capable. Laredo est une ville calme, mais trop proche de la frontière. Et les trafics de drogue qui prennent place à Mexico débordent souvent au-delà du Rio Grande. Tu as servi dans l'Unité d'Opérations Spéciales, et tu sais te servir d'une arme. Je sais que tu es l'homme qu'il faut pour ce job. Puisque tu es sur place, tu peux au moins aller voir. Si tu décides que tu ne peux vraiment pas le faire, je trouverai quelqu'un d'autre, ou bien je prendrai l'affaire moi-même.

Si sa patronne, une femme sans aucun entraînement militaire, était prête à prendre en charge une mission de garde du corps susceptible de se révéler dangereuse, parce que lui la refusait, c'est qu'il y avait un problème. Dawson serra les mâchoires et soupira.

— O.K., je m'en occupe.

— Merci, Dawson. Je savais que je pouvais compter sur toi. Frank Young, le procureur, a prévu de te retrouver dans le bureau des infirmières, à l'étage où se trouve Savvy. Il te donnera tous les détails de l'affaire. Tu n'as qu'à dire au personnel que tu es le fiancé de la jeune femme, sinon on ne te laissera pas approcher. Ne dis à personne qui tu es en réalité, compris ? Le procureur tient à une discrétion absolue.

— Bien, madame.

Tant que cela restait de la fiction… Dawson n'était pas en mesure d'être autre chose qu'un garde du corps rémunéré. Depuis la mort de sa femme, deux ans auparavant, il avait eu un comportement suicidaire. Le cœur brisé, il s'était porté volontaire pour les missions les plus dangereuses à l'étranger, prenant des risques qu'aucun homme sain d'esprit n'aurait envisagés une seconde. Mais il n'avait plus toute sa tête. Pas depuis la mort d'Amanda. Après avoir failli se faire tuer trois fois, et avoir fait l'objet d'une évaluation psychologique obligatoire, Dawson avait été renvoyé chez lui par sa hiérarchie et avait quitté l'armée.

Il gara sa camionnette sur le parking, ôta la clé du contact, et ouvrit la portière. La chaleur s'abattit sur lui comme une chape de plomb. Le soleil implacable du Texas brûlait l'asphalte.

Content d'avoir les épaisses semelles de ses bottes de cow-boy pour le protéger, Dawson descendit de la camionnette.

Malgré la chaleur oppressante du milieu de matinée, il fut parcouru d'un frémissement en songeant à sa femme, allongée dans les draps blancs de l'hôpital, avec toute une batterie de tubes et de fils reliés à son corps. Son cœur se mit à battre comme un tambour, et sa respiration se fit saccadée, au fur et à mesure qu'il avançait vers les portes de l'hôpital. L'envie de whisky se fit soudain si violente qu'il fut près de s'écrouler sur les marches du perron.

Une femme qui sortait pour gagner le parking avec un bébé dans les bras lui tint la porte ouverte en souriant gentiment.

— Vous entrez ?

Il acquiesça et se hâta pour lui tenir la porte à son tour, alors qu'elle se débattait avec le bébé et un enfant qui marchait à peine.

— Merci.

Inspirant profondément, il pénétra dans le hall climatisé, et se dirigea vers le bureau de réception.

Une femme d'âge mûr le regarda par-dessus ses lunettes.

— Que puis-je pour vous ?

— Je voudrais savoir dans quelle chambre se trouve Savvy Jones.

La femme tapota d'un seul doigt sur le clavier de son ordinateur.

Dawson ravala un grognement. L'odeur de désinfectant qui régnait dans l'hôpital lui emplissait les poumons et lui donnait la nausée.

La réceptionniste lui sourit.

— Vous êtes de la famille ?

— Je suis son… fiancé, marmonna-t-il, la gorge serrée.

Savvy se trouvait au quatrième étage. La femme lui donna le numéro de chambre, et lui désigna l'ascenseur.

Dawson pénétra dans la cabine, appuya sur le bouton et serra les poings. L'ascenseur s'arrêta au troisième étage, une jeune infirmière entra, et elle le dévisagea en écarquillant les yeux.

— Bonjour, dit-elle, souriante, en repoussant une mèche blonde en arrière. Vous êtes un visiteur ?

C'est à peine si Dawson lui accorda un coup d'œil.

— Oui, je vais voir ma fiancée.

Les épaules de la jeune femme s'affaissèrent, et elle poussa un soupir résigné.

— Tous les beaux mecs sont déjà pris. Je m'appelle Dani, ajouta-t-elle en lui tendant la main. Faites-moi signe si ça ne marche pas.

— Ça marchera.

Si tout se passait comme il le voulait, ça marcherait. Il accomplirait ce boulot de garde du corps jusqu'à ce qu'on lui ait trouvé un remplaçant, puis il retournerait à San Antonio pour sa prochaine mission.

— Vous descendez là ? demanda-t-il quand les portes coulissèrent, au quatrième étage.

L'infirmière secoua la tête.

— J'aimerais bien, mais non.

Dawson sortit dans un couloir, regarda les panneaux sur les murs et suivit les flèches pour trouver la chambre de Savvy. Il s'arrêta devant le bureau des infirmières. Audrey lui avait dit que le procureur qui avait demandé un garde du corps l'attendrait là.

Il vit un homme qui lui tournait le dos, un téléphone portable pressé contre l'oreille. Sa voix n'était qu'un murmure. Grand, avec des cheveux blond pâle et un costume gris à la coupe impeccable. Ce ne pouvait être que le procureur.

L'homme pivota brusquement sur lui-même, aperçut Dawson, et fit un signe de tête.

— Faites des recherches de ce côté, dit-il à son

interlocuteur au téléphone. Si elle est vraiment la personne que ce type pense qu'elle est, il faut agir avec précaution. Rappelez-moi pour me dire ce que vous avez trouvé à son sujet.

Il raccrocha, et tendit la main.

— Vous devez être Dawson Gray. Mme Nye m'a parlé de vous.

— Il n'y a pas grand-chose à dire, répondit Dawson en lui serrant la main.

Sa poigne était ferme, bien que l'homme soit d'un abord plutôt froid.

— Frank Young, procureur de Webb County. La chambre de Mme Jones se trouve au bout du couloir. D'après l'infirmière, l'effet des sédatifs ne va pas tarder à se dissiper.

— Mme Nye m'a dit que vous me communiqueriez tous les renseignements sur l'affaire.

Young hocha la tête.

— Mme Jones a été trouvée la nuit dernière dans une ruelle, derrière le Waterin'Hole Bar, où elle travaille. Elle avait une blessure causée par balle à la tempe, ce qui laisserait penser qu'elle a tenté de mettre fin à ses jours. Heureusement pour elle, la balle n'a fait que l'effleurer et la blessure est superficielle. La mauvaise nouvelle, c'est que l'arme retrouvée à côté d'elle et qu'elle est censée avoir utilisée pour se suicider est aussi celle qui a servi à tuer Tomas Rodriguez.

Dawson serra les mâchoires.

— Vous essayez de me dire que c'est elle qui a tué ce M. Rodriguez ?

— Je ne peux rien vous dire. Quand elle s'est réveillée ce matin, elle était tellement droguée que les infirmières n'ont rien pu en tirer de cohérent. Elles l'ont questionnée, mais elle jure qu'elle ne se souvient de rien.

— Elle ne se souvient pas de ce qui lui est arrivé hier soir ?

Young secoua la tête.

— Elle ne se souvient de rien du tout. Même pas de son nom.

— Un cas d'amnésie ?

— C'est ce que disent les médecins. Ce peut être temporaire, ou permanent. Seul le temps nous le dira, conclut le procureur en croisant les bras.

— Vous êtes sûr qu'elle n'essaye pas de gagner du temps ? Si elle ne se souvient de rien, elle ne pourra pas témoigner dans un procès.

— C'est exact.

— Et ses autres facultés mentales ? Elle peut parler ?

— Oui, elle a demandé de l'eau aux infirmières, et elle a dit qu'elle avait froid et qu'elle voulait une couverture. Son élocution est claire, et elle comprend ce qu'on lui demande.

— Pourquoi avez-vous exigé un garde du corps ? Il suffisait de placer un policier devant sa porte.

— Avec tous les problèmes à la frontière, les forces de police sont débordées. Et je ne suis pas certain que la police saura se charger de cette affaire avec la délicatesse nécessaire.

— Pourquoi ?

— Pourquoi ? répéta le procureur, en considérant Dawson avec stupéfaction. Vous savez qui est Tomas Rodriguez ?

Dawson secoua la tête, perplexe.

— Le nom me dit quelque chose.

— Je suppose que les problèmes aux frontières ne

font pas la une de tous les journaux du pays. Mais ici, tout le monde connaît ce nom.

Le procureur jeta un coup d'œil à droite et à gauche, avant de continuer :

— Tomas Rodriguez était le fils de Humberto Rodriguez, un des chefs les plus puissants du cartel de la drogue de Nuevo Laredo.

Dawson contempla pensivement la porte fermée de la chambre.

— Ce qui signifie que Mme Jones est une cible marquée à l'encre rouge.

Génial. Il allait devoir protéger une femme suspectée de meurtre, poursuivie par le père de sa victime et une armée de mercenaires.

— Exactement, reprit Young. Une fois que la nouvelle de la mort de Tomas se sera répandue, et je pense que c'est le cas à présent, Rodriguez se mettra en chasse pour la retrouver. Et je ne suis pas sûr que la police voudra s'interposer entre cette femme et lui.

— Les policiers de l'Etat sont corrompus à ce point ?

— Non, mais ils ont peur. Certains ont des membres de leur famille des deux côtés de la frontière. S'ils veulent que leurs proches restent en vie, ils doivent rester en dehors de cette affaire. Quiconque tentera de se mettre en travers du chemin de Rodriguez alors qu'il veut venger la mort de son fils unique en subira de terribles conséquences.

La femme avait été condamnée à mort, avant même que le procureur n'arrive sur les lieux.

— Si elle a tué Tomas, pourquoi ne la mettez-vous pas en prison ?

— J'ai appris quelque chose sur Mme Jones il y a un moment, en parlant à l'une des infirmières. Cela me tracasse, et je n'en ai pas dit un mot à la presse, ni à personne d'autre.

— Je croyais que Mme Jones ne se rappelait absolument rien ?

Frank Young eut un petit rire sans joie.

— En effet. Mais il y a certaines choses qu'on n'oublie jamais, même si on ne se souvient pas de son propre nom.

Le procureur marqua une pause, comme pour souligner ses paroles de façon dramatique. Dawson croisa les bras, avec un peu d'impatience.

— Eclairez-moi.

— Les empreintes sur l'arme correspondent à celles de sa main gauche. Comme elle a tenté de se tuer après avoir tiré sur Tomas, elle a donc dû utiliser sa main gauche pour cela.

— Et alors ? fit Dawson d'un ton sec.

L'odeur de désinfectant lui soulevait le cœur. Il avait hâte d'en finir pour pouvoir quitter ce maudit hôpital.

— Ce matin, elle s'est servie de la main droite pour manger son petit déjeuner. Mme Jones est droitière.

Par une étrange coïncidence, le silence se fit dans le couloir encombré, comme pour donner aux paroles du procureur une valeur spéciale. Aucune infirmière ne passa d'un air affairé, aucun patient ne sortit de sa chambre.

— Elle est droitière ?

Dawson considéra Young en étrécissant les yeux, tandis que la signification de ce détail pénétrait son esprit.

— Exactement. Or, pourquoi une droitière se suiciderait-elle en tenant l'arme de la main gauche ?

— Vous ne croyez pas qu'elle a essayé de se suicider. Vous croyez que la personne qui a tué Rodriguez a ensuite tiré sur elle, et a essayé de faire croire qu'elle avait voulu se suicider après avoir tué Tomas.

Une veine battait douloureusement sur sa tempe, et il se massa le front du bout des doigts.

— C'est exact.

— Et la personne qui a essayé de la tuer va probablement recommencer.

— Encore exact. Les meurtriers n'aiment pas laisser des détails non réglés derrière eux.

— Elle est la seule à avoir assisté au crime ?

— Pour autant que nous le sachions, oui. Personne d'autre ne s'est fait connaître.

Le procureur désigna d'un signe de tête la porte de la chambre.

— Jusqu'ici, elle n'a accusé personne. Et comme elle n'a sans doute pas tué Rodriguez, je ne peux pas l'arrêter.

Dawson examina le couloir sous un angle nouveau, dévisageant chaque personne qui y passait.

— L'assassin de Tomas Rodriguez ne lui laissera pas la moindre chance de témoigner contre lui.

Sa tête lui faisait mal. Elle fit un effort pour ouvrir les yeux et s'habituer à la lueur des néons de la chambre d'hôpital. Elle voulut lever la main pour la presser contre sa tempe, mais quelque chose la retenait. Elle était attachée.

Une intraveineuse était fixée sur le dessus de sa main. Elle se rappela vaguement les tubes qu'elle avait vus la dernière fois qu'elle s'était réveillée, lorsque les infirmières avaient absolument voulu la redresser pour qu'elle puisse prendre son petit déjeuner. Mais elle ne voulait rien avaler. Que lui était-il arrivé ? Pourquoi était-elle allongée dans un lit d'hôpital, et pourquoi avait-elle mal à la tête ?

Avait-elle d'autres problèmes, plus graves ? Elle fit bouger ses doigts de pieds, et vit le drap se soulever légèrement. Elle poussa un soupir de soulagement. Elle n'était donc pas paralysée. Puis elle essaya de s'asseoir dans le lit, mais retomba contre l'oreiller au bout de quelques secondes. Le mouvement l'avait épuisée.

Elle tenta encore une fois de se rappeler comment elle était arrivée ici. Avait-elle eu un accident ? Où était sa famille ? Un brusque sentiment de vide l'oppressa. Avait-elle une famille ? Elle jeta un regard circulaire dans la chambre. Pas de fleurs, pas de cartes d'encouragements pour sa guérison. Pas le moindre signe que quelqu'un, quelque part, se souciait d'elle et de sa santé. Qu'est-ce qui était pire ? Qu'elle ne puisse pas se rappeler les gens qui l'aimaient, ou bien qu'elle n'ait personne dans sa vie ? Impossible de voir un visage connu, ou de se rappeler un nom. Même pas le sien.

Son cœur se mit à battre un peu plus vite, sa respiration se fit haletante. Plus elle essayait de se souvenir, plus elle se rendait compte que c'était impossible. Où était-elle ? Que faisait-elle ? Comment avait-elle été blessée ?

Un violent frisson lui parcourut le corps. Cela n'avait rien à voir avec la température de la chambre. Ce qui la faisait trembler ainsi, c'était de se rendre compte qu'elle ne se rappelait ni son nom, ni son visage.

Elle essaya de nouveau de s'asseoir, et cette fois elle y parvint. Un besoin irrésistible de s'enfuir s'empara d'elle. Sans réfléchir, elle tira sur le sparadrap et ôta l'aiguille de l'intraveineuse. L'air froid fit surgir la chair de poule sur ses jambes quand elle s'assit sur le côté du lit.

Elle se dressa, et ses pieds nus touchèrent le sol. L'espace d'une seconde, elle songea qu'il n'y avait aucun problème, tout fonctionnait. L'instant d'après, ses genoux se dérobèrent, et elle s'écroula sur le sol glacé en poussant un cri.

Pendant un court instant elle demeura immobile, attendant que sa respiration redevienne normale.

Le bruit d'une porte s'ouvrant et se refermant derrière elle lui fit tourner la tête.

— A l'aide, cria-t-elle.

Personne ne répondit.

Une peur irrépressible lui serra la gorge. Un hôpital était normalement un endroit rassurant, où les gens étaient soignés pour leurs blessures. Alors, pourquoi une panique folle venait-elle de s'emparer d'elle, lui coupant le souffle ?

Des pas se rapprochèrent, contournant le lit. Elle vit un homme, portant la blouse bleu-vert du personnel de l'hôpital.

— Savvy Jones ?

Son visage était caché par un masque de la même couleur que la blouse, et il avait un fort accent hispanique.

— Je… je ne sais pas, balbutia-t-elle.

Le regard de l'homme s'assombrit, et ses épais sourcils noirs se rapprochèrent. Il prit un oreiller sur le lit.

— Laissez-moi vous aider.

Mais au lieu de la soulever, il se pencha à côté d'elle.

— Je peux me lever seule, dit-elle, bien qu'elle n'en fût pas du tout sûre. Reculez. S'il vous plaît.

L'homme ne bougea pas. Il tendit les bras, et elle vit qu'ils étaient couverts de tatouages représentant des démons rouges, et des dragons bleus et verts.

Effrayée par ces images violentes, elle recula, et sa tête heurta le coin de la table de chevet.

— Laissez-moi. Laissez-moi seule.

— Je vous laisserai seule, dit-il d'une voix froide et menaçante, une fois que je me serai occupé de vous.

L'oreiller s'abattit sur son visage, poussant sa tête contre le carrelage glacé.

Elle se débattit et cria, mais en vain.

L'homme la maintint à terre sans effort. Il était beaucoup plus massif et plus fort qu'elle. Et son but était de la tuer.

2

— J'ai un procès à 10 heures, annonça le procureur Young. J'ai laissé un policier en faction devant sa porte, mais il sait qu'il pourra partir dès que vous serez là. Je compte sur vous pour protéger cette femme. Vous en serez capable ?

Dawson acquiesça d'un hochement de tête, bien qu'il ait des doutes sur ses capacités.

Le procureur lui tendit une carte de visite.

— Dès qu'elle sera capable de tenir des propos cohérents, prévenez-moi. Je serai là. J'espère qu'elle ne tardera pas à se réveiller, et qu'elle aura recouvré la mémoire. Cela nous permettra de mettre la main sur le tueur.

Un tueur qui devait avoir hâte de finir le travail. Dawson prit la carte, et la fit tourner dans sa main, tandis que l'homme au complet gris s'éloignait dans le couloir.

Très bien, sa mission était toute tracée. Une femme témoin d'un meurtre. Un seigneur de la drogue déterminé à tuer la personne qui avait assassiné son fils. Bon, c'était aussi simple que de faire une balade dans le parc…

Il se dirigea vers le bout du couloir, et repéra une chaise devant la porte de la chambre que Mme Jones était censée occuper. Au même instant, ses cheveux se hérissèrent sur sa nuque. Où était passé le policier ?

Etait-il entré, pour voir comment allait la patiente ? Ou bien avait-il déserté son poste ?

Dawson se mit à courir, et leva la main pour frapper à la porte. Il s'inquiétait sans doute pour rien. Le flic devait être dans la chambre.

Un bruit sourd lui parvint, de l'autre côté du battant. Dawson ouvrit et s'engouffra dans la chambre. Le lit était vide.

Son premier jour de travail, et il avait déjà perdu son client de vue !

Un mouvement sur le sol, à côté du lit, attira son attention. Un homme vêtu d'une blouse bleu-vert était penché vers le sol, un oreiller dans les mains. Des démons et des dragons étaient tatoués sur son avant-bras. Au-dessous de lui, des jambes sveltes et bien galbées s'agitaient désespérément.

— Hé !

Dawson saisit l'homme par l'épaule et lui fit perdre l'équilibre, le jetant sur le sol, aussi loin que possible de cette femme qui devait être Savvy Jones.

Celle-ci repoussa l'oreiller et inspira l'air à grandes goulées. Son visage était rouge, ses yeux écarquillés.

— Il a… essayé de… de me tuer !

L'homme qui avait tenté de se faire passer pour un membre du personnel de l'hôpital bondit sur ses pieds, brandit un bras énorme, et frappa Dawson du revers de la main.

Ce dernier leva les bras devant lui pour se protéger, mais l'inconnu avait tant de force que le coup l'envoya contre le mur. Il trébucha et se redressa, mais il ne put empêcher l'homme de se ruer vers la porte. Il ne put non plus distinguer ses traits dissimulés sous le masque chirurgical. Toutefois, il se jeta en avant et parvint à attraper l'homme par la cheville avant qu'il n'ait franchi la porte.

L'inconnu trébucha, et s'affala dans le couloir, renversant une infirmière qui passait avec un chariot de médicaments. Le chariot bascula, et des pilules multicolores se répandirent sur le sol. Mais le criminel se releva, enjamba l'infirmière et se précipita vers l'escalier.

Dawson se lança à sa poursuite. Mais au beau milieu du couloir, il se rendit compte qu'il ne pouvait pas essayer de rattraper l'inconnu. Cela voulait dire qu'il laissait Savvy Jones sans protection. Il s'arrêta donc à quelques pas du chariot renversé, les poings serrés et le cœur battant. Puis il se retourna et aida l'infirmière à se relever.

— Appelez la police. Dites-leur que quelqu'un a essayé de tuer une de vos patientes. L'homme s'est enfui dans l'escalier.

La femme acquiesça d'un signe de tête, et regagna le bureau des infirmières en boitillant.

A ce moment, un homme portant l'uniforme de la police de Laredo apparut à l'extrémité du couloir. Il se figea, les yeux écarquillés, puis courut vers Dawson en essayant de sortir son arme de son holster.

— Arrêtez, ou je tire !

En proie à une brusque bouffée de colère, Dawson marcha droit sur lui. Le policier braqua son arme vers sa poitrine.

— Je vais tirer.

En un éclair, Dawson frappa la main du policier, envoyant l'arme rouler sur le sol. Puis il se jeta sur l'homme et le plaqua face contre le mur, en lui maintenant les poignets dans le dos.

— C'est vous, le policier qui devait assurer la sécurité de Savvy Jones ?

— Oui. Lâchez-moi, ou je porterai plainte contre vous et vous serez arrêté.

— Ça vous coûterait votre plaque. Je suis le garde du corps engagé par le procureur pour le job que vous êtes visiblement incapable de faire.

— Que voulez-vous dire ?

— Vous avez abandonné votre poste.

— J'ai été appelé pour un échange de coups de feu dans la salle des urgences, expliqua l'homme, sans essayer de se débattre. Mais l'appel était bidon.

— Et vous avez laissé Savvy Jones sans protection, grommela Dawson, en ramenant les poignets de l'homme plus haut dans son dos. Elle a failli être tuée.

— Je suis désolé.

— Sortez d'ici, ordonna Dawson, en poussant le policier dans le couloir.

L'homme remit son arme dans le holster.

— Je ferai un rapport sur vous au procureur, dit-il.

— Ne vous gênez pas. J'ai un travail à accomplir.

— Moi aussi. Ecartez-vous.

Un homme vêtu d'une blouse verte et avec un stéthoscope autour du cou se dirigea d'un pas vif vers la porte de Savvy.

— Arrêtez-vous, ordonna Dawson, d'un ton sans réplique.

L'homme montra son badge.

— Je suis le médecin de Savvy Jones.

Dawson examina le badge, et annonça :

— Personne ne peut entrer ici sans mon autorisation.

— Qu'est-ce qui vous permet de faire cela ? demanda le médecin, en croisant les bras.

Dawson tapota l'étui de son Glock sous sa veste, et barra l'entrée de la chambre.

— Je suis le garde du corps de Mme Jones. Si vous avez besoin d'une confirmation, appelez le procureur.

— Ne vous inquiétez pas, je vais le faire sur-le-champ.

Le médecin pivota sur lui-même et se dirigea vers le bureau des infirmières. Un petit groupe de femmes de salle et d'infirmières, qui se tenait à distance respectable de Dawson, s'écarta pour le laisser passer.

Dawson décida qu'il avait assez perdu de temps. Il entra dans la chambre, contourna le lit d'hôpital, et découvrit la jeune femme sur le sol, respirant encore avec difficulté. Sa chemise d'hôpital était remontée sur ses cuisses, dévoilant une peau blanche et crémeuse, et un petit bout de slip en dentelle vert foncé. De longs cheveux blond vénitien étaient répandus dans son dos et sur le sol. Un pansement maintenu à l'aide d'une bande de gaze couvrait le côté gauche de sa tête.

— Que se passe-t-il ? murmura-t-elle en pressant une main contre ses yeux.

— Apparemment, quelqu'un vous en veut.

— Je ne veux plus jamais voir d'oreiller, marmonna-t-elle. Surtout plaqué contre mon visage.

— Comment vous sentez-vous ? s'enquit Dawson en s'agenouillant à côté d'elle. Vous voulez que j'appelle l'infirmière ?

— Non, tant que j'arrive à respirer, tout va bien.

Elle battit des paupières, et ouvrit grand les yeux, révélant des prunelles d'un vert sombre.

— Qui êtes-vous ? Vous ne tenez pas d'oreiller dans les mains ? demanda-t-elle, en essayant de regarder derrière lui.

— Non, ne craignez rien. Je suis Dawson Gray,

dit-il en tendant la main. Votre garde du corps. Mais si quelqu'un vous pose des questions, dites que je suis votre fiancé.

— Mon garde du corps ? Mon fiancé ? répéta-t-elle en élargissant les yeux. Qui êtes-vous en réalité ?

— Officiellement, votre garde du corps.

Savvy secoua la tête, abasourdie.

— Apparemment, je ne suis pas au bout de mes surprises. Merci de m'avoir secourue, en tout cas. Oh... ma tête me fait mal, il vaut mieux que je ne la bouge pas.

Elle regarda sa main tendue, mais ne la serra pas.

— Je devrais vous connaître ? Je veux dire, si vous êtes mon fiancé...

— Non. C'est la première fois que nous nous voyons.

— Tant mieux, car je ne me souviens pas du tout de vous. Mais comment pouvez-vous être mon fiancé, si je ne vous ai jamais vu ? Nous avons fait connaissance par l'internet, ou quelque chose comme ça ? Je n'ai pas les idées très claires.

Elle s'appuya sur les coudes pour se redresser, et ferma les yeux.

— C'est moi, ou bien la chambre tourne-t-elle vraiment ?

— C'est vous. Vous avez une blessure à la tête, et quelqu'un a essayé de vous étouffer. Cela doit expliquer les vertiges. A part cela, vous êtes sûre de vous sentir bien ?

— Je crois. Bien que mes jambes aient refusé de me porter, ajouta-t-elle en soupirant.

— Reposez-vous un moment. De toute évidence, vous venez de traverser quelques épreuves difficiles. Si vous n'y voyez pas d'inconvénient, je vais vous remettre dans le lit.

Il passa les bras sous ses jambes et se redressa. Bien qu'elle soit assez grande, elle ne devait pas peser plus de cinquante kilos.

— Hé ! s'exclama-t-elle en lui passant un bras autour du cou. Pas si vite !

— Désolé.

Il l'adossa aux oreillers, et ramena la chemise sur ses jambes, effleurant sans le vouloir la peau soyeuse de ses cuisses. Mais où avait-il la tête, bon sang ? Il retira vivement sa main, et la fourra dans sa poche.

Savvy demeura immobile. Elle était très pâle et, pendant quelques secondes, elle garda le silence.

Dawson éprouva soudain un tel besoin de la protéger qu'il fit un pas en arrière pour se ressaisir. Il n'avait pas le droit. Il n'était pas apte à protéger qui que ce soit, il n'y était jamais parvenu.

Son palmarès était éloquent. Il avait perdu sa femme, perdu un de ses hommes, et pour finir, presque perdu l'esprit. Il se tourna vers la porte, bien décidé à s'échapper.

— Excusez-moi. Je dois passer un coup de fil.

— S'il vous plaît, lança-t-elle, d'une petite voix effrayée.

Dawson se figea, et se retourna. Il n'aurait pas dû.

Elle se pencha en avant, et ses grands yeux verts allèrent de lui à la porte.

— Il faut que vous me laissiez… seule ? demanda-t-elle d'une voix faible, en se recroquevillant dans le lit.

Dawson avait déjà glissé la main dans sa poche, pour prendre son téléphone. Il marqua une pause, et expliqua :

— Je reste devant votre porte. Je ne laisserai entrer personne.

— S'il vous plaît…

Ses doigts se crispèrent sur le tissu de la chemise, qui remonta un peu le long de ses jambes.

— Je ne sais même pas comment je suis arrivée ici.

Dawson serra son téléphone dans sa main. La raison lui ordonnait de sortir. Sur-le-champ. Mais son instinct, moins judicieux, le poussa vers le lit et la personne qui l'occupait.

— Vous ne vous rappelez pas, parce que vous étiez inconsciente quand on vous a amenée.

Savvy hocha doucement la tête, et la douleur la fit grimacer.

— Non, c'est pire que cela, murmura-t-elle, les lèvres tremblantes.

Dawson sentit son cœur se serrer, et il s'obligea à demeurer impassible, à ne pas s'apitoyer. Cette femme avait besoin de parler à quelqu'un. A quelqu'un d'autre que lui.

— Comment ça ?

— Je ne me rappelle pas où j'étais, expliqua-t-elle en posant sur lui ses grands yeux limpides. Vous pouvez me le dire ?

Dawson soupira. Impossible de l'abandonner, alors qu'elle le regardait avec ces yeux de petit chien perdu. Tout en se traitant intérieurement d'idiot, il revint sur ses pas.

— On vous a trouvée dans une ruelle, derrière un bar.

Elle essuya une larme sur sa joue, et redressa un peu les épaules.

— Quel bar ?

— Celui où vous travailliez.

Une ride se creusa entre ses sourcils, et elle posa doucement la main sur le pansement qui protégeait sa tempe, en fermant les yeux.

— Je ne me rappelle pas. Vous êtes sûr que je travaillais dans un bar ?

Elle battit des paupières, laissant apparaître des prunelles qui rappelaient la couleur des forêts de sapin. Des cernes mauves soulignaient ses yeux, lui donnant l'allure d'une misérable enfant abandonnée.

— C'est ce qu'ils m'ont dit.

Dawson détacha son regard de ces yeux verts, et jeta un coup d'œil à la porte. Bon sang, il ne voulait pas s'impliquer dans la vie de qui que ce soit, ne se sentir responsable de personne ! Au train où allaient les choses, Savvy risquait de lui poser plus de problèmes encore qu'il ne le craignait. La rondeur de ses mollets, le renflement de ses seins sous la chemise, ses yeux brillants de larmes contenues… tout cela laissait présager un désastre. Elle éveillait en lui tous les instincts mâles et primaires qu'il possédait.

Elle se pencha encore, et lui prit le bras.

— Dites-moi quelque chose, je vous en prie.

— Quoi ? grommela-t-il, pressé de sortir de cette chambre et d'échapper au regard vert de Savvy.

Il fallait absolument qu'il appelle Audrey, avant de commettre une des pires erreurs de sa vie.

Savvy émit un petit reniflement triste, et il se figea. Deux grosses larmes roulèrent sur les joues de la jeune femme, et vinrent s'écraser sur le drap.

— Je sais que vous vous appelez Dawson Gray, dit-elle en serrant convulsivement les doigts sur son poignet. Mais vous, savez-vous comment je m'appelle ?

Elle attendit, en retenant son souffle, qu'il lui réponde.

Dawson posa les yeux sur la main accrochée à sa manche.

— Savvy, articula-t-il d'une voix rauque, comme si le mot ne pouvait franchir ses lèvres. Votre nom est Savvy Jones.

— Savvy.

Elle lui relâcha le bras et retomba contre les oreillers.

— Savvy.

Elle répéta le nom, et ferma les yeux en essayant de retrouver des souvenirs. Mais plus elle essayait, plus le sang battait douloureusement dans ses tempes.

— Je ne me souviens pas, finit-elle par admettre.

Elle souleva les paupières et fixa sur lui des yeux brouillés de larmes.

— Je n'ai aucun souvenir de ce qui s'est passé avant que je ne me réveille dans cet hôpital.

— Vous avez été blessée à la tête. Ce problème de mémoire ne durera peut-être pas très longtemps. Vous n'avez pas oublié l'essentiel.

— L'essentiel ? répéta-t-elle avec un petit ricanement. J'ai tout oublié de ma vie. Quel est mon âge ? Mes parents sont-ils toujours en vie ? Où ai-je grandi ? Suis-je…

Ses yeux se posèrent sur son annulaire, et elle retint une exclamation. Etait-ce un effet de son imagination, ou bien la peau était-elle un peu plus claire à la base du doigt, comme si elle avait porté une bague ? La gorge nouée, elle fixa de grands yeux sur Dawson.

— Je suis mariée ?

Dawson haussa les épaules.

— Je n'en sais rien. Le procureur ne m'a rien dit.

— Le procureur ?

— Frank Young, bougonna-t-il, mal à l'aise. C'est lui qui m'a engagé pour vous protéger.

— Et pourquoi s'intéresse-t-il à moi ?

— Il vous expliquera ça lui-même. Il m'a demandé de l'appeler dès que l'effet des calmants se sera dissipé.

— Vous pensez qu'il sait tout sur moi ? demanda-t-elle en touchant son annulaire, comme pour y faire tourner une bague imaginaire. Il se pourrait que je sois mariée. J'ai… j'ai peut-être de la famille qui s'inquiète pour moi, balbutia-t-elle, les mains tremblantes.

— Le procureur doit le savoir.

— Et s'il ne le sait pas ?

— Vous travailliez dans ce bar. Quelqu'un doit savoir si vous avez une famille. Il faut les avertir.

— Oui…

Elle se laissa retomber sur les oreillers, les battements de son cœur reprenant un rythme normal.

— Vous devriez vous reposer, dit-il en jetant un coup d'œil à la porte.

Mais Savvy avait tant de questions sans réponses qu'elle ne lâcha pas Dawson des yeux.

— Comment ai-je été blessée ? demanda-t-elle en touchant son pansement. Que s'est-il passé ?

— Je vais appeler le médecin, répondit-il, en se tournant vers la porte.

— Non ! Restez avec moi. Dites-moi ce que vous savez.

— Ecoutez, madame, tout ce que je sais, c'est que le procureur m'a engagé pour être votre garde du corps, jusqu'à ce que vous ayez recouvré la mémoire.

— Il vous a dit ce qui s'était passé ?

— Seulement que vous aviez tiré…

Il s'interrompit et pinça les lèvres, avant de reprendre, plus posément :

— Que vous aviez été blessée à la tête par un coup de feu.

— Un coup de feu ? s'exclama-t-elle, le cœur battant à toute allure.

Elle essaya de se rappeler, essaya de se revoir dans la ruelle, mais en vain. Elle ne pensait pas avoir travaillé dans un bar. Et être blessée par balle, dans une ruelle, derrière un bar ? Non, cela lui paraissait irréel.

— Qui a tiré sur moi ?

Dawson eut une imperceptible hésitation, mais Savvy comprit aussitôt qu'il ne voulait pas répondre.

— Je ne sais pas.

— Vous savez quelque chose, sinon vous n'auriez pas hésité avant de répondre.

Que lui cachait-il ? Dawson prit son téléphone dans sa poche.

— Il faut vraiment que j'appelle quelqu'un. Ça ne vous fait rien ?

— Si, ça me fait quelque chose, répliqua-t-elle en dardant sur lui un regard perçant.

Cette réaction, en revanche, lui parut parfaitement naturelle. Comme si elle avait occupé une position où elle détenait de l'autorité, autrefois.

— Etes-vous, oui ou non, mon garde du corps ?

— Le procureur m'a engagé pour vous protéger. Mais je ne suis pas l'homme de la situation, ajouta-t-il en baissant les yeux sur le téléphone.

Il la regarda, avec ses yeux sombres. Une épaisse mèche de cheveux brun foncé retombait sur son front. Elle eut envie de la repousser en arrière.

Cet homme lui inspirait confiance. Elle ne connaissait personne d'autre, et elle se fiait à son instinct.

— Pourquoi ? demanda-t-elle d'une voix plus douce. Pourquoi pensez-vous cela ? Vous avez réussi à empêcher cet homme de me tuer.

— Il n'aurait jamais dû entrer dans votre chambre.

— Mais vous n'étiez pas encore arrivé, à ce moment-là. Et une fois que vous avez été là, vous avez su vous occuper de lui.

Elle haussa les sourcils, comme pour le mettre au défi de trouver une autre bonne excuse. Ce qu'il n'allait pas manquer de faire.

— Je n'ai jamais été garde du corps.

Aucune importance. Il savait se battre, et était capable de défendre quelqu'un. Il avait forcément appris quelque part.

— Avez-vous été policier ? Agent du FBI ? Militaire ?

— J'étais dans l'armée, confirma-t-il d'un ton crispé.

Savvy croisa les bras.

— Si vous étiez soldat, vous savez vous servir d'une arme. Vous êtes capable de vous défendre, et de défendre les autres.

Il poussa un grognement sourd, et ses yeux bruns s'assombrirent, devenant d'un noir d'encre.

— Je ne suis pas fait pour ce job.

— Et moi, je vous repose la question : pourquoi ?

— Parce que je suis nul, bon sang !

Il pivota sur ses talons, et gagna la porte.

— Dawson !

C'était le seul homme en qui elle sentait qu'elle pouvait avoir confiance, et il partait ?

Il assena un coup sur la porte, du plat de la main.

— Je vous dis que je ne suis pas fait pour ce travail !

— Je vous en prie, supplia-t-elle d'une voix douce. Vous êtes le seul en qui je puisse avoir confiance, dans ce monde empli d'étrangers.

— Mais pourquoi moi ?

— Parce que vous avez fait vos preuves. Vous m'avez déjà sauvée une fois.

— Cela ne veut pas dire que je peux recommencer.

— Peut-être, mais au moins, je sais que vous essayerez. Je ne connais personne d'autre.

Il se tourna lentement. Son visage était sans expression.

— Vous ne me connaissez pas.

— Pour le moment, je ne connais personne.

Comment pouvait-elle le convaincre ? A l'idée qu'il allait passer cette porte et la laisser seule, elle était si effrayée qu'elle ne parvenait même plus à réfléchir.

— Alors, je vais miser sur vous.

Il l'observa longuement, puis finit par hausser les épaules.

— Comme vous voudrez. C'est votre vie, après tout.

3

Dawson fit les cent pas dans la chambre, en prenant garde de ne pas faire claquer ses talons sur le carrelage, pendant que Savvy dormait. Chaque fois qu'il passait près du lit, il observait la jeune femme.

Des cheveux blond vénitien étalés sur des draps blancs immaculés. Des cils auburn qui se détachaient sur des joues pâles. Quelques taches de rousseur, qui lui donnaient l'apparence d'une adolescente. En revanche, les seins ronds que l'informe chemise d'hôpital ne parvenait pas à dissimuler, étaient bien ceux d'une femme, et non d'une jeune fille. Et ces jambes, ces longues jambes brunes, douces comme de la soie, étaient faites pour se nouer autour de la taille d'un homme. Les lèvres pleines et couleur de corail étaient de nature à damner un saint.

Mais pas Dawson Gray. Quand il avait perdu Amanda, sa petite amie du lycée, qui était devenue sa femme et la mère de l'enfant qui n'avait pas pu naître, il s'était promis de ne plus jamais s'engager dans cette voie. Il refusait absolument de s'exposer de nouveau à ce genre de torture.

Savvy Jones ne pouvait représenter pour lui qu'une mission à accomplir. Il ferait mieux de s'en souvenir, et de ne pas laisser ses *attributs* lui faire oublier le danger qui la guettait, ou encore les troubles qui agitaient la ville frontière de Laredo.

Il s'arrêta derrière la fenêtre et regarda le soleil sombrer lentement derrière le toit des immeubles de la ville. Une brume rouge et poussiéreuse colorait le ciel, tandis que le globe orange se fondait dans des tons de rose et de gris.

Le procureur Young l'avait appelé pour l'informer qu'il allait passer interroger le témoin.

Dawson lança un coup d'œil à Savvy par-dessus son épaule. Il n'avait pas le cœur de la réveiller. La police était venue, et avait déjà posé à Savvy toute une série de questions auxquelles elle n'avait pu apporter de réponses. Le médecin avait fait sa tournée, après avoir contacté le procureur. Il était encore irrité par sa prise de bec avec Dawson, mais il avait dit à Savvy qu'elle guérirait rapidement, et qu'elle avait eu de la chance que la blessure soit superficielle. Son crâne n'avait pas été touché, à part la bosse qu'elle s'était faite en tombant sur les pavés. Néanmoins, l'équipe médicale la gardait sous surveillance, au cas où un œdème cérébral se formerait. Mais si tout allait bien, elle serait autorisée à quitter l'hôpital dès le lendemain matin.

Ce qui impliquait pour Dawson toutes sortes de complications. Où Savvy irait-elle ? Allait-elle insister pour le garder auprès d'elle, comme un baby-sitter ? Et lui, pouvait-il la laisser sortir de l'hôpital sans lui, pour affronter les dangers qui la guettaient en ville ?

Il avait attendu qu'elle soit complètement endormie avant d'appeler Audrey. Malgré la confiance que Savvy avait en lui, il voulait toujours se débarrasser de cette mission.

Audrey ne répondit pas, et elle ne rappela pas Dawson. Cette mission lui incombait donc tant qu'il ne pouvait pas joindre sa patronne et se faire remplacer par quelqu'un d'autre.

— Vous n'êtes pas parti, lança soudain une voix rauque, derrière lui.

Dawson pivota sur ses talons. Adossée aux oreillers, Savvy l'observait.

— Non. Je ne peux pas partir tant que je n'ai pas trouvé quelqu'un pour me remplacer.

— Merci, dit-elle en pinçant les lèvres. Ça me réconforte de savoir que je suis un tel fardeau.

Elle cligna les paupières, et s'étira comme elle le pouvait, avec les intraveineuses qui entravaient son bras gauche.

— Vous voulez me faire une faveur ?

— Cela dépend, fit Dawson en hochant la tête.

— Je veux savoir si je peux tenir debout.

Elle repoussa le drap et s'assit lentement, tirant sur le tube de l'intraveineuse. Dawson se précipita et lui prit le coude pour la soutenir.

— Vous croyez que c'est une bonne idée ? Vous ne voulez pas attendre l'infirmière ?

— Non, je veux le faire seule, répondit-elle en secouant la tête. Laissez-moi simplement le temps.

Elle s'accrocha à son bras pendant un long moment, s'efforçant de respirer régulièrement. Dawson se raidit. Il aurait voulu s'écarter, mais elle se cramponnait à lui. S'il la repoussait, elle tomberait à coup sûr.

— Très bien, je suis prête.

Elle donna une petite poussée pour s'éloigner du bord du lit, ce qui fit remonter la chemise un peu plus haut sur sa cuisse.

— Je vous préviens, la dernière fois que j'ai essayé,

je suis retombée comme une pierre, dit-elle avec un petit rire, en glissant sa main tremblante dans la sienne.

Diable. Dawson lui glissa un bras autour de la taille, effleurant la peau douce de son dos, à l'endroit où la chemise s'ouvrait. Il la soutint jusqu'à ce qu'elle ait posé les deux pieds bien à plat sur le carrelage froid.

Ses ongles vernis de rose se détachèrent sur les carreaux blancs. C'était une jolie couleur, qu'on ne s'attendait pas à voir sur une fille aux cheveux blond roux, mais que Dawson aimait bien.

— Vous y êtes ? demanda-t-il.

Elle hocha la tête en souriant, les yeux brillants.

— C'est fou, toutes les choses qu'on trouve parfaitement naturelles quand tout va bien ! Je n'aurais jamais cru qu'il me faudrait de l'aide pour tenir debout.

Son sourire s'effaça, et elle ajouta :

— Ne vous inquiétez pas. Cela vous rapproche du moment où vous serez libre.

Les lèvres pincées, elle tenta de faire un pas.

— Comment ça ? s'enquit Dawson, en la laissant s'appuyer sur lui.

— Dès que je pourrai bouger normalement, vous n'aurez plus besoin de monter la garde.

— Et que faites-vous des sales types qui veulent vous tuer ? répliqua Dawson en fronçant les sourcils.

— J'y ai réfléchi. Quand je serai sortie d'ici, je ferai très attention. Je suis sûre que je m'en sortirai très bien.

— Oui.

Dawson admirait l'esprit d'indépendance, mais la bravade était stupide.

— Vous croyez que vous pourrez vous débarrasser d'un gars comme celui qui vous a rendu visite un peu plus tôt ? Ce type bâti comme une armoire à glace, qui tenait un oreiller dans ses mains ?

Savvy se mit à trembler de tous ses membres et chancela.

Dawson la serra contre lui, pour l'empêcher de s'affaler face contre terre. Elle était parfaitement calée contre lui, avec sa main agrippant sa taille fine, la tête juste sous son menton. Elle n'était ni trop petite ni trop mince. Amanda était beaucoup plus petite que lui. Si petite qu'il la traitait comme une poupée de porcelaine qu'il avait peur de casser. Et finalement, elle s'était brisée, par sa faute. Elle était trop petite pour donner naissance à un enfant. Amanda et le bébé étaient morts au cours de l'accouchement.

La main de Dawson se crispa. La culpabilité qui pesait sur lui depuis deux ans était bien plus lourde que la femme qu'il tenait à bout de bras.

— Hé, ce n'est pas la peine de me serrer comme ça. Je crois que je vais y arriver, cette fois.

Savvy s'appuya contre son torse pour se redresser. Dawson se dégagea et recula comme s'il s'était brûlé à son contact. Son cou s'enflamma.

— Attendez ! cria Savvy.

Ses genoux se dérobèrent, et elle serait tombée s'il ne l'avait rattrapée et attirée contre lui. Elle s'effondra contre son torse, et enfouit le visage dans les revers de sa chemise. Ses cheveux soyeux lui effleurèrent les narines.

Elle se mit à rire doucement, pressant ses seins contre lui.

— Je crois que je ne suis pas aussi forte que je l'espérais. J'ai encore la tête qui tourne, ajouta-t-elle. Mais je serai en forme demain matin.

Il plongea le regard dans des pupilles aussi vertes que

les forêts du Texas. Son corps était collé contre le sien, et il ne pouvait lui cacher le désir qu'elle lui inspirait.

— Où comptez-vous aller ?

Savvy élargit les yeux, et ses joues rosirent.

— Je ne sais pas, répondit-elle avec un petit rire sans joie. J'ai oublié où j'habite.

— Oh, elle est consciente. C'est très bien.

Frank Young entra sans avoir frappé, et éteignit rapidement son téléphone avant de le glisser dans sa poche.

— Vous croyez que vous pouvez répondre à quelques questions ?

Dawson fit doucement pivoter Savvy, afin que son dos en partie dénudé se trouve face à la fenêtre, et non sous les yeux de Frank Young.

La jeune femme acquiesça.

— Bien. Que vous rappelez-vous de la soirée d'hier ?

— Rien.

— Rien du tout ? s'exclama Frank en haussant les sourcils.

— Je ne me rappelais même pas mon nom, c'est Dawson qui me l'a dit.

Si Dawson n'avait pas été déjà témoin de sa détresse, il n'aurait peut-être pas perçu le léger tremblement de sa voix. Le procureur n'en eut pas conscience du tout.

— Je vais en parler avec le médecin. Il doit y avoir un moyen de vous faire recouvrer la mémoire.

— Ne vous donnez pas cette peine. Le médecin a dit qu'il était possible que l'amnésie soit temporaire, ou bien permanente. Seul le temps nous le dira.

Young observa Savvy en fronçant les sourcils.

— Vous êtes sûre que vous ne vous rappelez rien du tout ?

— Pourquoi mentirais-je ? rétorqua-t-elle en lui lançant

un regard noir. Vous aimeriez, vous, vous réveiller dans une chambre d'hôpital, avec des étrangers, et ne même plus savoir qui vous êtes ? Essayez, pour voir.

Elle posa une main sur le bras de Dawson, et lui dit à voix basse :

— Je dois m'asseoir.

— Je suis désolé, madame Jones, reprit Frank Young. Mais vous ne comprenez peut-être pas qu'il est très important que vous vous souveniez de ce qui s'est passé.

— Vous pourriez me dire pourquoi c'est si important ?

— Madame Jones, un homme a été tué dans cette ruelle. Avec l'arme que les policiers ont trouvée dans *votre* main.

Dawson crispa les doigts sur le bras de Savvy, résistant avec difficulté à l'envie d'écraser son poing sur le visage du procureur.

La jeune femme s'appuya lourdement sur lui. Elle était d'une pâleur de cire, ce qui faisait ressortir les taches de rousseur sur son nez et ses joues.

— Ils ont trouvé une arme dans ma main ?

Elle contempla sa main droite, puis toucha la bande de gaze enroulée autour de son front.

— Pourquoi aurais-je tiré sur quelqu'un ? Voulait-il me tuer ?

— C'est ce que nous aimerions savoir. Pourquoi auriez-vous tiré sur Tomas Rodriguez avant de diriger l'arme contre vous ?

Savvy se tourna vers Dawson, les sourcils froncés.

— J'ai tiré sur quelqu'un, et ensuite sur moi ? C'est vrai ?

Dawson prit ses mains glacées dans les siennes.

— Apparemment, c'est ce qui s'est passé.

— Mais pourquoi aurais-je fait cela ? Il doit y avoir une raison… des preuves.

— Votre collègue dit que quand elle vous a trouvée, vous aviez une arme dans la main.

Le procureur traversa la chambre et vint se camper face à elle, la transperçant du regard.

— C'est la même arme qui vous a blessée à la tête, et qui a tué Tomas Rodriguez. Les seules empreintes trouvées sur l'arme sont les vôtres.

Elle contempla Young, les yeux écarquillés.

— Je ne m'en souviens pas. Je ne me souviens de rien.

Les lèvres du procureur formèrent une ligne dure.

— Je vous suggère de recouvrer la mémoire au plus vite, madame Jones. Sans quoi vous risquez d'être inculpée du meurtre de Tomas Rodriguez.

— Comment puis-je être inculpée d'un meurtre que je ne me rappelle pas avoir commis ?

— La preuve est indirecte, dit Dawson, dans l'espoir de la rassurer.

— Si mes empreintes figurent sur l'arme du crime, ce n'est pas une preuve indirecte. C'est accablant. Que puis-je faire ? demanda-t-elle en s'adressant au procureur.

Frank Young chassa un grain de poussière de son costume gris, avant de croiser de nouveau le regard de Savvy.

— Ne quittez pas la ville. Pour l'instant, aucune charge n'a été retenue contre vous. Mais ce n'est peut-être qu'une question de temps. En attendant, M. Gray et vous avez de plus graves problèmes à affronter.

Savvy émit un petit rire aigu, proche de l'hystérie.

— Que peut-il y avoir de pire que d'être accusée de meurtre ?

— Tomas Rodriguez était le fils unique de Humberto Rodriguez.

Dawson lui apprit cela, en tenant fermement ses mains dans les siennes. Que pouvait-il faire d'autre ? Impossible de lui cacher la vérité plus longtemps. Il fallait qu'elle sache à quoi elle se trouvait confrontée.

— Humberto Rodriguez est le pilier d'un cartel de la drogue mexicain, dans la ville jumelle de Laredo, Nuevo Laredo. Et certains disent même que le trafic s'étend dans Laredo même. Il est connu aussi pour sa brutalité et ses actions violentes.

Savvy se rembrunit et retira ses mains.

— Cet homme croit que j'ai tué son fils ?

— Les médias du coin se sont emparées de l'histoire, dit Young en jetant un coup d'œil au poste de télévision éteint. Tout le monde, dans le sud du Texas, et dans les régions du nord du Mexique, sait que Tomas Rodriguez est mort. Toutes les stations de radio ont annoncé sa mort. Lorsque Humberto apprendra qu'on vous a retrouvée l'arme à la main, il se mettra à votre poursuite. A en juger par l'agression dont vous avez été victime ce matin, il sait déjà qui vous êtes, et où vous trouver.

Savvy s'assit sur le lit, s'adossa aux oreillers, et se massa l'arête du nez.

— Génial. Tout le monde sait qui je suis, à part moi.

Deux mois auparavant, Dawson se serait enfui jusqu'au bar le plus proche pour échapper à la situation. Et à vrai dire, il aurait volontiers avalé une bonne rasade de whisky. Mais un coup d'œil à la jeune femme pâle et sans défense allongée sur le lit d'hôpital le dissuada de noyer son angoisse dans l'alcool. La police ne l'avait pas protégée. Young avait raison, il fallait confier cette mission à quelqu'un qui n'avait aucun intérêt en jeu dans la région.

Des coups furent frappés à la porte, et une jeune femme brune passa la tête dans l'embrasure, en souriant.

Dawson s'interposa entre la porte et le lit, afin de protéger Savvy d'une attaque éventuelle.

— C'est bien la chambre de Savvy Jones ? demanda la femme en pénétrant dans la pièce.

— Oui, madame Scott, dit Frank Young en s'avançant vers elle. Entrez. Si Mme Jones voit un visage familier, cela stimulera peut-être sa mémoire.

Il prit la femme par le bras, et l'entraîna vers le lit.

— Savvy, reconnaissez-vous Liz Scott ? C'est votre collègue, et elle vous a trouvée dans la ruelle.

Savvy posa les yeux sur la jeune femme mince, dont les longs cheveux bruns retombaient en vagues souples sur les épaules. Elle portait un jean délavé et une chemise blanche aux manches retroussées.

— Bonjour, ma puce, dit Liz d'une voix grave à l'accent du Sud.

Elle posa un vase contenant une rose jaune sur la table de chevet, à côté du lit.

— Je t'ai apporté des vêtements propres, continua-t-elle en montrant un sac de toile.

Des larmes envahirent ses yeux, et elle esquissa un sourire tremblant.

— Comment tu te sens ? Tu nous as fait une drôle de frousse !

En proie à une soudaine panique, Savvy essaya en vain de se souvenir. La jeune femme avait l'air gentil, et se comportait comme si elles se connaissaient bien. Mais son visage ne lui évoquait rien.

— Je vous connais ?

Liz émit un petit rire forcé.

— Oui, ma chérie. Nous travaillons ensemble au Waterin'Hole. Il n'y a que toi qui peux m'empêcher de flanquer une beigne aux clients quand ils sont trop pénibles. Et tu me gardes Charlie, de temps en temps.

Liz jeta un coup d'œil au procureur, puis revint vers Savvy et haussa les épaules.

— Que dit le médecin, pour ton amnésie ? Il pense que ça va durer ?

— Nous le saurons quand la mémoire me reviendra… à moins qu'elle ne revienne jamais. Je suis désolée, mais… pourrais-tu me parler… de moi ? demanda Savvy en se penchant pour prendre la main de Liz.

Cette dernière grimaça un sourire.

— Je vais te dire tout ce que je sais. Et c'est trois fois rien.

— Pourquoi ? Je ne suis pas quelqu'un de bien ?

— Oh, ce n'est pas ça du tout. Au contraire. Tu es comme du pain béni pour Charlie et moi, déclara Liz en s'asseyant au bord du lit. Tu n'es pas seulement une collègue de travail, tu es aussi mon amie. Tu l'as été dès que tu es venue t'installer dans notre immeuble, il y a quatre mois.

— Où est-ce ? questionna Savvy, essayant désespérément de remplir le vide de sa mémoire. Où habitons-nous ?

— Dans l'ensemble d'appartements Oasis, près du Waterin'Hole. Tu occupes le 212, et Charlie et moi nous sommes au 215. Au fait, ça me fait penser…

Liz lâcha la main de Savvy pour fouiller dans la poche de son jean. Elle en sortit un papier plié en quatre, qu'elle donna à son amie.

— Charlie t'envoie ceci.

— Charlie…

Encore un nom sur lequel elle était incapable de mettre un visage. Ravalant ses larmes, elle déplia le papier. Un grand cœur dessiné au crayon mauve emplissait la page. Au centre, dans une écriture enfantine, étaient tracés les mots : *Savvy, on t'aime.*

Le cœur serré, elle contempla la feuille de papier froissé. Quelque chose de familier, une impression, l'effleura et disparut.

— Charlie est…

— Ma fille de sept ans, expliqua Liz en lui tapotant le bras. Elle est en adoration devant toi.

Les yeux brouillés de larmes, Savvy contempla la jeune femme.

— Je ne me souviens pas d'elle, murmura-t-elle, la gorge nouée par un sanglot. Je ne sais pas si j'ai une famille, et… et je suis désolée, mais je ne me souviens pas de toi non plus.

Les larmes se mirent à couler. Elle tremblait de tous ses membres. Liz lui caressa les épaules pour la réconforter.

— Oh, ne t'inquiète pas, ma chérie, ça va revenir. Tout ira bien.

Le procureur s'approcha du lit.

— Oui, et quand vous serez guérie, il faudra que je vous parle. Nous voulons savoir qui était avec Tomas Rodriguez et vous, dans cette ruelle. Cela pourra faire une grande différence au procès.

Les yeux écarquillés, Liz s'interposa entre le procureur et Savvy.

— Savvy n'a pas tué cet homme. Elle ne ferait pas une chose pareille.

Pouvait-elle vraiment être jugée pour meurtre ? se

demanda Savvy. Pensaient-ils réellement qu'elle avait tué un homme ? En était-elle capable ? *Réfléchis, Savvy. Réfléchis.* Elle ferma les yeux et se pinça l'arête du nez. Plus elle essayait de se rappeler, plus son mal de tête augmentait. Quand elle rouvrit les yeux, elle vit que les deux hommes la fixaient. Le procureur, comme un vautour s'apprêtant à fondre sur sa proie. Dawson était visiblement en proie à un mélange de pitié et d'inquiétude. Mon Dieu, elle ne voulait pas de pitié ! Et sûrement pas de la part de cet homme qui prétendait être son garde du corps, et qui semblait assumer cette fonction à contrecœur. Son estomac était noué, et ses yeux brûlants de larmes. Elle ne voulait pas pleurer, mais elle ne pourrait sans doute pas résister longtemps.

— S'il te plaît, fais-les partir, supplia-t-elle en agrippant la main de Liz.

Elle vit Dawson étrécir les yeux. Il prit le procureur par le bras et l'entraîna vers la porte.

— Ecoutez, vous disiez que vous ne la croyiez pas coupable. Laissez-la tranquille, et elle se rappellera peut-être qui a fait le coup.

Frank hésita.

— Mais j'ai d'autres questions à lui poser.

— Manifestement, elle ne pourra pas y répondre. Laissez-la se reposer, elle a subi assez d'épreuves comme ça pour une journée.

Frank Young se laissa pousser dans le couloir, et la porte de la chambre se referma sur lui.

— Bien, murmura Liz en repoussant les cheveux qui tombaient sur le visage de Savvy. Ils sont partis. Y a-t-il quelque chose que je puisse faire pour toi ?

— Oui, dit Savvy en s'essuyant les joues à l'aide de la pointe du drap. Tu peux me dire qui je suis.

Liz lui pressa doucement la main.

— D'accord. Tout ce que je peux te dire, c'est ça... Tu es arrivée il y a quatre mois dans l'immeuble, et tu cherchais un appartement meublé à louer. Je me souviens très bien de ce jour-là. Tu avais l'air triste, au bout du rouleau. Tout ce que tu avais, c'était un petit sac rempli de vêtements. Pas de travail, et juste assez d'argent sur toi pour payer le premier mois de loyer. Le régisseur de l'immeuble a failli refuser de te louer l'appartement, parce que tu n'avais pas de pièce d'identité ni de carte de crédit.

— Rien ? Pas de papiers ? D'où je venais ? Et pourquoi ai-je échoué ici ?

— Tu as dit que tu avais roulé jusqu'à ce que tu n'aies plus d'essence, et presque plus d'argent. Tu ne m'as jamais expliqué pourquoi. Je crois que tu voulais fuir quelque chose, ou quelqu'un.

Savvy plissa le front, et sentit le tiraillement du pansement sur sa tempe. Elle était bien éveillée, bien vivante, et tout cela n'était pas un cauchemar. *Qui suis-je ?*

— J'espère que tu ne m'en voudras pas, mais quand l'ambulance t'a emmenée à l'hôpital, j'ai fouillé dans ton sac en espérant découvrir des renseignements sur ta famille. Mais je n'ai trouvé ni permis de conduire, ni carte d'assurance maladie, ni aucun autre papier. J'ignore s'il y a quelqu'un quelque part qui s'inquiète pour toi. Je suis ton amie depuis quatre mois, mais je ne sais rien de ton passé.

Savvy hocha la tête et retira la main que Liz tenait toujours dans la sienne.

— C'est comme si je n'existais pas.

Elle éprouva une sensation d'oppression. La chambre

lui parut rapetisser, les murs blancs se resserrer autour d'elle. Son cœur se mit à battre comme un tambour.

— Il faut que je sorte d'ici.

Liz fronça les sourcils.

— Tu as le droit de partir ? Les médecins t'ont donné l'autorisation ?

— Je n'en sais rien, et ça m'est égal. Il faut que je m'en aille.

Elle repoussa le drap et glissa les jambes sur le côté du lit pour se lever, et se rappela tout à coup qu'elle était trop faible pour marcher. Elle risquait d'aggraver ses blessures si elle tombait de nouveau.

— Tu peux m'aider ?

— Bien sûr, mais tu crois que c'est prudent ? demanda Liz en la soutenant. Tu as été blessée à la tête, tu sais.

Mais Savvy était déterminée. Cette fois, quand ses pieds touchèrent le sol, elle parvint à demeurer debout. Elle tremblait, et n'aurait su dire si c'était à cause de l'effort qu'elle devait fournir, ou bien des médicaments dont l'effet ne s'était pas encore dissipé. Mais cela importait peu.

— C'est bon. Je vais y arriver.

Oui, mais comment ? Elle ne pouvait pourtant pas partir vêtue de cette chemise d'hôpital.

Liz la tenait par le bras, et ne quittait pas la porte des yeux, comme si elle espérait que les deux hommes allaient revenir et l'aider à s'en sortir.

— Je ne sais pas si c'est bien. Tu devrais rester jusqu'à ce que les médecins te donnent le feu vert.

— Je ne peux pas. Il faut que je retrouve un environnement familier. Cela m'aidera peut-être à recouvrer la mémoire.

Liz passa devant elle, sans lui lâcher le bras.

— Tu y vas un peu fort, Savvy. Tu devrais prendre soin de toi, ma chérie, ajouta-t-elle en lui posant une main sur la joue. Tu as failli mourir !

— C'est comme si je n'avais jamais vécu. Je ne me souviens de rien. Tu as une idée de ce que je ressens ? Mon esprit est complètement vide. Il n'y a rien. *Nada.*

Savvy fit un geste exaspéré de la main, et vacilla.

— Il faudra du temps, ma chérie. Tu ne peux pas recouvrer la mémoire en un jour. Et tu n'es pas encore assez forte pour sortir. C'est de la folie.

— Je tourne en rond dans cet hôpital, et ça ne me mène nulle part. Il n'y a rien ici pour stimuler ma mémoire. Rien. Il faut que je retrouve des endroits familiers. Je veux aller chez moi, et je verrai bien si quelque chose me revient en tête.

Savvy posa la main sur celle de Liz, et ajouta :

— Si tu es vraiment mon amie, tu dois m'aider.

Liz garda un long moment les yeux fixés sur Savvy, puis elle regarda le pansement sur son front, et soupira.

— Tu veux que je t'aide à t'habiller ?

— Non, je crois que je peux me débrouiller, répondit Savvy, submergée par le soulagement.

Dans un extrême effort de volonté, elle lâcha la main de Liz et fit quelques pas hésitants vers la salle de bains. Ses jambes la portaient à peine, mais elle atteignit la porte et agrippa la poignée.

— Hé, tu vas avoir besoin de cela, dit Liz en déposant le sac de vêtements sur le sol de la salle de bains. Et ne joue pas les héroïnes. Je peux t'aider, tu n'as qu'à me le demander.

Savvy esquissa un sourire timide.

— Merci.

Elle referma la porte, et s'appuya au lavabo. Puis,

prenant une longue inspiration, elle leva la tête et regarda dans le miroir, en espérant que le fait de voir son propre visage déclencherait un afflux de souvenirs.

Son espoir s'éteignit dès qu'elle vit la femme qui lui faisait face. Un pansement blanc couvrait sa tempe gauche, retenu par une bande de gaze qui lui entourait le front. Des cheveux d'un blond vénitien, dont les mèches étaient collées par du sang séché, retombaient sur ses épaules et dans son dos. De grands yeux verts la contemplaient… les yeux d'une inconnue. Rien dans l'image que lui renvoyait le miroir ne faisait resurgir le moindre souvenir.

Elle étouffa le sanglot qui lui noua la gorge. Il ne fallait pas qu'elle pleure. Si elle voulait recouvrer la mémoire, il fallait qu'elle se rende dans des lieux familiers, qu'elle touche des objets, qu'elle se remette à vivre la même vie.

Puisque son visage n'évoquait rien, elle devait retourner dans les endroits où elle avait vécu et travaillé. Si la police ne trouvait pas d'indices l'orientant vers un autre suspect, elle serait arrêtée, et accusée du meurtre de Tomas Rodriguez. Plus vite elle récupérerait ses souvenirs, plus vite elle pourrait se disculper… avant que les autorités n'aient décidé de la jeter en prison.

Poussée par un sentiment d'urgence, elle fouilla dans le sac de sport que Liz lui avait apporté. Elle y trouva un jean propre, un T-shirt de cow-boy bleu ciel, un slip, un soutien-gorge, des tennis blanches, une brosse à cheveux et une brosse à dents.

Elle se lava le visage sans toucher à sa blessure et s'habilla, en s'arrêtant de temps à autre pour lutter contre les vertiges. Une fois habillée, lorsqu'elle se sentit un peu plus sûre de ses gestes, elle déroula la bande de gaze qui lui entourait la tête. Quand elle l'eut ôtée, elle vit le pansement carré sur sa tempe, contre la racine des cheveux.

Avec un gant propre, elle nettoya le sang séché et les traces de désinfectant qui entouraient la plaie. Puis elle passa délicatement la brosse dans ses cheveux, faisant retomber les mèches sur la blessure, pour dissimuler le pansement. Enfin, elle émergea de la salle de bains, pâle et tremblante.

— Je suis prête. Tu peux m'emmener en voiture ?

Liz lui offrit son bras.

— Si tu insistes. Mais je ne suis toujours pas sûre que ça soit une bonne idée.

— Il le faut. Quelqu'un a dû s'arranger pour me faire accuser. Tant que je ne me rappellerai pas ce qui s'est passé, je resterai la principale suspecte. Le seul moyen pour moi d'éviter la prison, c'est de recouvrer la mémoire.

— Savvy, rien ne dit que tu pourras te rappeler. Et que feras-tu, alors ? observa Liz avec un sourire triste.

— Pour l'instant, je dois traiter les problèmes les uns après les autres.

Savvy poussa la porte de la chambre, et se heurta à Dawson, posté dans le couloir.

Ah. Elle n'avait plus qu'à persuader son garde du corps de la laisser quitter l'hôpital.

4

Dawson prit Savvy par le bras pour l'empêcher de tomber.

— Pourquoi vous êtes-vous levée ?

Elle se raidit et recula.

— Je rentre chez moi.

Elle voulut se dégager, mais il resserra les doigts sur elle.

— Pas question. Pas tant que le médecin ne vous en a pas donné l'autorisation.

La jeune femme pinça les lèvres, et des larmes lui montèrent aux yeux.

— Il le faut. Vous ne voyez pas ? Je ne me rappellerai rien tant que je serai ici. J'ai besoin de voir mes affaires.

— Cela peut attendre demain.

— Non.

Elle tenta de desserrer l'emprise de ses doigts, mais elle était trop faible pour lutter contre lui.

— Je ne peux pas attendre. Le fait de ne rien savoir me rend folle. Laissez-moi partir.

Une larme roula sur sa joue.

— Je vous en prie.

Si elle s'était mise à hurler, il aurait tenu bon. Mais cette larme et cette supplication l'atteignirent en plein cœur, réveillant une sensibilité depuis longtemps endormie. Comment résister à ces yeux, qui le contemplaient comme s'il avait tenu toute sa vie entre ses mains ? L'espace d'un instant, sa volonté vacilla.

— Non, vous n'êtes pas en sécurité dehors.

Savvy ébaucha un petit sourire triste.

— Et ici, je le suis ?

Elle venait de marquer un point. L'agression de ce matin avait bien failli mettre un terme à la mission de Dawson, avant même qu'elle ait commencé.

— Il est plus facile de vous protéger dans un bâtiment qu'à l'extérieur. Les occasions de vous agresser se multiplieront à l'infini dès que vous aurez franchi les portes de l'hôpital.

— Soit je suis attaquée à l'extérieur soit je deviens folle enfermée dans cette chambre. Je préfère risquer le tout pour le tout.

Elle s'essuya les yeux, et posa fermement la main sur le bras du garde du corps.

— Vous êtes de mon côté ? Si c'est non, je partirai sans vous.

Dawson eut l'impression qu'un courant électrique lui parcourait le bras, partant de l'endroit où Savvy avait posé les doigts. Sa voix chaude et sexy, et ses yeux brillants de larmes allaient avoir raison de lui. Prenant une profonde inspiration, il repoussa sa main. Pas question de se laisser entraîner plus loin que ne l'exigeait la mission qu'on lui avait assignée.

— Vous signez votre arrêt de mort.

Et, sans un mot de plus, il lui tourna le dos et se dirigea vers la sortie du bâtiment.

Liz se pencha vers son amie, et murmura, d'une voix assez forte tout de même pour être entendue par le garde du corps :

— Il est un peu tendu, si tu veux mon avis. Mais assez sexy, dans son genre.

Elle souligna ces paroles d'un petit sifflement admiratif.

— J'ai entendu, lança Dawson en secouant la tête.

Le cou et les joues de Savvy se colorèrent de rose.

— Je ne sais pas. Pour moi, ce n'est qu'un garde du corps, même si pour je ne sais quelle raison, il doit se faire passer pour mon fiancé.

Tout en parlant, elle lança un coup d'œil à Dawson, comme pour le mettre au défi de nier.

— Ce n'est pas ton vrai fiancé ?

— Non. C'est juste une ruse, pour amadouer les infirmières.

Les joues de Liz se creusèrent d'adorables fossettes.

— Dans ce cas, ça ne te fait rien si je le drague ?

Savvy se mordit la lèvre.

— Il n'est pas à moi. Tu peux faire ce que tu veux.

Elle rejeta derrière son épaule une longue mèche de cheveux blond roux, et se rapprocha de Dawson.

Ce dernier aurait parié que, sous ses dehors durs, elle chancelait sur ses jambes et était sur le point de s'effondrer. Toutefois, les épaules rejetées en arrière, elle ne laissa pas filtrer le moindre signe de faiblesse. Elle craignait probablement que Dawson ne la renvoie illico presto dans son lit d'hôpital. Et il ne manquerait pas de le faire, si besoin était. Mais il ne pouvait s'empêcher d'admirer son courage. Elle l'impressionnait bien plus avec son cran qu'avec ses larmes.

Marquant une pause devant les portes vitrées, Dawson effectua un tour complet sur lui-même, examinant le hall dans tous ses recoins, puis la rue qui s'assombrissait rapidement. Un groupe d'une soixantaine de personnes se pressait devant l'issue de secours. Il distingua quelques journalistes, des cameramen, et au centre, le procureur.

— Pourquoi y a-t-il autant de monde ? s'enquit Savvy en jetant un coup d'œil à travers les vitres.

Sa voix était un murmure, mais il l'entendit, et crispa les mâchoires.

— Apparemment, le procureur fait une déclaration à la presse.

— La mort de Tomas a fait beaucoup de bruit, expliqua Liz avec un sourire narquois. Les gens sont là pour te remercier d'avoir éliminé Tomas Rodriguez.

Savvy porta une main à sa gorge et déglutit avec peine.

— Mais pourquoi ?

— Tomas avait la mauvaise habitude de violer des jeunes filles, des deux côtés de la frontière.

— Mais si tout le monde le savait, pourquoi n'a-t-il pas été arrêté et condamné ?

Le sourire de Liz se mua en grimace.

— Les victimes n'ont jamais osé porter plainte. Il paraît qu'il les menaçait de tuer leur famille si elles témoignaient contre lui. Ces gens sont là pour te remercier d'avoir sauvé leurs filles en tuant ce monstre, Savvy.

— Je n'ai pas le souvenir d'avoir tiré sur quelqu'un, répondit doucement Savvy.

Dawson fut parcouru d'un frisson en observant les femmes et les enfants massés devant l'hôpital, qui brandissaient des pancartes en anglais et en espagnol. L'une d'entre elles remerciait Dieu et Mlle Jones. Un poids immense l'accabla, et il battit en retraite, entraînant Savvy avec lui.

— Il y a trop de monde ici. Ce n'est pas une bonne idée, dit-il en lui barrant l'accès à la porte.

— Je veux rentrer chez moi, protesta Savvy. Ne vous

inquiétez pas, s'il m'arrive quelque chose, je ne vous adresserai aucun reproche.

Il posa les yeux sur la main fine crispée sur son bras.

— Non, mais je m'en ferai, moi. Attendez encore un jour.

— Je ne peux pas.

Elle secoua la tête, sans le quitter des yeux.

— En plus, je voudrais entendre ce que dit le procureur.

Avec un lourd soupir, il se tourna vers la porte.

— Alors, restez derrière moi. Si quelqu'un veut vous tuer, il attendra que vous soyez à l'écart, pour ne pas rater son coup.

— Wouah ! s'exclama Liz en regardant à droite et à gauche. Vous ne pensez tout de même pas qu'on va essayer de la tuer là, n'est-ce pas ?

— Quelqu'un souhaite sa mort, c'est sûr, répliqua Dawson sans cesser de scruter la foule. Prête ? C'est à vous.

Savvy redressa les épaules et fit un signe d'assentiment.

— Je suis prête.

Elle était peut-être idiote de s'exposer au danger, mais il fallait reconnaître qu'elle avait du cran. Dawson poussa les portes vitrées.

— Restez à côté de moi.

Savvy sortit dans la chaleur étouffante du sud du Texas. Elle se tenait sur les talons de Dawson, si proche de lui que, lorsqu'il s'arrêta, elle se heurta à lui.

— Désolée.

— Ce n'est rien. Plus vous vous tenez près de moi, moins vous offrez une cible facile au tireur.

— Mais… et vous ?

Il émit un rire grave.

— Ne vous inquiétez pas. S'il m'arrive quelque chose, je ne vous reprocherai rien.

De fait, songea-t-elle, ni elle ni Dawson ne seraient blessés si elle suivait son conseil et restait à l'hôpital au moins une nuit de plus.

Mais un bref regard en arrière suffit à confirmer sa décision. Non, elle ne retournerait pas dans cette chambre. Pour elle, l'hôpital représentait un grand vide blanc, où elle s'était éveillée l'esprit vidé de tout. Pas de mémoire, pas de passé, pas de famille. Les mâchoires serrées, elle crispa les doigts sur la chemise de Dawson. Elle ne pouvait pas revenir en arrière.

Elle retint le garde du corps par le bras, pour écouter ce que disait le procureur.

— Savvy Jones a-t-elle vraiment tué Tomas Rodriguez ?

Une journaliste brandit un micro devant le procureur, tandis que le cameraman posté derrière elle filmait la scène.

— Pour le moment, Savvy Jones est considérée comme un témoin important. Une enquête est en cours. Nous informerons les médias au fur et à mesure de sa progression.

Un homme aux cheveux bruns emmêlés et portant un petit appareil de photo se fraya un chemin dans la foule des journalistes.

— Que savez-vous sur Mme Jones ?

Le procureur se rembrunit.

— Nous savons qu'elle vit à Laredo, et occupe un emploi de serveuse au Bar du Waterin'Hole.

— Est-ce que Savvy Jones est son vrai nom ?

— Soyez assuré que nous menons une enquête approfondie sur toutes les personnes mêlées à cette affaire, et que nous fouillons dans leur passé.

— Est-il vrai que Mme Jones ne vit à Laredo que depuis quatre mois ?

— Oui, répondit Young en fronçant les sourcils. Posez-vous ces questions dans un but précis ?

L'homme prit un air parfaitement innocent.

— Non. Je cherche juste à m'informer.

— Pourquoi cet homme pose-t-il autant de questions sur moi ? demanda Savvy en se penchant vers Dawson.

Au même moment, une femme dans la foule pointa le doigt vers elle et s'écria :

— C'est elle !

Aussitôt, Savvy fut entourée par une marée humaine et submergée comme par des sables mouvants. Une femme massive parvint à se glisser entre Dawson et elle. Savvy tendit le bras vers le garde du corps, mais la femme lui agrippa la main pour l'embrasser.

— *Gracias, señorita, gracias !*

Elle glissa une photographie entre les doigts de Savvy, lui embrassa de nouveau la main, et s'éloigna.

Poussée en tous sens, aveuglée par les flashes des appareils photos, Savvy respirait avec difficulté. Une jeune fille qui ne pouvait pas avoir plus de seize ans lui noua les bras autour du cou, en pleurant.

— Merci, madame Jones, merci, dit-elle avec un fort accent espagnol.

Elle dut relâcher son étreinte, bousculée par quelqu'un d'autre. Savvy scrutait la foule, cherchant désespérément le grand garde du corps texan. Il ne lui fallut pas longtemps pour le repérer, et quand elle croisa enfin son regard brun, les battements désordonnés de son cœur s'apaisèrent.

Dépassant les femmes d'une bonne tête, Dawson se fraya un chemin jusqu'à elle en jouant des coudes.

Quand il parvint à sa hauteur, il lui glissa un bras sur les épaules, et la maintint solidement contre lui, empêchant les autres d'approcher.

— *Por favor, señor,* nous voulons remercier *la señorita* de nous avoir débarrassés de Tomas Rodriguez une bonne fois pour toutes.

Dawson secoua la tête, et déclara d'une voix forte et claire :

— Le meurtrier de Tomas Rodriguez n'a pas encore été identifié.

Puis, écartant la foule de son bras libre, il se dirigea vers le parking.

Mais avant qu'ils aient pu faire une douzaine de pas, l'homme aux cheveux ébouriffés brandit son appareil photo devant Savvy, et un flash l'éblouit.

— Madame, est-ce que *Jones* est votre vrai nom ? Où viviez-vous, avant de venir à Laredo ? Est-ce que le nom de Jameson évoque quelque chose pour vous ?

Savvy leva les mains devant elle, pour se protéger des flashes.

— Je ne connais pas ce nom. Et je ne connais pas les réponses à vos questions. Laissez-moi tranquille, s'il vous plaît.

Un autre journaliste tendit un micro devant elle.

— Que pensez-vous des menaces de mort de Humberto Rodriguez, le seigneur de la drogue ?

Le regard de Dawson s'assombrit, et ses traits se creusèrent.

— Dégagez.

— Madame Jones, je ne vous demande qu'une minute ! lança l'homme au petit appareil photo, poussant l'autre journaliste.

Savvy pressa le front contre le torse de Dawson.

— Partons d'ici.

Avant que la foule ait pu les bloquer de nouveau, Dawson passa un bras autour de la taille de la jeune femme et la souleva à demi pour l'emmener vers le parking.

Savvy sentait le sang battre contre ses tempes, réveillant la douleur de sa blessure. Elle trébucha, parvint à se redresser et hâta le pas, poussée par la panique.

Un long frémissement lui parcourut le corps. Comment avait-elle pu croire qu'elle survivrait sans l'aide de Dawson ? Elle n'était même pas capable d'atteindre seule les voitures garées devant l'hôpital. Elle était trop faible.

— J'aurais dû rester tranquillement dans ma chambre.

— Il est encore temps d'y retourner, répondit Dawson à voix basse.

Dans l'obscurité, son expression était indéchiffrable. Il passa de nouveau le bras autour de sa taille et la tint contre lui, en regardant prudemment à droite et à gauche.

— Celui qui a essayé de me tuer ce matin va peut-être tenter de vous abattre aussi.

— Ne vous en faites pas pour moi. Dès qu'on m'aura trouvé un remplaçant, je n'aurai plus rien à craindre.

Savvy sentit sa gorge se nouer. Dawson ne voulait même pas de cette mission.

— Rien de tout cela n'arriverait si je pouvais me rappeler..., chuchota-t-elle, d'une voix à peine audible.

Dawson dut l'entendre, car il répondit doucement :

— Parfois, il vaut mieux ne pas pouvoir se souvenir.

Savvy leva les yeux vers lui, mais il s'était déjà détourné. Etait-il poursuivi par des fantômes qu'il aurait voulu oublier ? Que pouvait-il vous arriver de si terrible, pour que vous vouliez rompre avec votre passé ?

Brûlant de curiosité, elle ouvrit la bouche pour lui poser la question.

— Dawson…

Mais ce dernier s'arrêta brusquement devant un pick-up et ouvrit la portière.

— Montez, et baissez-vous pour qu'on ne vous voie pas.

L'ordre grommelé à voix basse coupa court au flot de questions qu'elle avait envie de poser. Elle grimpa dans le camion et rabattit le dossier du siège, afin de pouvoir s'allonger sans que personne ne la voie par la vitre passager.

Dawson s'installa à côté d'elle. Sans un mot, il sortit lentement du parking et s'engagea dans une rue adjacente. Alors seulement il prit conscience de la gravité de ce qu'ils venaient de faire. Les mains crispées sur le volant, il se demanda s'il n'avait pas commis une terrible erreur en faisant sortir Savvy de l'hôpital.

L'adrénaline qui l'avait poussé jusqu'ici se dissipa, le laissant dans un tel état d'épuisement que le besoin de boire l'assaillit avec force. Faisant appel à toute sa volonté, il résista à l'envie de s'arrêter devant une épicerie au coin de la rue, et s'efforça de se concentrer sur sa mission.

Pas question de boire une goutte d'alcool tant qu'Audrey n'avait pas envoyé un agent pour le relayer.

Savvy était allongée à côté de lui. Elle posa un bras sur ses yeux, mettant involontairement en valeur le renflement de ses seins et la finesse de sa taille. Dawson sentit ses reins s'embraser, et crispa encore les doigts sur le volant. Il devait se concentrer sur la route, sans se laisser distraire par la femme qui se trouvait à côté de lui.

Mais au bout de quelques kilomètres, il ne put s'empêcher de couler un nouveau regard dans sa direction. Le mouvement régulier de sa poitrine le rassura et l'affola en même temps. La vie de cette femme dépendait de lui. Or, au cours des deux années précédentes, c'est à peine s'il avait lui-même réussi à rester en vie. Quel genre d'homme fallait-il être pour chercher une échappatoire dans l'alcool ? Un lâche. S'il avait été possible de remonter le temps, il serait aussitôt reparti en arrière, pour tenter de réparer toutes ses erreurs.

Il s'arrêta devant un feu rouge qu'il fixa sans le voir. S'il avait pu réparer ses erreurs passées, cela aurait-il changé quelque chose ? Amanda et leur bébé seraient-ils encore en vie ? Le caporal Benson aurait-il évité les explosifs en bordure de route ? Il secoua la tête. On ne pouvait pas revenir en arrière. La seule façon d'avancer, c'était d'oublier le passé. Audrey ne cessait de le lui répéter.

Un klaxon retentit derrière lui. Le feu était passé au vert.

Dawson s'efforça d'échapper aux souvenirs et avança. Il fallait se concentrer sur le présent, sur cette femme qui dépendait de lui pour survivre.

— Pourquoi voulez-vous oublier le passé ? demanda Savvy, le bras toujours posé sur les yeux.

Désarçonné par la question, il répondit sans réfléchir.

— Les erreurs que j'ai commises ont coûté la vie à d'autres personnes.

Elle laissa son bras retomber sur le côté, et posa ses grands yeux verts sur lui.

Dawson fit mine de se concentrer sur la circulation pour éviter de croiser son regard. Il n'aurait jamais dû dire cela, se reprocha-t-il amèrement. Savvy Jones n'avait pas besoin de connaître les détails sordides de son passé, et ses échecs. Il tourna au carrefour suivant, et donna un coup d'œil dans le rétroviseur. Un autre véhicule tourna derrière lui, et ses phares l'aveuglèrent.

La voiture accéléra, jusqu'à ce que le pare-chocs touche presque celui du pick-up.

Envahi par une vague d'adrénaline, Dawson appuya sur l'accélérateur.

— Il y avait une femme dans votre vie ? demanda Savvy, en redressant son fauteuil.

— Ne faites pas ça ! hurla Dawson, les yeux fixés sur le rétroviseur.

— Je suis désolée. C'est trop douloureux pour en parler ? poursuivit-elle, regardant droit devant elle. Comme j'ai oublié mon passé, je m'intéresse à celui des autres.

— Savvy, ce n'est pas le moment.

Dawson s'apprêta à tourner brusquement au prochain croisement. Si l'autre voiture l'imitait, cela signifiait qu'ils avaient un problème.

Savvy soupira tristement.

— Je comprends. Vous ne voulez pas en parler. Je me sens tellement… vide.

Dawson tourna à droite, si brusquement que le véhicule dérapa. La voiture les suivit.

Savvy se redressa et regarda dans le rétroviseur extérieur, en se protégeant les yeux de la main, pour ne pas être éblouie par les lumières de l'autre véhicule.

— Cramponnez-vous, on va tourner de nouveau, lança-t-il en amorçant un virage à gauche.

— Vous conduisez toujours comme ça ?

— Seulement quand je suis suivi.

5

— Nous sommes suivis ?

Savvy se tourna pour regarder derrière eux.

— Baissez la tête ! s'exclama Dawson en la poussant sous le tableau de bord.

— D'accord, d'accord, j'ai compris. Pas la peine d'être aussi…

— Bon sang !

Dawson écrasa la pédale de freins.

En dépit des avertissements de son garde du corps, Savvy voulait voir ce qui se passait. Elle releva très légèrement la tête, afin de jeter un coup d'œil au-dessus du tableau de bord. Une berline noire leur barrait complètement la route.

— Accrochez-vous, ordonna Dawson en passant la marche arrière.

Savvy baissa la tête et noua les bras autour de son cou, se préparant au choc. Ils heurtèrent la voiture derrière eux, et elle fut projetée en avant. Mais la ceinture de sécurité la ramena vers le dossier avant qu'elle ait touché le pare-brise.

Dawson repassa aussitôt la première, et tourna dans une étroite ruelle entre les immeubles. Le rétroviseur extérieur érafla les briques du bâtiment avec un bruit qui fit grincer les dents de Savvy.

— Je commence à voir les avantages de rester

tranquillement à l'hôpital, marmonna-t-elle, alors que le camion tournait encore à gauche, évitant de justesse un mur de briques.

Dawson émit un rire grave. Son visage s'éclaira, le faisant paraître totalement différent. Puis le sourire disparut aussi vite qu'il était venu, et Dawson se renfrogna de nouveau. La voiture qui leur barrait la rue un peu plus tôt venait de s'arrêter quelques mètres devant eux.

En dépit de la situation dans laquelle ils se trouvaient, Savvy regretta que le sourire de Dawson se soit effacé.

— Vous devriez sourire plus souvent.

— Rappelez-le-moi, quand nous ne serons plus poursuivis par deux tueurs fous.

Il tourna encore une fois, dans une ruelle obscure.

Au bout de la rue, il enfonça l'accélérateur, et fit tournoyer la voiture vers la gauche. Une fois engagé dans la rue, il éteignit les phares, et se fraya un chemin entre des piles de palettes et des poubelles. Lorsqu'il atteignit le bout de la ruelle, il ralentit suffisamment pour jeter un coup d'œil de chaque côté du croisement.

Savvy regarda derrière eux. Pas de phares, pas de trace de la voiture qui les avait suivis.

— Je crois que nous avons semé ceux qui étaient derrière nous.

— Oui, mais pour combien de temps ? répondit Dawson, en s'engageant dans une autre ruelle.

Il continua d'avancer pendant plusieurs minutes, tous feux éteints, dans un labyrinthe de rues sombres.

— C'est épuisant d'être poursuivis par des bandits, dit-elle en se calant contre l'appuie-tête. Je sais, je sais, j'aurais dû rester à l'hôpital. Mais je n'y étais pas en sécurité non plus.

— Je vous aurais surveillée.

— Dawson, il faut aussi que vous dormiez de temps en temps.

Mais au train où allaient les choses, songea-t-elle, ils ne dormiraient pas beaucoup, tant qu'elle ne serait pas innocentée pour le meurtre de Tomas Rodriguez.

— Je suis désolée de vous avoir mis dans cette situation.

— C'est mon…

— Je sais, c'est votre travail.

L'épuisement laissa soudain place à de l'irritation, et la douleur de sa blessure se raviva. Savvy pressa doucement les doigts sur les points de suture.

— Nous allons chez moi ?

— Oui, bien que je ne sois pas d'accord, répliqua Dawson d'un ton sec. Je ne pense pas que ce sera facile.

— Nous pourrions nous garer un peu plus loin, et y aller à pied ?

Il lui lança un regard de côté.

— Vous en aurez la force ?

Peut-être pas, mais elle ne le dirait pas. Elle lui avait déjà causé assez de soucis comme ça. Ses jambes et sa tête n'avaient qu'à coopérer un peu.

— Oui, déclara-t-elle avec assurance.

Elle observa les rues de Laredo, dans l'espoir que quelque chose réveillerait sa mémoire. Mais au bout d'un moment, elle secoua la tête.

— Tout cela ne me rappelle rien.

— Ne vous inquiétez pas, ça reviendra.

Il ralluma les lumières et s'engagea sur une large route à quatre voies. Toutes les deux minutes, Savvy se tordait le cou pour regarder en arrière.

— Ce n'est pas la peine de vous retourner, j'ai l'œil sur le rétroviseur.

Elle se laissa retomber contre le dossier de son siège en soupirant.

— Toute cette journée a été rude à digérer.

— J'imagine.

Elle posa les yeux sur le GPS fixé au tableau de bord.

— Tous les gardes du corps ont un GPS dans leur véhicule ?

— Tous ceux qui travaillent pour l'Agence Lone Star. La patronne exige d'avoir le meilleur matériel.

Donc, ce grand homme au visage sombre et pensif *pouvait* parler un peu de lui. Savvy réprima un sourire. Si elle voulait en apprendre davantage sur Dawson Gray, il fallait le questionner avec subtilité.

— Ça vous plaît, de travailler pour cette agence ? demanda-t-elle d'un ton détaché.

— Je vous dirai ça plus tard. Il n'y a que deux mois que j'ai été engagé.

Exact. Dawson avait eu une vie avant ce job de garde du corps.

— Dans quel corps serviez-vous ?

— L'armée de terre, répondit-il d'un ton bref.

Sa voix était si dure qu'elle hésita à lui poser d'autres questions. Elle avait tout le temps. Apparemment, ils allaient devoir rester ensemble quelques jours. Elle attendrait. Si elle ne se faisait pas tuer par le meurtrier, ou par les hommes de Humberto Rodriguez.

Dawson se gara derrière un long bâtiment.

— Votre appartement est à deux rues d'ici. Vous êtes sûre de pouvoir marcher ?

Savvy hocha la tête tout en dégrafant sa ceinture de sécurité. Son cœur battait à toute allure, mais ce n'était pas de crainte de tomber sur d'autres bandits. Elle se demandait ce qu'elle allait découvrir dans l'appartement. Ou plutôt, elle craignait de ne rien trouver qui lui rappelle qui elle était, d'où elle venait, et pourquoi elle avait choisi Laredo comme point de chute.

Dawson descendit du camion et ouvrit la portière arrière. Un gros sac de sport était posé sur le sol.

Le cœur de Savvy fit un bond quand elle vit Dawson en sortir une arme et un holster.

Il fit glisser les lanières de cuir sur son épaule, et glissa l'arme dans l'étui, sous son bras gauche. Puis il prit encore une chemise en chambray et un blouson de cuir dans le sac. Il enfila la chemise, afin de cacher l'arme et le holster, puis referma la portière et alla ouvrir celle de Savvy.

Elle se laissa glisser souplement entre ses bras, évitant de toucher l'arme. Il la tint pour l'aider à recouvrer son équilibre. Ses yeux étaient sombres.

— Merci, dit-elle dans un souffle.

— Tenez, cela vous sera utile, répondit-il en lui tendant le blouson de cuir.

Le logo *Harley* s'étalait sur le dos du vêtement.

— Que voulez-vous que j'en fasse ?

— Je veux que vous le portiez.

— Mais il est trop grand, et il date des années quatre-vingts !

— Considérez cela comme un déguisement. Allons, vite, enfilez-le !

— Avec cette chaleur ? Vous ne croyez pas que je vais me faire repérer ?

Elle passa tout de même le blouson, et eut l'impression de peser dix kilos de plus.

— Ça ne me plaît pas.

— Faites-moi plaisir, répliqua-t-il, en faisant sortir ses longs cheveux clairs du col de cuir.

Savvy s'écarta, troublée.

— Je peux le faire.

— Pour le moment, faites-moi…

— Plaisir, acheva-t-elle à sa place, avec un petit rire nerveux.

Elle ne savait pas quoi faire de ses mains. Elle aurait aimé les poser sur le torse de Dawson, mais cela aurait pu lui paraître bizarre. Elle les laissa retomber sur le côté.

Une fois qu'il lui eut remonté la fermeture Eclair, elle crut qu'il allait s'écarter. Mais, au lieu de cela, il saisit ses longues tresses et les ramena sur sa tête.

— Je ne vais pas à un défilé de mode, vous savez.

— Non, mais vous êtes la cible d'un des hommes les plus dangereux du Mexique.

Parcourue d'un frémissement, elle sentit sa gorge se nouer.

— Une autre partie du déguisement, dit-il en prenant une casquette de base-ball dans sa poche.

Il la posa sur la tête de la jeune femme, et recula pour la regarder.

— Voilà. Maintenant, vous êtes prête.

Savvy lui emboîta le pas, avec l'impression d'être une petite fille affublée des vieux vêtements de son grand frère. Ils traversèrent l'arrière-cour d'une vieille maison délabrée de style ranch, et passèrent rapidement dans la rue voisine.

Ils ne s'arrêtèrent que lorsqu'ils atteignirent une haute haie entourant un parking. Un immeuble d'apparence banale, avec des murs de stuc, se dressait derrière les buissons.

— C'est là ?

Savvy s'approcha d'un trou dans la haie, en traînant les pieds. La lumière pâle des réverbères éclairait faiblement les murs dont la peinture d'un brun rosé était délavée et écaillée. Les voitures garées au pied du bâtiment avaient connu des jours meilleurs. Certaines étaient rouillées, d'autres cabossées, avec des hayons fermés par des ficelles et des pare-brises fissurés.

— C'est ici que je vis ? chuchota Savvy.

Elle ne parvenait pas à s'imaginer dans un environnement aussi dégradé. Où étaient les larges portiques, les colonnes grecques, et les porteurs attendant de prendre ses bagages ?

Elle s'arrêta, et lâcha la main de Dawson. Vivait-elle dans un univers fortuné ? Ou bien rêvait-elle d'avoir une vie de princesse, parce que son quotidien était en réalité un enfer ? Elle ferma les yeux et essaya de retrouver le décor grec qu'elle avait imaginé lorsqu'elle avait posé les yeux sur les stucs ébréchés du vieil immeuble. Pourquoi cette image avait-elle surgi ? Pourquoi ?

Une main se posa sur son bras, rompant le cours de sa réflexion. La voix de Dawson résonna dans l'obscurité.

— Vous vous rappelez quelque chose ?

Savvy secoua la tête.

— Non. Je croyais…

Une serveuse de bar ne vivait pas dans une somptueuse villa de la côte grecque, songea-t-elle en soupirant. Une chaleur lourde montait du sol qui avait été chauffé toute la journée par le soleil accablant du Texas. Malgré cela, et malgré le blouson de motard qui pesait sur ses épaules, elle fut secouée d'un frisson. Rien de tout cela ne lui semblait naturel… ou familier.

— Non. Ce lieu ne me rappelle rien.

— Nous ne sommes pas obligés d'entrer, si vous n'en avez pas envie.

Dawson fit remonter la manche du blouson, pour

chercher sa main. Il serra ses doigts forts et chauds sur les siens. Savvy voulut se dégager, mais il la retint.

— Je veux entrer.

Il fallait qu'elle voie l'appartement de ses yeux. Quelque chose, n'importe quel détail, pouvait lui rendre la mémoire.

— Ce n'est pas prudent. Ceux qui veulent vous tuer attendent peut-être à l'intérieur.

Elle balaya la rue du regard. Une voiture passa non loin de la haie derrière laquelle ils se dissimulaient.

— Liz a dit que je vivais dans l'appartement 212, et qu'elle était au 215.

Dawson observa les portes sur lesquelles les nombres étaient inscrits à la peinture, et secoua la tête.

— C'est beaucoup trop risqué. Nous ne devrions pas pénétrer dans le bâtiment.

— Mais il le faut.

Il continua d'observer les voitures, le toit, et les alentours.

— Je vais entrer le premier. Restez cachée derrière la haie.

Savvy voulut protester, mais il lui posa un doigt sur les lèvres. Il se pencha si près d'elle qu'elle sentit l'odeur de son after-shave. Tous les mots qu'elle avait en tête se dissipèrent, et elle ne fut plus consciente que du contact de son doigt fort et chaud.

— Je vous en prie, restez là, dit-il.

Elle demeura figée, le souffle court, le cœur battant à grands coups.

— D'accord.

Il garda un long moment les yeux fixés sur elle. Puis, comme s'il avait enfin vu ce qu'il désirait, il hocha la tête.

— Je reviens tout de suite.

Savvy le vit se glisser entre les buissons touffus de la haie, puis se faufiler silencieusement entre les voitures, tel un félin traquant sa proie.

Il disparut dans les ombres de l'escalier menant au deuxième étage. Savvy retint son souffle, l'oreille aux aguets, son regard passant de droite à gauche. Quand Dawson atteignit la galerie du deuxième étage, il ouvrit rapidement la porte avec la clé que Liz lui avait donnée. Poussant le battant, il fit un pas de côté, et attendit. Au bout de quelques secondes, il pénétra dans le hall d'entrée.

Pendant quelques secondes interminables, Savvy attendit de le voir réapparaître. A l'instant où elle allait se décider à se lancer à sa recherche, il apparut sur le seuil et lui fit signe d'approcher.

Elle poussa un soupir de soulagement. Empruntant le même chemin que Dawson, elle se faufila entre les voitures en gardant la tête baissée, et franchit vivement les quelques mètres à découvert qui la séparaient de l'entrée.

Dawson l'attendait au pied de l'escalier, prêt à l'aider à gravir les marches jusqu'au second étage.

— Quelqu'un nous a devancés, chuchota-t-il. L'appartement est sens dessus dessous.

Savvy redressa les épaules, luttant contre la peur et la déception.

— Cela m'est égal. Il faut que j'entre.

— Alors dépêchez-vous. Si j'étais un tueur à votre recherche, c'est le premier endroit où j'irais vous chercher.

— Merci, répondit-elle avec un petit sourire crispé. Rien de tel qu'un peu de pression de temps en temps, pour vous faire avancer.

— Fermez la porte et tirez les rideaux avant d'allumer

la lumière. Je vais rester sur le palier pour monter la garde.

Savvy franchit le seuil et referma derrière elle. Elle aurait préféré que Dawson entre avec elle. Elle chercha l'interrupteur à tâtons, finit par le trouver, et une vive lumière illumina la pièce.

Elle étouffa une exclamation de stupeur.

Tous les meubles avaient été renversés et brisés. Des livres étaient répandus sur le sol, dont les pages déchirées étaient éparpillées sur la vieille moquette beige. Sur le mur se détachait une inscription en lettres tremblées. *La señorita debe morir.*

Savvy pressa une main contre sa gorge. Sa vision se brouilla. *La jeune femme doit mourir.*

Les mots espagnols résonnèrent quelques instants dans sa tête, avant qu'elle ne se rende compte qu'elle les avait traduits. *Je comprends l'espagnol.* Comment était-ce possible ? Avait-elle grandi dans le sud du Texas ?

La femme doit mourir. *Cette femme, c'est moi.* Cette pensée la fit sortir de sa torpeur, et elle examina le contenu de la pièce, cherchant des photographies, un agenda, des souvenirs… n'importe quoi qui serait susceptible de réactiver sa mémoire.

Le minuscule salon ne contenait rien. Elle passa dans la chambre, qui n'était pas plus grande qu'un placard. Le matelas avait été dépouillé de ses draps, et éventré. Le couvre-lit était jeté sur le sol, à côté de l'oreiller. Le même message que dans le salon avait été tracé sur le mur, à l'aide d'une bombe de peinture.

Après avoir rapidement inspecté le sol et les tiroirs, elle dut se rendre à l'évidence. Il n'y avait rien qui évoque le plus infime souvenir. La salle de bains avait été également saccagée. Des vêtements en lambeaux jonchaient le sol. La commode ne contenait plus le moindre sous-vêtement de rechange.

Des larmes de colère lui serrèrent la gorge, et elle eut l'impression d'étouffer.

— Savvy ?

Dawson se tenait sur le seuil. Sa silhouette emplissait toute l'ouverture, et ses épaules étaient si larges qu'elles touchaient le chambranle. Mais même la force qui se dégageait de lui ne suffisait plus à la rassurer.

L'air était trop lourd, elle était oppressée. Il fallait qu'elle sorte d'ici. Son appartement avait été saccagé, tout comme sa mémoire. Une telle panique l'envahit qu'elle eut envie de hurler. Repoussant Dawson, elle passa dans le salon, trébucha contre un pouf, et gagna la porte d'entrée. Ouvrant le battant à la volée, elle s'enfuit sur la galerie, inspirant à pleins poumons.

— Savvy ! s'écria Dawson.

Impossible de lui faire face, de voir la pitié s'inscrire dans son regard. Cet appartement était son univers, mais pour l'instant elle ne parvenait pas à le reconnaître. Elle se mit à courir. Il fallait qu'elle mette le plus de distance possible entre elle, Dawson et cet appartement.

Mais à chaque pas, ses jambes s'affaiblissaient, sa force l'abandonnait. Les questions tournoyaient dans sa tête, se répétant comme un disque rayé. Qui était Savvy Jones ? D'où venait-elle ? Où allait-elle ?

— Savvy ?

Une petite fille aux cheveux noirs surgit devant elle. Ses longues boucles en désordre retombaient dans son dos, ses grands yeux bleus étaient élargis par la peur.

— Que se passe-t-il ?

— Je…

Savvy s'immobilisa et contempla la jolie fillette vêtue d'un jean et d'un T-shirt coloré. Son cœur se serra douloureusement.

— Je… oh, mon Dieu… je te connais ?

6

Dawson se rua derrière Savvy. Il découvrit celle-ci figée, tremblante, sur le palier.

Une petite fille se tenait devant elle, la main tendue.

— Tu ne te souviens pas de moi, Savvy ? Je m'appelle Charlie, tu es ma meilleure amie.

Une larme roula sur la joue potelée de la fillette.

Dawson sentit son cœur se serrer. Si sa fille avait vécu, elle aurait deux ans à présent. Le chagrin l'envahit de nouveau à la pensée de la perte qu'il avait subie.

Savvy s'agenouilla devant l'enfant et lui prit la main.

— Je suis désolée, expliqua-t-elle d'une voix brisée. Je ne me souviens de rien.

Dawson repoussa l'envie de prendre Savvy dans ses bras et de la serrer contre lui jusqu'à ce que leur chagrin, à tous les deux, se soit dissipé. Il s'obligea à scruter les environs, guettant les signes éventuels de la présence de l'ennemi dans le parking. Après tout ce qui s'était passé, Savvy n'était en sécurité nulle part à l'extérieur. Toutefois, il ne put se résoudre à interrompre ces retrouvailles avec la fillette, qui manifestement la reconnaissait. Savvy avait probablement besoin de ça pour recouvrer la mémoire. Tout ce qu'il pouvait faire en attendant, c'était d'être vigilant.

— Charlie !

Liz Scott apparut à la porte d'un autre appartement, l'air affolée. Elle repéra aussitôt Charlie et Savvy.

— Oh, Charlie ! s'écria-t-elle en courant vers sa fille. Tu ne dois pas sortir sans moi, tu entends ?

— Oui, maman. Savvy ne se souvient pas de moi, ajouta-t-elle en se tournant vers sa mère.

Liz sourit faiblement.

— Je sais, ma chérie. Savvy a reçu un coup sur la tête, qui lui a fait tout oublier.

— Tout ? Même notre signe secret ? demanda Charlie en glissant sa petite main dans celle de Savvy.

— Je suis désolée.

Savvy abandonna sa main à la fillette et leurs doigts se nouèrent, puis elles serrèrent les poings pour les cogner l'un contre l'autre.

— Tu te souviens ! s'exclama Charlie, dont le visage s'illumina.

Savvy émit un petit rire, et lança un coup d'œil en direction de Dawson.

— Oui, je me suis souvenue.

— Nous devrions rentrer, suggéra le garde du corps. C'est trop dangereux, ici.

— Venez avec nous, dit Liz en poussant Charlie à l'intérieur de l'appartement.

Dawson aida Savvy à se relever, et la guida vers la porte de Liz, en se plaçant vers l'extérieur de la galerie, pour la protéger de son corps. Quand ils furent tous entrés, il referma la porte.

Liz serra Savvy dans ses bras.

— Je me suis inquiétée en ne vous voyant pas arriver. Que s'est-il passé ?

— Nous avons été suivis, expliqua Savvy en frémissant.

— Zut alors ! s'exclama Liz, en poussant le rideau pour examiner le parking. Tu crois qu'ils vont venir ici ?

— Ils sont déjà venus, répondit Savvy, d'un ton si morne que son amie revint vers elle.

— Comment le sais-tu ?

— Mon appartement a été mis à sac. Tout a été saccagé. Les meubles, mes vêtements… Tout.

— Oh, Savvy, murmura Liz en serrant de nouveau la jeune femme contre elle.

Dawson aurait aimé être à la place de Liz. L'expression défaite de Savvy lui donnait envie de frapper quelqu'un, de punir ceux qui lui faisaient du mal. Et il avait beau se dire qu'elle ne représentait qu'une de ses nombreuses missions pour l'agence, cela n'apaisait en rien la colère qui bouillonnait en lui.

— Tu nous as, nous, Savvy, dit Liz en lui tapotant le dos.

— Je ne te connais pas, protesta la jeune femme en secouant la tête. Je ne me souviens pas.

— Mais nous, oui. Et nous pouvons t'aider. N'est-ce pas, Charlie ?

— Oui, maman. Nous pouvons lui apprendre à me lire des histoires avant d'aller dormir, comme avant !

Savvy regarda l'enfant avec un sourire tremblant.

— Quelle était mon histoire préférée ?

— La Belle et la Bête ! répliqua l'enfant avec enthousiasme. Ma préférée à moi, c'est Cendrillon, parce qu'elle se marie avec un prince très riche.

— Epouser un prince n'est pas toujours ce qu'il y a de mieux, tu sais. Ce qui est important, c'est d'avoir quelqu'un qui t'aime vraiment, même s'il est moins riche qu'un prince.

Savvy fronça les sourcils, et ajouta, pensive :

— Je me demande ce qui me fait dire ça…

— Tu me l'avais déjà dit, fit remarquer Charlie. Tu te rappelles ?

Savvy haussa les épaules, et passa la main dans les cheveux de l'enfant.

— Je ne sais plus.

Dawson observa la scène en silence. Amanda et lui rêvaient de raconter des histoires à leur enfant, avant d'aller dormir. Ils parlaient des choses qu'ils lui apprendraient, des endroits où ils iraient ensemble. Les souvenirs firent resurgir le chagrin qu'il croyait avoir fini par surmonter.

— Restez là, ordonna-t-il d'une voix plus rude qu'il ne l'aurait voulu. Je voudrais fouiller votre appartement. Il doit forcément y avoir quelque chose d'intéressant là-bas.

Savvy posa sur lui des yeux brillants de larmes.

— Merci.

Il laissa son regard s'attarder sur elle un instant de trop, plongeant dans la profondeur incroyable de ses yeux verts. Puis il tourna les talons et sortit, en rabattant la porte derrière lui. Il fallait absolument qu'Audrey lui confie une autre mission, et vite. Il tira son téléphone de sa poche et composa le numéro de sa patronne, se préparant à tomber sur sa messagerie.

La sonnerie retentit quatre fois avant qu'Audrey ne décroche enfin, hors d'haleine.

— Dawson !

Désarçonné, il faillit oublier ce qu'il voulait lui dire.

— Audrey, je…

— J'ai bien eu tes messages. Les quatre. Jack McDermott sera bientôt libre. Je peux l'envoyer demain après-midi pour prendre ta place, si c'est ce que tu veux.

La main de Dawson se crispa sur le téléphone. Il fut

soudain assailli par l'image de Savvy allongée sur le sol blanc de l'hôpital, après que l'homme aux tatouages l'avait agressée dans sa chambre.

— Oui… c'est ce que je veux.

Pourquoi hésitait-il ? Il n'avait jamais souhaité devenir garde du corps. Il ne voulait pas être responsable de la vie de quelqu'un, éprouver de la culpabilité s'il échouait.

— Dans ce cas, je lui demanderai de te contacter demain. J'ai une enquête privée qui te conviendrait très bien, si ça t'intéresse.

— Plus tard, si tu peux attendre. Quelle que soit la personne qui assure la protection de la cliente, il faut que nous en apprenions davantage sur le cartel Rodriguez. Savvy… c'est-à-dire, Mme Jones, est toujours la principale suspecte, et apparemment le seul témoin du meurtre.

— Jack fera très bien l'affaire pour ce genre d'enquête. Il parle couramment l'espagnol et il a de nombreux contacts dans la région. Tu peux tenir jusqu'à ce qu'il soit disponible ?

— Oui.

— Je vais faire mon possible pour le libérer au plus tôt.

— Bien. Et au fait, fais une recherche sur le nom de Jameson. Je ne sais pas exactement ce que ça a à voir avec Savvy, mais vérifie s'il y a un lien.

— Pas de problème, répondit Audrey.

Dawson referma son téléphone et le glissa dans sa poche.

Pourquoi hésitait-il, alors qu'on lui proposait un remplaçant ? La protection d'un témoin était exactement le genre de travail dont il ne voulait pas. Il pouvait fort bien se contenter de filer une femme adultère, ce qui n'impliquait pas de cas de risque de vie ou de mort. Et il n'y aurait pas de jeune femme aux yeux verts et aux cheveux roux comptant sur lui pour la protéger des assassins, tandis qu'elle courait dans tout Laredo, à la recherche d'un indice pouvant lui rendre son passé, ou expliquer un meurtre qu'elle ne se souvenait pas d'avoir commis.

La main sur la poignée de la porte, il s'arrêta. Un mouvement, au milieu des voitures du parking, venait d'attirer son attention. Il alla se pencher par-dessus la rambarde de la galerie. Pendant un long moment, il ne vit rien bouger dans l'obscurité. Puis une ombre se déplaça entre deux voitures, et Dawson soupira. Un chat. Secouant la tête, il pénétra dans l'appartement de Savvy. Il valait mieux être trop méticuleux, plutôt que de laisser passer quelque chose.

Il contempla le désastre, en essayant de se mettre à la place de Savvy. Il comprenait qu'elle ait été bouleversée. Elle comptait beaucoup sur l'inspection de cet appartement pour stimuler sa mémoire.

Il en fit le tour pièce par pièce, examinant soigneusement les débris. Le salon était dévasté. Mais dans la chambre, il trouva une chemise intacte, et au fond d'un placard, un jean délavé qui n'avait qu'un accroc au genou. Sur la plus haute étagère, il dénicha une boîte à chaussures. Celle-ci était remplie de factures, et de bulletins de salaire provenant du Waterin'Hole. Quand il renversa la boîte pour la vider de son contenu, il vit une photo s'en échapper et glisser sur le sol.

Il la prit, la gorge sèche. Un bébé au visage rond, entouré de grosses boucles blond roux le contemplait. Le papier était froissé et marqué de taches d'humidité. Quelqu'un l'avait tenu dans ses mains, avait peut-être versé des larmes dessus. La photo aurait pu être celle de Savvy, à l'âge de un an et demi, ou deux ans. Mais la date inscrite au dos était récente. Elle remontait seulement à huit mois en arrière.

Savvy avait-elle un bébé ? Etait-elle mariée ? Si elle avait un enfant, pourquoi l'avait-elle laissé quelque part ? Quelle mère pouvait abandonner son enfant ? Il examina les grands yeux, aussi verts que ceux de Savvy. Oui, c'était certainement son enfant.

Ses doigts se crispèrent sur la photo. Celle-ci suscitait de nouvelles questions, et ne fournissait aucune réponse sur le passé de Savvy. Il la glissa dans sa poche, et continua de fouiller, avec encore plus de détermination. Qu'allait-il trouver d'autre ?

Et pourquoi était-ce si important pour lui, alors qu'il savait que sa mission allait s'achever, et qu'un de ses collègues allait le remplacer ?

Savvy était assise dans le canapé, et une Charlie débordante d'énergie lui passait ses livres de contes les uns après les autres.

— Cette histoire-là, tu me la lis lorsque j'ai peur. Celle-ci, tu me l'as achetée quand j'ai perdu ma première dent. Elle parle des petites souris qui viennent prendre les dents de lait.

— Charlie, laisse Savvy respirer. Elle n'est pas encore guérie de sa blessure.

Liz posa une tasse de thé brûlant sur la petite table encombrée.

— Cela t'aidera peut-être à récupérer. Cette journée a dû être très dure pour toi.

Savvy la remercia d'un sourire et prit la tasse.

— En effet. J'ai l'impression d'être un fardeau pour tout le monde. Et même pour moi. J'espérais vraiment trouver quelque chose qui raviverait mes souvenirs dans l'appartement.

— Eh bien, tu t'es au moins rappelé une chose, c'est la poignée de main secrète avec Charlie, fit observer Liz en souriant.

— Mais cela ne m'aide pas à savoir qui je suis.

— Non, mais c'est un début. Petit à petit, d'autres souvenirs te reviendront.

— Je ne peux pas attendre, Liz.

Elle ne connaissait Liz que depuis quelques minutes, mais elle se sentait à l'aise avec elle.

— Il faut que je sache qui je suis, d'où je viens, de quoi je suis capable…

Les mots moururent sur ses lèvres, ses mains se mirent à trembler. Sa plus grande crainte, c'était de découvrir qu'elle avait vraiment tué Tomas Rodriguez.

— Assez, dit Liz en lui prenant sa tasse pour la poser sur la table. Tu ne te souviens peut-être de rien, mais Charlie et moi savons des choses importantes sur toi. Tu es intelligente. Tu m'as aidée à faire mes comptes, car je ne suis pas douée pour ça. Tu es gentille. Tous les clients du bar t'aiment bien, car tu n'es jamais insolente avec eux. Tu leur souris, même quand ils sont désagréables. Et enfin, tu as beaucoup de patience avec Charlie, ce qui fait de toi une sainte car je sais qu'elle est parfois insupportable.

Savvy passa la main dans les cheveux soyeux de la fillette. Le geste lui parut étrangement familier, comme si elle avait déjà souvent caressé la tête d'un enfant.

— J'aimerais me rappeler, soupira-t-elle.

— Cela viendra. Charlie, sois une grande fille, rapporte les livres dans ta chambre. Tu peux lire seule.

Charlie sourit à Savvy et lui montra un vieux livre, qui avait visiblement été manipulé de nombreuses fois.

— Tu me liras celui-là ce soir.

Savvy lui rendit son sourire. Elle ne voulait pas décevoir la fillette, mais elle doutait fort de pouvoir lui lire son histoire ce soir. Mais cela arriverait peut-être, quand elle aurait enfin remis de l'ordre dans sa vie. Et elle le souhaitait. Vraiment.

Quand Charlie fut sortie, Liz se tourna vers son amie.

— En attendant que tu recouvres la mémoire, je peux te dire ce que je sais sur toi. Tu m'as confié une fois que tu ne voulais plus revivre ton ancienne vie. C'était trop douloureux. Tu disais que tu ne voulais pas finir comme ton père, qui était trop fasciné par le dieu dollar pour voir ce qui comptait vraiment dans la vie. La famille, par exemple.

— Je t'ai parlé de mon père ? Je t'ai dit qui il était ?

— Non, désolée, je ne sais rien de plus. Quand je t'ai demandé ce que tu voulais dire, tu t'es fermée comme une huître. C'est la seule fois où tu m'as parlé de ton ancienne vie.

Liz sourit gentiment, et poursuivit :

— Tu étais très triste, comme si tu avais perdu quelqu'un que tu aimais. Comme tu étais mon amie, et que tu m'avais soutenue quand je craignais de ne pas pouvoir élever Charlie toute seule, je n'ai pas insisté pour que tu me répondes.

Les paroles de Liz amenèrent une immense tristesse dans le cœur de Savvy. Peut-être ne pouvait-elle pas se rappeler son passé parce qu'elle ne le voulait pas vraiment. Comme Dawson. C'était trop douloureux.

Liz lui prit les mains, les serra dans les siennes.

— Quand tu étais avec Charlie, cela semblait t'aider.

Je crois qu'elle formait un lien entre nous. Je n'ai pas de famille, en dehors d'elle. Et toi, tu es devenue ma famille.

— C'est réconfortant de savoir que je t'ai, dit Savvy, la gorge nouée.

Grâce à Liz, elle avait l'impression de ne plus être seule au monde.

— Tu peux compter sur moi, répondit la jeune femme. Ce que tu dois savoir sur Savvy Jones, c'est qu'elle n'a pas une once de méchanceté en elle. Il est impossible que tu aies tué Tomas Rodriguez. Tu n'as pas voulu écraser l'araignée que tu as trouvée dans ta salle de bains, l'autre jour. Tu es venue me chercher pour que je t'aide à l'attraper et à la relâcher dehors. Tu n'es vraiment pas le genre de personne qui pourrait tirer sur un homme.

Savvy posa les yeux sur leurs doigts entrelacés.

— Je te remercie de ta confiance. Mais si je ne l'ai pas tué, pourquoi avais-je une arme dans la main quand tu m'as découverte ?

Liz relâcha les doigts de Savvy et prit sa tasse sur la table.

— La seule explication, c'est que tu es victime d'un coup monté. Quelqu'un a voulu te faire accuser de l'assassinat de Tomas, afin de disculper le vrai meurtrier.

— C'est ce que dit Dawson. L'arme était dans ma main gauche. C'est bizarre, ajouta-t-elle en haussant les épaules. Je ne me souviens pas si j'étais droitière ou gauchère, mais mes mains s'en souviennent.

Elle sursauta en entendant frapper à la porte.

— Ce doit être Dawson.

— Je vais voir ! déclara Liz en se levant d'un bond.

Elle regarda par le judas, et siffla doucement.

— Oh la la. C'est vraiment un beau garde du corps. J'aimerais que ce soit le mien, dit-elle en ouvrant la porte.

— Qui ça ? fit Dawson en haussant les sourcils.

— Oh, rien. Nous parlions, c'est tout.

Les joues de Savvy s'enflammèrent. Elle ne pouvait même pas répondre à Liz, et lui dire que Dawson n'était pas à elle. Elle ne représentait qu'un job pour lui, dont il ne voulait pas.

— Il faut partir.

Il dévisagea Savvy et se rembrunit, mais ne fit pas de remarque. Avait-il deviné que Liz parlait de lui ?

Savvy espérait que non.

— J'ai trouvé un jean et une chemise qu'ils avaient oubliés.

Elle prit le paquet de vêtements et les serra contre sa poitrine.

— Merci.

— Vous êtes prête ? Plus nous restons ici, et plus nous courons le risque de mettre Liz et Charlie en danger.

Savvy écarquilla les yeux.

— Je n'avais pas pensé à cela. Fais attention à toi, et surveille bien Charlie, ajouta-t-elle en serrant Liz dans ses bras. Je ne voudrais surtout pas qu'il vous arrive quelque chose à cause de moi.

— Ne t'inquiète pas. Nous ferons attention.

Les jolis yeux bleus de Liz s'embuèrent.

— Tu vas me manquer. Faites bien attention à elle, Dawson.

Ce dernier acquiesça, les lèvres serrées. Puis il se tourna vers la porte sans ajouter un mot.

Liz le suivit des yeux. Un sourire espiègle se dessina sur ses lèvres.

— Bonne chance, ma chérie. Il faudra peut-être le garder, celui-là.

Savvy se hâta de rejoindre Dawson. Les mots de Liz résonnaient dans sa tête.

Le garder ?

C'était certainement le plus bel homme qu'elle ait jamais vu. Ce qui, étant donné son problème de mémoire, ne voulait pas dire grand-chose. Cependant, même si elle ne se rappelait pas ceux qui étaient passés dans sa vie, elle savait reconnaître un *bel* homme.

Mais en admettant même que Dawson manifeste de l'intérêt pour elle, elle ne pouvait se laisser tenter. Comment se lancer dans une relation, alors qu'elle ne savait pas qui elle était ?

Elle passa le bout de ses doigts autour de son annulaire. Pas de trace d'une alliance. Liz la connaissait depuis quatre mois, et elle avait dit que Savvy n'avait pas de famille. Etait-elle séparée ? Divorcée ? Veuve ?

Quelle que soit l'attirance qu'elle éprouvait pour Dawson, elle ne pourrait rien faire avant de savoir avec certitude ce qu'était sa vie. Cette idée fermement ancrée dans la tête, elle suivit l'homme qui faisait naître en elle tant de questions.

Il franchit la porte, et tendit la main sur le côté, pour empêcher Savvy de l'imiter. Pendant un moment, il tourna la tête de droite à gauche pour scruter les environs, puis il lui fit signe de le suivre.

— Restez près de moi.

Savvy concentra son attention sur l'épaule du garde du corps.

— Je ne voudrais pas qu'on vous tire dessus à cause de moi.

— C'est mon travail de vous protéger.

— Oui, mais…

— Vous préférez passer devant ?

Savvy se raidit. Croyait-il qu'elle plaisantait ?

— Oui, je préférerais, dit-elle, en faisant un pas pour le dépasser.

Il lui agrippa la main, et la fit brutalement pivoter sur elle-même. Elle trébucha contre une marche et tomba en avant.

Dawson referma les bras autour d'elle, et elle se retrouva le visage plaqué contre sa poitrine. Les mains sur son torse, elle n'était qu'à quelques centimètres de son visage.

— Vous ne passerez pas devant.

Elle croisa son regard dans le peu de lumière qui filtrait par les fenêtres. Son expression était indéchiffrable.

— Et si j'insiste ? demanda-t-elle d'une voix haletante qu'elle ne reconnut pas elle-même.

De quoi parlaient-ils, au juste ? Elle avait oublié, fascinée par la profondeur des yeux sombres et des lèvres sensuelles de son protecteur.

— Vous n'avez pas le choix.

Les bras de Dawson se resserrèrent autour d'elle, et elle sentit son souffle sur ses lèvres. Un parfum de menthe l'enveloppa et une foule de pensées désordonnées envahit son esprit, dominées par une bouffée de colère. Avant qu'elle ait pu se ressaisir, un élan la poussa à se hausser sur la pointe des pieds pour presser ses lèvres contre les siennes.

Une flamme de désir surgit, si puissante qu'elle n'eut pas la force de s'écarter.

Il la serra contre lui, et leur baiser se fit passionné, désespéré. L'espace d'un instant, leur communion fut totale. Savvy s'offrit sans réserve.

Elle n'aurait su dire combien de temps ils demeurèrent enlacés. Une seconde, une éternité. Ce qui n'aurait jamais dû arriver devint si réel, si intense, qu'elle en eut la respiration coupée.

Dawson pressa les doigts sur sa nuque, ses lèvres glissèrent sur ses joues, puis sur son cou. Elle inspira longuement, frissonnante. Elle aurait voulu sentir sa bouche sur toutes les parties de son corps. Etre allongée nue contre lui, explorer chaque parcelle de son corps viril.

— Madame Jones ! cria un homme.

Dawson se retourna à l'instant précis où un flash déchira l'obscurité et aveugla Savvy.

Elle leva la main pour se protéger, mais trop tard. Eblouie, elle ne put distinguer l'homme qui tenait l'appareil.

7

Dawson était partagé entre frustration et colère. Sa tension était à son comble, et il avait envie de frapper quelqu'un. Autant s'en prendre à ce misérable journaliste en quête de sensationnel. Il agrippa l'homme par le col de sa chemise et le plaqua violemment contre le mur.

— Sortez de là, grommela-t-il en le relâchant pour examiner le parking.

Comment avait-il pu perdre de vue l'objectif de sa mission ? Cet instant de distraction aurait pu coûter la vie à Savvy. N'importe quel tueur aurait pu pointer son arme sur elle à la place de ce crétin de journaliste, pendant qu'ils s'embrassaient.

Ses lèvres étaient encore brûlantes au souvenir de ce baiser. Pendant deux ans, il s'était dit qu'il ne pourrait plus jamais désirer une femme comme il avait désiré la sienne. Et maintenant, il désirait Savvy. Une vague de culpabilité lui déchira le cœur. Il ne pouvait rien y avoir entre Savvy et lui. Amanda était sa vie, son seul amour, et il ne pouvait déshonorer sa mémoire.

Savvy, elle, ne représentait qu'une mission à accomplir.

— Sortons d'ici.

Il lui passa un bras autour de la taille, essayant de former un rempart de son corps, et se dirigea vers son camion.

— Madame Jones !

L'homme aux cheveux ébouriffés courut derrière eux.

— Pourriez-vous répondre à quelques questions ?

— Non, lança Dawson par-dessus son épaule, tout en aidant Savvy à grimper dans le camion.

— Avez-vous vraiment tiré sur Tomas Rodriguez ?

Dawson rabattit la portière et la verrouilla, puis contourna le véhicule pour aller prendre place à côté de la jeune femme.

— Je ne sais pas qui a tué Tomas Rodriguez, dit-elle à travers la vitre.

— Vous êtes vraiment amnésique ?

Elle confirma d'un hochement de tête.

— Savez-vous qui vous êtes ? Qui est votre père ? Savez-vous quelque chose sur vous-même ?

Dawson fit tourner la clé dans le contact, décidé à s'éloigner coûte que coûte de ce poison de journaliste.

— Non, je ne sais rien, chuchota Savvy en secouant la tête.

Maudit reporter. Ils n'auraient jamais dû venir dans l'immeuble. Tout le monde pouvait poser des questions et apprendre où vivait Savvy Jones. Les bandits qui étaient à sa poursuite le savaient déjà, et ils ne tarderaient pas à revenir pour finir ce qu'ils avaient commencé. Dawson passa la première et démarra.

L'homme se mit à courir à côté du camion, en cognant contre la vitre.

— Madame Jones ! J'ai peut-être des renseignements qui pourront vous aider. Vous pouvez me joindre à l'hôtel Desert Moon ! Demandez Vance Pearson !

— Dawson, arrêtez !

Savvy pivota sur son siège pour regarder l'homme qui était resté au milieu de la rue.

Une berline vert foncé arriva à leur hauteur et ralentit.

Impossible de distinguer les passagers à travers les vitres teintées.

— Pas question. Nous nous sommes déjà attardés trop longtemps ici.

Il appuya sur l'accélérateur et le camion fit un bond en avant, distançant la berline.

— Dawson, je vous en prie. Cet homme pourra peut-être me dire qui je suis.

Elle lui prit le bras, et il éprouva un léger frisson au contact de ses doigts. *Concentre-toi, Dawson.*

— Oui, et peut-être qu'il est juste à l'affût d'un scoop pour son article. Nous ne pouvions pas rester, même si j'avais eu confiance en lui. La voiture que nous venons de dépasser était peut-être celle des tueurs. A quoi bon savoir qui vous êtes, si vous êtes morte ?

— Sans passé, c'est comme si j'étais déjà morte.

— Eh bien, vous ne mourrez pas tant que vous êtes sous ma protection.

— Peu importe. Je n'ai pas de souvenirs pour définir ma personnalité.

Savvy se tourna vers la fenêtre, mais il voyait la tristesse dans son reflet sur la vitre, aussi clairement que si elle lui avait fait face.

— Parfois, les souvenirs sont plus douloureux que l'oubli, dit-il.

Elle se retourna et posa sur lui ses grands yeux verts éclairés par les lumières du tableau de bord.

— Les souvenirs douloureux nous aident à comprendre qui nous sommes. Ils nous rendent plus forts. Nos erreurs nous servent à nous construire.

Dawson s'obligea à garder son attention fixée sur la route pour ne plus voir ces yeux verts, ce visage pâle et suppliant, tellement désespéré.

— Et si vous vous apercevez en recouvrant la mémoire que la personne que vous êtes ne vous plaît pas ?

— Alors, j'aurai la possibilité de changer. Nous ne pouvons pas revenir en arrière, mais nous avons toujours le choix. Nous ne sommes pas obligés de répéter les mêmes erreurs.

— Certaines personnes préféreraient simplement oublier.

— Comme vous, par exemple ?

— Comme moi, admit-il.

Savvy garda le silence quelques instants, jouant du bout des doigts avec sa ceinture de sécurité.

— Qui était-elle ?

Dawson sentit que ses yeux le brûlaient. Il cligna les paupières plusieurs fois pour éclaircir sa vision, avant de répondre :

— Ma femme.

Il y eut un long silence. Dawson espéra qu'elle allait laisser tomber le sujet, car il regrettait déjà d'avoir parlé.

— Vous avez dû beaucoup l'aimer.

La culpabilité le submergea. Cette terrible sensation de ne pas avoir été à la hauteur le tenaillait encore.

— Vous voudriez vraiment oublier ?

— Oui, répondit-il sans la regarder.

— Les bons moments aussi ? Si vous l'aimiez, vous avez dû vivre de bons moments ensemble. Et si vous oubliez tout, vous oublierez cela aussi. C'est ce que vous voulez ?

— C'est dur de penser aux choses que vous avez perdues.

— Et vous ne pouvez imaginer à quel point le vide est effrayant, quand vous oubliez tout, dit-elle, le regard perdu dans le vague. Sans nos souvenirs, nous ne sommes rien.

— Et avec eux, nous sommes infirmes, rétorqua-t-il d'une voix dure.

Il ne voulait pas se rappeler, il ne voulait pas parler de son passé, et il ne voulait pas s'attacher à Savvy Jones.

Savvy Jones était une cliente. Il ne pouvait se permettre de se laisser dominer par ses émotions, alors même qu'il était sur le point d'être remplacé. Son job consistait à la protéger jusqu'à ce que Jack McDermott soit là pour le remplacer. Il lui tardait d'être au lendemain. Car au train où allaient les choses, il allait encore une fois échouer dans sa mission, songea Dawson. Ses doigts se crispèrent sur le volant.

Un nouvel échec n'est même pas envisageable.

Il tourna au coin de la rue, et se perdit dans un labyrinthe de ruelles afin de semer des poursuivants éventuels. Au bout de plusieurs minutes, ne voyant pas de phares dans le rétroviseur, il se dirigea vers l'extérieur de la ville et un petit motel banal qu'il avait remarqué en passant.

Bien que déterminé à garder ses distances avec Savvy, il ne put s'empêcher de lui lancer un regard en coin.

Elle se tenait raide, le menton levé. Une larme brillante roula sur sa joue. Dawson sentit sa carapace se fissurer.

Bon sang.

— Où allons-nous ?

La question de Savvy brisa un silence pesant. Elle aurait aimé poser d'autres questions à Dawson sur sa femme, et sur sa vie avec elle, mais il n'aurait sans doute pas répondu.

— Dans un motel.

Son cœur se mit à battre à cent à l'heure. Dawson et elle dans un motel ? Ensemble ? Après ce baiser passionné ?

— Non.

— Vous avez une meilleure idée ?

— Je veux savoir si cet homme détient vraiment des renseignements qui pourraient m'aider à retrouver mon passé.

— Non.

Elle serra les poings.

— Si vous ne me laissez pas retrouver cet homme, alors je veux aller dans le bar où je travaillais. Il faut que je parle aux clients, au patron, n'importe qui qui me connaissait et qui aurait pu voir quelque chose la nuit dernière.

— Non.

— Il *faut* que je fasse quelque chose. Si je ne découvre pas qui a tué Tomas Rodriguez, j'aurai le père de Tomas et tous ses hommes de main à mes trousses. Sans compter le gouvernement, qui risque de m'accuser de meurtre.

Elle prit une longue inspiration, et relâcha son souffle lentement, espérant calmer les battements de son cœur.

— Je vous en prie.

— C'est trop dangereux, répliqua-t-il en secouant brièvement la tête.

— Qu'importe, je prends le risque.

— Vous venez à peine de sortir de l'hôpital. Vous n'avez pas encore recouvré vos forces.

— Mais vous êtes là pour me protéger.

Elle savait qu'elle flattait son ego, mais il fallait qu'elle retourne au Waterin'Hole et cherche à apprendre tout ce qu'elle pouvait sur ce qui s'était passé la veille. Ensuite elle se mettrait à la recherche du journaliste aux cheveux ébouriffés, pour qu'il lui communique les renseignements qu'il détenait. Elle le secouerait elle-même jusqu'à ce qu'il parle !

— Ecoutez, Dawson, je sais que vous ne vouliez pas de cette mission, mais vous allez m'avoir sur les bras jusqu'à ce que le vrai tueur ait été retrouvé. Essayez de voir les choses sous cet angle : plus vite je serai innocentée, et plus vite les tueurs cesseront de me considérer comme leur cible préférée. Une fois que je serai disculpée, vous serez libre de vivre comme vous voulez.

Alors même qu'elle prononçait ces mots, son cœur se serra. L'idée que Dawson allait la quitter lui donnait une impression de perte encore plus grande que quand elle s'était réveillée à l'hôpital, totalement privée de son passé. Dawson avait alors été tel un roc pour elle, l'aidant à garder l'équilibre dans un monde sens dessus dessous. Elle ne savait pas ce qu'elle ferait sans lui. Elle survivrait, probablement. Bien qu'elle ne sache pas grand-chose sur elle, tout au fond de son cœur, elle avait le sentiment d'être une battante. Et peut-être, *peut-être*, y avait-il quelque part une famille qui s'inquiétait pour elle ? Elle finirait par retrouver les siens.

— Nous allons dans un motel où vous pourrez vous reposer, dit-il en lui coulant un regard en coin. Vous avez une mine épouvantable.

— Merci. Vous au moins, vous savez vous y prendre pour démolir l'ego d'une femme. Vous auriez aussi une mine épouvantable si on vous avait tiré dessus et laissé pour mort dans une ruelle, ajouta-t-elle en plissant les lèvres.

— C'est bien ce que je dis.

— D'accord, nous resterons au motel le temps nécessaire pour que je fasse un brin de toilette. Ensuite, avec ou sans vous, j'irai au Waterin'Hole.

Pour toute réponse, Dawson émit un grognement sourd.

Savvy croisa les bras. Il finirait bien par comprendre qu'elle parlait sérieusement. Ce n'était pas en se terrant dans un motel obscur qu'elle découvrirait le tueur.

Elle ne put réprimer un bâillement, qu'elle dissimula rapidement derrière sa main. Il fallait bien admettre qu'elle n'était pas au meilleur de sa forme. Après tout, ce matin encore, elle ne tenait pas sur ses pieds.

Ciel, c'était seulement ce matin ? Il s'était passé tant de choses, depuis qu'elle s'était réveillée à l'hôpital ! N'importe quelle personne adulte et en bonne santé aurait été épuisée par tous ces événements. Elle décocha un coup d'œil à Dawson.

Celui-ci était-il fatigué ? Il paraissait tout à fait vaillant.

Il fallait qu'il l'aide à trouver le tueur. Quand ils auraient mis la main sur la personne qui avait tué Tomas Rodriguez, Savvy serait tranquille, et Dawson pourrait partir.

A condition qu'ils trouvent le tueur. Savvy fut soudain traversée par une terrible pensée. Et si c'était elle qui avait tué Tomas Rodriguez ? Et si elle était une meurtrière ? Que se passerait-il si Dawson avait raison, si ce qu'elle découvrait sur Savvy Jones ne lui plaisait pas ? Pourrait-elle continuer de vivre en sachant qu'elle avait tué un homme ? Un frémissement, qui n'était pas dû à la climatisation du véhicule, lui parcourut le dos.

Sa principale préoccupation devait être de recouvrer la mémoire. Soit ses souvenirs l'innocenteraient, soit ils la condamneraient.

Elle se massa l'arête du nez. Qu'est-ce que son esprit bloquait dans ce trou noir ? Quels secrets pouvaient être si horribles, que son cerveau refusait de les libérer ? Le sang lui battait aux tempes. Avait-elle voulu se supprimer parce qu'elle ne pouvait pas vivre avec l'idée d'avoir tué un homme ?

Et alors, elle aurait tiré de la main gauche ?

Réfléchis, Savvy, réfléchis. Plus elle se concentrait, plus sa tête était douloureuse. Des larmes surgirent sous ses paupières.

Une main large et forte se posa sur la sienne.

— Cessez de vous torturer, Savvy.

— Il faut que je me rappelle.

— Votre mémoire reviendra. Laissez le temps à votre esprit de se remettre du choc.

Elle agrippa la main de Dawson, en gardant le regard fixé sur le pare-brise.

— Je n'ai pas le temps.

— Ce n'est pas en vous forçant à réfléchir que ça s'arrangera.

Il lui lâcha la main pour tourner dans le parking d'un motel miteux. La peinture de la façade était écaillée, et peu de voitures étaient stationnées devant les chambres. Une pancarte accrochée devant la porte indiquait que les chambres étaient louées à la nuit ou à l'heure.

Savvy sentit son cœur sombrer. Charmant.

— Non, j'ai l'impression que rien ne m'aide, admit-elle dans un soupir. Je n'ai rien trouvé dans mon appartement qui me donne la moindre indication sur moi. Pas de photos, pas de lettres, rien. C'est comme si je n'avais jamais existé.

— Cela reviendra. Ne vous crispez pas.

Il alla garer le camion à l'autre bout du parking, afin que personne ne puisse le voir de la route. Il retira la clé du contact, se tourna vers elle et l'observa en étrécissant les yeux.

— Vous me promettez d'attendre ici pendant que je vais réserver la chambre ?

— Je ne pense pas pouvoir faire démarrer votre camion sans les clés, répliqua-t-elle avec un ricanement. De plus, comme vous le dites, je ne suis pas encore rétablie. Je n'irais pas très loin.

— Vous n'avez pas répondu à ma question.

— D'accord, je ne bougerai pas d'ici. C'est promis.

Dawson eut une brève hésitation.

— Allongez-vous sur le siège. Personne ne doit vous voir.

Il descendit du véhicule, et disparut au coin du bâtiment.

Savvy baissa le dossier du fauteuil et s'allongea. Tous les bruits la faisaient sursauter. Elle se plaqua contre le siège, en attendant avec impatience que Dawson revienne. Elle n'aimait pas rester seule, après tout ce qui s'était passé. Avec Dawson, au moins, elle se sentait en sécurité.

Elle passa en revue tout ce qu'elle savait sur les événements de la veille.

D'après ce qu'elle avait compris, Liz l'avait trouvée dans la ruelle près du corps de Tomas Rodriguez, avec une arme dans la main gauche. Elle fit tourner son poignet gauche, essayant d'imaginer le poids d'une arme dans sa main. Cela n'allait pas. Elle n'était pas gauchère. Quelqu'un avait dû l'obliger à braquer cette arme vers sa tempe. Elle ne pouvait pas s'imaginer en train de faire une chose pareille. La vue du sang l'avait toujours rendue malade.

Les battements de son cœur s'accélérèrent. Comment

savait-elle cela ? Elle ferma les yeux et essaya de se rappeler où elle avait vu du sang.

Quelques secondes s'écoulèrent, mais rien ne lui vint à l'esprit.

Une fois encore, elle récapitula tout ce qui s'était passé au cours de la journée. En commençant avec l'homme aux tatouages qui avait essayé de l'étouffer. Impossible de se rappeler son visage, dissimulé par un masque chirurgical, mais elle reconnaîtrait les tatouages si elle les voyait. L'image des dragons bleu-vert et des démons rouges était gravée dans son esprit. Ses seuls souvenirs étaient ceux qu'elle avait accumulés au cours des dernières dix-huit heures.

Celui qui surpassait tous les autres, en dehors de la terreur inspirée par l'homme aux tatouages et la poursuite des deux voitures mystérieuses, était le baiser de Dawson. Elle avait beau essayer, elle ne parvenait pas à le chasser de son esprit.

— Ça t'étonne ? murmura-t-elle pour elle-même. Ce n'est pas comme si j'avais tout un tas de souvenirs à classer.

En dépit de tous ses efforts pour oublier cet instant, elle le revivait sans cesse, retrouvant la sensation des lèvres viriles de son garde du corps écrasant les siennes, de cette chaleur envahissant sa bouche.

Son corps s'enflamma. Elle s'assit, droite sur la banquette, pressant une main contre ses seins gonflés. Avait-elle perdu la tête ?

Un visage sombre apparut derrière la vitre, et elle poussa un hurlement.

Dawson ouvrit la portière, et la prit dans ses bras.

— Ça ne va pas ?

Non, ça n'allait pas du tout. Noyée dans le souvenir

de leur baiser, elle ne pouvait chasser le désir qu'elle avait éprouvé dans les bras de cet homme.

— Je vais très bien, déclara-t-elle en le repoussant. Vraiment. C'est juste que… vous m'avez fait peur.

C'était une demi-vérité. En réalité, c'était moins l'apparition de Dawson que l'intensité de son propre désir qui l'avait effrayée. Et maintenant, la présence de cet homme chaud, vivant, la faisait trembler de tous ses membres.

Il saisit le sac de sport.

— Venez, j'ai réservé une chambre à l'arrière du bâtiment.

Resserrant les pans de sa chemise sur sa poitrine, Savvy s'écarta de Dawson autant que possible. Il ne fallait surtout pas qu'il devine le désir qu'il lui faisait éprouver. Celui-ci se voyait-il dans ses yeux ? A cette idée, elle baissa la tête et fixa le sol.

Elle ne leva les yeux que quand ils s'arrêtèrent devant une porte.

— C'est ma chambre ?

— Oui.

Il fit tourner la clé dans la serrure, et poussa le battant.

La pièce n'était guère plus grande qu'un placard. Un lit à deux places, couvert d'une couverture fleurie usée par d'innombrables lavages, occupait tout l'espace. On ne pouvait rien espérer de mieux, dans un motel qui louait les chambres à l'heure. Savvy redressa les épaules et s'obligea à croiser le regard de Dawson.

— Où allez-vous dormir ? Pas trop loin, j'espère ?

— Pas loin du tout, répondit-il avec un léger sourire. J'ai réservé une seule chambre.

Le visage de Savvy s'enflamma.

— Que voulez-vous dire ?

— Que nous allons partager celle-ci.

Savvy secoua la tête, avant même qu'il ait fini sa phrase.

— Non, c'est impossible. Ils n'en ont pas d'autres de libre ?

— Si, mais elles ne communiquent pas.

Il referma la porte derrière lui, et son corps parut remplir tout l'espace. Savvy eut l'impression que l'air lui manquait. Craignant de s'évanouir, elle s'assit au bord du grand lit.

— Vous ne pouvez pas rester là.

Elle se leva brusquement en se rendant compte qu'elle était sur le lit et que cela risquait d'être suggestif. Bon sang, cela faisait naître chez elle toutes sortes d'idées, alors qu'est-ce que ça devait être chez lui ! Surtout après ce fameux baiser.

Elle se détourna, en pressant les mains contre ses joues brûlantes.

— C'est impossible. Nous nous connaissons à peine.

Dawson déposa le sac sur la commode.

— Vous êtes sous ma responsabilité. Je ne peux pas vous protéger en restant dans une autre chambre.

— Non, vous ne pouvez pas rester. Je ne risque rien, personne ne sait où nous sommes.

— Je ne partirai pas. Je ne prendrai aucun risque tant que vous êtes sous ma surveillance. Fin de la discussion.

Ses lèvres sensuelles se pressèrent, formant une ligne dure. Savvy ouvrit la bouche pour protester, mais se ravisa.

Dawson désigna la salle de bains d'un signe de tête.

— Vous pouvez vous doucher la première.

— C'est très généreux.

Elle se réfugia dans la minuscule salle d'eau, et referma la porte derrière elle en faisant tourner le verrou.

Puis elle s'adossa au battant, attendant que les battements de son cœur ralentissent et que sa respiration redevienne normale. Une douche l'aiderait peut-être à se ressaisir.

Elle repoussa le rideau de plastique transparent et ouvrit le robinet, bien décidée à chasser la saleté de son corps et le désir de son esprit.

Ce n'est qu'un garde du corps. Un homme qui est là pour faire son job, c'est-à-dire te garder en vie. Rien d'autre.

Elle pouvait passer une nuit dans la même chambre que lui. Sans problème. Mais alors qu'elle étalait le savon et le faisait mousser, son corps réagissait comme malgré elle. Elle était nue sous la douche, tandis que Dawson faisait les cent pas dans la chambre, à un mètre ou deux derrière la cloison.

Savvy tourna le robinet vers le froid et rinça ses cheveux, grimaçant quand l'eau coula sur les points de suture. Cela lui apprendrait à éprouver du désir pour un homme qu'elle ne connaissait que depuis quelques heures.

Propre et glacée, elle mit un pied sur le tapis de bain, se frictionna et enfila le jean et le T-shirt que Dawson avait dénichés dans l'appartement saccagé. Ses vêtements sales à la main, elle sortit de la salle de bains, accablée par l'idée que son passé s'obstinait à lui échapper.

Dawson s'était allongé. Ses bottes étaient posées au pied du lit, et son holster caché quelque part.

— Vous vous sentez mieux ?

Il était terriblement attirant, avec sa chemise déboutonnée qui laissait voir son torse musclé. Soudain submergée par toutes les émotions qu'elle avait dû affronter en si peu de temps, elle pinça les lèvres et sentit des larmes lui brûler les paupières.

— Oui, ça va mieux, dit-elle en évitant son regard.

Elle entendit le sommier grincer sous le poids de Dawson.

Ses mains rugueuses se refermèrent tout à coup sur ses bras nus.

— Vous n'avez pas besoin d'être tout le temps courageuse, vous savez.

— Si, il le faut.

— Votre mémoire finira par revenir.

Son souffle chaud lui effleura l'épaule, et elle eut envie de se blottir contre lui et de l'embrasser. Elle ne le connaissait pas. Elle ne se connaissait pas *elle-même.* Elle se dégagea et se retourna pour lui faire face, prête à laisser libre cours à sa colère pour s'empêcher de tomber dans ses bras.

— Comment le savez-vous ?

Il haussa les épaules, et se passa une main dans les cheveux.

— Je l'ai constaté, avec les soldats qui étaient blessés. Leur situation était tellement traumatisante que leur esprit bloquait tous leurs souvenirs, comme pour les empêcher de devenir fous.

— Et ils recouvraient la mémoire, ensuite ?

— La plupart du temps, oui.

— Mais il n'y a pas de garantie ?

— Il faut avoir foi en vous-même.

— Et vous ? Vous avez la foi ?

Il fallait qu'elle établisse une distance entre eux. S'il la méprisait, elle n'aurait plus besoin de lutter contre le désir qu'il lui inspirait.

— Où était votre foi en vous quand vous avez perdu votre femme ? C'est pour cela que vous ne voulez plus être responsable de la vie de quelqu'un d'autre ?

Le visage de Dawson se figea. Il serra les poings.

— J'ai perdu ma foi en moi-même.

— Eh bien, moi aussi.

Savvy serra contre sa poitrine son jean sale et sa chemise, comme un bouclier l'empêchant d'aller vers lui, de revenir sur ce qu'elle avait dit.

— Voilà tout ce que j'ai. Ce sont les seules choses qui me restent de ma vie. Je n'ai rien, ajouta-t-elle, la voix étranglée par un sanglot.

Ses paupières la brûlaient, mais les larmes refusaient de couler. Elle en avait déjà versé plein, et cela ne changeait rien. Les pleurs ne l'aidaient pas à résoudre le mystère de son passé, ne libéraient pas les souvenirs, ne la soulageaient même pas. Elle courut vers la porte. Il fallait qu'elle sorte de cette boîte exiguë, qu'elle respire l'air de la nuit. La panique la poussait à fuir cet homme, et l'envie insensée de se réfugier entre ses bras.

D'un geste prompt, Dawson l'arrêta dans son élan.

Elle voulut se dégager, mais il la tenait solidement.

— Laissez-moi sortir, je n'ai pas besoin de votre pitié, grommela-t-elle, les mâchoires serrées.

— Ce n'est pas de la pitié que je vous propose, répondit-il en lui tendant une photographie froissée. Ceci vous aidera peut-être. Je l'ai trouvée chez vous.

— Que…

Elle prit la photo et la contempla en retenant son souffle.

— Qui… Mon Dieu.

Elle avait cru ne plus avoir de larmes en réserve, mais elle se trompait. Sa gorge se noua.

— Elle est à moi ? demanda-t-elle d'une voix faible.

8

Dawson haussa les épaules.

— Je ne sais pas. Mais elle a vos cheveux roux et vos yeux verts.

Les yeux noyés de larmes, Savvy continua à contempler la photo.

— Pourquoi l'aurais-je abandonnée pour venir ici ?

Dawson sentit son cœur sombrer.

Son regard balaya la chambre sombre et délabrée, puis s'arrêta sur la jeune femme. Il avait la gorge si serrée qu'il ne pouvait rester. Pas alors qu'il soupçonnait la vérité.

Il n'y avait qu'une seule chose qui expliquait que Savvy se soit éloignée de l'enfant. C'est que celle-ci avait disparu, ou bien qu'elle était morte.

Les souvenirs l'assaillirent, il eut l'impression que les murs du motel se refermaient sur lui. Il fallait qu'il sorte. Il enfila ses bottes à la hâte et se rua vers la porte.

— Où allez-vous ? s'exclama Savvy, le souffle court.

— Dehors.

La main sur la poignée de la porte, il marqua une pause.

— Fermez la porte à clé, ne sortez pas, et ne laissez personne entrer, à part moi. Compris ? hurla-t-il.

— Oui.

Sa voix lui parut ténue dans l'obscurité de la chambre.

Il n'eut pas la force de lui faire face. S'il se tournait

vers elle, il serait alors obligé de confronter ses propres chagrins. Il sortit donc en refermant derrière lui, refusant de se laisser fléchir par l'angoisse de la jeune femme. La même angoisse que celle qu'il avait dû affronter à la mort de sa femme et de sa petite fille.

Il traversa le parking, passa devant son camion sans s'arrêter et finit par se mettre à courir. Il ne s'arrêta que lorsqu'il fut à plusieurs rues du motel et de Savvy, le cœur battant à se rompre, le souffle saccadé. Les lumières d'un magasin d'alcool brillaient devant lui comme un étendard et l'attiraient, tel un animal assoiffé arrivant en vue d'un point d'eau. Ses pas le menèrent jusque sur le seuil de la boutique, mais il ne franchit pas la porte.

S'il achetait une bouteille de whisky, l'alcool lui ferait tout oublier et il pourrait sombrer dans un brouillard bienheureux. Pendant un court moment, il oublierait ce qu'il avait perdu. Oublier qu'il était trop tard pour dire au revoir, oublier qu'il n'avait pas été là au moment où on avait eu le plus besoin de lui.

Une bouteille d'alcool pouvait lui procurer l'amnésie temporaire dont il avait besoin pour survivre un jour de plus.

Une image lui traversa l'esprit. Amanda levant vers lui des yeux brillants de bonheur, après avoir lu le résultat de son test de grossesse. La joie qui illuminait son visage, la chanson qu'elle fredonnait à mi-voix en préparant les affaires de leur futur bébé. Son cœur se gonfla de chagrin. Ce qu'elle voulait le plus au monde, c'était devenir mère, lui donner des enfants, avoir quelqu'un à choyer quand il partait sur le terrain. Il ne l'avait jamais vue aussi heureuse que le jour où elle avait appris qu'elle portait leur enfant.

Vous voudriez oublier aussi tous les moments heureux ?

Les paroles de Savvy résonnèrent dans sa tête, alors qu'il fixait l'enseigne du magasin. Oui. Il voulait tout oublier, bon sang !

Vraiment ?

Les moments de bonheur étaient aussi douloureux que les autres. Ils revenaient assez souvent pour lui rappeler ce qu'il avait perdu.

Il recula, alla s'asseoir au bord du trottoir et enfouit la tête entre ses mains. Quand la fuite avait-elle arrangé quoi que ce soit ? Il cherchait à fuir depuis la mort d'Amanda. Mais il ne courrait jamais assez vite pour échapper à sa peine.

Amanda et leur petite fille étaient décédées. Lui non. Il avait beau regretter de ne pas être mort avec elles, cela ne changeait rien. La vie continuait.

Peut-être avait-il une utilité quelconque, en ce monde. Peut-être devait-il protéger Savvy, découvrir le vrai tueur, être là pour quelqu'un, au moment où cette personne avait besoin de lui.

Relevant la tête, il regarda la longue rue, éclairée par les réverbères. Pour la première fois depuis deux ans, il eut l'impression d'y voir plus clair.

Si sa mission sur Terre était de protéger Savvy, il ne pouvait pas rester loin d'elle. Une voiture de police passa dans la rue et ralentit.

Dawson imaginait très bien ce que les flics devaient penser d'un homme assis sur le trottoir, à deux pas d'un magasin d'alcool. Il se releva d'un bond et se dirigea vers une pharmacie ouverte jour et nuit qu'il avait aperçue en passant.

Une fois dans le magasin, il acheta des barres de céréales et divers articles dont il aurait besoin pour soigner Savvy. En moins de cinq minutes, il avait fait ses achats et quitté le magasin. Trouverait-il Savvy dans la chambre de motel, en rentrant ? Bon sang, il fallait espérer que oui.

Longtemps après que Dawson eut quitté la chambre, Savvy garda les yeux fixés sur la photo, s'efforçant de mémoriser les traits de la fillette, depuis les boucles d'un blond roux qui encadraient son visage potelé jusqu'à ses prunelles vertes. Une profonde tristesse la submergea. Cette enfant était-elle vraiment la sienne ? Elle se frappa le front du plat de la main. Quelque part, au fond de sa tête, se trouvaient tous les détails de sa vie passée. Un tel sentiment de perte envahit son cœur qu'elle en arriva à la conclusion que l'enfant avait dû mourir.

Elle demeura un long moment allongée, la photo posée sur l'oreiller, à côté d'elle. Glacée jusqu'aux os, elle se mit à trembler et à claquer des dents. Lentement, avec des gestes ralentis, elle ramena la couverture sur elle. Recroquevillée dans une position fœtale, elle demeura aussi immobile qu'une morte, les yeux fixés sur le visage souriant de la fillette.

— Je suis désolée, mon bébé, murmura-t-elle en caressant la photo. Je ne me souviens même pas de ton nom. Suis-je ta maman ?

Avait-elle porté cet enfant pendant neuf mois ? Comment pouvait-on oublier ce genre de choses ? Sa main se posa sur son ventre. Elle repoussa le drap, et fit remonter sa chemise. Des traces imperceptibles, comme des vergetures à peine visibles, striaient son ventre.

— Je suis mère, chuchota-t-elle, dans un gémissement. Et je ne m'en souviens même pas.

Elle roula sur le dos et contempla le plafond, espérant que son esprit allait enfin libérer les souvenirs. Etait-ce parce qu'elle avait perdu son bébé qu'elle *voulait* oublier ? Son esprit avait-il choisi l'amnésie pour la soulager d'un immense chagrin ?

Elle fixa de nouveau les yeux sur la photo. En admettant que sa fille soit morte, voudrait-elle vraiment l'oublier ? Oublier qu'elle l'avait tenue dans ses bras, oublier son rire, oublier qu'elle l'avait nourrie et changée ? Et ses premiers pas, ses premiers mots ? Voulait-elle oublier toutes ces joies, tout cet amour ?

— Oh, mon bébé, je veux tout me rappeler.

Elle voulait tout savoir sur la fillette, même si c'était douloureux. Comment s'appelait-elle ? Où avaient-elles vécu ? Les questions tourbillonnaient dans sa tête, mais les réponses lui échappaient, fuyaient, comme les souvenirs de sa propre enfance. Les doigts crispés sur la photo qui représentait son seul lien avec son passé, elle finit par céder au sommeil.

Elle ne devait pas dormir depuis très longtemps quand elle fut réveillée par des coups frappés doucement à la porte. On frappa plus fort, et elle s'éveilla alors tout à fait. Elle s'assit dans le lit, le cœur battant.

Un autre coup, plus fort encore.

Savvy rejeta les draps et se leva. Ses jambes vacillèrent, sa tête se mit à tourner. Elle se rassit au bord du lit, pour empêcher la chambre de basculer autour d'elle.

— J'arrive, marmonna-t-elle, en se levant plus lentement que la première fois.

Elle atteignit la porte, et une peur insensée surgit lorsqu'elle regarda par l'œilleton.

Tout d'abord, elle ne distingua qu'une silhouette sombre et inquiétante. Un autre coup la fit tressaillir, et elle recula.

— Savvy, ouvrez. C'est Dawson.

Le soulagement déferla en elle, et elle s'empressa de tirer le verrou et d'ôter la chaîne de sécurité.

Dawson entra, chargé de deux énormes sacs en plastique. Il referma la porte d'un coup de pied.

— Pendant un moment, je me suis fait du souci.

— J'ai dû m'endormir.

Savvy repoussa le verrou, et lui prit un des sacs pour en inspecter le contenu.

— Vous n'auriez pas acheté de quoi manger, par hasard ?

— Il n'y a pas grand-chose, mais nous ne mourrons pas de faim. Vous vous sentez mieux ?

Elle acquiesça, mais s'efforça de ne pas croiser son regard.

— Oui.

— Vous vous rappelez quelque chose ?

Elle secoua la tête en signe de négation, mais n'osa pas articuler un mot. Dawson sortit des bocaux du sac.

— Un sandwich BCC, ça vous dit ?

— BCC ?

— Oui, vous savez bien, beurre de cacahuètes et confiture, expliqua-t-il en brandissant deux bocaux.

Un sourire flotta sur les lèvres de la jeune femme.

— Oui, je veux bien.

Elle avait besoin d'énergie pour échapper aux tueurs, et pour recouvrer la mémoire.

— *J'adore* les sandwichs au beurre de cacahuètes et à la confiture.

— C'est vrai ? Vous vous rappelez cela ? demanda-t-il en ouvrant le paquet de pain.

— Non… c'est juste quelque chose que je sais.

— Vous voyez ? Amnésie ou pas, vous vous rappelez que vous aimez le beurre de cacahuètes.

Elle prit des couverts en plastique dans le sac, mais il les lui retira des mains et les posa sur la commode.

— C'est moi le chef, déclara-t-il.

— D'accord. Pour rien au monde je ne voudrais vous priver de ce plaisir.

Il prépara un sandwich et le lui donna, puis lui tendit une bouteille de jus de pomme.

— Non, merci, dit-elle en fronçant le nez. Il me semble avoir aperçu du jus d'orange dans ce sac.

Elle prit la bouteille, la déboucha et but longuement.

— Ah, je me sens mieux.

Dawson hocha la tête, avec un petit sourire d'approbation. Elle le trouvait vraiment craquant quand il souriait comme ça.

— Nous apprenons tout doucement, dit-il d'une voix rauque et sexy qui l'enveloppa comme une caresse.

Elle s'assit au bord du lit et mordit dans le sandwich, s'efforçant d'étouffer l'attirance qu'elle éprouvait pour lui.

— Que voulez-vous dire ?

Dawson s'assit à côté d'elle, donnant à la situation un caractère encore plus intime.

— Vous n'aimez pas le jus de pomme, vous préférez le jus d'orange. On vous a donné du jus de pomme, à l'hôpital ?

— Non, répondit-elle avec un soudain regain d'optimisme, qui lui fit presque oublier la proximité de Dawson. C'est probablement une sorte de souvenir subliminal.

— Un mot difficile. Vous devez être quelqu'un de cultivé, ou bien qui a reçu une bonne éducation.

— Les deux. Harvard, répondit-elle sans réfléchir.

Puis, écarquillant les yeux, elle redressa les épaules.

— Je suis allée à Harvard. Donc, ils doivent avoir un dossier avec mon adresse et celle de ma famille…

Dawson tira son téléphone de sa poche et appuya sur une touche.

— Vous ne pouvez pas appeler Harvard, protesta Savvy. Les bureaux sont fermés jusqu'à demain matin.

— Je n'appelle pas Harvard. Je fais mieux que cela. J'appelle ma patronne. Elle va vérifier les dossiers et retrouver votre adresse.

Il garda quelques secondes l'oreille collée à l'appareil.

— Elle ne répond pas, chuchota-t-il. J'ai sa boîte vocale. Bonjour, Audrey, c'est Dawson. Regardez si vous trouvez le nom de Savvy Jones dans les archives de Harvard. Ils doivent avoir son adresse et celle de sa famille. Rappelez-moi aussi vite que possible. Merci.

Il raccrocha et haussa les épaules.

— Elle va confier le boulot à quelqu'un, et nous aurons la réponse demain matin.

Le cœur de Savvy se gonfla d'espoir. Pendant un instant, elle garda les yeux fixés sur son sandwich, incapable d'en avaler une bouchée tant elle avait la gorge serrée. Elle était allée à Harvard. Les dossiers de l'université l'aideraient à retrouver d'où elle venait.

Sa maison. Peut-être quelque part aux environs de Laredo. Ou bien dans un autre Etat. Loin de Liz Scott et de sa fille Charlie, et de…

Un sentiment d'angoisse vint gâter ce bref instant de joie. Loin de Dawson, la personne à laquelle elle s'accrochait depuis le moment où elle s'était réveillée dans ce cauchemar. Elle mordit dans son sandwich, et se concentra sur les saveurs qui emplissaient son palais.

Dawson prit un paquet de chips dans le sac.

— Je me disais… Vous avez peut-être raison au sujet de ce journaliste, Vance Pearson. Quoique, je ne pense pas que ce soit un journaliste très important. Son appareil photo n'était pas très perfectionné.

— S'il sait quelque chose sur moi, je veux savoir ce que c'est. Quand voulez-vous repartir ?

— Pas au milieu de la nuit. Vous avez besoin de sommeil, et moi aussi.

Elle hocha la tête, tout en grignotant une chips.

— Quand, alors ?

— Demain matin, quand il aura quitté son hôtel. Nous nous y rendrons incognito. J'ai un nouveau chapeau pour vous, annonça-t-il en sortant une casquette de base-ball d'un des sacs.

— Les *Fighting Iguanas* ? Je n'en ai jamais entendu parler. Vous êtes sûr que c'est une équipe de base-ball ?

— Non, c'est une équipe de hockey. Je vous emmènerai les voir jouer à San Antonio, un de ces jours.

Il voulait l'emmener voir un match de hockey ? Il voulait la revoir, une fois que cette affaire serait réglée ? A cette idée, elle éprouva une bouffée de joie.

Il lui posa délicatement la casquette sur la tête, en évitant de toucher le pansement sur sa tempe.

Savvy se tint immobile, retenant son souffle. Elle aurait aimé pouvoir le toucher, sentir sa force sous ses doigts, et l'absorber.

— Nous ne devrions pas prévenir le procureur, et lui dire que nous n'avons pas quitté la ville ?

— Si, nous le ferons demain. Il est sans doute prêt à lancer un avis de recherche, après votre évasion de l'hôpital à laquelle les médias ont donné pas mal de publicité.

— J'ai eu l'impression de m'évader d'une prison, dit-elle en soupirant.

Elle s'adossa à l'oreiller, et ne put réprimer un bâillement de fatigue.

— Je crois que je vais faire un somme. Vous avez mis des somnifères dans mon sandwich ? Je n'arrive plus à garder les yeux ouverts.

— Non, vous êtes seulement épuisée. Dormez, je monte la garde.

— Merci, murmura-t-elle, en se glissant avec délices sous les couvertures. Et vous, quand dormirez-vous ?

Dawson se leva et alla remettre les restes de nourriture dans les sacs.

— Quand vous serez en sécurité.

Le sommeil s'empara d'elle, mais elle eut le temps de murmurer :

— J'ai cru que vous n'alliez pas revenir.

— Moi aussi.

— Qu'est-ce qui vous a fait changer d'avis ?

— Les voix dans ma tête, grommela-t-il.

Elle le regarda, essaya désespérément de garder les yeux ouverts, mais échoua.

— Les voix dans votre tête... elles viennent... souvent ?

Elle entrouvrit les paupières, et vit de nouveau ce sourire sexy jouer sur ses lèvres.

— Seulement depuis que je vous connais.

— Dawson ?

Elle ferma les yeux, roula sur le côté, et ramena les couvertures sous son menton.

— Oui ?

— Vous aimiez votre femme ? demanda-t-elle, sans ouvrir les yeux.

Un long silence suivit sa question, mais elle ne regretta pas de l'avoir posée. Il fallait qu'elle sache.

— Oui, dit-il d'une voix si basse qu'elle crut l'avoir imaginée.

Elle rouvrit les yeux, et vit qu'il se tenait à côté du lit et contemplait la photo de la petite fille. Ses traits semblaient sculptés dans le marbre, mais le chagrin transparaissait dans son regard.

— Elle est morte en mettant au monde notre petite fille. Je les ai perdues toutes les deux cette nuit-là.

Savvy s'assit dans le lit, oubliant le sommeil qui l'accablait.

— Je suis désolée.

Elle se leva, s'appuya au bras de Dawson et glissa la main dans la sienne. Il ne pouvait oublier son chagrin, et elle ne parvenait pas à se rappeler le sien. Elle regarda la photo de la fillette aux boucles cuivrées.

Les doigts de Dawson serrèrent les siens.

— Ne tombez pas amoureuse de moi, Savvy Jones.

Elle renversa légèrement la tête en arrière et le toisa, d'un air de défi.

— Qui a dit que je tombais amoureuse ?

Dawson plongea le regard dans ses yeux. Puis il l'attira vers lui, ramenant sa main dans son dos. De sa main libre, il lui agrippa la nuque.

— Vous ne savez pas dans quoi vous vous aventurez.

Ses lèvres se pressèrent sur les siennes, dans un baiser ardent. Trop choquée pour protester, elle lui offrit sa bouche.

Son corps s'embrasa aussitôt, répondant sans réserve à son baiser brutal. Elle crispa la main sur sa chemise, glissant une jambe derrière les siennes, pour le maintenir contre elle.

Comme si toutes les émotions de la journée culminaient dans cette étreinte, Savvy s'abandonna. Pour la première fois depuis l'instant où elle s'était réveillée à l'hôpital, elle se sentit vraiment vivante.

Dawson lui relâcha la main, ses doigts glissèrent sur ses hanches et s'insinuèrent sous la ceinture de son jean.

Mais pour Savvy, ce n'était pas suffisant. Son désir dépassait toute mesure. Elle voulait sentir sa peau nue contre celle de Dawson. Ses doigts se posèrent sur son jean, qu'elle défit rapidement.

Il l'aida à faire glisser le pantalon sur ses jambes, et à l'ôter. Puis il tira sur le bord de son T-shirt et le fit passer par-dessus sa tête, en prenant garde de ne pas accrocher le pansement.

Elle se tint alors nue devant lui, les seins gonflés de désir. Tout son corps était vibrant, douloureux, impatient de s'unir au corps viril de Dawson.

Ce dernier la tint un instant à bout de bras, laissant son regard glisser sur chaque courbe. Savvy sentit ses joues s'enflammer, et elle se demanda un instant si elle n'était pas allée trop loin.

— Tu es belle, dit-il d'une voix rauque.

— Mais tu es toujours habillé.

Dans un geste audacieux, elle tendit la main et lui déboutonna sa chemise, faisant glisser le tissu sur ses épaules. Le vêtement tomba à terre. Elle voulut lui défaire aussi son jean, mais il la devança, sortant une petite enveloppe en papier d'aluminium de sa poche, avant de retirer son pantalon. Manifestement, il estimait que les sous-vêtements étaient inutiles.

Savvy posa les mains sur son torse, et passa les doigts sur la toison serrée qui le recouvrait. Puis elle lui prit la petite enveloppe des mains, et la déchira en se servant de ses dents. Sans le quitter des yeux, elle fit glisser le fourreau de latex sur son sexe, impatiente de le sentir en elle. Elle avait besoin de se prouver que ce qu'elle vivait n'était pas un rêve, qu'elle n'était pas morte au fond de cette ruelle, qu'elle était une femme bien vivante, avec des désirs et des besoins que seul un homme pouvait satisfaire.

Les doigts de Dawson se pressèrent sur sa taille, ses doigts s'aventurèrent sur ses hanches et sur ses cuisses. Puis il la souleva et elle noua les jambes autour de sa taille. Son sexe se pressa contre sa chair moite et offerte.

— Ce n'est pas bien. Je ne devrais pas faire cela.

— On ne t'a jamais dit que tu parlais trop ? dit-elle en posant les lèvres sur les siennes.

Elle se pressa contre lui pour le prendre en elle. La tête renversée en arrière, ses longs cheveux se balançant dans son dos, elle se laissa envahir par un flot de sensations merveilleusement érotiques.

— Cela va trop vite, protesta-t-il en s'immobilisant pour la serrer contre lui.

— Non, ne t'arrête pas maintenant.

— Tu mérites mieux.

— Mais j'en ai envie !

— Je veux faire les choses bien.

Il la souleva, se retira doucement de la chaleur de son corps, et alla la déposer sur le lit. Comme elle gardait les bras noués autour de son cou, il la repoussa et recula.

— Je t'en prie, supplia-t-elle.

Il la contempla un instant, avant de s'allonger à côté d'elle. Savvy se lova contre lui, et lui caressa le torse d'un mouvement hésitant, comme si elle craignait qu'il ne s'éloigne de nouveau.

Il se redressa, s'appuya sur un coude et repoussa une mèche de cheveux cuivrés qui retombait sur son front.

— Pourquoi moi ?

Les doigts de la jeune femme effleurèrent son nombril, et la toison brune qui recouvrait son ventre.

— Avec toi, je me sens vivante. J'ai l'impression d'exister.

Il ne dit rien, mais ses mains viriles se posèrent sur elle, comme sur un objet précieux et délicat. Ses lèvres suivirent le chemin de ses doigts, et elle s'arqua sur le lit. Elle voulait être encore plus proche, le sentir en elle… maintenant.

Mais Dawson avait d'autres projets. Ses doigts s'insinuèrent dans le triangle de boucles serrées entre ses jambes. Puis il se plaça entre ses cuisses, posant les jambes de la jeune femme sur ses épaules. Alors, il toucha du bout de la langue les pétales moites et secrets de sa féminité. Une explosion de sensations se produisit en elle, lui faisant perdre tout contrôle d'elle-même.

Crispant les doigts sur ses cheveux bruns, elle l'attira vers elle en gémissant. Et quand cette exquise torture devint insoutenable, elle se glissa sous lui, l'incitant à venir se hisser au-dessus d'elle.

Leurs lèvres se joignirent, et il la pénétra profondément, d'un seul coup de reins. Alors, emportés par une vague de jouissance, ils s'abandonnèrent ensemble au plaisir, unis dans un même cri.

Savvy retomba lentement sur Terre, en proie à une douce léthargie qui envahit peu à peu ses membres et ses paupières. Leurs corps toujours unis, Dawson les fit rouler ensemble sur le côté.

— Dawson ? murmura-t-elle, la joue pressée contre sa poitrine.

— Oui, ma chérie ?

— Promets-moi quelque chose.

— Oui, si je le peux.

— Promets-moi que demain matin tu ne regretteras pas ce qui s'est passé.

Il ne répondit pas. Savvy soupira, refusant de laisser le silence dissiper le plaisir dans lequel ils baignaient.

— Je ne te demande pas de m'aimer pour toujours.

9

Quelque chose lui chatouillait le nez. Dawson passa un doigt sur son visage et ouvrit les yeux.

Une longue mèche blond roux lui barrait le menton. Il émergea aussitôt d'un sommeil profond.

Peu après que Savvy se fut endormie, il s'était levé, avait enfilé son jean, puis s'était assis sur le lit et adossé au montant avec la ferme intention de rester éveillé. Au cours de la nuit, l'épuisement avait pris le dessus et, pour une fois, il avait dormi sans que son sommeil soit hanté par les cauchemars. Sa tête avait glissé sur l'oreiller et il s'était allongé de tout son long.

Savvy était blottie contre lui, une main sur son torse, et l'une de ses longues jambes posée sur sa cuisse.

Pendant un moment il demeura figé, respirant son odeur fraîche et féminine. La peau douce de ses seins était pressée contre son torse nu. Son bras était coincé sous la tête de la jeune femme. Il ne put se résoudre à l'éveiller, alors que ses doigts délicats reposaient sur la toison de son torse. S'il n'y prenait pas garde, elle prendrait aussi possession de son cœur.

Il aimait avoir une femme dans son lit, et il avait envie de la serrer dans ses bras pour lui faire de nouveau l'amour. Le seul fait d'effleurer sa cuisse suffit à faire resurgir son désir. Il avait des besoins, c'était normal, et n'importe quelle femme aurait pu les satisfaire. Mais depuis la mort d'Amanda, aucune n'avait provoqué chez lui de réaction aussi forte que Savvy.

Il s'écarta délicatement, afin de ne pas la réveiller. Une fois levé, il poussa un soupir et la contempla.

Ses lèvres étaient légèrement entrouvertes et sa poitrine se soulevait, suivant le rythme régulier de sa respiration. Tant qu'elle dormait, elle ne se posait pas de questions sur son identité, ou sur ce qui était arrivé à la fillette de la photo. Mais soudain, son front se plissa, elle roula sur le côté et ses doigts agrippèrent l'oreiller. Un léger sanglot franchit ses lèvres.

Sans réfléchir, il se pencha sur elle, et repoussa une mèche de cheveux, la calant derrière son oreille. Elle ne savait pas la chance qu'elle avait. Si elle avait perdu un être aimé, elle ne gardait pas le souvenir de ce chagrin.

Dans la lumière pâle du matin, il s'efforça de suivre ses résolutions, et remonta le drap sur le corps sensuel de Savvy. Mais cela ne suffit pas à éteindre le feu qui lui embrasait les reins.

Il se détourna en se promettant de protéger Savvy tout au long de la journée, puis de transmettre cette mission à son ami Jack McDermott. Il avait franchi les limites la veille, en profitant de Savvy alors qu'elle était vulnérable. Sa vie était déjà suffisamment bouleversée sans qu'elle ait besoin en plus d'un alcoolique brisé par le chagrin.

Il jeta un coup d'œil à sa montre. Jack arriverait un peu plus tard dans la journée. En attendant, il fallait qu'il garde Savvy à l'abri du danger. Il alla à la fenêtre et écarta le rideau. Un triangle de lumière tomba sur le sol. Le parking était vide et le soleil du Texas n'était pas encore écrasant. Une fine poussière blanche semblait flotter dans l'air. Rien ne bougeait. Aucune voiture noire ne rôdait, et il ne voyait pas de tireurs en embuscade sur les toits.

Cette immobilité étrange le mit mal à l'aise. Plus ils s'attarderaient au même endroit, et plus les hommes de Rodriguez auraient de chances de les retrouver. Et s'il ne contactait pas rapidement le procureur, celui-ci lancerait un avis de recherche au nom de Savvy, pensant qu'elle avait voulu s'échapper alors qu'elle était le principal suspect dans le meurtre de Rodriguez.

Ce qui n'avait pas de sens, songea Dawson en se grattant le crâne. Pourquoi le procureur avait-il laissé Savvy libre de ses mouvements ? S'il la soupçonnait, même vaguement, d'avoir tué Tomas Rodriguez, il aurait dû la faire arrêter. De fait, elle serait plus en sécurité dans une cellule que dans les rues où la bande de Rodriguez pouvait la prendre pour cible.

Il fallait qu'il parle à Frank Young, afin de comprendre ses raisons d'agir ainsi. Quelque chose lui paraissait louche. Comme si l'intention de Young était d'exposer Savvy au danger, en poussant Rodriguez à s'en prendre à elle.

Voulait-il se servir d'elle pour faire sortir le loup du bois ? Ou bien espérait-il qu'elle serait tuée, afin de couvrir le vrai meurtrier ?

Il s'assura d'un bref coup d'œil que la jeune femme dormait, inconsciente de la direction que prenaient ses pensées. Tirant son téléphone de sa poche, il alla dans la petite salle de bains, et referma la porte derrière lui. Puis il enfonça la touche correspondant au numéro de l'Agence Lone Star.

— Bonjour, Dawson, tu as des nouvelles de Jack ? s'enquit Audrey d'un ton sec et professionnel.

— Oui, madame. Il est censé arriver dans la journée.

— Bien. J'aurai une enquête à te confier, à ton retour.

Dawson secoua la tête, comme pour chasser Laredo de son esprit et se concentrer sur sa prochaine mission, à San Antonio. Mais il ne pouvait s'empêcher de penser que quelque chose lui échappait. Son travail n'était pas terminé.

— Vous pourriez effectuer une recherche sur le procureur Frank Young ?

— Je l'ai déjà fait, en fouillant dans les archives de la police, comme pour chacun de nos clients. Mais je n'ai rien trouvé de suspect. Il est procureur, après tout.

— Je sais. Mais vous pourriez approfondir un peu les recherches et voir s'il y a un défaut dans la cuirasse ? Peut-être mettre le nez dans ses comptes, pour vérifier s'il a accepté des pots-de-vin. Je ne sais pas… juste pour voir.

— Pourquoi ?

— Une intuition.

— D'accord, je vais le faire. Quand penses-tu revenir à San Antonio ? Il faut que je fixe une date à notre nouveau client, pour le début de l'enquête.

— Je vous dirai ça quand j'aurai vu Jack.

Audrey observa un bref silence.

— Tu sais, Dawson, tu peux changer d'avis, si tu veux.

— Pour la prochaine enquête ?

— Et pour ta mission actuelle. Si tu veux continuer, tu peux.

Ses doigts se crispèrent sur le téléphone. Jack n'allait pas tarder à prendre la relève, et c'était mieux ainsi.

— Je vais revenir à San Antonio. Je ne sais pas quand exactement, c'est tout.

— D'accord. Je voulais juste que tu saches que tu peux changer d'avis.

— Je ne le ferai pas. Prévenez-moi, si vous trouvez quelque chose sur Young.

Il coupa la communication, sans attendre de réponse.

Les yeux fixés sur le miroir, il contempla son reflet sans le voir.

Que penserait Savvy quand il la confierait à Jack ? Serait-elle soulagée, sachant qu'il n'avait jamais voulu de cette mission ? Ou bien se sentirait-elle trahie, abandonnée ? Surtout après ce qui s'était passé entre eux la nuit dernière.

Inutile d'anticiper. Il verrait bien, le moment venu. En attendant, il pouvait se préparer pour la journée. Il tourna le robinet et prit la mousse à raser dans son sac de sport.

Elle était coincée dans la voiture, étranglée par la ceinture de sécurité qui la plaquait contre le siège. Impossible de la défaire, avec la porte défoncée qui la bloquait. Mais il fallait pourtant qu'elle sorte, qu'elle aille voir son bébé.

— A l'aide, cria-t-elle, espérant que quelqu'un l'entendrait.

Elle se tourna vers l'homme assis à la place du conducteur.

Il était affalé contre le volant. Du sang couvrait ses cheveux, son visage, le siège, le tableau de bord. Il y avait du sang partout.

Savvy baissa les yeux sur son bras. Partout où elle posait les yeux, elle voyait du sang. Sur sa manche, sur ses mains. Il y en avait sans doute aussi dans ses cheveux, collés contre sa joue. Etait-ce son sang, ou celui de l'homme à ses côtés ? Celui-ci ne bougeait pas, ne respirait pas. Il était mort. Un frisson glacé la parcourut. Qui était cet homme ?

Elle aurait dû savoir qui il était, puisqu'elle était en voiture avec lui. Elle le connaissait. Un gémissement attira son attention sur l'occupant du siège arrière. Les pleurs faibles d'un bébé. Son cœur se serra, et elle redoubla d'efforts pour se dégager et aller s'occuper de l'enfant.

Sa vision se brouilla. La lumière qui filtrait à travers le pare-brise cassé s'effaça.

— Ne pleure pas, mon bébé. Tout va s'arranger.

Elle perdit conscience, puis revint à elle, toujours incapable de dégrafer la ceinture de sécurité.

Soudain, une vive lumière l'éblouit. Elle était libre, elle flottait et elle ne parvenait pas à reprendre pied sur terre. Elle se laissa dériver jusqu'à la lumière, où une silhouette l'attendait. Une petite fille aux boucles cuivrées lui tendit la main. Elle lui sourit, et deux petites fossettes se creusèrent dans son visage potelé et joyeux.

Savvy tendit les bras vers l'enfant au visage de chérubin, pour la serrer contre son cœur.

Mais la fillette lui tourna le dos et s'éloigna d'un pas titubant de bébé, dans la lumière. Une porte se ferma avec un léger déclic, et la lumière s'évanouit.

Savvy s'assit dans le lit, le cœur battant et le front moite de sueur. Elle chercha l'enfant dans la chambre, autour d'elle. Où était-elle ? Il y avait deux portes dans la pièce, et de la lumière passait sous l'une d'entre elles.

Rejetant les draps sur le côté, elle sortit du lit et gagna la porte en trébuchant. A chaque pas, la pièce devenait plus obscure, sa vue se brouillait. Il fallait qu'elle retrouve le bébé. Elle finit par atteindre la porte, qu'elle ouvrit brusquement.

Ce n'était pas un bébé qui se trouvait là, mais un homme, torse nu, et le visage disparaissant sous une mousse blanche. Ses yeux sombres s'élargirent de surprise.

Elle chancela.

Il laissa tomber son rasoir dans le lavabo, tendit les mains pour la rattraper, et la serra contre lui.

— Savvy, que se passe-t-il ?

— Où est mon bébé ? demanda-t-elle en lui martelant la poitrine de coups de poing. Où est-elle ?

— Savvy… elle n'est pas là.

— Mais où est-elle ? Où est-elle ?

Elle se laissa tomber contre lui, et des larmes roulèrent sur ses joues.

— Je ne sais pas.

Il la tint un long moment dans ses bras. Que pouvait-il faire d'autre ? Il ne pouvait répondre à ses questions, il ignorait qui elle était, et qui était l'enfant de la photo.

— Je l'ai vue. Elle a disparu derrière une porte.

Elle pressa la joue sur sa poitrine.

— Tu as rêvé, ma chérie.

— Non, c'était vrai. Elle était là, n'est-ce pas ?

— Je suis désolé, Savvy. Il n'y a qu'une personne ici, c'est moi.

Il lui caressa la nuque, les cheveux, puis l'enlaça et la maintint contre lui.

— Calme-toi, murmura-t-il en posant la joue contre sa tempe.

— J'ai eu un accident de voiture, et je n'arrivais pas à atteindre l'enfant sur le siège arrière. Quand je suis enfin sortie… elle était partie… Tout avait l'air tellement vrai, ajouta-t-elle dans un sanglot. Tu crois que c'était un souvenir ?

Il essuya une larme qui coulait sur sa joue.

— Je ne sais pas. Peut-être.

— C'était la petite fille de la photo ? Est-ce qu'elle... est morte ? chuchota-t-elle, submergée par le désespoir.

Il ne connaissait pas les réponses à ses questions. Ses doigts remontèrent sur la nuque de la jeune femme, et il la massa doucement pour chasser la tension dans ses muscles.

— Je sais, dit-elle avec un sourire triste. Nous nous connaissons à peine. Comment pourrais-tu savoir ?

Elle contempla ses mains, posées sur son torse, et élargit les yeux, comme si elle s'apercevait seulement maintenant qu'elle était nue entre ses bras. Ses joues s'empourprèrent.

— Je suis désolée.

Elle recula, regagna la chambre à la hâte, et enfila son jean et son T-shirt. Une fois habillée, elle inspira plusieurs fois profondément avant de se retourner vers la porte de la salle de bains, restée ouverte. Dawson essuyait la mousse qui restait sur son visage à l'aide d'une serviette.

Savvy se sentit incapable de croiser son regard, après ce qui s'était passé entre eux. Dawson, lui, ne semblait pas affecté le moins du monde.

Elle croisa les bras sur sa poitrine, encore bouleversée par le rêve, et perturbée par le désir que cet homme lui inspirait.

— Nous devrions partir, lança-t-elle.

Le gouffre qui les séparait sembla se creuser. Savvy savait qu'elle aurait dû être soulagée, cependant, la chaleur des bras de Dawson lui manquait. Elle avait envie de sentir son corps se presser contre le sien. Elle risqua un coup d'œil vers lui, et recula en chancelant.

Il soutint longuement son regard. S'il lui avait tendu les bras, elle se serait réfugiée dans cette étreinte. Mais il demeura immobile.

— Tu as raison, dit-il simplement. Il faut partir.

Pendant que Dawson remballait ses affaires dans le sac de sport, Savvy s'enferma dans la salle de bains. Elle en ressortit le visage frais et propre, les cheveux dissimulés sous la casquette des *Fighting Iguanas.*

La seule façon de recouvrer la paix, c'était de confier la protection de la jeune femme à McDermott. C'était uniquement à ce prix qu'il parviendrait à rassembler ses idées et à poursuivre son chemin dans ce monde de fous.

Avec son jean, son T-shirt, et sa casquette, Savvy avait l'air d'un enfant perdu dans un monde de grandes personnes. Elle semblait avoir peur de tout, y compris de lui.

Il saisit la poignée de son sac de toile, et la serra nerveusement. Il eut envie de lui dire qu'elle ne devait pas avoir peur de lui. Mais après coup, il décida que c'était mieux comme ça. Depuis qu'il l'avait vue pour la première fois à l'hôpital, il était en proie à un tumulte d'émotions qui l'effrayait lui-même. Plus vite ils retrouveraient Jack, mieux cela vaudrait.

Savvy se dirigea vers la porte. Mais avant qu'elle ait pu poser la main sur la poignée, Dawson passa devant elle.

— Je vais sortir le premier.

Il enfonça un chapeau de cow-boy sur sa tête, et le rabattit sur son front. Repoussant légèrement le rideau, il observa le parking.

— Je vais amener le camion devant la porte. Ferme

à clé quand je serai sorti, et reste postée derrière la fenêtre jusqu'à ce que je te fasse signe. C'est compris ?

Elle hocha la tête, en se frottant les bras.

Dawson ouvrit la porte. Le soleil était déjà haut dans le ciel et brûlant. Il referma rapidement et se dirigea vers l'arrière du bâtiment en regardant de tous côtés. Quand il eut atteint le camion, il en fit le tour en examinant l'intérieur, avant d'ouvrir la portière et de s'installer au volant. Il était impatient de retourner vers Savvy. Et si quelqu'un profitait de cette brève absence pour l'attaquer ? Le cœur battant, il mit le contact et fit démarrer le véhicule. Il ne pourrait pas rouler très longtemps en ville, avec Savvy dans le camion. Celui-ci était trop gros pour passer inaperçu, et le cartel l'avait probablement déjà repéré.

Qu'est-ce que ça pouvait lui faire ? songea-t-il en secouant la tête. Bientôt, ce serait le problème de Jack, et plus le sien. Il fallait seulement espérer que ce dernier arriverait au volant d'une voiture banale, que rien ne reliait à l'agence.

Il se dirigea vers la porte de la chambre, en surveillant le parking et la rue. A peine eut-il sauté du camion que la porte du motel s'ouvrit à la volée. Savvy sortit en courant, le visage blême.

— Démarre ! hurla-t-elle, en ouvrant la portière. Démarre !

Dawson remonta dans le camion, et passa la première. Dès que Savvy fut assise, il appuya sur l'accélérateur.

— Plus vite ! cria-t-elle, en baissant la tête pour ne pas être vue de l'extérieur.

Dawson obéit, et jeta un coup d'œil dans le rétroviseur. Deux berlines noires étaient garées devant le motel.

Jurant à mi-voix, il tourna sans ralentir et s'engagea dans une autre rue.

— Que s'est-il passé ?

— Le directeur du motel a appelé pour me dire qu'il avait reçu une communication de quelqu'un qui voulait savoir si un certain Dawson Gray, ou une Savvy Jones, avaient pris une chambre. Il a répondu qu'il n'avait pas le droit de donner ce genre de renseignements. Mais comme il a déjà eu des problèmes avec les cartels, il a préféré nous prévenir. Ils nous ont suivis ? demanda-t-elle en bouclant sa ceinture de sécurité.

— Jusqu'ici, non.

Il continua de rouler à toute vitesse dans les petites rues, mettant le plus de distance possible entre le motel et eux. Au bout d'un moment, il finit par pousser un soupir, évacuant la tension qui le tenaillait. Ses doigts se détendirent sur le volant.

— Où allons-nous ?

— Au Desert Moon Hotel.

Dawson ne fut pas étonné. Elle suivait toutes les pistes qui pouvaient révéler quelque chose sur elle, sur son passé, sur sa vie. Il acquiesça d'un signe de tête, sans chercher à discuter.

— Après cela, nous abandonnerons ce camion.

Dawson activa son GPS, et chercha une agence de location de véhicules. Il en trouva une, parvint à l'atteindre sans incident, et ils reprirent la route dans une berline grise, semblable à des centaines d'autres qui sillonnaient les rues de Laredo.

Il était midi. Six heures encore, avant d'être relevé par Jack. Six heures pendant lesquelles il devrait veiller sur Savvy.

Celle-ci était assise à côté de lui, observant les rues,

tel un soldat guettant la présence de l'ennemi. Elle tourna la tête vers lui, et ses joues s'enflammèrent.

— Qu'y a-t-il ?

— Rien. Quand nous arriverons à l'hôtel, je veux que tu restes dans la voiture.

Elle protesta d'un mouvement de tête.

— Nous en avons déjà parlé. Je ne suis pas plus en sécurité dans cette voiture que dans l'hôtel. Les hommes de Rodriguez sont partout. Ils me trouveront.

Dawson passa une main dans ses cheveux.

— Je déteste quand tu as raison. De toute façon, nous ne devrions pas y aller du tout.

Il faillit sourire, en voyant le regard noir qu'elle lui lança.

— Alors j'irai sans toi.

— Ne monte pas sur tes grands chevaux. Nous y sommes.

Il se dirigea vers l'arrière du Desert Moon Hotel, où étaient garés les camions de livraisons.

— Apparemment, notre M. Pearson a les moyens. Reste à côté de moi, et garde tes cheveux cachés sous la casquette.

Dawson gara la voiture parmi celles des employés de l'hôtel, et sortit en laissant son chapeau de cow-boy sur le siège arrière. Savvy passa devant lui et se dirigea vers une porte de service. Il la rattrapa par le bras.

— Laisse-moi passer en tête.

Ils traversèrent les couloirs utilisés par les employés, et Dawson examina plusieurs portes avant de trouver celle de la lingerie.

— Attends-moi ici, dit-il en approchant de Savvy un grand chariot empli de nappes et de serviettes.

Le cas échéant, elle pourrait se faire passer pour une

femme de service. Il pénétra dans la lingerie, se frayant un chemin entre les machines à laver, les sèche-linge et les tables à repasser.

Deux femmes travaillaient, le dos tourné à la porte, pliant du linge avec des gestes rapides et efficaces. Quand elles avaient fini de plier une pile de linge, elles l'apportaient sur les étagères derrière lesquelles Dawson se cachait.

Il attendit qu'elles s'attaquent à une nouvelle pile de linge pour bouger, et prit un uniforme de femme de chambre, une chemise de serveur de restaurant et une grande nappe blanche.

Il s'apprêtait à sortir quand une autre employée entra, en poussant un chariot. Puis elle se tourna vers les étagères, où elle prit des draps et des taies d'oreillers propres.

Elle ressortit en rabattant la porte derrière elle. Le chariot de linge sale était semblable à celui près duquel il avait laissé Savvy. Que faisait celle-ci dans les couloirs de l'hôtel ? Sans le chariot, elle allait se faire démasquer ! Affolé, il se rua vers la porte, mais quand il passa près du chariot, celui-ci se mit à bouger.

— Savvy ? chuchota-t-il.

— Dawson ? Dieu merci, c'est toi.

— Que fais-tu là-dedans ? demanda-t-il en se baissant pour ne pas être vu par les deux lingères.

— J'avais le choix entre plonger dans le linge sale, ou me faire jeter dehors.

— Qu'allons-nous faire ?

— Pour commencer, tu pourrais m'aider à sortir de là.

— D'accord.

Il glissa les deux bras sous la jeune femme et la

souleva. Elle s'accrocha à son cou, et il se cacha de nouveau derrière le chariot, avec elle.

Sa casquette tomba sur le sol, et ses longs cheveux se répandirent sur ses épaules. Dawson inspira leur parfum avec délices. Le corps chaud et souple de Savvy se pressa contre lui, et ses reins s'embrasèrent. Les souvenirs de la nuit précédente resurgirent, et son corps réagit malgré lui.

— Ce sera plus facile si tu me lâches, dit-elle d'une voix légèrement essoufflée.

Les vœux d'abstinence qu'il avait formés le matin même se trouvèrent balayés en un instant. Il relâcha son étreinte, mais elle laissa un bras posé sur sa nuque.

Ses yeux fixèrent la bouche de Dawson, et elle passa le bout de sa langue sur ses lèvres roses comme du corail.

Le regard de Dawson fut attiré par ces lèvres sensuelles comme par un aimant. Il pencha la tête, et Savvy lui posa une main sur la joue, pour l'attirer vers elle.

Le bruit d'un couvercle rabattu bruyamment le fit revenir à la réalité. Il leva la tête, et plongea dans les prunelles vert émeraude de la jeune femme.

— Que vais-je faire ? chuchota-t-elle. Je ne devrais pas, mais c'est plus fort que moi.

Elle l'attira vers elle, et l'embrassa longuement.

Dawson se laissa emporter par la magie de l'instant. Pour la deuxième fois en deux ans, il oublia qu'il avait perdu Amanda, et qu'il ne pouvait plus aimer.

Des voix résonnèrent non loin d'eux. Emergeant de sa torpeur, Dawson se rendit compte que les deux lingères se dirigeaient vers la dernière corbeille de linge sale. Serrant Savvy contre sa poitrine, il se glissa derrière une étagère chargée de piles de nappes et attendit, le souffle court.

Les deux femmes s'éloignèrent avec la corbeille. La voie jusqu'à la porte était libre. C'était le moment d'agir.

— Tiens, dit-il à Savvy en lui donnant l'uniforme de femme de chambre et la serviette blanche. Enfile ces vêtements, et mets la serviette sur ta tête.

Savvy enfila la robe sur son T-shirt et ôta son jean, révélant ses longues jambes pâles, fuselées et sexy. Ensuite elle attacha la serviette sur sa tête, comme un foulard.

Dawson détourna les yeux. Le désir l'assaillit quand il repensa à ces longues jambes nouées autour de sa taille. Il inspira pour calmer les battements de son cœur, puis enfila la chemise de serveur, en dissimulant sa chemise en chambray.

Alors, il prit la main de Savvy et se précipita vers la porte. Le couloir était désert, et ils partirent à la recherche de la chambre de Vance Pearson. Ils ralentirent en arrivant devant les cuisines.

— Suis-moi, dit Dawson en faisant un clin d'œil à Savvy.

Il franchit les portes battantes, prit un plateau, une assiette avec un couvercle métallique et des couverts rangés dans une serviette de lin blanc.

Ils ressortirent avant que le cuisinier ou quelqu'un du personnel ait pu les voir. Dawson posa le plateau sur son épaule avec aisance, comme un professionnel.

— Tu as déjà fait cela ?

— Quoi, de l'espionnage ?

Ils atteignirent le hall d'entrée, et Dawson se dirigea vers le bureau de réception. Savvy le suivit, un petit sourire flottant sur ses lèvres.

— Non, un travail de serveur de restaurant.

Dawson fut stupéfait en la voyant sourire, après toutes

les épreuves qu'elle avait subies. Elle était encore plus forte qu'elle ne le pensait. Un sentiment nouveau, qui n'avait rien à voir avec le désir, s'insinua dans son cœur. De l'admiration ? Pour une femme qu'il connaissait à peine ?

Le concierge de l'hôtel ne leva les yeux que lorsque Dawson s'arrêta devant le bureau et qu'il toussota discrètement.

— Oui ? fit-il en haussant les sourcils d'un air d'infinie supériorité. Vous devez être nouveau, ici. Le personnel de cuisine n'a rien à faire dans le hall de réception.

— Désolé. Nous sommes censés apporter ceci à M. Pearson, mais j'ai oublié le numéro de sa chambre.

Le réceptionniste regarda son ordinateur, enfonça quelques touches sur le clavier, et annonça d'un ton prétentieux :

— Chambre 4212, quatrième étage. Et à l'avenir, ne vous montrez plus dans le hall.

Dawson se dirigea vers les ascenseurs.

— Et pour l'amour du ciel, prenez l'ascenseur de service !

Sans répondre, Dawson repartit dans le couloir qui menait aux cuisines.

— Par là, indiqua Savvy en désignant un monte-charge dont le sol métallique était sale et éraflé.

Ils pénétrèrent dans la cabine et appuyèrent sur le bouton du quatrième étage. Les portes coulissèrent avant qu'un autre membre du personnel ait pu monter avec eux.

— Je n'avais jamais fait ce genre de choses, souffla Savvy en s'efforçant de calmer sa respiration haletante.

— Comment le sais-tu ?

— Je n'ai pas recouvré la mémoire, mais je le sais.

— Au train où ça va, tu sauras bientôt tout ce qui te concerne.

Elle soupira lourdement.

— Je l'espère.

Les portes s'ouvrirent, et ils s'engagèrent dans un autre couloir. La chambre qu'ils cherchaient était au milieu, sur la gauche.

A cet instant, Vance Pearson franchit la porte de sa chambre et se dirigea vers eux, un téléphone portable collé à l'oreille.

Savvy et Dawson reculèrent dans le couloir de service avant qu'il ait pu les voir.

Il passa devant eux pour gagner l'ascenseur réservé aux clients. Tandis qu'il attendait devant la cabine, sa voix se répercuta contre les cloisons du couloir :

— Oui, je suis sûr que c'est elle. C'est la femme de la photo. Si vous consultez les informations d'hier soir sur internet, vous la verrez vous-même. Le procureur a engagé un garde du corps pour elle, aussi devrait-elle être en sécurité pour le moment… Oui, je le ferai… Non, je serai là à votre arrivée… Oui, monsieur… nous l'attraperons.

Savvy étouffa une exclamation de stupeur, au moment précis où un signal sonore annonçait l'arrivée de l'ascenseur.

Dawson lui glissa un bras autour de la taille et la serra contre lui. Les portes coulissèrent et l'ascenseur repartit.

— Tu crois qu'il parlait de moi ?

— Oui.

— Pourquoi a-t-il dit « nous l'attraperons » ?

— Je ne sais pas.

Dawson n'aimait pas ça du tout. Le fait que Savvy

ait Humberto Rodriguez à ses trousses était déjà assez inquiétant comme ça. Que lui voulait Pearson ?

— Allons jeter un coup d'œil dans sa chambre.

Un chariot de linge sale se trouvait devant la porte voisine de la chambre 4212. Une femme de chambre nettoyait la salle de bains.

Avant que Dawson ait pu l'en empêcher, Savvy pénétra dans la chambre. Dawson attendit dehors, l'oreille tendue.

— Vous pourriez me faire entrer dans la 4212 ? M. Pearson a demandé qu'on lui dépose un plateau repas, pour quand il rentrera.

Une femme d'âge mûr sortit en maugréant, pestant contre ces nouvelles recrues qui ne pensaient même pas à prendre leurs passes. Savvy la suivit, avec un petit sourire.

Dawson dut lutter contre l'envie de l'embrasser.

La vieille femme ouvrit la porte, et retourna finir son travail. Dawson et Savvy pénétrèrent dans la chambre de Vance Pearson, et refermèrent la porte derrière eux.

— Il faut faire vite, dit Dawson. Sinon, la femme de ménage va se demander ce que nous faisons ici.

Savvy fouilla rapidement les tiroirs, pendant que Dawson se chargeait de la valise et de la penderie. A part un journal de Boston, et des étiquettes de bagages provenant de San Antonio, ils ne trouvèrent rien.

Savvy regarda un bloc de papier posé sur la table de chevet. Elle le prit, et le retourna.

— Tu as trouvé quelque chose ?

— Je ne sais pas. Regarde, dit-elle en tenant le bloc de papier à la lumière. Ce sont des traces d'écriture ?

Dawson lui prit le bloc des mains, pour l'observer à la lumière du plafonnier.

— Oui. Sortons d'ici, dit-il en glissant les papiers dans sa poche.

La main sur la poignée de la porte, il se figea et écouta les bruits du couloir. La voix d'un homme lui parvint, s'approchant de la porte. Il jeta un coup d'œil par l'œilleton qui permettait de voir les visiteurs.

— Il y a quelqu'un dans le hall, chuchota-t-il. Entre dans le dressing.

Savvy ouvrit les portes du placard et se glissa à l'intérieur.

— Et toi ?

— Laisse légèrement entrouvert. Je veux voir qui c'est.

Le visage d'un homme apparut nettement de l'autre côté de l'œilleton. Il regarda à droite, puis à gauche, avant de se pencher vers la serrure.

Dawson pénétra dans le dressing avec Savvy et tira la porte sans la fermer complètement.

— Ce n'est pas Pearson. Mais il va entrer.

10

Dans la pénombre du dressing, Savvy retint son souffle.

— Tiens-toi prête, dit Dawson en lui prenant la main.

Son cœur battait si fort qu'elle entendit à peine le bruit de la serrure qui tournait.

Dawson se pencha. Ses épaules étaient tendues, ses doigts crispés sur ceux de Savvy. Celle-ci n'osait pas respirer de peur que l'inconnu ne l'entende et ne les découvre dans le placard.

L'air conditionné se mit en marche, et le ronflement étouffa les autres bruits, y compris les pas de l'homme sur la moquette.

Dawson l'attira vers lui, et lui répéta à l'oreille :

— Tiens-toi prête.

Prête ? Prête à quoi ? A une attaque ? A des coups de feu ? A être jetée en prison ? Elle aurait voulu lui poser la question, mais elle craignait d'être entendue.

— Maintenant.

Dawson ouvrit silencieusement la porte de la penderie, jeta un coup d'œil au-dehors, et se précipita vers la porte de la chambre. Savvy ne voyait pas l'homme, mais elle entendit ses pas sur le carrelage de la salle de bains. Elle suivit Dawson sur la pointe des pieds.

Ce dernier ouvrit, poussa Savvy dans le couloir, et sortit après elle.

— Hé ! cria un homme derrière eux.

Savvy tourna la tête, juste assez longtemps pour voir un dragon tatoué sur un bras massif. La terreur la fit se figer sur place.

— Cours ! s'écria Dawson.

Tirée de sa stupeur par le son de sa voix, elle contourna le chariot de linge sale et se rua vers l'escalier, consciente que l'ascenseur mettrait trop longtemps à s'ouvrir. Elle passa une porte, Dawson sur les talons. Elle s'engagea dans l'escalier sans jeter un seul coup d'œil derrière elle.

Au bas des marches, Dawson tendit le bras pour l'arrêter.

— Attends.

Il n'y avait aucun bruit de pas dans l'escalier.

— S'il nous a suivis, il n'est pas passé par là.

Il ôta son uniforme de serveur. Savvy contempla sa robe.

— Je suppose que nous ne pouvons pas retourner chercher mon jean à la lingerie ?

— Je crains que non. Il faut sortir d'ici tant que c'est possible. Attends un instant.

Il poussa une porte battante et sortit. Savvy se plaqua dans un angle, l'oreille tendue. Les trente secondes qui suivirent lui parurent interminables. Elle était déjà devenue dépendante de Dawson, et cela ne lui plaisait pas. Elle ne voulait dépendre de personne. Son front se plissa. Etait-ce un souvenir ? Elle fit un effort désespéré pour se rappeler quelque chose. Rien. Sa vie était un trou noir.

La porte se rouvrit, la tirant de ses réflexions déprimantes. Dawson apparut, et elle poussa un soupir de soulagement.

— Tu es prête ? demanda-t-il en lui tendant la main.

Donc, elle dépendait de lui. Etait-ce une mauvaise

chose ? Elle plaça la main dans la sienne, et la chaleur de ses doigts l'emplit d'un sentiment de bien-être qu'elle n'avait encore jamais éprouvé depuis le moment où elle s'était réveillée à l'hôpital. Et si elle ne recouvrait jamais la mémoire ? Son prochain garde du corps serait-il aussi efficace que Dawson ? La protégerait-il des hommes qui la poursuivaient ? Resterait-il avec elle jusqu'à ce que le meurtrier soit découvert ? Elle fut parcourue d'un frisson.

Ses traits durent trahir sa peur, car Dawson lui prit le menton entre les doigts.

— Tout ira bien. Viens, sortons d'ici.

Il leur fallut moins de temps pour sortir de l'hôtel que pour y entrer. En deux minutes, ils eurent regagné leur voiture de location.

Dawson s'assit au volant et mit le contact avec un petit sourire.

— C'était moins une.

— Ne me dis pas que tout cela t'a amusé ?

Savvy enfila le seul jean qui lui restait, et fit glisser son uniforme de femme de chambre par-dessus sa tête. Un large sourire éclairait le visage de son compagnon.

— J'ai trouvé ça grisant.

Savvy secoua la tête.

— Tu devrais sourire plus souvent, commenta-t-elle.

Le sourire de Dawson s'évanouit aussitôt.

— Ah oui ? Pourquoi ?

Elle se reprocha d'avoir parlé. Si elle n'avait rien dit, il sourirait peut-être encore, sans même s'en rendre compte.

— Tu fais moins peur quand tu souris.

— Le sourire n'est pas obligatoire, dans ma profession.

— Ça devrait l'être.

Il ouvrit la boîte à gants et y prit un crayon.

— Espérons que ça marchera, lança-t-il en passant le crayon sur la première feuille du bloc de papier blanc.

Des lettres et des chiffres apparurent.

— E. Jameson, déchiffra Savvy. Ce nom te dit quelque chose ?

— Peut-être. Il est vaguement familier.

Il examina le parking, avant de démarrer.

— Allons dans un endroit moins exposé. J'appellerai ma patronne pour qu'elle fasse une recherche sur le nom et le numéro de téléphone.

— E. Jameson, répéta Savvy. J'ai l'impression que je devrais le connaître.

Elle ferma les yeux et renversa la tête en arrière, cherchant dans son esprit dévasté par le choc. Elle ne trouva que le vide. Découragée, elle poussa un soupir.

— J'ai l'impression que tous mes souvenirs sont enfermés. Ils attendent qu'une porte s'ouvre pour se répandre dans ma tête. Je sais qu'ils sont là, mais ils ne parviennent pas jusqu'à moi.

Dawson lui prit la main et la pressa gentiment.

— Tout finira par revenir.

— J'espérais que nous trouverions quelque chose. M. Pearson avait l'air de savoir des choses sur moi. Pourquoi m'a-t-il demandé si je connaissais le nom de Jameson ?

Dawson s'engagea dans une rue peu fréquentée.

— Il t'aurait dit n'importe quoi pour obtenir une interview.

— Ou bien il sait quelque chose.

Savvy pinça les lèvres. Elle était prête à courir tous les risques pour apprendre la moindre information sur son passé.

— Nous aurions peut-être dû rester pour parler à M. Pearson.

— Non. C'est trop dangereux. L'homme qui est entré dans sa chambre est celui qui a essayé de t'étouffer à l'hôpital. Si Pearson en sait plus sur toi, cet homme cherchait peut-être des renseignements pour te retrouver.

Savvy ouvrit la bouche, mais Dawson l'arrêta d'un geste avant même qu'elle ait pu articuler un mot.

— Nous pourrons revenir plus tard. En attendant, nous sommes restés trop longtemps au même endroit. D'autre part, nous devons retrouver un autre agent de l'Agence Lone Star.

Par coïncidence, son téléphone se mit à sonner. Dawson répondit.

— Allô, Jack ? Il était temps. Ah, non ? Quand ?

Un poids se mit à peser sur la poitrine de Savvy. Dawson ne le lui avait pas dit, mais elle savait. L'homme à qui il parlait était celui qui devait le remplacer.

Savvy se renfonça dans son siège. Elle se sentait encore plus seule que lorsqu'elle s'était réveillée à l'hôpital. Elle n'en voulait pas à Dawson. Ce dernier ne lui avait pas caché qu'il ne voulait pas être garde du corps. Il ne voulait pas être responsable de la vie de quelqu'un.

Elle coula un regard dans sa direction, pendant qu'il s'entretenait avec Jack. Dawson allait lui manquer, avec sa force tranquille, sa détermination… et ses larges épaules. Son regard remonta vers ses lèvres, et son imagination la ramena à la nuit précédente. Une vague chaude prit naissance dans son ventre et se répandit dans ses membres. La douleur sourde du désir surgit entre ses jambes.

Il était sans doute temps que Dawson soit remplacé.

Il fallait qu'elle se concentre sur le problème principal, qui était de sauver sa peau.

Dawson décida d'un lieu et d'une heure pour le rendez-vous qui devait avoir lieu un peu plus tard ce jour-là, de manière à faire d'une pierre deux coups. Puis il coupa la communication. A présent que sa mission arrivait à son terme, il ne se sentait pas aussi soulagé qu'il l'avait cru.

Si Jack prenait la suite de cette mission, il pourrait quant à lui reprendre son job d'enquêteur. Et il se contenterait de prendre sur le fait des époux volages. Il n'y aurait plus de coups de feu, et il ne serait pas obligé de dormir dans la même chambre qu'une jeune femme trop sexy qui avait été témoin d'un meurtre. *S'il* cédait la place à Jack.

Non. *Quand* il lui céderait la place.

Un coup d'œil à Savvy, et il eut le cœur serré.

Recroquevillée dans son siège, les bras croisés sur sa poitrine et la casquette de base-ball enfoncée sur sa masse de cheveux cuivrés, elle donnait l'impression d'être une enfant perdue. Ses yeux verts fixaient le pare-brise, soulignés par des cernes plus creusés que la veille.

Savait-elle qu'il voulait la quitter ? A en juger par ses lèvres serrées, par son regard sombre, elle avait compris. Qu'éprouvait-elle ? Après ce qui s'était passé la nuit dernière…

— Que regardes-tu ? demanda-t-elle en se tournant vers lui d'un air de défi.

Puis, avant qu'il ait répondu, elle pivota sur son siège et regarda par la fenêtre.

Elle avait bel et bien deviné.

— Jack est un excellent agent. Je lui confierais ma propre vie. Et il est garde du corps depuis longtemps.

— Oui, je sais. C'est un job. Je ne représente que ça, ajouta-t-elle d'une voix sourde.

— Non, tu es plus que cela.

— Pour qui ? Pour les tueurs du seigneur de la drogue, je suis la cible à atteindre. Pour toi et ton ami Jack, je suis une mission à accomplir. Pour le procureur, je suis un témoin principal, ou un suspect. Ne dis plus rien, Dawson, ajouta-t-elle avec un haussement d'épaules. Tu n'as pas besoin de faire semblant.

Il garda le silence, luttant contre l'envie de se garer sur le côté de la route, de la prendre dans ses bras et de lui dire qu'il ne faisait pas semblant, qu'il s'était attaché à elle, plus qu'il ne l'aurait voulu. Mais s'il la prenait dans ses bras, il aurait du mal à la relâcher. Or, il fallait qu'il s'éloigne d'elle.

Les mains sur le volant, les yeux fixés droit devant lui, il se rendit au palais de justice de Webb County, au centre de Laredo, où se trouvait le bureau du procureur.

Jack l'avait appelé au moment où il quittait San Antonio. Il atteindrait Laredo dans deux heures et demie au plus tard.

En attendant, Dawson devait demander à Audrey si elle avait trouvé d'autres informations sur Savvy Jones. Mais avant tout, ils devaient entrer en contact avec le procureur Frank Young, sinon celui-ci risquait d'émettre un mandat d'arrêt contre Savvy.

Il se gara derrière le palais de justice, au deuxième étage du parking public, entre deux voitures aussi banales que la leur. Puis il sortit du petit véhicule, regrettant l'espace et le confort de son camion.

Savvy sortit également, avant qu'il ait eu le temps d'aller lui ouvrir sa portière.

— Tu es pressée de te faire arrêter ? demanda-t-il en haussant les sourcils.

— Je suis surtout pressée de me présenter au procureur, afin de pouvoir continuer à chercher le vrai tueur. Avec ou sans ton aide.

Elle se dirigea d'un pas ferme vers la passerelle qui communiquait avec le palais de justice. Dawson la suivit, le cœur lourd, tout en observant les gens et les véhicules qui circulaient dans le parking. La remarque de Savvy l'avait atteint.

N'éprouvait-il pas de regrets de la confier à Jack ? Les paroles de la jeune femme ne firent que semer davantage le doute dans son esprit. Dawson était toujours persuadé de ne pas être l'homme de la situation. Deux mois auparavant, il était encore esclave de la boisson. Il en était à peine sorti. Comment Audrey, ou Savvy, pouvaient-elles le croire apte à combattre un ennemi tel que Rodriguez ? Mais encore, comment pouvait-il se retirer du jeu, en sachant quel danger Jack et Savvy allaient devoir affronter ? Pouvait-il abandonner la jeune femme à son sort ?

Une bouffée de colère l'envahit. Il refusait de se sentir coupable. Savvy Jones n'était rien pour lui. Rien.

— Laisse la police se charger de l'enquête.

— Et qu'est-ce que cela m'a apporté, jusqu'ici ? lança-t-elle, en s'engageant dans l'escalier.

Dawson la suivit, et remarqua que sa démarche était lente.

— Une enquête prend beaucoup de temps.

Savvy s'arrêta et s'adossa au mur, en inspirant

profondément. Elle était plus pâle que lorsqu'elle était descendue de la voiture.

— Au cas où tu n'aurais pas remarqué, je n'ai pas le temps.

Dawson la rattrapa et lui passa un bras autour de la taille, en réprimant un sourire.

— Le chaton a des griffes, je vois.

— Pas du tout, protesta-t-elle en se dégageant. Je dis simplement les choses telles qu'elles sont.

Levant le menton, elle gravit encore trois marches, et dut s'arrêter pour reprendre sa respiration. Une mèche de cheveux s'échappa de la casquette, adoucissant l'apparence de dureté qu'elle voulait absolument donner.

Elle était sur le point de s'évanouir, mais refuserait jusqu'au dernier moment de solliciter son aide. Dawson lui glissa de nouveau le bras autour de la taille, et résista quand elle tenta de se dégager.

— Ecoute, si tu veux vraiment monter dans le bureau du procureur, laisse-moi au moins t'aider.

— Je n'ai pas besoin de ton aide, laisse-moi tranquille.

— Pas question. Je te laisserai quand je serai décidé.

— C'est-à-dire dans deux heures ? Tu peux partir tout de suite. J'attendrai Jack dans le bureau du procureur.

Dawson jeta un coup d'œil à gauche, et à droite, observant les fenêtres en arc-de-cercle du palais de justice, les toits, et le parking.

— Tais-toi, et dépêche-toi de monter l'escalier.

Il l'entraîna avec lui, la protégeant de son corps, jusqu'à ce qu'ils aient franchi la porte du bâtiment.

C'est seulement lorsqu'ils furent à l'intérieur qu'il relâcha son étreinte. Savvy se tourna alors vers lui, les joues enflammées.

— Je suis parfaitement capable de trouver mon chemin toute seule. Tu peux partir.

— Je ne peux pas, et je ne le ferai pas, tant que…

— Tant que tu ne seras pas remplacé, je sais, répliqua-t-elle avec un geste de la main.

Il lui captura les doigts, et plongea les yeux dans les siens.

— Jusqu'à ce que j'aie décidé de le faire, rectifia-t-il.

— D'accord, concéda-t-elle en retirant sa main. Alors reste dans le couloir pendant que je discute avec le procureur. C'est moi qu'il veut jeter en prison, pas toi.

Elle se dirigea vers l'ascenseur, et observa le panneau indiquant où se trouvaient les différents bureaux dans le bâtiment.

Dawson appela l'ascenseur, et les portes coulissèrent.

— Il est au quatrième.

— J'ai vu, répliqua-t-elle en pénétrant dans la cabine.

Ils montèrent en silence. Quand l'ascenseur s'arrêta, Savvy fit mine de sortir la première, mais Dawson l'en empêcha.

— J'ai toujours une mission à accomplir.

Elle recula d'un pas, et croisa les bras.

— Je t'en prie, fais comme tu veux.

Dawson observa les hommes et les femmes qui passaient dans le couloir. Aucune de ces personnes ne semblait dangereuse, mais il ne pouvait se fier aux apparences. Ce qui était le plus important, c'était qu'aucune d'elles ne portait d'arme.

— La voie est libre, annonça-t-il.

Savvy passa devant lui en levant les yeux au ciel, et tourna à droite.

— Où vas-tu ?

Elle se figea, la tête haute.

— Le bureau est de l'autre côté ? demanda-t-elle, sans se retourner.

— Exact.

— Je le savais.

Elle pivota sur ses talons, passa fièrement devant Dawson et franchit la porte sur laquelle était inscrit le nom du procureur Frank Young.

— Que puis-je faire pour vous ?

Une jeune et jolie assistante leva les yeux de son ordinateur. Une pancarte posée sur le bureau indiquait qu'elle s'appelait Delores Sanchez.

— Mademoiselle Sanchez, je désire voir le procureur.

La jeune femme examina Savvy.

— Oh, vous devez être Mme Jones, répondit-elle en se levant pour venir lui serrer la main. Je vous ai vue aux informations, hier soir, mais j'ai failli ne pas vous reconnaître, avec votre casquette. Entre nous, il n'y a pas une seule personne dans cette ville qui ne vous soit pas reconnaissante de ce que vous avez fait.

Savvy se rembrunit, et ôta la main que Delores retenait dans la sienne.

— Je ne me souviens pas de ce que j'ai fait.

— Tomas Rodriguez était foncièrement mauvais. Il a échappé à la justice, bien qu'il ait violé des femmes des deux côtés de la frontière.

L'assistante jeta un bref coup d'œil par-dessus son épaule et reprit :

— Frank l'a fait inculper pour détention de drogue l'année dernière, mais je crois qu'il le regrette.

— Pouvons-nous le voir ?

Delores plissa les lèvres.

— Il a demandé à être informé de tous vos déplacements. Je sais qu'il voudra vous recevoir, mais il y a quelqu'un dans son bureau en ce moment. Si vous voulez bien vous asseoir et attendre, il sera bientôt disponible.

L'assistante désigna un canapé de cuir, dans un angle du bureau. Savvy prit place tout au bout du canapé.

Un peu irrité, Dawson s'assit au milieu. Il n'aimait pas attendre. Surtout dans les circonstances présentes. Un seigneur de la drogue voulait la tête de Savvy, et des deux côtés de la frontière, des informateurs étaient prêts à faire n'importe quoi pour plaire à un homme aussi influent que lui.

Il s'était trompé en croyant qu'elle serait en sécurité ici, au palais de justice. Tôt ou tard, ils devraient en sortir et c'est alors qu'elle serait le plus vulnérable.

La porte du bureau de Frank Young s'ouvrit tout à coup, et une très belle blonde, vêtue d'un tailleur pantalon et chaussée d'escarpins à hauts talons, traversa le bureau de réception. La main sur la poignée de la porte, elle se retourna et ses yeux bleus lancèrent des éclairs.

— Tu ferais aussi bien de montrer tes comptes bancaires, Frank. Il n'y a pas un seul tribunal dans ce comté qui te soutiendra. Pas avec les preuves que je détiens.

Elle émit un petit rire dur et sans joie.

— Je croyais qu'un procureur était tenu d'appliquer la loi et de soutenir la morale. Je suppose que tu ne te sens pas concerné par ce genre de choses.

Frank Young traversa le bureau à longues enjambées.

— Sois raisonnable, Diana. Nous n'avons pas besoin de divorcer. Tu connais mon travail, tu sais que j'ai des rendez-vous d'affaires. Il n'y a rien d'autre.

Son regard se posa sur Dawson et Savvy, et il serra les mâchoires.

— Nous reparlerons de tout cela à la maison.

— Très bien. Tu en profiteras pour m'expliquer pourquoi tu achètes de la lingerie de luxe à tes clientes.

Diana cala sa pochette en cuir sous son bras, et ajouta sèchement :

— Nous n'avons rien d'autre à nous dire.

Dawson vit le regard de Young luire de fureur tandis que sa femme franchissait la porte. Puis le procureur se tourna vers eux avec un sourire crispé.

— Vous avez bien choisi votre moment, commenta-t-il en leur faisant signe d'entrer dans le bureau.

Dawson poussa Savvy devant lui, et referma la porte. Young alla s'asseoir derrière son imposant bureau d'acajou.

— Vous avez recouvré la mémoire ?

— Non, rien.

Young étrécit les yeux, l'air soupçonneux.

— Rien sur le meurtre ? Sur vous ? Votre famille ?

— Non, répéta-t-elle en secouant la tête.

— Vous êtes sûre que vous ne vous rappelez rien de votre passé ? L'endroit où vous viviez ? N'importe quel détail ?

— Elle vous a dit que non, lança Dawson en fronçant les sourcils.

— Ce n'est rien, murmura Savvy en lui touchant le bras. Non. Je ne me rappelle personne, ni aucun endroit où j'ai pu me trouver. Pourquoi ?

Young haussa les épaules.

— Apparemment, personne ne vous connaît par ici, madame Jones.

Il ajouta :

— J'ai fait une enquête, et j'ai même consulté les dossiers des personnes disparues.

— Avez-vous découvert quelque chose ?

— Peut-être, répondit-il en dardant sur elle un regard perçant. Dès que j'aurai obtenu certaines confirmations, nous en reparlerons.

— Si vous savez quelque chose, dites-le-moi, je vous en prie.

Young haussa les sourcils.

— Je le ferai, dès que je serai sûr. Inutile de vous donner de l'espoir si ce n'est qu'une fausse piste.

Savvy se mordit la lèvre, mais n'insista pas. Dawson lui prit le bras.

— Nous ne pouvons pas nous attarder ici. Quelqu'un risque de tendre un piège à Mme Jones.

— Vous avez eu des problèmes ?

— Quelques-uns. Je n'entrerai pas dans les détails, mais vous devez savoir qu'elle n'est pas en sécurité à Laredo.

Le procureur pinça les lèvres et ses traits se durcirent.

— Je compte sur vous pour protéger Sab... Mme Jones. Elle est très précieuse pour... pour résoudre cette affaire.

Young se leva, et fit mine d'arranger les documents impeccablement alignés sur son bureau.

— A présent, vous voudrez bien m'excuser, j'ai du travail.

— Pouvez-vous nous dire quelque chose sur la progression de l'enquête ? demanda Savvy en s'avançant vers lui. Avez-vous trouvé la preuve de la présence de quelqu'un d'autre dans la ruelle, lorsque Tomas Rodriguez a été tué ?

Le procureur secoua la tête.

— Jusqu'ici, rien. Si quelqu'un a vraiment voulu vous faire passer pour la meurtrière, il a réussi à effacer toutes les traces derrière lui.

— Avez-vous trouvé d'où provenait l'arme du crime ? demanda Dawson.

— Oui. Elle a été dérobée il y a deux mois à un habitant de Laredo, qui avait déclaré le vol.

Les épaules de Savvy s'affaissèrent.

— Si vous ne trouvez pas l'assassin, j'irai en prison ?

— J'ai convaincu le juge de ne pas procéder à votre arrestation. Un doute demeure sur votre culpabilité, en raison du fait que vous teniez l'arme de la main gauche, alors que vous êtes droitière. Mais je ne sais pas combien de temps je pourrai encore retarder la procédure. Le juge sera content de savoir que vous n'avez pas quitté la ville. La présence de M. Gray vous évite d'être envoyée en prison. Sans lui pour vous protéger et suivre vos déplacements, je serais obligé de vous faire arrêter jusqu'à ce que nous ayons trouvé qui a réellement tué Tomas Rodriguez.

— Eh bien justement, dit Dawson en tirant Savvy par le bras. Si cela ne vous fait rien, il faut que nous sortions d'ici.

— Certainement. Prenez bien soin d'elle, et tenez-moi informé de la situation.

— Vous avez un numéro où me joindre. Tant qu'il n'y a pas de preuve que quelqu'un d'autre a tué Rodriguez, nous resterons cachés. Ne m'appelez qu'en cas d'urgence.

— D'accord, dit le procureur en contournant son bureau.

Il ouvrit la porte, et s'effaça pour laisser Dawson et Savvy sortir. Quand la jeune femme passa devant lui, il l'observa en étrécissant les yeux, comme pour graver ses traits dans sa mémoire.

Dans l'ascenseur, Savvy garda le silence. Sa casquette dissimulait ses yeux et l'expression de son visage. Elle suivit Dawson en sortant de la cabine, la tête baissée, visiblement plongée dans ses pensées.

Une fois dans la voiture, elle garda les yeux fixés sur l'extérieur, les doigts croisés sur ses genoux.

Dawson aurait dû apprécier son silence. Moins elle parlait, et plus il devenait facile pour lui de la quitter. Mais plus l'heure du rendez-vous avec Jack approchait, et moins il avait envie de confier sa protégée à celui-ci.

Il quitta le parking, et examina soigneusement la rue avant de s'engager dans la circulation.

Ils avaient à peine fait dix mètres quand une voiture ressemblant à une épave surgit d'une rue adjacente et fonça sur eux en faisant crisser ses pneus sur le goudron.

— Baisse-toi ! cria Dawson en faisant un geste vers Savvy.

Agrippant le volant, il enfonça la pédale d'accélérateur, tout en baissant lui-même la tête pour ne pas offrir de cible aux tueurs.

Des klaxons résonnèrent, des voitures s'écartèrent brusquement. Mais l'épave resta au niveau de la voiture de location. La vitre du passager glissa vers le bas.

Le cœur de Dawson battait à cent à l'heure. Il n'avait pas le temps de réfléchir, il fallait agir.

— Cramponne-toi !

11

Savvy jeta un coup d'œil à l'autre voiture, et vit le canon gris d'une arme pointé sur elle. Un homme au visage grêlé lui lança un regard menaçant.

— Il a un pistolet ! cria-t-elle.

Dawson appuya sur la pédale de freins, et la voiture s'arrêta dans un crissement de pneus. La tête de Savvy heurta le tableau de bord, et une vive douleur lui transperça la tempe. Des éclairs l'aveuglèrent.

Un bruit assourdissant surgit de l'épave qui roulait à côté d'eux, suivi par un choc contre la carrosserie de leur voiture.

— Ne me dis pas qu'ils nous tirent dessus !

— O.K., je ne te le dirai pas, répondit Dawson. Mais tiens-toi bien.

Il passa la marche arrière et la voiture pivota sur elle-même. Tous les véhicules autour d'eux freinèrent et s'arrêtèrent. Les feux arrière de l'épave s'allumèrent.

— Ils reculent ! hurla Savvy.

Dawson fit tourner le volant, et s'engagea dans la file de circulation en sens inverse. Le conducteur d'un 4x4 les évita de justesse et klaxonna furieusement.

Sans se démonter, Dawson accéléra. La voiture bondit en avant, se dirigeant droit vers un bâtiment de l'autre côté de la rue. Les doigts crispés sur le volant, Dawson tourna brusquement à gauche et la voiture monta sur le trottoir. Des piétons s'éparpillèrent devant eux en criant, et en montrant le poing.

L'épave fit la même manœuvre qu'eux, mais le conducteur eut moins de chance et heurta de plein fouet un poteau électrique.

Le bruit des sirènes de police résonna au loin, et Savvy espéra que cet épisode précis du cauchemar qu'elle vivait depuis deux jours était terminé.

Apparemment, les tireurs qui occupaient le tas de ferraille n'avaient aucune envie d'affronter la police locale. Après plusieurs tentatives vaines pour faire redémarrer leur véhicule, les deux hommes ouvrirent les portières et s'enfuirent à pied, disparaissant rapidement au coin de la rue.

Alors qu'ils redescendaient sur la chaussée en cahotant, elle vit apparaître la première voiture de police, toutes lumières allumées et sirènes hurlantes. Une deuxième voiture la suivait.

Dawson serra le trottoir pour les laisser passer, et s'engagea de nouveau dans la file de circulation, comme si de rien n'était.

Savvy se redressa, une main contre la poitrine, et le cœur battant follement.

— C'était moins une.

— Nous l'avons échappé belle, admit-il.

Dawson fixa la route en face de lui. Ses traits semblaient sculptés dans la pierre. Seul un tressautement sur sa joue trahissait sa nervosité.

Savvy secoua la tête, avec un petit rire tremblant.

— J'ai l'impression d'être un coureur qui enchaîne sprint sur sprint. Chaque fois que je crois pouvoir reprendre ma respiration, les tueurs réapparaissent et il faut repartir !

— Il faudrait que quelqu'un nous aide un peu, reconnut Dawson.

— Oui, peut-être. Tu n'as pas l'impression que tout Laredo est à ma poursuite pour me tuer ?

Dawson lui lança un regard en coin, et sourit.

— Je dois admettre que tu tiens mieux le coup que je ne m'y attendais.

— J'ai été élevée pour être une battante.

— Elevée par qui ?

— Je ne sais pas.

A peine Dawson avait-il posé la question que le rideau s'était refermé sur ses souvenirs. Impossible de comprendre pourquoi elle avait dit cela.

— Je ne sais vraiment pas.

— Je parie ma chemise que ta mémoire sera revenue avant la fin de la semaine.

— J'espère que ça reviendra encore plus vite que ça. Il n'y a qu'un jour que j'ai quitté l'hôpital. Je ne vois pas comment je pourrai vivre dans un tel stress jusqu'à la fin de la semaine.

Dawson hocha la tête, mais ne répondit pas. Il fronçait les sourcils, l'air soucieux.

— Sans parler de cette course-poursuite avec les tueurs, j'ai trouvé que l'entrevue avec le procureur était plutôt étrange, continua Savvy. Tu crois qu'il en sait plus sur moi qu'il ne veut bien le dire ?

— Je ne sais pas. Je ne lui fais pas confiance.

— Qu'as-tu pensé de sa femme ?

— Elle paraissait furieuse.

— Tu crois qu'il la trompe ?

— Ça en a tout l'air.

Il fit mine de négocier un virage pour se dispenser

d'en dire davantage. Mais Savvy ne renonçait pas aussi facilement.

— Tu ne m'as pas dit que tu ne faisais que des enquêtes privées ? Quel genre d'enquêtes ?

— Des personnes disparues, des détournements de fonds, des époux adultères. Mais il n'y a pas longtemps que je suis dans l'agence. Pourquoi ?

— Tu ne devines jamais quand un mari trompe réellement sa femme ?

— J'essaye de garder mon opinion pour moi, tant que je n'ai pas de preuves dans un sens ou dans l'autre.

— C'est très noble de ta part, répondit-elle en pianotant sur l'accoudoir du fauteuil.

— Ne cherche pas les ennuis, Savvy.

— Tu trouves que je n'en ai pas déjà suffisamment ? fit-elle avec l'ébauche d'un sourire.

— Si.

Elle se frappa le front du plat de la main.

— Pourquoi est-ce que je ne me rappelle pas ? Et ne me dis pas que ça prend du temps ! ajouta-t-elle en agitant un doigt devant lui. Tu sais aussi bien que moi que du temps, je n'en ai pas.

— Que voudrais-tu que je te dise ?

— Je ne sais pas. N'importe quoi. Rien.

— Il ne suffit pas de faire un vœu pour améliorer la situation.

— Non, mais nous pourrions agir.

Dawson s'arrêta à un feu rouge.

— Que suggères-tu qui ne soit pas illégal ?

— Emmène-moi dans le bar où je travaillais.

— C'est trop dangereux, déclara-t-il, péremptoire.

— Dawson, je ne peux pas continuer à fuir.

Elle lui posa une main sur le bras. Le contact la troubla

intensément. Il valait mieux ne pas éprouver ce genre de sentiment pour un homme qui n'allait pas tarder à sortir de sa vie, songea-t-elle en retirant vivement sa main.

— Il me faut des réponses.

— Quelle que soit la personne à tes trousses, elle a dû envoyer quelqu'un pour surveiller cet endroit, répondit-il en gardant les yeux fixés sur la route.

— Alors essayons d'entrer par la porte de derrière. Je garderai ma casquette sur la tête.

— Non.

— Si tu ne m'emmènes pas, je trouverai un moyen d'y aller seule.

— Non, tu ne peux pas aller là-bas.

— D'accord.

Elle agrippa la poignée et ouvrit la portière, alors que le feu repassait au vert. Dawson tendit la main pour la rattraper, mais en vain.

Avant qu'il ait pu réagir, elle était déjà sur le trottoir, et avait refermé la portière. La voiture qui se trouvait derrière eux klaxonna.

— Remonte dans la voiture, Savvy.

— Seulement si tu me conduis au Waterin'Hole.

Elle se pencha pour chercher son regard, ignorant les gestes furieux du conducteur de l'autre voiture. Dawson lui lança un regard noir. Un nerf tressautait sur sa joue, mais il ne céda pas.

Le klaxon retentit de nouveau, assourdissant.

— Au revoir, Dawson.

— D'accord, je t'emmène ! hurla-t-il, hors de lui. Monte.

Très calme, elle se tourna vers le conducteur de la voiture derrière eux, articula silencieusement le mot *désolée,* puis elle grimpa dans la voiture et attacha sa ceinture de sécurité.

— Tu vois, ce n'était pas très difficile.

— Dieu me protège des femmes entêtées, grommela Dawson en appuyant sur l'accélérateur.

— Et Dieu me protège des hommes têtus. Il y en a beaucoup trop en ce monde.

Elle savait cela, car elle en avait connu un certain nombre. Cette idée lui traversa l'esprit, alors que le visage d'un homme aux cheveux blancs et aux yeux verts s'imposait à elle. Cela fut si inattendu qu'elle poussa une exclamation de surprise.

Dawson freina brusquement.

— Qu'y a-t-il ? Tu t'es fait mal ?

— Non. Je viens d'avoir un souvenir. Le visage d'un homme aux yeux verts et aux cheveux blancs.

Elle ferma les yeux et essaya de se remémorer l'image qui venait de la frapper.

— Je le vois, mais je ne retrouve pas son nom.

— Tu es sûre qu'il ne s'agit pas d'un des médecins de l'hôpital ?

— Absolument. Ils avaient presque tous les cheveux noirs. Et l'homme que j'ai vu portait un costume, pas une blouse de médecin.

— Un homme aux cheveux blancs, en costume. Tu crois que c'est le tueur ?

Savvy secoua la tête.

— Non, je ne crois pas. Il n'avait pas d'arme dans la main.

Elle ouvrit les yeux et regarda les voitures qui passaient dans la rue.

— Pourquoi lui ? Pourquoi est-ce que je me souviens de cet homme, et de personne d'autre ?

— Réfléchis à ce dont nous avons parlé juste avant. Peut-être avons-nous dit quelque chose qui a fait surgir cette image ?

Elle réfuta cette idée d'un haussement d'épaules.

— Nous parlions des hommes têtus. Il en fait certainement partie. Mais qui est-ce ?

Elle enfouit la tête entre ses mains, et tressaillit lorsque ses doigts effleurèrent sa tempe endolorie.

— Non, cet homme n'a tué personne. J'en suis quasiment certaine.

— Eh bien, tant mieux. Tu sais au moins que c'est quelqu'un qui appartient à ton passé, et qu'il est têtu, déclara Dawson en souriant.

— Tu te moques de moi ? répliqua-t-elle en lui décochant un coup de poing dans l'épaule. Le grand Dawson Gray aurait le sens de l'humour ? Qui l'eût cru ?

— Oui, mais seulement quand je me trouve en compagnie d'une femme particulièrement entêtée.

Il lui tendit son téléphone, et ajouta :

— Cherche l'adresse du Waterin'Hole.

— Tu vas m'y emmener ?

— A mon corps défendant, répondit-il en allant se garer derrière un magasin de vêtements. Mais avant cela, il faut un peu améliorer ton déguisement. Tes cheveux vont finir par nous attirer des ennuis.

— Je pourrais les couper, suggéra-t-elle en posant la main sur la casquette qui contenait à peine la masse de sa chevelure.

— Pas question.

Il aimait donc ses cheveux ? Une vague de satisfaction déferla tout à coup en Savvy. Elle était poursuivie par un tueur. Pourquoi le fait que Dawson aime ses cheveux prenait-il une telle importance, dans un moment pareil ?

*
* *

Pendant que Savvy enfilait un jean et une chemise blanche dans la cabine d'essayage, Dawson se faufila sur le parking et échangea les plaques d'immatriculation de leur voiture avec celles d'un employé du magasin. Une précaution supplémentaire pour parcourir les rues de Laredo sans prendre de trop grands risques. Les hommes qui les avaient pourchassés à leur sortie du palais de justice avaient dû noter le numéro d'immatriculation. Tous les hommes du cartel de ce côté du Rio Grande devaient rechercher une berline grise portant ce numéro.

Ce stratagème leur permettrait de prendre une ou deux minutes d'avance sur l'adversaire. Peut-être.

Il regrettait déjà d'avoir promis à Savvy de la conduire au bar où elle travaillait. Alors qu'il regagnait la porte du magasin, son téléphone se mit à vibrer. C'était Jack.

— Salut, mec. Je suis en ville.

— Il y a un changement de plans, Jack. Je vais emmener Savvy sur son lieu de travail. Je voudrais que tu nous rejoignes là-bas.

— Tu es sûr que c'est une bonne idée ? Tu ne penses pas que l'endroit est surveillé par le cartel de Rodriguez ?

— Si, sûrement. Je vais la faire entrer en cachette. Si je ne l'aide pas, elle est bien décidée à y aller seule, expliqua-t-il avec un soupir.

Jack eut un petit rire.

— Non seulement elle est belle, mais elle a aussi des idées bien arrêtées.

— Tu as vu sa photo ?

Dawson était resté à l'extérieur du magasin. Il regarda par la vitrine, cherchant des yeux la femme en question. Celle-ci émergea de la cabine d'essayage et regarda autour d'elle, l'air sur ses gardes. Quand elle le vit, ses épaules se soulevèrent et retombèrent, comme si elle poussait un soupir de soulagement.

— Oui, je l'ai vue hier soir sur la chaîne d'informations de San Antonio. Une beauté fatale, non ?

— Attends de la voir en chair et en os.

Dawson pensa à la nuit précédente, quand il l'avait tenue entre ses bras. A la douceur de sa peau, à la façon dont ses jambes s'étaient enroulées autour de ses reins. Elle avait anéanti tous ses espoirs de garder ses distances, aussi bien physiquement que mentalement.

— Je vais avoir du boulot, dit Jack.

Dawson crispa les doigts sur le téléphone.

— Nous en parlerons. Retrouve-nous au Waterin'Hole.

— D'accord. A tout à l'heure.

Dawson remit le téléphone dans sa poche en observant les rues animées, puis il rentra dans la boutique. Savvy vint vers lui. Elle portait le nouveau jean, avec la chemise blanche et des bottes neuves.

— Je te rembourserai dès que je pourrai, dit-elle en lui donnant les étiquettes des trois articles.

— Tu es très bien, mais il te faut un chapeau plus grand, pour cacher tes cheveux et ton visage.

Il choisit un chapeau de paille sur une étagère, vérifia la taille, et le lui posa doucement sur la tête. Avec ses longs cheveux blonds et son visage criblé de taches de rousseur, elle avait l'air d'une jeune fille banale, qui partait pour un rodéo.

— Comment tu me trouves ? demanda-t-elle en souriant.

Si belle, que j'ai envie de t'embrasser. Dawson fronça les sourcils. Il avait bien failli prononcer les mots à haute voix. Submergé par une bouffée de désir, il lui tourna le dos.

— Pas mal, marmonna-t-il.

Elle pencha la tête en avant, tordit ses cheveux en chignon, et les cala sous le chapeau. Le revers du chapeau de paille dissimulait ses traits et la couleur de ses yeux.

Dawson aurait préféré qu'elle soit complètement invisible, pour retourner au Waterin'Hole. Quelqu'un l'avait désignée comme la cible à éliminer. Quelqu'un qui avait assez d'argent et de pouvoir pour faire exécuter ses ordres.

Il paya leurs achats, et la ramena dans la berline grise. Le soleil commençait à retomber vers l'ouest, et le nuage de poussière qui flottait au-dessus de Laredo prenait des tons rosés. Le GPS qu'il avait récupéré dans son camion avant d'abandonner celui-ci leur indiqua le chemin jusqu'à l'appartement de Savvy, puis les guida plus à l'ouest, dans un quartier un peu miteux où les bâtiments de briques auraient eu grand besoin de rénovation.

Le Waterin'Hole était coincé entre deux bâtiments plus hauts. Plusieurs pick-ups et quelques berlines étaient garés dans la rue, devant le bar-restaurant. Dawson aurait préféré entrer quand l'établissement était vide, mais les clients du soir commençaient déjà à arriver.

Il tourna dans une rue un peu plus loin, se gara derrière le bar, cachant la voiture derrière un amoncellement de vieilles palettes de bois.

Savvy posa la main sur la poignée.

— Attends. Nous allons attendre qu'il fasse un peu plus sombre avant d'entrer.

Elle demeura assise, la main sur la poignée, le regard scrutant la ruelle.

— Tu crois que nous allons avoir des problèmes ?

Dawson prit son arme dans le holster caché sous sa veste de cuir.

— Il faut s'y attendre. Tiens-toi sur tes gardes.

Elle hocha la tête.

— Tu n'as pas changé d'avis ?

— Non, répondit-elle en secouant la tête. Je veux savoir ce qui s'est passé cette nuit-là.

— Laisse-moi poser les questions à ta place. Si tu parles, quelqu'un te reconnaîtra, c'est sûr.

— Mais si je ne pose pas les questions moi-même, ma mémoire risque de ne pas revenir.

— Reste derrière moi, et laisse-moi parler. Contente-toi d'écouter.

Elle se mordilla les lèvres, et ce geste de nervosité inconscient le rendit fou. Il éprouva soudain le besoin de se pencher sur elle, de l'embrasser, de prendre cette lèvre rose entre ses dents et de la mordre doucement, jusqu'à ce qu'elle lui offre sa bouche.

Savvy sortit la photo de l'enfant de la poche de sa chemise, et la regarda en passant les doigts sur le visage de la fillette.

— D'après Liz, je disais que je ne voulais plus vivre mon ancienne vie. Je ne voulais pas devenir comme mon père… Tu crois que je fuyais quelque chose, quand je suis venue à Laredo ?

Le désir de Dawson s'effaça, et sa gorge se noua douloureusement. La photo, la question posée à voix douce, lui rappelaient tout ce qu'il avait cherché à oublier, lui aussi.

— Peut-être.

— Je veux savoir qui était cette enfant.

— Même si cela te fait du mal ?

— Oui. Il faut que je sache.

Dawson observa le ciel qui s'assombrissait.

— Alors, allons-y, dit-il en ouvrant sa portière.

S'il restait assis une minute de plus à côté de Savvy, il la prendrait dans ses bras et la tiendrait là jusqu'à ce que le chagrin disparaisse de ses yeux.

Bon sang. Cette femme s'immisçait dans son cœur, et c'était une chose qu'il ne pouvait se permettre. Il devait la protéger, sa vie dépendait de lui.

Il croyait pourtant que le mur qu'il avait érigé autour de son cœur après la mort d'Amanda était impénétrable. Mais Savvy, avec sa détermination à recouvrer la mémoire, avait l'art d'entamer ses défenses.

Elle le rejoignit à l'arrière du véhicule, et rabattit le chapeau sur son front.

— Garde la tête baissée, ordonna-t-il. Je couvre tes arrières.

— D'accord. On y va.

D'un pas ferme, elle se dirigea vers la ruelle où elle avait été découverte avec une blessure à la tête.

Elle s'immobilisa près d'une benne à ordures. Le blanc de sa chemise paraissait presque bleu dans les ombres du crépuscule. Ce lieu allait-il déclencher quelque chose dans sa tête ?

12

Une ombre flotta dans l'esprit de Savvy alors qu'elle se dirigeait vers la porte arrière du bar. Un chatouillement lui parcourut la nuque, suivi par une sorte de flash, comme un éclat de mémoire surgi du plus profond de son esprit. Trop bref pour qu'elle puisse le retenir et l'analyser. Une vague vision de silhouettes sans visage circulant dans la ruelle.

En proie à une peur irrépressible, elle se mit à courir vers la porte du bar. Etait-ce pour cela que sa mémoire était bloquée ? L'incident avait-il été trop violent ? Son esprit voulait-il la protéger du choc en la coupant de la réalité ?

Dawson la rattrapa et posa la main sur la poignée de la porte avant elle.

— Attends.

Il soutint son regard. Ses yeux étaient comme deux puits profonds et impénétrables. Savvy se mit à trembler.

— Nous ne sommes pas obligés d'entrer, dit-il. Nous pouvons partir et ne jamais revenir. Cet endroit ne m'inspire pas confiance.

Savvy secoua la tête. Malgré la peur, quelque chose la poussait à entrer dans ce bar. Si Dawson percevait sa panique, il l'obligerait sans doute à repartir, l'empêcherait de poser les questions qui aideraient à la disculper.

— Je me sens bien, affirma-t-elle en plaquant un sourire sur son visage figé. Je t'assure.

Il l'observa quelques secondes, les sourcils froncés. Puis il se pencha et l'embrassa sur les lèvres.

Déconcertée, Savvy poussa une exclamation, et il profita de son désarroi pour approfondir son baiser. Sans réfléchir, elle glissa les mains sur son cou et l'attira vers elle. Les souvenirs de la nuit précédente revinrent avec force.

Ils se séparèrent brusquement, et Dawson la repoussa un peu. Puis, sans prononcer un mot, il fit tourner la poignée et ouvrit la porte.

— J'entre le premier.

Il entra en tirant Savvy derrière lui, prenant ses doigts glacés dans sa main chaude et solide. Il fit tourner la serrure, pour éviter que quelqu'un n'entre après eux.

— Reste là. Je reviens tout de suite.

Elle acquiesça. Toutes sortes de pensées tourbillonnaient dans sa tête, mais l'une d'elles se détachait nettement. Elle aurait aimé que le baiser se prolonge plus longtemps. Elle voulait recommencer jusqu'à ce que tous les criminels à sa poursuite disparaissent, et qu'il ne reste plus rien dans le monde que son garde du corps et elle.

Heureuse qu'il ait finalement accepté de l'amener jusqu'ici, Savvy obéit à l'ordre qu'il lui avait donné. Elle essaya de ne pas penser à la porte dans son dos, qui donnait dans la ruelle où tout ce cauchemar avait commencé. Mais un frisson glacé la parcourut. Elle dut lutter contre le désir de fuir. Bien qu'elle ne parvienne pas à se rappeler les détails de ce qui était arrivé, elle savait que cet endroit était épouvantable. Le fait de se trouver si près du lieu d'un crime lui donnait la chair de poule.

Il lui sembla que l'absence de Dawson durait une éternité. Au moment où elle fit un pas dans le couloir, le garde du corps réapparut.

— Jack n'est pas encore arrivé, mais la voie est libre. Il n'y a que quelques clients au bar, et ils n'ont pas l'air d'être des tueurs. Aucun d'eux n'est armé.

— Merci. Je me sens beaucoup mieux, maintenant que je le sais, répondit-elle en s'efforçant de prendre un ton léger.

Dawson rectifia la position de son chapeau, et le baissa sur son front.

— Si ça continue, je vais me cogner aux murs, marmonna-t-elle. Tu veux vraiment que j'attire l'attention sur moi ?

Elle rejeta la tête en arrière et le défia du regard, avec un sourire au coin des lèvres.

Les prunelles de Dawson s'assombrirent. Il l'embrassa de nouveau, la prenant encore une fois au dépourvu.

— Pourquoi fais-tu cela ? demanda-t-elle, en pressant une main sur ses lèvres.

— Pour te faire taire. N'oublie pas que c'est moi qui dois parler. Personne ne doit deviner qui tu es.

Tout en parlant, il tira sur les pans de sa chemise blanche, pour les faire retomber sur le jean.

— Tu crois qu'il est vraiment nécessaire de me déshabiller dans le couloir ? fit-elle dans un souffle.

Les doigts de Dawson lui effleuraient la taille, et l'image de ces mêmes doigts sur ses seins nus lui traversa l'esprit. Troublée, elle plaqua une main sur sa bouche, pour réprimer un gémissement. Pourquoi diable pensait-elle à son garde du corps, alors qu'elle aurait dû être entièrement occupée par la recherche de ceux qui voulaient lui faire endosser un meurtre qu'elle n'avait pas commis ?

Haletante, elle laissa Dawson l'entraîner entre les tables, pour gagner une banquette proche de la porte de secours. Les lumières tamisées jouaient en sa faveur. Aucun des quelques clients qui se trouvaient dans la salle ne détourna les yeux de l'écran de télévision sur lequel ils suivaient un jeu de base-ball.

Savvy prit place sur le siège de vinyle et saisit une carte, bien qu'elle n'ait ni faim ni soif.

— Je peux prendre votre commande ?

Savvy tressaillit lorsqu'une jeune femme vêtue d'une minijupe en jean délavé et chaussée d'escarpins aux talons vertigineux, s'arrêta près de leur table avec un plateau.

Elle ouvrit la bouche pour lui demander son nom, mais Dawson ne lui laissa pas le temps de parler.

— Deux bières blondes.

La jeune femme hocha la tête et s'éloigna.

— Je n'aime pas la bière, chuchota Savvy en se penchant par-dessus la table.

— Tes souvenirs reviennent, fit-il remarquer.

— Oui, je crois.

Elle se renversa contre le dossier, et fit un tel effort pour se souvenir qu'une douleur sourde envahit son front.

— Mais ce n'est qu'un détail insignifiant. Pourquoi est-ce que je ne me souviens pas du reste ?

Elle se mit à plier sa serviette, puis à la déplier nerveusement.

— Ne te tourmente pas autant, dit Dawson en posant une main sur la sienne.

— Je sais, je sais, ça reviendra tout seul.

Elle aimait la force qui émanait de lui. Cela lui donnait un point d'appui, dans l'océan d'incertitude qui l'entourait.

— Je ne me souviens pas de cette fille. Je devrais, non ?

— Je ne sais pas. Elle vient peut-être d'être engagée ?

— Peut-être. Cela n'a sans doute pas d'importance. Je suis là pour me rappeler ce qui s'est passé la nuit où on m'a tiré dessus.

Son regard balaya la salle et s'arrêta sur l'homme qui se tenait au bar, essuyant le comptoir de cuivre entre deux commandes.

— Le barman pourra m'aider, souffla-t-elle en se glissant au bout de la banquette.

Dawson se leva et lui barra le passage.

— Oh non, pas question. Tu m'as promis de me laisser parler.

Savvy fit la grimace. Elle regrettait déjà sa promesse. Le besoin de connaître la vérité la dévorait. Plus vite ils commenceraient, mieux cela vaudrait.

— Alors vas-y.

— Obstinée, hein ?

— On me l'a déjà dit. Et pas ici.

Elle fronça les sourcils et ajouta :

— Je me demande pourquoi je dis cela. Je voudrais faire un tour aux toilettes.

— Je t'accompagne.

— Non, tu vas attirer l'attention sur nous.

Dawson lui prit fermement le bras.

— On ne t'a jamais dit que tu discutais trop ?

— Je ne m'en souviens pas, mais c'est possible.

Elle l'autorisa donc à l'escorter jusqu'à la porte, de

l'autre côté du bar. Un petit couloir sombre donnait directement sur les toilettes.

— Retourne t'asseoir, dit-elle. Je ne risque rien.

A cet instant, un mouvement attira l'attention de Dawson vers l'entrée de la salle.

— Voilà Jack.

— Mon nouveau garde du corps ? demanda-t-elle en essayant de distinguer les traits de l'homme qui hésitait, devant la porte.

— Oui.

Savvy sentit son cœur sombrer. Dawson lui répétait depuis le début qu'il la protégerait jusqu'à ce qu'on lui trouve un remplaçant.

— Il te cherche, articula-t-elle, la gorge nouée. Je reviens tout de suite.

— D'accord, mais ne reste pas longtemps, et ferme la porte à clé.

Elle pénétra dans la cabine et rabattit le verrou, les doigts tremblants. Alors, le stress de la journée eut raison d'elle, et l'énormité de la situation lui apparut. Quelqu'un voulait la tuer. Sans Dawson, elle serait déjà morte. Et il allait transférer la responsabilité de sa protection à quelqu'un d'autre.

A son réveil, Dawson n'était pour elle qu'un étranger. Et maintenant, il était devenu le seul roc dans un monde totalement chamboulé. La seule personne auprès de qui elle se sentait en sécurité. L'homme qui lui avait fait l'amour et lui avait fait oublier tout le reste. Quand il partirait, elle se retrouverait seule. Elle ne connaissait pas Jack, elle ne connaissait que Dawson. Et elle ne voulait que lui… et pas seulement comme garde du corps.

Ses yeux s'embuèrent de larmes. Elle les essuya d'un

revers de main et essaya de réfléchir. Non, elle n'était pas seule. Jack s'occuperait d'elle et l'aiderait à découvrir qui avait tué Tomas Rodriguez.

Quoique…

Jack et Dawson n'étaient pas payés pour résoudre une affaire de meurtre. Leur travail était uniquement de veiller à sa sécurité. Ils n'étaient pas tenus de l'innocenter.

Savvy eut l'impression que le souffle lui manquait. La panique s'empara d'elle.

Elle avait le choix. Soit elle s'apitoyait sur son sort, soit elle essayait de s'en sortir. Malgré son amnésie, elle savait qu'elle ne s'était jamais apitoyée sur elle-même. Cela ne lui plaisait pas. Il fallait qu'elle agisse, même si cela l'exposait au danger. Puisque Dawson projetait de l'abandonner, il fallait qu'elle prenne les choses en main.

Elle se dirigea vers le lavabo, ôta son chapeau et s'aspergea le visage d'eau froide, effaçant toutes les traces de larmes. Les battantes ne pleuraient pas, elles s'occupaient de leurs affaires. Son père ne l'avait pas élevée comme une mauviette.

Ses mains s'immobilisèrent sous le robinet. L'image d'un homme taciturne, aux cheveux blancs, lui traversa l'esprit. Etait-ce son père ? Etait-ce lui qui lui avait appris que les filles ne pleuraient pas ? Elle fixa son reflet dans le miroir. Des cheveux blond roux, des yeux verts, des taches de rousseur. Rien de commun avec l'image de cet homme, à part les yeux verts. Mais cela ne signifiait rien. Elle pouvait tenir de sa mère. Cet homme était forcément quelqu'un qu'elle connaissait bien.

Elle se sécha les mains, rajusta sa chemise et la laissa flotter autour du pantalon, pour dissimuler ses formes. Cela ne lui plaisait pas du tout. Elle aimait que ses vêtements lui aillent bien, même s'ils n'étaient pas de la meilleure qualité.

Comment reconnaissait-elle la qualité d'un vêtement ? Avait-elle eu l'habitude de n'acheter que de très beaux articles ? A en juger par les hardes qu'elle avait retrouvées dans son appartement, elle n'avait pas dû souvent se payer des vêtements de créateurs !

Elle réfléchit tant que ses tempes devinrent douloureuses. Puis elle releva ses cheveux, et les cacha sous le chapeau, en rabattant le revers sur son front. Elle réfléchirait plus tard. Pour le moment, il fallait qu'elle interroge les gens qui se trouvaient dans le bar deux soirs auparavant.

Tant qu'elle restait enfermée dans les toilettes, Savvy n'avait rien à craindre. Depuis son siège, Dawson voyait toutes les personnes qui entraient dans le bar. Il fit quelques pas, et attendit que Jack l'ait repéré. Puis, sans lui faire signe, il retourna s'asseoir.

— Salut, Dawson, dit Jack en prenant place face à lui. La bière, c'est pour moi ?

— Oui.

Dawson souleva sa canette et fit tourner le liquide à l'intérieur. La tentation de boire était insoutenable. Autrefois, il aurait replongé sans arrière-pensée. Mais l'idée qu'il devait protéger Savvy était plus forte que tout. Il fallait qu'il garde la tête froide.

Alors que peu de temps auparavant il voulait absolument être relevé de cette mission, à présent il ne pouvait envisager de confier Savvy à quelqu'un d'autre.

Jack avala une longue gorgée de bière, reposa la canette sur la table et jeta un regard circulaire sur la salle.

— Ce n'est pas ici que Mme Jones a abattu Tomas Rodriguez ?

Dawson serra la canette si fort que ses doigts blanchirent.

— C'est ici, mais personne ne sait ce qui s'est réellement passé.

Jack eut un large sourire.

— Tu as changé d'avis, pour la mission ?

Dawson se raidit, comme s'il se préparait à livrer un combat contre son ami… ou contre lui-même.

— Tu veux garder le job ?

Dawson regarda longuement la canette posée devant lui. Jack aurait une approche plus simple vis-à-vis de ce travail. Il n'avait pas un passé semé d'échecs et de culpabilité, comme lui. Savvy serait peut-être plus en sécurité avec Jack. Il ouvrit la bouche pour le dire à son ami, mais les mots restèrent coincés dans sa gorge. Comment pourrait-il partir ? Savvy avait tellement confiance en lui !

— Je suis prêt à prendre la suite, dit Jack. Tu n'as qu'un mot à dire, et Savvy Jones passe sous ma responsabilité. Tu n'as pas à te sentir coupable. C'est le métier.

Dawson abattit son poing sur la table, faisant vaciller les deux bières.

— Ce n'est pas une question de métier !

— Tu es déjà aussi accroché ? fit Jack en secouant la tête. Les femmes t'ont toujours rendu fou. Tu devrais peut-être faire machine arrière tant qu'il est temps.

C'était cela ? Savvy le rendait fou, à tel point qu'il perdait toute faculté de jugement ? Avec ses longs cheveux cuivrés et ses yeux verts, hantés par l'angoisse d'avoir perdu son passé, elle avait abattu ses défenses. Etait-ce si terrible, en fait, d'oublier qui on était ? D'oublier ce qu'on avait perdu ?

— Je ne peux pas faire machine arrière.

Jack se cala dans le fauteuil, et observa son ami. Il finit par hocher la tête.

— Bon, alors que puis-je faire ? Audrey m'a envoyé pour t'aider.

— J'ai besoin que quelqu'un déniche tous les renseignements possibles sur le cartel Rodriguez. Je veux savoir pourquoi Tomas est mort, qui avait quelque chose à gagner dans cette affaire. Comme tu parles l'espagnol couramment, tu es parfait pour ce job.

— J'ai quelques contacts à Laredo. Autre chose ?

— Frank Young.

Jack haussa les sourcils.

— Le procureur qui a demandé un garde du corps pour Mme Jones ?

— Lui-même. Pourquoi tient-il absolument à laisser Savvy... Mme Jones en liberté, mais sous protection ? Que nous cache-t-il ?

— Tu penses qu'il veut l'utiliser comme appât ?

— Je ne sais pas, mais il y a quelque chose de bizarre.

Le regard de Dawson se reporta sur la porte des toilettes. Pourquoi Savvy y restait-elle aussi longtemps ?

— Et quand vais-je enfin rencontrer la femme qui te perturbe autant ?

— Elle devrait être revenue, à présent, grommela-t-il en se levant.

Il la repéra aussitôt. Debout devant le comptoir, elle parlait avec le barman.

— Bon sang, je lui avais pourtant dit de me laisser faire !

Un homme quitta une des tables et se dirigea vers

Savvy. Il tournait le dos à Dawson. Apparemment il ne portait pas d'arme, mais il pouvait tout de même représenter une menace.

Les poings serrés, Dawson rejoignit la jeune femme.

Savvy se penchait au-dessus du bar, la tête baissée, les yeux cachés par le revers du chapeau.

— Je pourrais avoir un verre de merlot ?

— Je vais voir si nous en avons, répondit le barman. La plupart des clients boivent de la bière ou du whisky.

Il disparut sous le comptoir, et se redressa une bouteille à la main.

— Ah, ah. Il me semblait bien qu'il me restait une bouteille. Je la garde pour une de mes serveuses, qui a des goûts de luxe.

Il leva les yeux, et fronça les sourcils.

— Savvy ? C'est toi ? chuchota-t-il.

La jeune femme sourit au vieil homme, dont le visage ridé avait quelque chose de vaguement familier.

— Je suis désolée. Je ne me rappelle pas votre nom.

— Earl. Earl Bradford.

Savvy secoua la tête en soupirant.

— Désolée, ça n'évoque rien du tout.

— En général, les gens qui me connaissent m'appellent E.B.

— E.B. Cela me dit quelque chose… oui.

Le sourire du vieil homme s'élargit.

— Comment tu vas ? Tu comptes revenir travailler bientôt ? Nous croyions que tu étais morte, ajouta-t-il d'un air plus grave.

Ses yeux s'embuèrent de larmes, et il se détourna. Savvy eut la gorge serrée.

— Par moments, j'ai l'impression que je suis morte, mais que je ne m'en suis pas encore rendu compte.

E.B. laissa tomber son chiffon sur le comptoir, prit un verre sur l'étagère métallique et y versa une rasade de merlot.

— Eh bien, tu ne l'es pas, et moi je ne crois pas ceux qui disent que tu as tué Rodriguez.

— Merci, E.B.

Jusqu'ici, elle avait donc deux personnes de son côté. Trois en comptant Dawson. Elle jeta un coup d'œil derrière elle, et le vit se diriger vers elle au pas de charge, les poings serrés.

— E.B., as-tu vu quelqu'un avec Tomas Rodriguez ce soir-là, avant qu'il soit tué ?

— Tout ce dont je me souviens, c'est que Liz est entrée en hurlant et en me disant d'appeler les secours.

Un homme s'approcha du comptoir et posa des billets devant lui. Il décocha un coup d'œil à Savvy, l'air intrigué. Celle-ci baissa la tête et posa une main sur sa joue, d'un air aussi naturel que possible.

Dawson surgit à côté d'elle silencieusement. Un nerf tressautait sur sa tempe. L'autre homme baissa brusquement les yeux, et gagna la porte.

Savvy fit comme si de rien n'était, et se pencha au-dessus du comptoir.

— E.B., as-tu entendu dire quelque chose, au sujet du cartel Rodriguez, ou de Tomas ?

— Tomas faisait l'imbécile comme d'habitude, à pincer les serveuses et à parler fort pour attirer l'attention sur lui. Il se tenait exactement là où tu te trouves maintenant.

— Je peux avoir une autre bière ? Une pression, de préférence, lança Dawson.

— Bien sûr.

Quand E.B. se tourna pour prendre un verre, Dawson lança un regard noir à Savvy et articula silencieusement le mot : *partons*.

Elle l'ignora, et demanda à E.B. :

— De quoi parlait-il ?

E.B. tourna le robinet et pencha le verre pour ne pas avoir trop de mousse.

— La musique était trop forte, je ne sais pas. Il me semble qu'il disait à une femme qu'il ne faisait pas confiance à un certain type. Un ami de son père, je crois.

E.B. alla poser le verre devant Dawson, puis se retourna vers Savvy.

— Tu crois que l'homme dont il parlait a pu le descendre ?

— C'est possible. Il faut que je découvre la vérité, sinon c'est moi qui serai accusée du meurtre de Rodriguez.

E.B. croisa les bras.

— Tu n'as pas pu faire ça. Celui qui prétend le contraire est un sacré menteur.

— Merci, E.B. J'aimerais seulement que le jury soit de ton avis, répondit Savvy en souriant.

— Tu ne ferais pas de mal à une mouche, alors comment pourrais-tu tirer sur un homme ?

— Tu te rappelles qui était la femme qui parlait avec Rodriguez ?

— Je l'ai vue ici une fois ou deux. Jolie femme. Il me semble qu'elle s'appelle Mari, ou Marisol. Elle vient toujours avec des gens riches. Et le petit Rodriguez était riche. Du moins, son père, trafiquant de drogue, est riche.

— Si tu penses à quelque chose qui pourrait m'être utile, dis-le à Liz. Elle sait où me trouver.

— Bien sûr. Tu sais quand tu pourras revenir travailler ?

— Pas encore. Je ne pourrais t'attirer que des ennuis.

— Eh, encore une chose. Un gars est passé aujourd'hui, et il posait des questions sur toi.

Savvy se pencha vers le vieil homme.

— Comment était-il ? Il t'a dit son nom ?

— Mieux que ça, il m'a laissé sa carte.

E.B. glissa la main dans la poche de sa chemise, et tendit une carte à Savvy. Le nom de Vance Pearson, détective privé, était inscrit sur le carré de bristol.

— Que voulait-il ?

— Tout d'abord, il te cherchait. Ensuite il m'a demandé si je connaissais une certaine Sabrina… Jameson, ou quelque chose comme ça. Il avait l'air de penser que tu devais savoir où elle était.

Un frémissement glacé parcourut Savvy. Encore ce nom. Sabrina. Elle ferma les yeux, essayant de faire remonter les souvenirs à la surface.

— Si je l'ai su, je ne le sais plus, avoua-t-elle avec un sourire triste. Je peux garder cette carte ?

— Bien sûr. Je n'en ai pas besoin.

E.B. tapota gentiment la main de Savvy.

— Personne ici ne croit que tu as tué Tomas Rodriguez.

— Merci, E.B., j'apprécie ta confiance

Dawson surgit brusquement à côté de Savvy, et lui agrippa le bras.

— Il faut partir, dit-il d'une voix tendue.

— Eh, toi, fiche-lui la paix ! s'exclama E.B., l'air soupçonneux.

— C'est bon, c'est un ami.

Savvy voulut se dégager, mais Dawson tint bon. Elle jeta alors un coup d'œil à E.B., et haussa les épaules avec résignation.

— Je crois que cela veut dire qu'il est temps de partir.

Dawson l'entraîna vers la porte de derrière, et elle parvint enfin à se libérer.

— Pourquoi diable es-tu venu nous interrompre ? E.B. avait peut-être d'autres choses à nous apprendre.

— Avance.

— Non, dit-elle en plantant les talons dans le sol. Pas tant que tu ne m'auras pas dit ce qui se passe.

Dawson ouvrit la bouche pour s'expliquer, mais il n'en eut pas le temps. La porte s'ouvrit brutalement, et deux hommes armés surgirent, tirant au hasard dans la salle.

Dawson poussa Savvy dans le couloir, en hurlant :

— Couche-toi, et ne bouge plus !

13

Dawson se jeta à terre et roula sur lui-même, tirant le Glock de son holster.

Les coups de feu retentirent contre les murs, et l'odeur âcre de la poudre se mêla à celle de l'alcool dont la salle était imprégnée.

Il se glissa derrière le juke-box, et risqua un coup d'œil en direction de Savvy. Celle-ci était accroupie contre le mur, les mains sur les oreilles pour se protéger du bruit.

— Cours, Savvy. Sauve-toi, dit-il d'une voix calme, mais assez forte pour dominer les cris et le raffut des chaises renversées.

— Je ne peux pas, répondit-elle d'une voix tremblante.

— Il le faut. Je reste derrière toi.

Il se dressa sur les genoux, tira à plusieurs reprises et se laissa retomber en arrière avant que les agresseurs aient eu le temps de se retourner contre lui. D'un bond, il passa derrière la scène. Une balle atteignit un haut-parleur, qui tomba sur l'épaule de Dawson. L'attention de ce dernier fut attirée par un mouvement sur sa gauche.

Un des tireurs était en train de se frayer un chemin entre les tables, se dirigeant vers le couloir où Savvy se tenait recroquevillée contre le mur. Dans quelques secondes, l'homme la tiendrait dans sa ligne de mire.

Sauve-toi, Savvy. Il fallait qu'elle bouge. Mais elle

demeura accroupie, les mains sur les oreilles, les yeux fermés.

Dawson bondit sur ses pieds et tira sur les deux hommes. Puis il plongea dans le couloir, glissant sur le carrelage.

— Il faut sortir d'ici.

Il agrippa la main de Savvy, l'obligeant à se lever. Puis tout en la poussant devant lui, il courut vers la porte de derrière, ne se retournant que brièvement pour tirer encore sur les deux hommes qui surgirent dans le couloir.

Savvy ouvrit la porte et tomba dans la ruelle, s'éraflant les genoux sur le goudron de la chaussée.

Des balles sifflèrent autour de Dawson. Il se laissa tomber, pour couvrir Savvy de son corps, et rabattit la porte d'un coup de talon.

Des balles percèrent la fine cloison métallique et atteignirent le petit bâtiment de brique, à l'arrière du bar.

Dawson poussa Savvy de côté, se redressa et tira une poubelle sous la poignée de la porte. Au même instant, quelqu'un poussa le battant et parvint à l'entrouvrir. La poubelle ne résisterait pas longtemps.

— Il est temps de lever l'ancre.

Dawson glissa un bras autour de la taille de Savvy, et l'aida à se remettre sur ses pieds. Ils s'enfuirent à toutes jambes, se faufilèrent entre deux immeubles et traversèrent la rue. Quand ils atteignirent la voiture, ils entendirent les coups de feu derrière eux.

Savvy se précipita sur le siège passager, tandis que Dawson prenait le volant. Le moteur se mit à rugir, Dawson passa la marche arrière et quitta la ruelle à reculons, pour tourner dans la rue.

Les deux hommes armés se tenaient au beau milieu

de la rue, les canons de leurs armes dirigés vers le pare-brise.

— Baisse-toi, ordonna sèchement Dawson.

— Comment peux-tu rester aussi calme, avec ces armes pointées sur toi ? demanda-t-elle, incapable de résister à la tentation de regarder le visage des deux hommes.

— Parce que je sais qu'ils ne m'auront pas. Je t'en prie, baisse-toi.

Il lui prit la tête et la poussa sur ses genoux, tout en appuyant sur l'accélérateur. La voiture recula en dérapant.

Le pare-brise explosa, mais il continua de reculer jusqu'à ce qu'ils soient hors de portée des balles.

Les hommes se mirent à courir vers eux, mais Dawson estima qu'il avait assez d'avance pour prendre le risque d'effectuer un tour de cent quatre-vingts degrés. Puis il accéléra de nouveau, et la voiture bondit en avant, échappant à leurs poursuivants.

Après avoir parcouru environ un kilomètre en zigzaguant dans les rues de Laredo, il fut finalement certain qu'ils n'étaient pas suivis.

— Comment ça va ? demanda-t-il à Savvy, toujours prostrée sur le siège.

Elle secoua la tête, et il vit que ses épaules étaient secouées de sanglots.

— Tu as été touchée ? Je t'emmène à l'hôpital ?

— Non, répondit-elle en levant la tête. Je vais bien.

Ce n'était pas du tout l'impression qu'elle donnait. Dawson eut envie de la prendre dans ses bras, mais il ne pouvait pas arrêter la voiture.

Elle ravala ses larmes, et demanda :

— Je peux m'asseoir, à présent ?

— Pour le moment, ça ne risque rien.

Il appuya sur la pédale, et regarda dans le rétroviseur pour la centième fois. Savvy se redressa en essuyant ses joues trempées de larmes.

— J'espère que E.B. n'a pas été blessé.

— Je l'ai vu se cacher sous le bar quand les coups de feu sont partis. Je suis sûr qu'il va bien, mais je n'en dirais pas autant de toi.

— Je n'ai jamais eu aussi peur de ma vie. Je suis désolée, ajouta-t-elle en lui posant une main sur le bras.

— Il aurait fallu que tu sois de marbre pour ne pas avoir peur, dans une situation pareille.

— Oui, mais tu aurais pu être tué à cause de moi.

— Mais ce n'est pas arrivé, répondit-il dans un sourire. Tu vois ? Je ne suis même pas blessé.

— On ne devrait pas attendre la police ?

— Pour donner encore une chance aux autres de te tirer dessus ? Ou donner à la police une raison de plus de te jeter en prison ? Pas question. Il ne faut pas rester au même endroit, ce n'est pas prudent. Je t'emmène dans nos bureaux de San Antonio, et tu y resteras jusqu'à ce que tout ça soit terminé.

— Ce n'est pas possible. J'ai reçu l'ordre de ne pas quitter la ville. Si tu n'y vois pas d'inconvénient, j'aime autant ne pas aller en prison pour une faute que je n'ai pas commise.

Elle soupira, avant de regarder défiler les maisons par la vitre.

— De plus, il faut que je reste ici pour démasquer le vrai tueur.

— C'est fini, tu ne peux plus mener ton enquête, répliqua-t-il d'une voix dure.

— Quoi ?

— Tu as bien entendu. Je suis payé pour te protéger,

et jusqu'ici je ne m'en sors pas très bien. Et tu ne m'aides pas, ajouta-t-il en levant une main pour l'empêcher de parler.

Savvy se mordit la lèvre, d'un air contrit.

— Désolée. Je n'aurais pas dû te mettre en danger.

— Il ne s'agit pas de moi. Quel garde du corps digne de ce nom laisserait la personne qu'il est censé protéger chercher les ennuis ? J'aurais dû laisser Jack prendre la relève, comme convenu.

— Qu'as-tu dit ?

— Rien, marmonna-t-il en évitant son regard.

Un sourire éclaira le visage de la jeune femme.

— Tu as dit que tu aurais dû passer l'affaire à Jack. Cela veut dire que tu ne l'as pas fait ?

Il pinça les lèvres et garda le silence.

Savvy se renfonça dans son siège, et le sourire s'épanouit sur ses lèvres. C'était la première fois qu'il la voyait vraiment sourire… et elle était superbe. Un vrai rayon de soleil. Mais tout à coup, elle se rembrunit.

— Attention !

Dawson reprit pied dans la réalité, et s'aperçut qu'il venait de brûler un feu rouge.

— Bon sang ! grommela-t-il, furieux. Tu me feras mourir.

— Moi ? Allons donc, c'est toi qui brûles les feux rouges. Qu'est-ce qui t'a fait changer d'avis ?

— Tu donnes trop de fil à retordre. Je ne peux pas faire ça à un copain.

— Ah, dit-elle, sans perdre son sourire lumineux. Où allons-nous ?

— Il faut trouver un abri sûr pour te cacher, jusqu'à ce que j'obtienne les renseignements que j'ai demandés.

— Tu es sérieux ? Il va falloir attendre, sans rien faire ?

— Exactement.

— Mais…

— Pas de mais.

Savvy retomba dans son siège, les bras croisés, évitant son regard.

Bien. Il n'avait que faire de son regard vert, qui semblait pénétrer jusque dans son âme. Et il ne voulait pas avouer pour quelle raison il avait conservé ce boulot, au lieu de le confier à Jack. S'il le faisait, il serait obligé d'admettre qu'il s'était attaché à cette femme. Que ses lèvres étaient douces et désirables, et qu'il voulait bien plus qu'un simple baiser. Et… Le chapitre était clos. Il repoussa ces idées folles au fond de sa tête. Il ne voulait plus en entendre parler.

Mais comment aurait-il pu ignorer la jolie rousse aux yeux verts assise à côté de lui ?

Savvy précéda Dawson dans la chambre de motel, et fut frappée par une impression de déjà-vu. N'avaient-ils pas fait la même chose moins de vingt-quatre heures auparavant ? Mais cette fois, c'était différent. Ils avaient déjà fait l'amour et savaient qu'ils s'accordaient à merveille. Le souvenir déferla dans son esprit, et elle en avait si peu qu'elle renonça à le chasser.

Nerveuse, elle fourra les mains dans ses poches, et ses doigts se posèrent sur la carte de Vance Pearson. Elle la sortit pour l'examiner.

— Donc, ce Vance Pearson est détective privé.

— Cela explique sa présence. Mais pourquoi enquête-t-il sur toi ? demanda Dawson en posant le sac de provisions sur la table.

— J'aimerais savoir qui est cette Sabrina, et pourquoi il pense que je sais où elle se trouve.

Le regard de Savvy croisa celui de Dawson. Maintenant qu'ils ne fuyaient plus devant des tueurs, il allait vouloir parler de ce qui s'était passé à l'arrière du bar. Savvy espéra qu'il n'en ferait rien. C'était lui qui avait pris l'initiative de l'embrasser, mais elle lui avait rendu son baiser avec ardeur. Elle ferma les yeux, de crainte qu'il n'y lise le désir qu'elle éprouvait pour lui.

Deux mains robustes se posèrent sur ses joues, des doigts virils lui caressèrent les lèvres.

— Tu le sens aussi, n'est-ce pas ?

— Sentir… quoi ? articula-t-elle, le souffle court.

Impossible de respirer avec Dawson qui se tenait si près d'elle. Elle bascula vers lui, refusant d'ouvrir les yeux.

— Ouvre les yeux, Savvy.

— Non.

— Je ne pensais pas que tu étais si lâche, dit-il en riant. Ouvre les yeux, et dis-moi que tu ne ressens rien.

Elle inspira, avec la ferme intention de lui dire qu'elle ne ressentait rien du tout. Mais quand elle ouvrit les yeux, elle rencontra ses prunelles sombres, et vit ses lèvres sensuelles.

— C'est bon. Je ne voulais pas que ça arrive, moi non plus.

Puis ses lèvres brûlantes se posèrent sur les siennes.

Savvy gémit. Elle voulait le repousser, lui dire qu'elle ne pouvait s'engager dans une relation avec lui tant qu'elle ne savait pas qui elle était. Mais elle s'abandonna entre ses bras en soupirant, s'offrant sans réserve à son baiser. Il fit glisser ses mains sur ses épaules, et elle noua les bras autour de sa nuque. C'était ce dont elle avait envie depuis la veille, et elle comprenait à quel point elle avait besoin de lui. Depuis qu'il lui avait sauvé la vie à l'hôpital, elle avait perçu quelque chose de noble et de sincère en lui, et elle voulait qu'il soit plus qu'un garde du corps.

Ses doigts virils se crispèrent sur les pans de sa chemise et les firent remonter sur sa poitrine, tandis que ses lèvres se posaient dans son cou.

Les seins de la jeune femme se gonflèrent et se pressèrent contre lui. Une vague chaude prit naissance au creux de son ventre.

Il plaqua une main sur ses hanches, l'attirant étroitement contre lui pour lui faire éprouver son désir.

Une onde électrique parcourut le corps de Savvy, dont le cœur se mit à battre la chamade. Ce n'était pas assez. Il fallait qu'il la pénètre, qu'elle le sente en elle, pour que la douleur sourde qui la tourmentait se calme enfin.

Elle posa les doigts sur sa chemise et défit les boutons un à un. Au diable les conséquences. Tout ce qui comptait, c'était cet homme, son désir pour lui.

Mais il lui saisit le poignet, arrêtant son geste.

— Il ne faut pas aller plus loin, Savvy.

— Quoi ?

Elle eut l'impression que l'air quittait ses poumons. Sa tête se mit à tourner. Elle s'obligea à inspirer, lentement, avant de reculer en ramenant les pans de sa chemise devant elle.

— Tu as raison, dit-elle, en repoussant ses cheveux d'une main tremblante.

— Je suis désolé, Savvy. S'il n'y avait eu que toi et moi, je n'aurais pas été capable d'arrêter.

— Tu n'as pas besoin de m'expliquer. Je n'ai pas d'excuses.

— Je n'avais pas le droit de t'embrasser, poursuivit-il en fixant ses lèvres comme s'il ne rêvait que de recommencer.

— Et je n'avais pas le droit de te rendre ton baiser.

Le téléphone de Dawson se mit soudain à vibrer.

Savvy en profita pour se ressaisir. Elle avait perdu la tête. Dawson était un étranger. Alors pourquoi pensait-elle tout le temps à lui ? Avait-elle besoin de sa présence uniquement parce qu'elle craignait qu'on ne cherche à la tuer ? Comment le savoir, tant que ce cauchemar n'était pas terminé ?

Secouant la tête, elle s'efforça de se concentrer sur la conversation qu'il avait au téléphone.

— Qu'avez-vous trouvé, Audrey ? Attendez. Je vais mettre le haut-parleur pour que Savvy entende.

Il appuya sur un bouton, et la voix d'une femme s'éleva :

— Vous m'entendez, madame Jones ?

— Oui, madame.

— Bonjour, ma chère. Je suis Audrey Nye, de l'Agence Lone Star. J'ai pris contact avec Harvard, et je suis désolée de vous apprendre qu'ils n'ont personne du nom de Savvy Jones dans leurs archives.

Savvy fronça les sourcils.

— Pourtant, je revois les couloirs et certains professeurs. Je sais que j'ai étudié là-bas.

— Peut-être sous un autre nom ? suggéra Audrey.

— Vous voulez dire que je ne m'appelle peut-être pas Savvy Jones ? chuchota Savvy.

Dawson lui passa un bras autour de la taille, et lui plaqua le dos contre son torse. La chaleur qui émanait de son corps chassa le froid qui avait envahi Savvy. Elle aurait voulu se tourner vers lui et poser la tête sur son épaule. Le laisser la protéger, et chasser ses incertitudes. Mais ce n'était pas possible. Il fallait qu'elle s'en sorte seule.

— Et le numéro que nous avons trouvé dans la chambre de Vance Pearson ? demanda Dawson. Au fait, cet homme n'est pas journaliste, mais détective privé.

— Le numéro est sur liste rouge, et apparemment très bien protégé. Mes contacts essayent de démêler l'écheveau. Je devrais pouvoir vous en dire plus dans une heure ou deux.

— Le plus tôt sera le mieux.

— Nous faisons tout ce que nous pouvons. Avez-vous pu découvrir autre chose ?

— Le barman du Waterin'Hole nous a dit qu'un homme correspondant à la description de Pearson était venu poser des questions sur moi, répondit Savvy. Il voulait savoir si je savais quelque chose au sujet d'une certaine Sabrina Jameson.

— Je vais ajouter cela à mes recherches, et voir où ça nous mène. Merci, Savvy.

— Je ne ramènerai pas Savvy là-bas, déclara Dawson. Des tueurs du cartel nous ont pris en chasse.

— Que s'est-il passé ?

Dawson lui rapporta l'incident brièvement.

— Nous l'avons échappé belle. Entre le père de Tomas Rodriguez qui veut se venger et le vrai meurtrier qui veut faire porter le chapeau à Savvy, les rues ne sont pas sûres à Laredo.

— Et pourtant, le procureur ne veut pas qu'elle quitte la ville ? Je ne comprends pas. Veut-il vraiment que l'assassin puisse finir son travail ? Et Rodriguez doit avoir des centaines d'hommes disposés à tuer qui il veut. Je suis désolée, Savvy, il faut que vous restiez cachée. Dawson, je compte sur toi pour la protéger. Il ne faut même pas que le procureur sache où elle se trouve.

— Je suis d'accord, répliqua Dawson. J'ai demandé à Jack de faire une recherche sur le procureur Young.

— Tu crois qu'il est corrompu ? demanda Audrey.

— Je n'ai pas confiance en lui.

Dawson ne laissait rien au hasard. Une vague chaude se répandit dans la poitrine de Savvy. C'était un homme droit et bon.

Mais elle ne représentait qu'un travail, pour lui. Elle s'écarta, se libérant de son étreinte.

— J'ai aussi demandé à Jack d'utiliser ses relations pour découvrir qui pouvait vouloir la mort du fils de Rodriguez, et pourquoi.

— Bien. Je suis contente que tu restes avec Savvy. Pendant ce temps, Jack peut contacter ses informateurs à Laredo.

— En effet.

— En attendant, ne bougez pas, Savvy. Dawson, garde profil bas, et fais en sorte qu'elle ne soit jamais exposée au danger.

— J'y veillerai, répondit-il, sans lâcher Savvy des yeux.

14

— Il faut que tu te reposes.

Savvy soupira lourdement.

— Autrement dit, j'aurai besoin de toutes mes forces pour affronter ce qui va suivre. Et je suis certaine que ça ne sera pas une sinécure.

Elle ferma les yeux, et se massa l'arête du nez.

— J'ai mal à la tête. Je suppose que tu n'as pas d'antalgiques dans ce sac de provisions ?

— En fait, si, j'en ai.

— Donne-m'en deux.

Elle tendit la main en souriant faiblement. Elle venait de vivre un enfer, fuyant devant des tueurs dans les rues de Laredo, elle ne savait pas qui elle était, ni ce qui l'attendait, mais elle trouvait encore la force de sourire.

Si Dawson ne faisait pas très attention, il pourrait tomber amoureux d'une femme pareille. Une femme belle et déterminée, qui voulait recouvrer la mémoire, alors que lui ne souhaitait qu'oublier.

Il déposa deux comprimés au creux de sa main.

— Cela devrait te faire du bien.

Il voulut retirer sa main, mais elle lui prit les doigts.

— Merci, Dawson.

— Merci pour quoi ?

— Merci de m'avoir sauvé la vie.

— On ne t'aurait pas tiré dessus aujourd'hui si j'avais refusé de t'emmener dans ce bar.

— Tu n'avais pas le choix. J'y serais allée avec ou sans toi, et tu le sais. Alors, merci.

L'expression douce et tendre de ses yeux le fit fondre, et sa gorge se serra. Il avait aimé Amanda, mais les sentiments qu'il éprouvait pour Savvy étaient différents. Amanda avait besoin de lui, elle détestait qu'il soit loin d'elle, elle l'avait supplié d'innombrables fois de quitter l'armée.

Savvy avait besoin de lui, mais elle était indépendante. Et elle était prête à risquer sa vie pour obtenir la vérité.

— Ton métier de détective privé te plaît ?

— C'est un job comme un autre, répondit-il en haussant les épaules.

— Tu préférais l'armée ?

Il hésita, puis acquiesça d'un hochement de tête.

Elle avala les deux comprimés, et demanda :

— Qu'est-ce qui te plaisait, dans l'armée ?

— Quelle importance, puisque je n'y suis plus ?

Savvy lui prit la main, et l'attira vers elle pour qu'il s'asseye aussi au bord du lit.

— Nous avons traversé beaucoup d'épreuves en deux jours, et ce n'est pas fini. Parle-moi, Dawson. Je n'admettrai pas de refus.

— Obstinée, murmura-t-il avec un sourire.

— Nous sommes déjà tombés d'accord là-dessus. Maintenant, réponds-moi. Qu'est-ce que tu aimais, à l'armée ?

Dawson contempla la cicatrice sur sa main. Il avait été blessé par l'explosion dans laquelle un des hommes sous ses ordres avait perdu la vie. Un jeune homme, à peine sorti de l'adolescence, envoyé dans un pays inconnu pour une guerre qu'il ne comprenait pas.

— C'est de faire partie de quelque chose de plus grand que moi, articula-t-il d'une voix rauque. Quand tu es dans l'armée, ton unité devient ta famille. Et les moments les plus durs créent un lien très fort.

— Je crois que je comprends. Nous ne nous connaissons que depuis deux jours, mais avec tout ce que nous avons déjà vécu ensemble, j'ai l'impression de t'avoir connu toute ma vie.

— Oui, c'est quelque chose comme ça. Tu ferais n'importe quoi, pour ta famille.

Elle se pencha vers lui et l'enlaça.

— Tu irais jusqu'à mourir ? murmura-t-elle.

Dawson hocha la tête, incapable de prononcer un mot. Il la prit dans ses bras, et ils restèrent un moment ainsi, se réconfortant mutuellement.

Savvy lui posa une main sur la joue, lui faisant tourner le visage vers elle.

— Il ne faut pas que tu meures pour moi, Dawson Gray. Tu m'entends ? Je ne te laisserai pas mourir pour moi.

— Ce n'est pas à toi de décider.

Et ce n'était pas lui qui décidait de qui il tombait amoureux. Quand il avait rencontré sa femme, il voulait faire carrière dans l'armée. Il n'avait pas prévu qu'il aimerait Amanda et voudrait l'épouser, mais c'était arrivé quand même.

Savvy n'avait été qu'une mission à accomplir. Rien de plus. Mais au fil du temps, elle était devenue plus que cela. Il se pencha pour l'embrasser. Doucement au début. Puis le baiser s'approfondit. Il la renversa contre l'oreiller et enfouit les mains dans ses cheveux.

Elle lui entoura le cou de ses bras et lui rendit son baiser.

Il oublia qu'une fois sa mission terminée, il partirait. Il était censé demeurer indifférent à sa cliente.

Mais dans les bras de Savvy, toutes les émotions, les frustrations et les chagrins des deux dernières années s'envolèrent. Il se trouva libéré des regrets, de la culpabilité, du fardeau qu'il avait porté avec difficulté.

Il se ressaisit, le cœur plus léger qu'il ne l'avait eu depuis longtemps. Le danger rôdait toujours à Laredo, mais la promesse d'un éventuel bonheur aussi. Cependant, avant de continuer à vivre, il fallait qu'il assure la sécurité de Savvy, et qu'il fasse la preuve de son innocence.

Et si c'était possible, il aimerait que Savvy fasse partie de sa vie. Il voulait aimer encore une fois.

— Pourquoi t'arrêtes-tu ? demanda la jeune femme en battant des paupières.

— Il faut que je garde la tête sur les épaules. Mon souhait le plus cher serait de te faire l'amour, mais quand je suis dans tes bras, j'oublie tout le reste.

Elle rit, en passant une main dans ses cheveux emmêlés.

— Ce n'est pas une mauvaise chose.

— Si je veux te garder en vie, oui.

Il se redressa en contemplant ses lèvres roses et gonflées. Bon sang, il avait envie de l'embrasser et de lui faire l'amour jusqu'au lever du soleil !

Mais au lieu de cela, il s'écarta, tenant la tentation à distance.

— Dors, tant que c'est possible. Nous ne savons pas quand nous aurons une autre occasion de nous reposer.

Comme pour se moquer de lui, son téléphone se mit à sonner. Dawson reconnut le numéro de Jack.

— Je te mets sur haut-parleur, dit-il après avoir décroché.

De la musique résonnait dans le téléphone.

— Bonsoir, Dawson. Savvy. Je patauge. Impossible de trouver qui a tué Tomas Rodriguez.

— Tes contacts ne savent rien ?

— Ils ont peur de parler.

Dawson soupira.

— Merci d'avoir essayé. Tu as découvert quelque chose sur la maîtresse de Young ?

— Et comment ! répondit Jack en riant.

Savvy se leva et vint parler dans le téléphone.

— Qui est-ce ?

— Une Mexicaine. Elle s'appelle Marisol de la Fuentez.

— Marisol ? répéta Savvy. Le barman du Waterin'Hole dit qu'il l'a vue avec Tomas Rodriguez, le soir du meurtre.

— Intéressant, fit Jack. Mais ce n'est pas tout. J'ai suivi Young de l'autre côté de la frontière. Il s'est rendu à Nuevo Laredo, chez la *señorita* de la Fuentez. Il a changé de voiture à la frontière et a pris une berline ordinaire, avec des plaques mexicaines, pour se rendre chez la belle dame. Il est resté chez elle environ deux heures, puis il est reparti. Le plus extraordinaire, c'est le nom de l'autre visiteur que Marisol a reçu après lui.

— Qui ? s'exclama Dawson en serrant les poings.

— José Mendoza. *El Martillo.*

— Martillo ? Le bras droit de Rodriguez ? J'ai lu un article sur lui dans le journal.

— Lui-même. D'après mes sources, c'est lui qui dirige les hommes de Rodriguez. Une véritable armée de tueurs.

— Où es-tu en ce moment ?

Il n'aimait pas savoir que son ami avait franchi la frontière du Mexique. Surtout avec les problèmes qu'ils avaient rencontrés récemment avec les hommes du cartel, qui tiraient dans tous les sens.

— Je suis au Texas. C'était un peu risqué, mais j'ai suivi Marisol. Elle est revenue au Waterin'Hole.

— Tu es au Waterin'Hole en ce moment ? Le bar n'a pas été fermé, après la fusillade ?

— J'ai un arrangement avec la police.

— Ne bouge pas, j'arrive.

Dawson sortit son arme.

— Je suis sûr que la police voudra prendre ma déposition.

Savvy alla chercher le sac de provisions, et en sortit une boîte de munitions qu'elle donna à Dawson.

— Je t'accompagne.

— Non, tu restes là.

— Dawson, tu ne peux pas la laisser seule, cria Jack dans le téléphone.

Il le savait bien sûr, mais Marisol avait peut-être les renseignements qu'il lui fallait pour disculper Savvy du meurtre de Rodriguez.

— Non, je ne peux pas la laisser seule, mais je peux la laisser avec toi.

Savvy se rembrunit et pinça les lèvres.

— Mais je ne veux pas quitter la Fuentez des yeux, protesta Jack.

Dawson regarda tour à tour Savvy et le téléphone.

— Il faut que j'y aille.

— Alors allons-y ensemble. S'il te plaît, l'implora Savvy.

— Après ce qui s'est passé aujourd'hui, il n'est pas question que tu approches du Waterin'Hole.

— A en juger par les impacts de balles sur les murs, c'est un miracle que personne n'ait été tué ! renchérit Jack à l'autre bout du fil.

Dawson soutint le regard de Savvy.

— A croire qu'ils ne voulaient pas vraiment nous tuer. Ou du moins, qu'ils ne voulaient pas tuer Savvy.

— Aucun de vous deux n'a été blessé ?

— Nous allons bien. Savez-vous si E.B., le barman, a été blessé ?

— Non, il n'a rien. Une égratignure, quand le miroir derrière le bar est tombé, mais il est passé au travers des balles.

Savvy poussa un soupir de soulagement. Raison de plus pour que Dawson résiste à l'envie d'aller interroger Marisol lui-même. Cependant, si cette femme avait des choses à révéler sur ce qui s'était passé ce soir-là, il voulait absolument le savoir.

— Je regrette d'avoir manqué ça, dit Jack.

Dawson émit un ricanement narquois.

— Tu t'es rattrapé en traversant la frontière pour pénétrer sur le territoire du cartel. Quelle ambiance, à Nuevo Laredo ?

— Toutes les boutiques sont fermées, c'est une ville fantôme. Ceux qui y vivent encore ont peur de mettre le nez dehors.

Dawson réfléchit et prit sa décision. Il tourna le dos à Savvy, refusant de croiser son regard.

— Jack, nous allons prendre le risque de perdre Marisol. Je veux que tu viennes ici, pour surveiller Savvy.

— Tu es sûr ?

— Je t'accompagne, protesta Savvy.

— Non. Tu vas rester là avec Jack. Je vais essayer de trouver ce qui relie Marisol à Young et à *El Martillo*.

— Tu ne peux pas m'obliger à rester !

— Je t'attacherai s'il le faut.

Après avoir indiqué à Jack où ils se trouvaient, il coupa la communication.

Savvy se campa face à lui, les bras croisés.

— J'irai avec toi. C'est moi qui suis accusée de meurtre.

— Inutile de discuter.

Il ne connaissait qu'un moyen pour qu'elle se tienne tranquille pendant qu'il allait interroger Marisol. Il ouvrit son sac de sport, et tournant le dos à Savvy, il en sortit un long serre-câbles en plastique. La boîte contenant le GPS attira son attention et il prit la puce de la taille d'un bouton. Il aurait dû y penser avant. Chaque fois qu'elle l'avait menacé de partir seule de son côté !

Le serre-câbles dans une main et la puce dans l'autre, il se prépara au combat. Il fallait qu'il la protège d'elle-même, pour la protéger des autres. S'il avait un peu de chance, elle lui pardonnerait plus tard. De toute façon, il se sentirait mieux en sachant qu'elle ne pouvait pas le suivre si la situation devenait dangereuse.

Quand il se retourna, Savvy avait déjà ôté la chaîne de sécurité de la porte.

— Puisque tu ne veux pas m'emmener, j'irai seule.

En un rien de temps, elle eut tiré le verrou et ouvert la porte. Mais Dawson la fit aussitôt pivoter sur elle-même, referma la porte, et la plaqua contre le battant.

Savvy eut le souffle coupé. Son cœur se mit à battre à grands coups. Dawson lui maintenait les poignets au-dessus de la tête, et il pesait sur elle de tout son poids.

— Tu ne peux pas me retenir contre ma volonté, articula-t-elle avec difficulté.

— Tu veux parier ?

Il hésita un moment. Si longtemps, que Savvy crut qu'il avait changé d'avis. Elle posa sur lui un regard suppliant.

Puis tout à coup il l'embrassa, pressant son corps viril contre le sien, lui maintenant les poignets d'une main, et de l'autre lui caressant le dos et les hanches.

Elle aurait voulu résister. Lui dire d'aller au diable. Mais ses lèvres s'adoucirent, il la taquina du bout de la langue, et elle lui offrit sa bouche.

Elle chercha à se libérer pour le toucher, lui passer les doigts dans les cheveux, explorer les muscles de sa poitrine.

Elle perdit la notion du temps, oublia pourquoi elle était là, pourquoi elle devait s'échapper. Dans ce moment de bonheur délicieux, elle abandonna toute méfiance.

Il n'en fallut pas davantage. En moins d'une seconde Dawson la fit tourner sur elle-même, le visage plaqué contre la porte, et glissa le serre-câbles autour de ses poignets.

Elle se dégagea, mais trop tard. Il l'avait ligotée si étroitement qu'elle ne pouvait pas bouger les poignets.

— Coupe ce câble, Dawson. Coupe-le, ou je…

— Tu restes ici.

Elle se tourna vers lui, le visage enflammé de fureur. Il s'était moqué d'elle… Il l'avait embrassée à lui en faire perdre la tête, et l'avait attachée avant même qu'elle ait pu s'en rendre compte ! Sa poitrine et ses yeux la brûlaient, et elle aurait voulu le frapper. Il lui avait fait croire qu'il la désirait, alors que tout ce qu'il voulait, c'était l'abandonner ici !

— Si tu crois que ce bout de plastique va m'empêcher d'obtenir les réponses que je veux, tu te trompes.

— Non, je ne crois pas que ce bout de plastique sera suffisant.

Avant qu'elle ait pu deviner ce qu'il voulait faire, il la hissa sur son épaule. Elle lança des coups de pieds et se débattit.

— Pose-moi, ou je hurle !

— Eh bien, hurle.

Savvy poussa un cri strident, et se rendit compte que crier était inutile. Qui viendrait à son secours, dans ce motel désert, au milieu de nulle part ?

Personne.

Il la posa sur le lit, attrapa ses chevilles et les lia comme ses poignets.

— Un câble ne suffirait sans doute pas, mais deux feront l'affaire.

— Dawson, tu ne peux pas aller au Waterin'Hole sans moi. C'est ma vie, j'ai mon mot à dire !

— Oui, mais mon devoir est de te protéger. En t'emmenant là-bas, j'ai failli te faire tuer. Imagine qu'un enfant t'attende chez toi ?

Elle ravala un sanglot. Elle savait au fond d'elle-même que l'enfant de la photo avait disparu. Mais un doute subsistait et la poussait à obtenir les réponses aux questions qui se posaient.

— Je n'aurais jamais laissé mon enfant pendant quatre mois.

Une douloureuse sensation de vide lui serra le cœur, et elle sut sans l'ombre d'un doute qu'il n'y avait pas d'enfant qui l'attendait à la maison.

Sans un mot, Dawson enfila sa veste et glissa son arme dans le holster. Puis il éteignit la lampe du plafond, plongeant la chambre dans la pénombre. Alors, il alla soulever un coin du rideau pour observer le parking.

— Jack est arrivé, annonça-t-il. Je vais revenir.

— Je ne serai plus là ! rétorqua-t-elle avec un regard noir.

— Ne donne pas trop de mal à ce pauvre Jack. C'est un gentil garçon.

Il vint déposer un baiser sur son front, et ajouta :

— Je suis désolé, Savvy. Je ne voyais pas d'autre moyen de te garder en sécurité.

Elle était si furieuse qu'elle avait envie de hurler et de pleurer. Mais elle ne dit rien, et ne lui donna pas la satisfaction de savoir qu'elle allait s'inquiéter pour lui pendant son absence. Non. Il ne saurait pas que si elle tenait tant à l'accompagner, c'était non seulement pour interroger Marisol de la Fuentez, mais surtout pour rester près de l'homme qui lui avait sauvé la vie plus d'une fois au cours des deux derniers jours. L'homme qui s'était insinué dans son cœur, pendant qu'elle fuyait dans les rues de Laredo.

Qu'il aille au diable !

Dawson franchit la porte pour accueillir Jack.

Elle trouverait un moyen de s'enfuir. Elle n'était pas la fille de son père pour rien.

Savvy fronça les sourcils. Cet homme aux cheveux blancs revenait sans cesse dans sa mémoire. Elle ne se rappelait pas son nom, mais ses traits étaient gravés dans son esprit. C'était lui qui lui avait appris à ne jamais abandonner la partie.

Et, bon sang, elle n'allait pas commencer maintenant !

15

Dawson détestait ce qu'il avait fait, et il détestait l'idée de laisser Savvy avec Jack. Non que ce dernier soit incapable de veiller sur elle. Jack était un excellent agent, qui avait travaillé pour les familles les plus prestigieuses du Texas. En fait, il saurait sans doute mieux protéger Savvy que lui-même ne l'avait fait jusqu'à présent. La jeune femme était parfaitement en sécurité avec lui.

En arrivant devant le Waterin'Hole, Dawson rabattit son chapeau sur son front.

Une jolie femme correspondant à la description de Marisol se trouvait près de la porte. Dawson alla vers elle. Elle parlait avec un homme en costume, mais celui-ci s'éloigna quand Dawson arriva à leur hauteur.

— Qu'est-ce qu'une jolie fille comme vous fait sur une scène de crime ?

Elle se tourna vers lui et l'examina de la tête aux pieds.

— Qu'est-ce que ça peut vous faire, cow-boy ? s'enquit-elle d'une voix rauque et sensuelle, teintée d'un fort accent hispanique.

— Je me posais simplement la question.

Elle le considéra d'un air suspicieux, en croisant les bras.

— Pourquoi ?

Dawson haussa les épaules.

L'homme au costume choisit ce moment pour revenir vers eux.

Si Dawson voulait soutirer des renseignements à Marisol, il fallait faire vite. Son instinct lui disait qu'elle savait quelque chose sur le meurtre de Rodriguez. Il allait devoir prendre des risques pour découvrir quoi.

Il lui agrippa le poignet et la regarda droit dans les yeux.

— Vous connaissez le procureur ? Ou un homme du nom de *El Martillo* ?

Marisol eut une moue méprisante, et elle tenta de se dégager.

— Cela ne vous regarde pas.

— Je veux savoir si l'homme de main d'un seigneur de la drogue, le procureur et vous êtes amis.

— J'ai beaucoup d'amis.

— Le procureur est-il au courant, pour les autres hommes, Marisol ? Il est d'accord ?

Elle eut un imperceptible froncement de sourcils, puis haussa les épaules avec raideur.

— Naturellement.

— Et si je lui parlais de vos autres conquêtes, vous croyez que cela le bouleverserait ? Si je parlais à son épouse de la femme avec laquelle il la trompe, il cesserait peut-être de vous faire des cadeaux somptueux ?

— Que voulez-vous ? répondit-elle d'un ton coupant.

— Je veux savoir qui a tiré sur Tomas Rodriguez. C'était vous ?

Marisol poussa une exclamation de stupeur.

— Je ne sais pas de quoi vous parlez.

Dawson resserra les doigts sur son poignet.

— Je ne vous crois pas. Est-ce vous qui avez tendu

un piège à Savvy Jones pour la faire accuser du meurtre de Tomas Rodriguez ?

— Vous croyez que si j'avais fait cela, je vous le dirais ? répliqua Marisol avec un ricanement incrédule.

Elle se tourna vers l'homme en costume, et lança :

— Rex, *mi amor,* tu veux bien me venir en aide ? Cet homme est désobligeant.

Rex lança un regard noir à Dawson.

— Lâche-la.

Dawson crispa les mâchoires. Il s'y était mal pris. Mais si Marisol savait qui avait tiré, elle irait trouver l'assassin pour lui dire que Dawson l'avait questionnée. Si c'était elle qui avait tué Rodriguez, elle se trahirait peut-être en cherchant à éliminer la personne qui enquêtait sur le meurtre. D'une façon ou d'une autre, il aurait bientôt l'assassin à ses trousses.

Il relâcha le poignet de la jeune femme et sourit.

— Désolé. Je me suis trompé.

Il tourna le dos et s'éloigna. Quand il fut hors de vue des deux personnages, il s'arrêta, compta jusqu'à dix et se retourna brusquement pour voir ce que faisait Marisol.

Elle avait laissé tomber l'homme au costume, et parlait dans son téléphone portable.

Dawson décida d'attendre et de la suivre pour voir qui elle allait rencontrer. Ce serait soit le procureur, soit *El Martillo.* Frank Young ne lui inspirait pas plus confiance que le bras droit de Rodriguez.

Le téléphone accroché à sa ceinture se mit à vibrer. Le cœur battant d'inquiétude il l'ouvrit, et poussa un soupir de soulagement en voyant le numéro d'Audrey s'afficher.

— Gray, annonça-t-il.

— Où es-tu, Dawson ?

— Au Waterin'Hole.

— J'espère que Mme Jones n'est pas avec toi. Pas après ce qui s'est passé un peu plus tôt.

— Elle est en sécurité, et Jack est avec elle.

Il ne donna pas davantage de détails. Il avait besoin de se concentrer sur l'enquête, et de garder Marisol de la Fuentez à l'œil.

— Vous avez du nouveau ?

— J'ai fait une recherche, avec le numéro de téléphone que tu m'as donné et le nom de E. Jameson. Pour commencer, le numéro est sur liste rouge. Mais j'ai quand même découvert que c'est celui d'Edward Jameson, multimillionnaire et nabab de Wall Street. Apparemment, il s'est retiré de la scène du pouvoir, après la mort de sa petite-fille et de son beau-fils. Un mystère entoure également la disparition de sa fille. Il ne veut pas rendre l'affaire publique, mais les proches de la famille disent qu'elle a disparu peu après que son mari et sa fille ont été tués dans un accident de la route, il y a six mois. Depuis, Jameson la recherche.

Dawson sentit son sang se glacer.

— La fille de Jameson ne s'appellerait-elle pas Sabrina, par hasard ?

— Si.

— Vous avez une photo d'elle ? Son signalement ?

— J'ai obtenu les détails de son permis de conduire, délivré dans l'Etat de New York. Cela peut t'aider ?

Avant même que Audrey n'ait commencé à lire, Dawson savait ce qu'elle allait dire. A chaque détail, il avait l'impression qu'on lui enfonçait un poignard dans le cœur.

— Un mètre soixante-dix, cheveux roux, yeux verts.

— C'est Savvy.

— Cela explique pourquoi nous ne l'avons pas trouvée dans les fichiers de Harvard.

— Elle est dans les ennuis jusqu'au cou. Si quelqu'un découvre qui elle est…

Non seulement elle était pourchassée par un seigneur de la drogue pour un crime qu'elle n'avait pas commis, mais elle avait un père qui serait prêt à payer une fortune pour la retrouver. De quoi motiver n'importe quel kidnappeur prêt à tenter sa chance.

— Tu penses que quelqu'un connaît son identité, en dehors de Pearson ? demanda Audrey.

— Je l'ignore, mais cela explique pourquoi ils n'ont pas voulu la tuer tout à l'heure, dans le bar.

— Ce n'est pas un garde du corps qu'il lui faut, c'est toute une armée, pour la protéger.

— Il faut que je vous laisse, dit Dawson en coupant la communication.

Il devait aller retrouver Savvy au plus vite.

Un homme s'approcha derrière lui et le héla. C'était Vance Pearson.

— Alors, vous avez enfin compris ?

Dawson n'avait qu'une envie, c'était de l'assommer et de lever le camp. Mais il s'obligea à rester, pour écouter ce que le détective avait à dire.

— Qu'avez-vous à voir dans cette affaire ?

— Edward Jameson m'a engagé pour la retrouver. C'est aussi simple que ça.

— Et vous vous faites payer combien, pour retrouver de pauvres petites filles riches ?

— Ecoutez, rétorqua sèchement Pearson. Je fais mon job, tout comme vous. Ne me faites pas de cinéma.

Dawson desserra les poings. Pearson avait raison. Mais maintenant qu'il connaissait l'identité de… *Sabrina,* il ne pouvait demeurer indifférent, ne pas tenir compte de ses sentiments.

— Qu'allez-vous faire, maintenant ?

— J'ai déjà averti son père. Il est en route en ce moment même, dans son jet privé. Il devrait arriver dans... deux heures, précisa-t-il en jetant un coup d'œil à sa montre.

— Et qu'attendez-vous de moi ?

— Quand il arrivera, ne vous mêlez plus de rien.

Dawson eut l'impression de voir son monde s'effondrer. Sabrina allait retrouver son père, et elle aurait une armée de gardes du corps à sa disposition. Elle n'aurait plus besoin de ses services.

— Et si elle ne veut pas aller avec lui ?

Pearson haussa les épaules.

— J'aurai fait mon travail. Le reste regarde Sabrina et son père.

Avec l'argent de son père, elle pourrait largement se payer les services d'un avocat qui la disculperait, songea Dawson. Ils n'auraient plus besoin de risquer leur vie pour retrouver le véritable assassin. Vraisemblablement, ce dernier ne serait jamais arrêté. Dawson secoua la tête. Au moins, il savait que Savvy n'irait pas en prison.

Non, *Sabrina*. Elle s'appelait Sabrina.

Mais elle resterait toujours Savvy Jones, pour lui. Une jolie rousse pleine de cran, qui avait soif de justice.

— Est-ce que quelqu'un d'autre connaît sa véritable identité ?

— Uniquement le procureur. Je lui ai demandé de la placer en détention pour la protéger, ou même en prison si nécessaire pour qu'elle soit à l'abri, mais il a estimé qu'un garde du corps suffisait.

Dawson inspira longuement, et relâcha son souffle.

— Vous l'avez dit quand, au procureur ?

— Dès que j'ai su avec certitude qui elle était. Edward Jameson veut que sa fille soit protégée.

— Il faut que j'y aille, déclara Dawson en tournant brusquement les talons.

— Pourquoi ?

— Vous avez peut-être signé son arrêt de mort, avec vos combines.

— Je n'ai fait que le travail pour lequel je suis payé. C'est-à-dire retrouver une riche héritière. Mais je vous préviens, ne vous mettez pas en travers de la route d'Edward Jameson. C'est un adversaire redoutable.

— Je ne le ferai pas.

Et comment aurait-il pu le faire ? Sabrina avait été élevée dans le luxe et la richesse. Il ne pouvait pas rivaliser avec cela.

Il observa le parking, et s'aperçut alors que Marisol avait disparu. Marisol, qui était la maîtresse du procureur. Que savait Frank Young, sur cette femme ? Savait-il qu'elle voyait aussi un criminel, connu pour sa violence et sa férocité envers les ennemis de son patron ?

Savait-il que Marisol était prête à vendre son âme pour un dollar ? Lui avait-il révélé l'identité de Savvy ?

Où était-elle passée ?

Il fallait qu'il retrouve Savvy le plus vite possible. On ne pouvait faire confiance au procureur.

Dawson se précipita vers sa voiture, ouvrit la portière et prit le volant. Alors qu'il mettait la clé dans le contact, quelqu'un cogna à la vitre.

— Hé, Gray ! s'écria Vance Pearson en lui faisant signe.

Mais Dawson n'avait pas envie de discuter avec le détective privé. Savvy était en danger. Plus il tardait à la retrouver, et plus son angoisse augmentait. Il baissa tout de même sa vitre.

— Quoi, Pearson ?

— Vous êtes vraiment entiché d'elle, n'est-ce pas ?

S'il n'avait pas été aussi pressé, il lui aurait collé son poing sur la figure. Sans répondre, il fit tourner la clé. Il y eut un déclic, mais rien ne se produisit. Bon sang ! Ce n'était vraiment pas le moment de tomber en panne !

— Ecoutez, je suis désolé. Je ne m'étais pas rendu compte que vous étiez aussi amoureux. Mais il faut que je vous mette en garde. Elle est beaucoup trop riche pour vous. Et Edward Jameson n'appréciera pas votre intrusion dans sa vie.

Dawson fit de nouveau tourner la clé. Il savait que Sabrina était d'un niveau social bien supérieur au sien, mais Savvy lui convenait tout à fait.

Rien. Pas le plus petit ronflement de moteur. Il actionna encore la clé, sans résultat.

Tout à coup, ses doigts se figèrent. Son instinct prit le dessus. *Sors de là ! Vite !*

Il ouvrit brusquement la portière et repoussa Pearson. Ce dernier vacilla, et leva les mains devant lui.

— Hé, mon vieux, je ne voulais pas vous mettre en colère. Je disais seulement…

— Courez ! cria Dawson en se ruant vers un bâtiment de brique tout proche.

Vance écarquilla les yeux.

— Pourquoi…

Le monde explosa dans une gerbe de flammes, projetant Dawson en avant.

16

— Puisque je vous promets de ne pas m'enfuir ! supplia Savvy. Je vous en prie, coupez ces liens.

— Non.

— Jack, c'est ridicule.

Savvy s'agita sur le lit, fatiguée d'être couchée sur le côté, mais incapable de changer de position, avec les mains liées derrière le dos.

Jack regarda sa montre.

— Cela fait une heure que Dawson est parti. Je suppose que ça ne changera rien de vous libérer.

— Exactement.

Savvy serra les dents, réprimant son envie de hurler. Ce n'est pas en se mettant en colère qu'elle le ferait changer d'avis. Elle avait déjà essayé, et cela n'avait rien donné.

Jack se leva, prit un couteau dans la poche de son jean et déplia une lame effilée.

Enfin. Savvy se tint immobile pendant qu'il coupait le câble enroulé autour de ses chevilles. Elle agita les jambes pour rétablir la circulation sanguine, et se tourna pour qu'il puisse couper aussi les liens qui maintenaient ses poignets.

Cet entêté, qui avait suivi à la lettre les instructions de son partenaire, consentit enfin à couper le plastique dur qui lui enserrait les poignets, et elle fut libre.

Sa première idée fut de serrer le cou de son geôlier

pour l'étrangler, mais ses doigts étaient ankylosés, et elle était trop inquiète pour Dawson. Ce n'était pas le moment de s'en prendre à son ami.

Elle se leva. Ses genoux tremblaient un peu, mais elle récupéra rapidement de la vigueur.

Jack alla se camper devant la porte.

— Ce n'est pas parce que je vous ai détachée que vous pouvez partir à la poursuite de Dawson. Il se débrouille très bien sans vous.

— C'est moi qui décide de ce que je dois faire, déclara-t-elle en allant se planter face au garde du corps. Poussez-vous de mon chemin.

Jack eut le culot de se mettre à sourire.

— Pas question.

D'un mouvement preste, elle tenta de passer derrière lui.

L'homme réagit avec une vivacité surprenante, lui agrippa le poignet et le lui ramena dans le dos en le serrant.

— Bon sang, Jack ! Dawson est en danger. Cela ne vous fait rien ?

— Réfléchissez, Savvy, répondit-il d'une voix plus douce. Je sais que vous voulez l'aider, mais il sera encore plus en danger s'il doit s'inquiéter pour vous. Il faut qu'il puisse se concentrer sur son enquête.

Elle n'avait pas pensé à cela. Elle cessa de se débattre.

— Tant qu'il doit me protéger, il forme une cible pour les tueurs.

— C'est cela.

Jack desserra les doigts, et les fit glisser sur le poignet de la jeune femme. Elle s'écarta, tout en frottant distraitement les marques rouges laissées par le serre-câbles.

— Pour commencer, il ne voulait pas de ce boulot de garde du corps.

— Non, il n'en voulait pas, admit Jack en se grattant le crâne.

— Pourquoi ?

— Il ne vous l'a pas dit ?

— Non.

— Alors, ce n'est peut-être pas à moi de vous le révéler.

— J'estime que nous avons vécu assez de choses ensemble pour que j'aie le droit de savoir.

Jack haussa les épaules.

— S'il vous pose la question, je ne vous ai rien dit. Mais avant d'entrer à l'Agence Lone Star, il était sur la pente descendante. Il se détruisait lui-même.

— Dawson ?

— Oui. Un de ses hommes a été grièvement blessé par une bombe en bordure de route. Pendant qu'il le regardait mourir à l'hôpital militaire, on l'a averti que sa femme était en train d'accoucher et que ça ne se passait pas très bien. Quand il a pu prendre l'avion et revenir aux Etats-Unis, elle était morte. Le bébé aussi.

Savvy posa instinctivement les mains sur son ventre.

— Il s'est fait des reproches, n'est-ce pas ?

Jack acquiesça d'un hochement de tête.

— Peu de temps après, il a quitté l'armée et s'est mis à boire. Si je n'étais pas intervenu au cours d'une bagarre dans un bar, il aurait fini en prison, ou bien il serait mort.

— C'est pour cette raison qu'il ne voulait pas être mon garde du corps ?

— Il ne voulait pas avoir une telle responsabilité, car il avait l'impression d'avoir laissé mourir trop de gens autour de lui, dans le passé.

— Mais il a été merveilleux, il m'a protégée. C'est quelqu'un de bien.

C'était un homme qui ferait n'importe quoi pour l'aider, qui irait jusqu'à risquer sa vie pour elle. Un homme en qui elle pourrait avoir confiance, et qu'elle pourrait aimer.

Savvy éprouva un drôle de pincement au cœur. Elle était peut-être déjà amoureuse de cet homme, qu'elle ne connaissait que depuis deux jours.

— Je sais que c'est un type bien, répondit Jack. C'est pour cela qu'Audrey Nye a voulu lui donner une chance et l'embaucher. Le seul qu'il faut convaincre de cela, c'est Dawson lui-même.

Jack sourit, et ajouta :

— J'ai l'impression que si quelqu'un peut le convaincre, c'est vous.

— Je veux aller le retrouver, Jack. Je ne peux pas le laisser seul.

— Et je ne peux pas vous laisser partir, rétorqua Jack en croisant les bras. Nous sommes donc dans une impasse.

Il sourit en entendant son téléphone vibrer.

— Ce doit être lui.

Savvy retint son souffle. Jack déplia le téléphone et secoua la tête.

— Désolé. C'est un de mes contacts. Que dis-tu ? Quoi ? Sortir ? Pourquoi ?

Il fronça les sourcils, puis écarquilla les yeux.

— Qu'a-t-il dit ? demanda Savvy.

— Quelqu'un sait où nous sommes. Il faut sortir. Vite !

Jack prit son arme dans son holster. Au même instant, la porte se rabattit violemment et deux hommes firent irruption dans la chambre, l'arme à la main. Le premier tira sur Jack.

Savvy se mit à hurler en le voyant s'effondrer. Une flaque rouge se forma sous son épaule droite.

Le deuxième homme l'attrapa par le bras et la poussa vers la porte.

Elle donna des coups de pieds, hurla, et se débattit tant que l'homme l'entoura de ses bras et la souleva. Quand il voulut franchir la porte, elle s'arc-bouta en posant les pieds contre le chambranle.

— *Madre de Dios !*

L'homme, beaucoup plus grand et plus fort qu'elle, la fit tourner sur le côté sans difficulté.

S'ils parvenaient à la faire monter dans une voiture, elle était perdue. Jack était blessé, sans doute à mort, et Dawson ne saurait jamais où la chercher. Sa vie était en jeu, et elle n'était pas prête à abandonner la partie. Elle hurla, et hurla encore, jusqu'à ce qu'une grosse main s'abatte sur sa bouche.

Elle mordit de toutes ses forces, et l'homme relâcha son emprise, la laissant tomber sur le sol. Mais avant qu'elle ait pu faire un pas, il la frappa à la tête avec quelque chose de dur.

Des éclairs passèrent devant les yeux de Savvy, puis elle sombra dans un trou noir.

Dawson se releva en titubant, sonné par le choc. Un feu immense s'élevait à l'endroit où s'était trouvée la voiture de location. Des lambeaux de souvenirs lui revinrent en tête, l'Irak, la bombe de bordure de route sur laquelle un de ses hommes avait sauté. Et le même pressentiment d'un malheur imminent que lorsqu'il s'était mis à courir dans les couloirs de l'hôpital pour retrouver sa femme. Un poids s'abattit sur ses épaules, sa respiration se fit haletante, son cœur se mit à battre comme un tambour. Il fallait qu'il se reprenne, vite.

L'image de Savvy Jones, avec sa longue chevelure cuivrée et ses yeux verts refit surface comme un soleil, repoussant les images de ses échecs et de ses chagrins. Elle était sa raison de vivre.

Savvy. Il fallait qu'il la retrouve. Dawson secoua la tête pour dissiper le brouillard gris qui l'enveloppait, et regarda autour de lui.

Les fenêtres des immeubles avaient éclaté, et des policiers émergeaient du Waterin'Hole. Vance Pearson était allongé dans la rue, entre la voiture en feu et lui. Il gémissait.

Dawson retourna vers lui.

— Vous pouvez bouger ?

— J'ai l'impression… qu'un camion m'est passé dessus, marmonna le détective en se mettant à genoux.

— Rien de cassé ?

Pearson palpa ses membres et sa tête.

— Je ne crois pas, mais votre voix résonne comme si nous étions dans une grotte.

— Je vais appeler les secours. Mais il me faut une voiture. Où est la vôtre ?

Toujours à genoux, l'homme réfléchit un instant, et posa sur Dawson un regard vitreux.

— Je l'ai garée dans une rue, derrière le bar. Pourquoi ?

— Il faut que j'aille retrouver Savvy… Sabrina. Je suis inquiet.

— Il y a de quoi, mec. Celui qui a fait ça doit vouloir se débarrasser de vous.

Pearson fouilla dans sa poche et en sortit un trousseau de clés.

— Une Nissan bleu foncé de location, dans la rue juste derrière le bar.

Dawson prit les clés, et fit signe aux policiers.

— Il faudrait une ambulance.

— Ne vous inquiétez pas pour moi, ça ira. Retrouvez Sabrina.

Dawson lui lança un dernier regard, puis partit à la recherche de la voiture. La tête lui tournait encore un peu, mais il se concentra sur son objectif. Retrouver Savvy avant que les tueurs l'aient repérée.

Quand il eut atteint la berline bleue, il s'assit au volant et démarra, tout en prenant son téléphone portable. L'écran était fendillé, mais il marchait encore. Il appela Jack.

Au bout de la cinquième sonnerie, il crispa les doigts sur le volant.

— Oui, répondit enfin une voix tremblante, qu'il eut du mal à reconnaître.

— Jack ?

— Oui, c'est moi.

Dawson poussa un soupir, et leva le pied de l'accélérateur.

— Que s'est-il passé ? Où est Savvy ?

— Ils l'ont emmenée.

Il eut l'impression que le monde basculait. Il se gara sur le bas-côté, attendant que le malaise se dissipe.

— Qui ?

— Deux types ont enfoncé la porte. Ils m'ont tiré dessus et ont enlevé Savvy.

— Tu es blessé ? C'est grave ?

— Non, la balle m'a effleuré. Mais je suis tombé à la renverse, et ma tête a dû heurter quelque chose.

Dawson redémarra et enfonça la pédale d'accélérateur.

— Tu vas tenir le coup ?

— Bien sûr, répondit Jack avec assurance. Deux cachets d'aspirine et il n'y paraîtra plus.

— J'appelle les secours, dit Dawson, luttant contre une vague de panique.

Il ne s'était pas senti aussi stressé depuis l'explosion de la bombe en Irak.

— Non, Dawson. Je ne perds plus de sang. J'ai l'impression d'avoir reçu un boulet sur la tête, mais je survivrai.

Sceptique, mais un peu rassuré, Dawson revint au problème qui le préoccupait le plus.

— Il faut retrouver Savvy.

— Où es-tu ?

— A deux rues du motel.

— Tu sais qui sont ces hommes ?

— Je crois le savoir. Mais j'ai un moyen de retrouver Savvy.

— Ah oui ? Lequel ?

— J'ai caché la puce du GPS sur elle, avant de te la confier.

— Non ? Ne me fais pas rire, ça me fait mal à la tête.

— Prends mon sac de sport, et attends-moi devant le motel. J'arrive.

— O.K.

Dawson appela la police pour signaler l'enlèvement, donna une description de Savvy, et communiqua son propre numéro de téléphone. Quand l'inspecteur lui demanda de passer au commissariat pour remplir une déclaration, Dawson coupa la communication. Il n'avait pas le temps de remplir un papier officiel pour disparition inquiétante. La vie de Savvy dépendait de lui, il fallait qu'il la retrouve au plus vite.

Quand il arriva sur le parking du motel, Jack l'attendait avec le sac de sport, et une serviette pressée contre son épaule.

C'est à peine s'il ralentit pour le laisser monter. Il repartit en trombe, avant même que la portière côté passager soit refermée. Savvy ne pouvait pas attendre.

Jack sortit la boîte de GPS du sac et alluma l'appareil. Après un moment que Dawson trouva interminable, la carte apparut sur l'écran, avec un point rouge clignotant au milieu.

— Ils traversent le Pont World Trade, pour passer au Mexique.

Dawson frappa le volant du plat de la main, en marmonnant un juron. Ils étaient à dix minutes du pont. A cette heure de la nuit, la traversée leur prendrait moins de temps qu'en plein jour.

Tout en se dirigeant vers la frontière, Dawson rapporta à Jack ce qu'il avait découvert au sujet de Savvy, alias Sabrina Jameson.

Jack siffla doucement.

— Eh bien, quel soulagement.

— Un soulagement ? Elle vient d'être kidnappée par des hommes dangereux, et tu trouves que c'est un soulagement ?

— Ils ne la tueront pas tant qu'ils n'auront pas obtenu de rançon.

Curieusement, Dawson ne partageait pas le soulagement de son collègue. En supposant qu'ils retrouvent Savvy, il faudrait encore qu'ils la tirent des griffes de *El Martillo*. Il y aurait des morts. Jack et Savvy seraient en danger.

Dawson gara la Nissan sur un grand parking, devant le Rio Grande, juste avant le Pont World Trade qui traversait la frontière. Il y avait des feux de circulation dans les deux sens.

— Tu devrais rester ici, dit Dawson en tendant la main pour prendre le GPS.

Mais Jack ne céda pas.

— Je t'accompagne. Je crois savoir où ils vont, et je t'aiderai à y arriver plus vite.

— Où cela ?

— Dans la villa de Marisol de la Fuentez.

Dawson prit une chemise blanche propre dans son sac de sport, et une autre noire, sur laquelle était inscrit le nom « Sturgis » en grosses lettres.

— Il te faut un pansement et une nouvelle chemise, avant de traverser la frontière. Nous ne pouvons pas nous permettre de perdre du temps pour répondre à des questions.

D'autre part, si Jack continuait de perdre du sang, il risquait de les ralentir. En moins d'une minute, Dawson eut déchiré la chemise blanche, et fait un pansement à son ami avec les longues bandes de tissu. Puis il l'aida à enfiler la chemise noire. Lorsque ce fut fini, ils sortirent de la voiture.

— Prêt ?

— Allons-y.

Jack et Dawson passèrent du côté mexicain de la frontière, et avancèrent entre des bâtiments aux façades murées. Ils arrêtèrent un taxi, et Jack donna le nom d'une rue, non loin de la villa de Marisol.

Tandis que le taxi roulait, Dawson garda les yeux fixés sur l'écran du GPS et sur le voyant rouge qui clignotait, imaginant la terreur de Savvy. L'attachement qu'il éprouvait pour elle dépassait largement les sentiments d'un garde du corps pour son client. S'il la perdait, il ne savait pas ce qu'il ferait. Il ne pourrait pas vivre avec l'idée qu'il était responsable de sa disparition.

— J'avais raison. Ils l'emmènent à la villa de Marisol, à l'extérieur de Nuevo Laredo, le long de l'autoroute 85. C'est là que notre cher procureur s'est rendu, aujourd'hui. S'ils touchent à un cheveu de sa tête…

— Nous arriverons à temps. N'oublie pas qu'elle est plus précieuse pour eux tant qu'elle est vivante.

— Qu'est-ce qui te fait croire qu'ils la libéreront une fois qu'ils auront touché la rançon ?

— Les négociations prendront du temps. Nous en profiterons pour intervenir.

— Je ne sais pas si tu t'en rends compte, mais nous n'avons pas d'armes. Elles sont restées dans la voiture. Je ne vois pas comment nous allons pouvoir sauver Savvy, avec des couteaux.

— Nous n'avons pas été dans l'armée pour rien. Nous trouverons un moyen, dit Jack, en regardant à travers la vitre.

A une rue de la villa, ils payèrent le taxi et disparurent entre les maisons.

— C'est là, chuchota Jack, en arrivant près d'un mur.

Une bougainvillée s'accrochait à la paroi de ciment, projetant des ombres sur la peinture blanche. Un gardien se tenait près du portail, une arme à la main.

— Je vais jeter un coup d'œil à l'arrière. N'essaye pas de jouer les héros tant que je ne suis pas revenu, dit Jack.

Il contourna la villa, se fondant dans l'ombre comme un fantôme. Si Dawson n'avait pas su qu'il était là, il ne l'aurait jamais remarqué.

Savvy se trouvait dans cette maison, une arme probablement pointée sur elle. Dawson aurait voulu faire irruption à l'intérieur, mais il se contint. Sans arme, il devait agir avec prudence.

Perdu dans ses réflexions, il ne prit conscience de la présence d'un homme derrière lui que lorsqu'il sentit la lame froide d'un poignard contre sa gorge.

Il se figea.

— Mon vieux, t'as oublié ton entraînement de soldat ? lui chuchota Jack à l'oreille. Oublie cette femme, et reprends-toi. D'accord ?

— Combien sont-ils ?

— Un homme de chaque côté du bâtiment. Mais il n'y a qu'une entrée, et elle est devant toi. Le gars du côté ouest est endormi.

— Alors c'est par là que nous allons entrer.

Dawson recula, et laissa Jack le guider jusqu'à l'aile ouest de la villa. Adossé au mur, son arme sur les genoux, le garde dormait profondément. Dawson l'assomma d'un coup de poing avant qu'il ait pu articuler un cri.

— Grimpe, dit Jack, en formant un marchepied avec ses mains.

Dawson se hissa jusqu'au sommet du mur, prit l'arme du garde que Jack lui tendit, puis aida ce dernier à monter sur le mur.

Ils examinèrent le vaste terrain qui entourait la maison. Des fleurs odorantes et multicolores ornaient le jardin parfaitement entretenu. Dawson se laissa glisser sur le sol, et Jack le rejoignit.

— Il y a des mouvements derrière la fenêtre.

Dawson vit un homme brandir un pistolet, et frapper quelque chose du pied, sur le sol. Il voulut se jeter en avant, mais son ami le retint.

— Tu ne peux pas entrer comme ça.

— C'est Savvy ! protesta-t-il en essayant de se dégager.

17

— Réveille-toi, ordonna une voix à l'accent espagnol.

Quelqu'un lui donna un coup de pied dans les côtes, et la douleur la réveilla. Savvy ouvrit les yeux, éblouie par une lumière vive, et vit un corps allongé à côté d'elle, dans une mare de sang.

Elle hurla et s'assit, en s'écartant du cadavre. Sa vision s'éclaircit un peu, et elle hurla de nouveau. Vêtu de son élégant costume gris, Frank Young était étalé de tout son long, les yeux fixés au plafond.

En reculant, elle heurta les jambes d'un autre homme. Elle se retourna, et vit un homme au visage grêlé qui la regardait. Elle l'avait déjà vu, pointant une arme sur elle, depuis la fenêtre d'une voiture, et… Le souvenir d'une ruelle sombre et d'un homme au visage couturé lui revint à la mémoire. La terreur lui glaça le sang.

— C'est vous !

L'homme grimaça un sourire.

— Tu sais qui je suis ?

— Je ne connais pas votre nom, mais c'est vous qui avez tué Tomas Rodriguez. Je m'en souviens.

Elle secoua la tête. Les souvenirs affluèrent, comme si une vanne venait de s'ouvrir dans son esprit.

— Je sortais la poubelle. Vous l'avez tué, et puis… et puis vous avez essayé de me tuer, ajouta-t-elle en élargissant les yeux.

— C'est un peu tard pour se rappeler, tu ne crois pas ? dit-il en la toisant avec arrogance. On m'appelle *El Martillo.*

— Vous êtes José Mendoza.

Savvy se détourna pour ne pas lui laisser voir la peur qu'il lui inspirait. Elle revit la chemise blanche de Tomas Rodriguez, éclaboussée de sang. Un frémissement glacé la parcourut.

— Pourquoi ? Pourquoi l'avez-vous tué ?

— Il provoquait trop de problèmes. Il était... comment dites-vous, en anglais ? Trop gâté. Incontrôlable.

— Mais vous l'avez tué de sang-froid.

— Oui, pour l'empêcher d'aller se plaindre à son papa, répondit l'homme en haussant les épaules. Mais ça ne fait rien. Il est mort, et c'est vous qui êtes accusée du crime. *Señorita* Sabrina Jameson.

Savvy sentit sa gorge se serrer. Sabrina Jameson. Elle n'était pas Savvy Jones, mais Sabrina Jameson. Tous les souvenirs de sa vie resurgirent en un instant.

Des larmes brûlantes envahirent ses yeux, et elle chercha la photo dans sa poche. L'enfant était à elle, c'était son bébé, sa petite Emma. Elle était morte six mois auparavant, dans un accident, avec son mari. Savvy avait survécu.

Emma aurait eu deux ans cette semaine.

Perdue dans l'océan de son chagrin, elle fut brutalement ramenée au présent par un coup violent au visage. La douleur se répercuta dans ses tempes.

— Que voulez-vous ? demanda-t-elle, en prenant son visage dans ses mains.

L'homme lui tendit un téléphone.

— Appelle ton papa. Dis-lui que s'il veut que tu

restes en vie, il faudra qu'il donne vingt-cinq millions de dollars demain matin.

— Vingt-cinq millions ? Il ne pourra pas rassembler une telle somme d'ici demain.

Elle n'était même pas sûre qu'il veuille la revoir, après toutes les choses horribles qu'elle lui avait dites, avant de partir. *Sans cœur, avide d'argent… un homme qui préfère ses affaires à sa famille.*

— Il le faudra, sinon, tu mourras.

Les mains tremblantes, Savvy composa un numéro, en espérant qu'elle ne se trompait pas. Sa mémoire était encore incertaine. Un homme répondit à la troisième sonnerie.

— Oui ?

— Papa ?

C'était bien la voix sèche et le ton abrupt d'un homme habitué à être obéi sur-le-champ. Savvy avait quitté New York pour s'éloigner de lui et de son indifférence. Pour tout recommencer de zéro, construire une nouvelle vie loin des exigences de son père et de ses propres souvenirs.

Edward Jameson avait choisi ses écoles, avait choisi son mari, et avait dirigé sa vie jusqu'à ce qu'elle ait Emma. A partir de ce moment, elle s'était rebiffée. Elle avait appris que l'argent ne faisait pas tout, et que le bonheur ne consistait pas à suivre les directives de son père. Peu après son mariage, elle s'était rendu compte que son mari était comme son père. Elle avait divorcé, mais était restée sur place, pour qu'Emma puisse voir le père qui avait si peu de temps à lui consacrer.

Ils se rendaient dans la propriété d'Edward, et avaient une âpre discussion sur des questions d'argent, lorsque son ex-mari avait perdu le contrôle du véhicule.

Des scènes de l'accident resurgirent, et elle s'efforça

de ravaler ses larmes. Elle avait survécu, mais sa fille et son ex-mari étaient morts.

— Sabrina ?

La voix d'Edward Jameson interrompit le fil de ses souvenirs. Elle était différente d'autrefois. C'était la voix tremblante d'un vieil homme.

— Mon Dieu, Sabrina, où es-tu ?

— Je ne sais pas.

— Je suis tellement désolé, Sabrina. Tu me manques terriblement.

— Tu me manques aussi, papa.

— Je vais venir te chercher. Je veux te ramener à la maison.

— Ce n'est pas possible. Je suis retenue en otage.

— Par qui ? Que veulent-ils ? Je leur donnerai tout ce qu'ils veulent, ils n'ont qu'à parler.

Etait-ce bien l'homme qu'elle connaissait ? Celui qui avait toujours le dessus dans les négociations ? Il avait changé. Des larmes roulèrent sur les joues de Savvy. Elle avait changé aussi.

José lui arracha le téléphone des mains.

— Si vous ne voulez pas que votre fille meure, vous allez apporter vingt-cinq millions de dollars demain au lever du soleil. Nous nous retrouverons à Nuevo Laredo, à l'église, sur la Plaza Hidalgo.

Il coupa la communication, et enfouit le téléphone dans sa poche.

— Nous allons savoir jusqu'à quel point le *señor* Jameson aime sa fille.

— Mon père ne voudra pas négocier avec un assassin.

— *El Martillo* ne négocie jamais. S'il n'accepte pas le marché, je m'amuserai un peu avec toi, et je te tuerai, dit-il en laissant son regard glisser sur elle.

Savvy frémit. Elle préférait mourir que de se laisser toucher par cet homme.

— Occupe-toi du garde qui est devant la maison, dit Dawson. Je me charge de celui qui est à l'arrière.

Les deux hommes se séparèrent. Caché dans l'ombre d'un buisson d'hibiscus, Dawson attendit patiemment que le garde commette une erreur. Ce qu'il ne tarda pas à faire, en allumant une cigarette. Dawson profita de l'instant où il se pencha vers la flamme pour le faire tomber au sol et l'assommer. Puis il dissimula son corps sous les hibiscus, et pénétra dans un hall au sol de marbre. Dans un coin se trouvait le corps d'un homme en costume gris.

Il s'approcha pour l'examiner. Les yeux grands ouverts de Frank Young contemplaient fixement le plafond. Sa peau avait la pâleur de la mort.

Dawson fut envahi de terreur. Les hommes qui détenaient Savvy n'hésitaient pas à tuer. La mort du procureur provoquerait la fureur des autorités, de l'autre côté de la frontière. *El Martillo* s'en moquait. Laisserait-il Savvy en vie jusqu'à ce que son père ait versé la rançon ?

Des voix lui parvinrent depuis un couloir, et il s'engagea dans cette direction, l'arme du gardien à la main. Jack apparut à l'autre bout du couloir, et désigna une pièce, à mi-chemin dans le couloir. L'arme au poing, ils s'approchèrent de la porte.

Dawson leva une main et compta silencieusement jusqu'à trois. A trois, ils s'engouffrèrent dans la pièce et pointèrent leurs armes sur Mendoza.

— Dawson ! s'exclama Savvy, à ses pieds.

Elle voulut se lever. José lui agrippa les cheveux, et

la remit sur ses pieds, devant lui. Il sourit, ce qui fit ressortir les cicatrices qui zébraient son visage.

— Bienvenue, mes amis. C'est gentil de vous joindre à nous.

— Lâche-la, ordonna Dawson.

L'homme éclata de rire.

— Sinon, quoi ? Tu me tueras ? Je sais que tu ne tireras pas, car tu risquerais de toucher la jolie demoiselle.

— Que veux-tu ? demanda Dawson.

— Ce que le *señor* Jameson doit m'apporter demain, sur la place du marché. N'est-ce pas, *mi amor* ? ajouta-t-il en faisant glisser son arme sur le visage de Savvy.

— Tire, Dawson ! cria celle-ci. C'est un monstre. Je sais que c'est lui qui a tué Tomas Rodriguez. Tire !

— Non.

— Si tu ne le tues pas, il me tuera de toute façon, et toi aussi. Tire, bon sang !

— Je ne peux pas.

Jack fit un pas en avant.

— Moi, je peux.

— Non ! Ne tire pas. Tu risques de toucher Savvy.

— Alors, c'est ça ? fit Mendoza en ricanant. Le garde du corps est tombé amoureux de sa cliente ?

Il tira les cheveux de Savvy, et pressa le canon de son arme contre sa tempe.

— Lâchez vos armes.

Mais les deux hommes ne bronchèrent pas.

Une voix de femme s'éleva alors derrière eux.

— Faites ce qu'il dit, ou je vous abats.

Dawson n'avait plus le choix. Marisol n'hésiterait pas.

Il posa son arme sur le sol, et Jack l'imita.

— Emmène-les à l'extérieur pour les tuer, dit-elle en agitant son arme. Je ne veux pas de sang sur mes tapis.

— Tu ne les emmèneras nulle part.

La voix rauque et masculine, au fort accent hispanique, résonna contre les parois.

Un homme pénétra dans le salon, et Dawson reconnut Humberto Rodriguez pour l'avoir vu dans les journaux télévisés. Il tenait un Colt décoré de perles à la main, et il était encadré par quatre hommes armés jusqu'aux dents.

Il fit un signe de tête à José, et se mit à lui parler en espagnol. Mendoza perdit de sa morgue, et blêmit.

— Laisse-la partir, dit Rodriguez en désignant Savvy.

— Non ! protesta Marisol. Elle peut nous rapporter une fortune.

Humberto haussa les sourcils, et posa un regard appuyé sur la main de José, toujours crispée dans la chevelure de Savvy. L'homme desserra les doigts, repoussa Savvy et dirigea son pistolet vers le seigneur de la drogue.

— Non ! s'écria Marisol en pointant son arme vers Savvy. Tu n'auras pas cet argent.

— Considère que c'est un dédommagement pour la mort de mon fils, rétorqua Humberto. *La familia es todo.*

— Baisse-toi, Savvy ! hurla Dawson.

Humberto tira avant que Marisol et José aient pu faire un geste. Au même moment, Jack récupéra son arme sur le sol.

Dawson se jeta à terre, arracha le pistolet des mains de Marisol, roula sur lui-même et se redressa. Humberto le visa, mais Dawson tira le premier.

Le Colt de Humberto tomba sur le carrelage. Jack, son arme à la main, s'abrita derrière une colonne de marbre, et tira en direction de Humberto et de ses hommes.

Et tout à coup, le silence retomba.

José Mendoza et Marisol étaient à terre, le corps criblé de balles. Humberto et deux de ses hommes étaient tombés également, apparemment morts. Deux autres hommes, dont les blessures saignaient abondamment, déposèrent leurs armes.

— Ne tirez plus ! supplia l'un d'eux en tombant à genoux.

Dawson se leva, tendit la main à Savvy et l'aida à se remettre sur ses pieds. Puis il la serra dans ses bras.

— Savvy, j'ai cru que je t'avais perdue. Tu n'as rien ?

— Non, ça va, dit-elle en se lovant contre lui.

— Que faut-il faire de ces deux-là ? demanda Jack en récupérant les armes des deux tueurs.

— Si nous attendons l'arrivée des autorités mexicaines, nous risquons de ne jamais repasser la frontière.

— Alors filons, décida Jack. J'ai fait assez de tourisme pour la soirée.

Dawson eut un petit rire, et se pencha pour embrasser Savvy.

— Je me souviens de tout, dit-elle en lui rendant son baiser.

— Je suis désolé, pour ton bébé.

Le regard de la jeune femme se perdit dans le lointain.

— Elle s'appelait Emma.

— Tu es prête à rentrer chez toi ?

— Je n'ai pas vraiment de chez moi.

— La maison de ton père ?

— J'irai le voir, pour lui demander pardon. Mais je ne pourrai pas rester chez lui. La maison renferme trop de souvenirs d'Emma.

— Maintenant que tu te souviens, est-ce que ta vie confortable d'autrefois te manque ?

— Non. Ce n'était pas une belle vie. Mon père n'avait jamais de temps pour sa famille. Et mon ex-mari était comme lui. La seule qui me rendait cette vie supportable, c'était Emma. Et elle n'est plus là. Je ne peux pas retourner vivre là-bas. C'est trop… douloureux.

Dawson repoussa ses cheveux en arrière et l'embrassa sur la tempe.

— Alors que penserais-tu de San Antonio ?

— San Antonio ? répéta-t-elle d'un air interrogateur.

— C'est là que je vis.

— Tu me demandes de venir vivre avec toi ?

Il lui prit la main, et l'entraîna vers la porte.

— Avant tout, il faut quitter le Mexique. Ensuite, nous prendrons une semaine ou deux pour y réfléchir. Nous pourrions peut-être sortir un peu ensemble, pour faire connaissance ? Et nous prendrons rapidement une décision.

Savvy posa la tête contre son épaule. Sa décision était déjà prise. Dawson était l'homme de sa vie. Mais elle lui laisserait le temps de réfléchir, avant de le lui dire. Pas trop longtemps tout de même.

— Je t'accorde une semaine. Après cela, c'est moi qui décide.

— Petite arrogante.

Il la serra contre lui, tout en suivant Jack dans la rue.

— J'aime ta façon de penser et d'agir.

Les étoiles donnaient plus de lumière que les quelques réverbères disséminés dans la rue.

Le sourire de Savvy réchauffa le cœur de Dawson. Elle était vivante. Il l'avait protégée, et elle voulait rester avec lui.

Il n'aurait pas été plus heureux au Paradis.

CARLA CASSIDY

Bouleversantes retrouvailles

éditions Harlequin

Titre original : THE LAWMAN'S NANNY OP

Traduction française de HÉLÈNE COLOMBEAU

83-85, boulevard Vincent-Auriol, 75646 PARIS CEDEX 13.
Service Lectrices — Tél. : 01 45 82 47 47
www.harlequin.fr

1

Quatre boîtes de crayons de couleur, une ramette de papier de construction, dix bâtons de colle et une douzaine de paquets de mouchoirs… Portia esquissa un sourire en se garant devant le magasin discount.

Elle imaginait sans peine Layla West, sa meilleure amie, faisant la moue devant cette liste de courses. « Même pas une petite paire de chaussures rouges à talons aiguilles, ni de haut brillant et sexy ? » s'exclamerait-elle. Mais il fallait dire que Layla ne passait pas huit heures par jour à distraire douze jeunes enfants.

Depuis qu'elle avait ouvert sa garderie, Le Jardin de Portia, elle préférait avoir ce qu'il fallait de livres et de fournitures pour occuper les petits plutôt que de dépenser de l'argent en vêtements superflus.

Dès l'instant où elle descendit de voiture, la chaleur matinale du mois d'août s'abattit sur elle comme une chape de plomb. Parfois, Portia se demandait s'il existait sur terre une autre ville où le soleil cognait autant qu'à Black Rock, dans le Kansas.

Sous ses sandales, le trottoir était déjà brûlant, et elle nota mentalement d'ajouter quelques tubes de crème solaire à sa liste.

Elle avait presque atteint le magasin lorsqu'elle aperçut l'affiche scotchée sur un lampadaire. Elle se figea, bouche bée. Sur la photo, son propre visage lui renvoyait son regard.

— Mais qu'est-ce que…

S'approchant pour lire le texte, elle sentit son cœur bondir dans sa poitrine.

Portia Perez bat les bébés et maltraite les enfants. Si vous aimez vos petits, ne les mettez pas dans sa garderie.

Les mots se brouillèrent devant ses yeux. L'espace d'un instant, elle se sentit prise de nausée.

Elle arracha l'affiche puis regarda autour d'elle, atterrée d'en découvrir d'autres sur tous les lampadaires alentour. Oubliant ses courses, elle se hâta de faire disparaître toutes celles qu'elle put trouver, en luttant contre les larmes de colère qui lui embuaient la vue.

Qui avait bien pu lui faire cela ? Qui pouvait être aussi cruel ? se demanda-t-elle, consternée. Ce n'était pas seulement cruel ! C'était criminel. Quelqu'un tentait de saboter son entreprise, son gagne-pain.

Il lui fallut un quart d'heure pour détacher toutes les affiches collées dans les environs. Les tenant d'une main tremblante, elle se tourna vers le bureau du shérif, de l'autre côté de la rue.

Elle devait porter plainte. N'était-ce pas un cas criant de diffamation ? Tom Grayson ferait certainement quelque chose, il tenterait au moins de retrouver le coupable.

Les questions se bousculaient dans son esprit tandis qu'elle traversait la rue et entrait d'un pas décidé chez le shérif. Mais à peine eut-elle poussé la porte qu'elle s'immobilisa, la main sur la poignée, en voyant qui était assis derrière l'un des bureaux.

L'adjoint Caleb Grayson.

Voilà bientôt dix ans que Portia faisait son possible pour éviter toute interaction avec lui. Evidemment, dans une ville de la taille de Black Rock, ils avaient tout de même eu quelques occasions de se croiser, mais leurs échanges étaient restés polis et impersonnels.

Il n'en demeurait pas moins qu'après toutes ces années, bizarrement, le simple fait de voir cet homme lui causait toujours un petit pincement au cœur. Mais ce n'était pas le moment de penser à ces choses-là, se reprit-elle. Elle avait plus important à faire que de s'attarder sur un vieux chagrin d'amour.

— Portia ? dit-il en se levant, visiblement surpris.

— Tom est là ? demanda-t-elle sans préambule.

— Non, c'est son jour de repos. Mais tu peux peut-être me dire ce qui se passe ?

Il s'avança vers elle, suffisamment près pour qu'elle perçoive le parfum de son eau de Cologne. C'était une odeur qui la transportait toujours dix ans en arrière, au bal du lycée et à des souvenirs qu'elle aurait préféré oublier.

— Voilà ce qui se passe, répondit-elle en lui tendant l'une des affiches. Il y en a partout dans la ville.

Les sourcils froncés, Caleb se mit à lire à haute voix.

— « Portia Perez néglige et maltraite les enfants. » « Le Jardin de Portia est un véritable enfer pour les petits innocents sans défense. Ne laissez pas cette femme s'occuper de vos enfants. »

Il émit un long sifflement, avant de lever les yeux vers elle.

— On dirait que tu as vraiment mis quelqu'un en boule.

— Il faut faire quelque chose ! s'exclama Portia. Il y en a partout, et elles sont toutes plus calomnieuses les unes que les autres !

— Est-ce que tu as vu qui les a affichées ?

— Non, sinon je te le dirais. En tout cas c'est faux, totalement faux !

Une fois de plus, elle sentit les larmes lui monter aux yeux mais Caleb Grayson était bien la dernière personne au monde devant laquelle elle avait envie de pleurer.

— Je veux que vous arrêtiez celui qui a fait ça ! exigea-t-elle.

— Malheureusement, il s'agit plus d'une affaire civile que criminelle, remarqua Caleb. Je veux bien mener ma petite enquête pour savoir si quelqu'un a vu quelque chose, mais je ne peux rien faire de plus.

Ce n'était pas ce que Portia avait envie d'entendre. Pour tout dire, la désinvolture de Caleb l'agaçait passablement. Elle aurait voulu qu'il s'indigne, qu'il lui promette de ratisser la ville pour retrouver le coupable, et que celui-ci soit lynché sur la place publique, à midi, en plein soleil.

Plus que tout, elle aurait voulu que Caleb ne soit pas si beau. Que sa chemise n'épouse pas autant ses larges épaules, que son pantalon mette un peu moins en valeur ses longues jambes musclées, et que cette mèche de cheveux bruns sur son front n'ait pas l'air d'attendre que les doigts d'une femme la ramènent en arrière…

— Tu m'appelles si tu trouves le coupable ? demanda-t-elle sèchement.

— Oui, mais à ta place, je ne me ferais pas trop d'illusions. Ces affiches ont certainement été collées en pleine nuit, et il est peu probable que quelqu'un ait vu quoi que ce soit.

— Alors c'est tout ? dit-elle sans dissimuler son mécontentement.

Caleb haussa les épaules.

— Je suis navré, mais je ne peux rien faire de plus.

Portia tourna les talons et quitta le bureau du shérif sans prendre la peine de dire au revoir.

Ebranlée par les affiches, irritée d'avoir eu affaire à Caleb Grayson, elle se dirigea à grands pas vers l'agence Black Rock Immobilier.

Malgré l'heure matinale, Layla était sans doute déjà au travail. Portia avait besoin de parler avec quelqu'un qui partagerait sincèrement sa colère et qui la soutiendrait moralement, ce que son amie d'enfance ne manquerait pas de faire.

Lorsqu'elle entra dans l'agence, Layla leva la tête en souriant.

— Tiens, salut ! Qu'est-ce que tu fais en ville de si bon matin ? D'habitude, le samedi, tu n'es pas habillée avant midi.

— Je suis venue faire quelques courses, et regarde sur quoi je suis tombée.

Elle jeta le tas de feuilles sur le bureau avant de se laisser tomber dans le fauteuil en face de son amie. Celle-ci parcourut rapidement une des affiches, puis regarda Portia, les yeux écarquillés.

— Où est-ce que tu as trouvé ça ?

— Elles étaient scotchées sur les lampadaires autour du magasin discount.

— Mais qui a bien pu faire une chose pareille ? s'exclama Layla. Tu t'es disputée avec des parents, récemment ?

— Pas du tout. Et je ne vois vraiment pas qui aurait des raisons d'afficher ça.

— Qu'est-ce que tu comptes faire ?

— Je suis déjà allée voir le shérif.

— Et qu'a dit Tom ? demanda Layla en enroulant une mèche de ses longs cheveux blonds autour de son index.

Portia fronça les sourcils.

— Tom n'était pas là. J'ai été obligée de parler à Caleb. Il m'a dit qu'il s'agissait d'une affaire civile et non criminelle. Je crois surtout qu'il n'avait pas envie de perdre son temps avec ça. Il est certainement bien trop occupé pour s'intéresser à mes problèmes.

Layla eut un sourire entendu.

— N'aurait-on pas là un petit accès d'agressivité lié à une vieille querelle ?

— Ne sois pas ridicule ! s'offusqua Portia. Je ne garde absolument pas rancune à Caleb. Ce qui s'est passé entre nous, c'est de l'histoire ancienne. Il y a belle lurette que j'ai tourné la page.

— Bien sûr, et quand je me réveillerai demain matin, je mesurerai un mètre quatre-vingts, répliqua Layla. Admets-le, tu en pinces pour Caleb Grayson depuis le lycée.

— C'est la chose la plus délirante que tu m'aies jamais dite ! répliqua Portia.

Layla laissa retomber la mèche de cheveux qu'elle était en train de triturer.

— Ah bon ? Encore plus délirante que mes mésaventures avec Ralph Davidson, quand on a fait l'amour à l'avant de son pick-up et que j'ai retiré le frein à main avec ma hanche sans faire exprès, si bien qu'on s'est retrouvés dans son étang ?

Portia éclata de rire, tout en sachant que son amie n'attendait que ça depuis le début.

— Tu es complètement folle !

— Et c'est pour ça que tu m'aimes, répliqua Layla avant de poser une main sur la sienne. Ne t'inquiète pas pour cette histoire d'affiches. Tout le monde sait que les enfants que tu gardes représentent tout pour toi et que tu ne leur ferais jamais de mal.

— J'espère que tu as raison, soupira Portia.

— Bien sûr que j'ai raison ! J'ai toujours raison. Maintenant, va faire tes courses. J'attends un client qui devrait arriver d'une minute à l'autre, et j'ai bien l'intention de lui vendre l'ancienne maison des Miller.

— Cette ruine ?

Layla sourit de toutes ses dents.

— Quand j'aurai terminé mon baratin, il sera persuadé qu'il s'agit du palais de Buckingham.

Portia souriait encore en sortant de l'agence immobilière. Layla avait le don de lui remonter le moral, quelles que soient les circonstances.

En revanche, cette histoire de béguin pour Caleb était complètement ridicule. Comment pourrait-elle encore l'aimer après le coup qu'il lui avait fait ? Il avait tout de même eu deux chances avec elle, qu'il avait toutes deux gâchées.

— Trompe-moi une fois, honte à toi. Trompe-moi deux fois, honte à moi, marmonna-t-elle en se dirigeant vers le magasin.

Caleb appartenait à son passé, au même titre que les boums et les boutons d'acné. Tout ça était bien loin derrière elle. Surtout le très séduisant shérif adjoint Caleb Grayson.

Il rêva d'elle la nuit du dimanche. Un rêve fou, ardent, mélange de vécu et de fantasmé, dont il se réveilla en proie à un désir qu'il n'avait pas connu depuis des années.

Caleb Grayson s'arracha à son lit le lundi matin, furieux que Portia Perez ait envahi son sommeil d'une quelconque manière. Plus tard, sous la douche, il tenta de chasser de son esprit les images qu'il avait d'elle, mais elles revenaient obstinément le hanter.

Elle avait été son premier amour et, ensuite, il n'avait jamais plus aimé personne avec la même intensité.

Un an auparavant, il croyait avoir enfin trouvé le bonheur avec Laura Kincaid, mais leur relation s'était tellement mal terminée qu'il sentait encore la colère monter en lui rien qu'en y pensant. Il faillit se laisser de nouveau submerger par le chagrin, mais il se ressaisit et se concentra sur les soucis de Portia.

Il avait employé la matinée du samedi à poser des questions autour de lui pour tenter de savoir qui avait collé les affiches injurieuses, mais ses recherches avaient été vaines, comme il s'y attendait. Malheureusement, il ne pouvait pas faire grand-chose de plus.

« Arrête de penser à elle ! » s'ordonna-t-il tandis qu'il enfilait son uniforme kaki. Pour le moment, les frères Grayson avaient des préoccupations bien plus graves que quelques affiches médisantes placardées dans le centre-ville : leur sœur Brittany était introuvable depuis bientôt cinq semaines.

Caleb mit son arme dans son étui et ramassa ses clés sur la table de la cuisine, tout en s'efforçant de contenir l'inquiétude qui s'emparait de lui chaque fois qu'il songeait à sa sœur cadette.

Elle avait disparu la semaine du sixième anniversaire de la mort de leurs parents. Les quinze premiers jours, Caleb, Tom, Benjamin et Jacob avaient supposé qu'elle s'était isolée pour affronter seule cette période difficile. Mais à présent, trop de temps s'était écoulé sans qu'elle ait donné de nouvelles.

En tant que shérif de Black Rock, Tom avait tout mis en œuvre pour trouver des réponses à leurs interrogations. Il avait lancé un avis de recherche sur sa voiture, contrôlé son compte en banque et ses différentes cartes de crédit. Il n'y avait toujours aucune trace de la voiture de Brittany et, plus inquiétant, aucun mouvement bancaire n'avait été décelé depuis le jour de sa disparition.

Elle s'était déjà volatilisée par le passé, mais jamais plus de quelques jours, une semaine au maximum, et elle revenait toujours avec des excuses ou des explications. Caleb et ses frères n'attendaient pas qu'elle se justifie, ils voulaient juste savoir si elle allait bien.

Caleb monta dans sa voiture et prit la direction du bureau. Il avait quitté le ranch familial à vingt et un ans, soit sept ans plus tôt, lorsqu'il avait pris ses fonctions en tant qu'adjoint du shérif. Depuis, il louait une maison dans le centre de Black Rock.

Dans cette petite ville, le maintien de l'ordre était indéniablement une affaire de famille. Tom occupait le poste de shérif, et Caleb, Benjamin et Brittany étaient ses adjoints. Leur autre frère, Jacob, avait travaillé pour le FBI, mais cela faisait deux mois qu'il était revenu pour se cloîtrer dans une petite maison sur les terres du ranch.

Jacob refusait d'évoquer ce qui l'avait amené à rentrer et voulait que personne, en dehors de la famille, ne soit informé de sa présence. Comme Caleb se faisait déjà bien assez de souci à propos de son frère, il se serait bien passé d'avoir à s'inquiéter aussi pour Brittany.

Vu qu'il était à ce point préoccupé, pourquoi n'arrivait-il pas à chasser Portia de ses pensées ? Ses problèmes n'étaient tout de même pas aussi graves que ceux de Jacob ou de Brittany ! Et même s'ils habitaient la même ville, il ne la croisait pas souvent.

Pourtant, lorsqu'elle était entrée dans le bureau du

shérif le samedi matin, son cœur avait esquissé comme un pas de danse dans sa poitrine…

— Un accès de tachycardie, marmonna-t-il tout en se garant devant le bâtiment en brique de deux étages qui était devenu son second chez-lui.

Voilà ce qui avait coïncidé avec l'arrivée de Portia.

Il n'était même pas encore 7 heures du matin, mais le soleil chauffait déjà fort lorsqu'il descendit de voiture.

— Bonjour, Sam ! lança-t-il en entrant dans le bureau.

L'adjoint Sam McCain leva sa tasse de café en guise de salut.

— La cafetière est pleine, et j'ai apporté des petits gâteaux à la cannelle que Loretta a préparés ce matin.

— Tu es un homme chanceux, Sam, fit remarquer Caleb. Non seulement ta femme est superbe, mais en plus elle cuisine bien.

Son collègue lui adressa un grand sourire, découvrant ses dents d'une blancheur éclatante sur sa peau couleur chocolat.

— Ne t'approche pas de ma Loretta, répondit-il. Avec ton charme légendaire, tu pourrais bien lui faire tourner la tête.

— Tu sais bien que je réserve mon charme pour les dames célibataires, répliqua Caleb en riant. Et de toute façon, va savoir pourquoi, Loretta a l'air complètement folle de toi.

— C'est vrai, et c'est une chose que je ne comprends pas bien non plus, admit Sam d'un air rêveur.

A cet instant, le téléphone se mit à sonner. Sam décrocha et fronça aussitôt les sourcils.

— O.K. On vous envoie quelqu'un, dit-il avant de raccrocher et de se tourner vers Caleb. C'était Portia

Perez. Quelqu'un est entré par effraction dans sa garderie, cette nuit.

— J'y vais, annonça Caleb. D'abord les affiches, ensuite un cambriolage… Ça commence à faire beaucoup.

Quelques minutes plus tard, il repartait en voiture vers le domicile de Portia. Elle habitait au nord de la ville, non loin de la maison où elle avait vécu étant petite.

Caleb avait passé de nombreuses soirées chez Portia et sa mère, étant jeune. Pour tout dire, Portia et lui avaient été inséparables pendant leurs années de lycée. Les soirs d'été, ils s'asseyaient tous les deux sur la balancelle du porche et discutaient des heures durant de leurs projets d'avenir, de la vie heureuse qu'ils s'imaginaient ensemble. Meilleurs amis, ils avaient fini par tomber amoureux l'un de l'autre. Et le soir du bal de fin d'année, après la remise des diplômes, ils étaient devenus amants.

Caleb repensa au rêve passionné qu'il avait fait cette nuit. En se réveillant, il avait eu l'impression de sentir encore le parfum de Portia dans ses draps et jusque sur sa peau.

Insensé ! songea-t-il. C'était insensé qu'après toutes ces années, elle ait pu envahir ses rêves. Et tout aussi fou qu'en pensant à elle, il ressente encore cette amertume au fond de la gorge.

Portia vivait dans une petite maison de style ranch couleur cannelle, avec des moulures tarabiscotées peintes en beige qui lui donnaient l'air de sortir tout droit d'un conte de fées. Des fleurs rouges, jaunes et pourpre bordaient le trottoir menant au portail, et tombaient en cascade des paniers suspendus au porche.

Caleb s'engagea dans l'allée et la suivit jusqu'au garage séparé dans lequel Portia avait installé sa garderie. En se garant, il nota que Melody Markfield, l'assistante de

Portia, était en train de jouer à l'extérieur avec plusieurs bambins dans un petit parc fermé. Portia se tenait devant la porte d'entrée. Son visage, éclairé par la lumière du petit matin, était d'une pâleur inhabituelle.

Alors qu'elle s'avançait vers lui, il ne put s'empêcher d'apprécier la façon dont ses cheveux cuivrés brillaient sous le soleil. Et c'est bien malgré lui qu'il constata que ses jambes, que dévoilait un short en jean, étaient restées aussi bien galbées que lorsqu'elle était pom-pom girl au lycée.

— Qu'est-ce qui s'est passé ? demanda-t-il.

— Quelqu'un est entré dans la garderie.

Sa voix tremblait légèrement, et ses yeux noisette semblaient plus grands que de coutume. Elle releva néanmoins le menton.

— Et si tu me dis que c'est une affaire civile, je t'envoie mon poing sur le nez, le prévint-elle.

— Allons plutôt voir à l'intérieur, répondit-il avec un petit sourire.

Tandis qu'il s'avançait vers le bâtiment, il la sentit derrière lui, toute proche. Son parfum fleuri flottait dans l'air, lui rappelant s'il en était besoin le rêve qu'il avait fait dans la nuit.

Il fut vite ramené à la réalité en entrant dans la garderie où tout n'était que chaos et destruction.

Les matelas de deux des berceaux portaient de profondes entailles d'où s'échappait le rembourrage. Des livres gisaient par terre, ouverts, déchirés, parmi des morceaux de jouets cassés aux couleurs vives.

— Criminel, sans aucun doute, murmura Caleb en jetant un regard circulaire sur la pièce.

Il inspecta toutes les fenêtres, à la recherche d'un point d'entrée, et le trouva finalement dans les toilettes dont la vitre avait été brisée. Par terre, des éclats de verre scintillaient dans un rayon de soleil.

De retour dans la pièce principale, il repéra un ordinateur portable posé sur un bureau dans un coin de la salle, à côté d'une chaîne hi-fi. De toute évidence, l'auteur de l'effraction n'était pas venu avec l'intention de voler.

Il s'agissait sans aucun doute d'un acte malveillant, perpétré dans le seul but de détruire. Qui avait bien pu faire cela, et pourquoi ?

Il se tourna vers Portia, qui était appuyée contre un mur, les bras serrés autour d'elle. Elle avait le regard vide des gens qui viennent de recevoir un coup sur la tête et ne savent pas vraiment où ils se trouvent, ni comment ils sont arrivés là.

— Quand es-tu venue ici la dernière fois ? lui demanda-t-il.

Elle porta une main à sa tempe comme si elle souffrait de migraine.

— Hier soir. Je suis passée vers 18 heures pour vérifier que tout était prêt pour ce matin, et ensuite je suis rentrée à la maison.

— Et tu n'as rien entendu de suspect ?

— Rien.

— Est-ce que tu as une idée de qui aurait pu faire ça ? Tu t'es disputée avec quelqu'un, récemment ? Peut-être avec des parents ?

Elle secoua la tête.

— Layla m'a posé la même question samedi quand je suis allée la voir après avoir découvert les affiches. J'ai beau chercher, je ne vois vraiment pas qui aurait pu faire une chose pareille.

— Je vais demander aux techniciens de venir relever les empreintes dans les toilettes, dit Caleb en sortant son téléphone portable. Ils trouveront peut-être quelque chose d'intéressant.

— J'espère, murmura-t-elle.

Il s'éloigna un peu pour passer son appel. Lorsqu'il rejoignit Portia, elle lui parut soudain toute petite, et ses yeux étaient pleins de larmes.

Il aurait voulu la serrer contre lui pour la réconforter mais s'en garda bien, car il n'était pas certain de pouvoir contrôler ses gestes. Sans compter qu'elle n'avait probablement aucune envie qu'il la console.

Une fois de plus, elle croisa les bras sur sa poitrine comme pour se réchauffer.

— Je sais que c'est idiot, mais j'ai l'impression que ce n'est que le début, murmura-t-elle.

— Le début de quoi ?

— De quelque chose de terrible.

Sa voix n'était plus qu'un souffle.

2

Il était un peu plus de 9 heures lorsque les techniciens terminèrent leur travail. Ils n'avaient trouvé aucune empreinte autour de la fenêtre, seulement un fil noir accroché à l'un des éclats de verre. Selon eux, ce fil provenait certainement des vêtements de l'intrus, mais Portia se doutait bien qu'ils ne pourraient jamais retrouver qui que ce soit à partir d'un simple brin de coton.

Lorsque Caleb quitta la garderie avec les autres hommes, elle regarda autour d'elle et eut envie de pleurer. Elle avait travaillé si dur pour faire de cet endroit un lieu d'amour et de jeu pour les petits qu'elle gardait… A présent, la salle ressemblait à un champ de ruines.

Pour l'instant, Melody s'occupait des enfants dans le jardin, mais il lui faudrait bientôt les faire rentrer avant qu'il ne fasse trop chaud. Et dans son état actuel, la garderie ne pouvait certainement pas accueillir de petits.

Elle se demandait comment régler le problème lorsque Caleb revint.

— Tu as un balai ? demanda-t-il.

— Ce n'est pas ton boulot de nettoyer une scène de crime, lui fit-elle remarquer, surprise.

Il haussa les épaules.

— Ton jardin est rempli de gamins qui vont bientôt avoir besoin de rentrer. A deux, on aura plus vite fait de nettoyer tout ça.

— Il est hors de question qu'ils reviennent ici ! s'exclama Portia. Je vais demander à Melody de les garder chez elle le temps qu'on sache ce qui se passe.

— Il faut quand même faire un peu de ménage. Dis-moi où est le balai.

Tandis qu'il se mettait à la tâche, Portia sortit rejoindre Melody. Comme tous les enfants prévus pour la journée étaient arrivés, elle lui remit les clés du minibus dont elles se servaient lors des sorties, pour qu'elle puisse les emmener chez elle.

Melody lui assura qu'elle pouvait garder les petits tout le temps qui serait nécessaire ; Portia savait qu'elle pouvait lui faire confiance pour s'occuper d'eux à la perfection.

Lorsqu'elle retourna dans le garage, Caleb avait fini de balayer.

— Tu es sûre que tu ne sais vraiment pas qui pourrait t'en vouloir ? lui demanda-t-il en s'appuyant sur le manche du balai.

Les sourcils froncés, Portia ramassa les livres d'images qui avaient été jetés par terre, et les remit sur les étagères adaptées aux tout-petits.

— J'ai passé la journée d'hier à essayer de deviner qui pouvait avoir collé ces affiches, qui pouvait être en colère contre moi au point de vouloir me faire du mal comme ça.

Elle redressa les épaules et leva les yeux vers Caleb. Depuis le lycée, elle s'était efforcée de ne pas le regarder, de ne pas penser à lui. Et la plupart du temps, elle y était parvenue.

En quittant l'université, où elle avait obtenu un diplôme spécialisé dans la petite enfance, elle s'était tout de suite consacrée à son entreprise, mais cela ne l'avait pas empêchée de sortir un peu.

— Je pense à Joe Castle, reprit-elle après quelques instants de silence.

— Comment ça ?

— C'est le seul qui pourrait m'en vouloir, expliqua-t-elle.

— Pourquoi ? Qu'est-ce que tu lui as fait ?

Portia se sentit rougir.

— Je ne lui ai rien fait, et c'est peut-être justement le problème.

Elle se détourna de Caleb pour finir de ranger les livres sur les étagères.

— On est sortis ensemble quelques fois ces derniers temps. Un restaurant par-ci par-là, une ou deux séances de cinéma, rien de sérieux. La semaine dernière, à la fin d'une soirée, il a essayé d'aller plus loin, mais je lui ai dit que ça ne m'intéressait pas, qu'il valait mieux qu'on arrête là.

— Et comment a-t-il réagi ?

— Il était en colère. Il m'a dit que si je n'avais pas l'intention de m'engager dans une relation sérieuse, je n'aurais pas dû lui faire perdre son temps.

Caleb fronça les sourcils.

— Je connais Joe depuis longtemps. Je sais qu'il a un sale caractère, mais je ne l'imagine vraiment pas faisant ce genre de choses.

— Je n'y crois pas vraiment non plus, et c'est pour ça que je n'ai pas parlé de lui avant. Mais c'est bien la seule personne qui aurait des raisons de m'en vouloir.

— J'irai discuter avec lui, voir s'il est au courant de quelque chose.

Caleb finit de rassembler tous les débris, avant d'aller chercher une pelle et une balayette.

Pendant quelques minutes, ils continuèrent à ranger en silence les jouets et les livres, à remettre en place les tables et les petites chaises.

Portia se sentait tendue, mais elle attribua sa nervosité à la présence de Caleb : c'était la première fois depuis des années qu'ils passaient du temps ensemble.

On dit qu'on n'oublie jamais son premier amour, et elle savait que c'était vrai. Jamais elle n'était vraiment parvenue à se distancier de la passion qu'ils avaient partagée au lycée. Et bien qu'il lui ait brisé le cœur à l'époque, elle se rappelait encore la sensation de ses bras autour d'elle, de ses lèvres pressées contre les siennes, du désir brûlant qu'il avait provoqué en elle et qu'elle n'avait jamais ressenti avec autant de force pour aucun autre homme.

— Bon, ça ira, dit-elle enfin. J'appellerai un menuisier pour remplacer la fenêtre des toilettes, et tout rentrera à peu près dans l'ordre.

— Sauf que tu as peur.

Caleb s'avança vers elle, si près qu'elle pouvait distinguer les éclats dorés dans ses yeux brun sombre et sentir son odeur familière et entêtante. Ses paroles mettaient un nom sur la tension qui la tenaillait. La peur. Elle avait mis en cause la présence de Caleb, mais en réalité, depuis qu'elle avait découvert sa garderie saccagée, c'était bien la peur qui la tenaillait.

— C'est tellement méchant ! soupira-t-elle. L'idée que quelqu'un puisse ressentir une telle haine envers moi me donne la chair de poule.

Il lui effleura la joue, un geste familier qui aurait pu

faire resurgir des millions de souvenirs si elle se l'était permis.

— Peut-être que tu prends les choses trop à cœur, répondit-il d'une voix douce.

Portia laissa échapper un rire amer.

— Le contraire me paraît difficile.

— Tu sais, il est possible qu'il s'agisse simplement de petits imbéciles, d'ados désœuvrés qui cherchent un peu d'excitation. Si c'est le cas, je finirai bien par le savoir.

— J'espère que tu as raison.

Elle eut soudain envie qu'il la prenne dans ses bras, qu'il chasse le froid qui s'était insinué en elle et semblait ne plus vouloir la quitter. L'espace d'un instant, elle crut distinguer dans ses yeux le même désir, comme une flamme vive et douce, mais ce fut si fugitif qu'elle aurait aussi bien pu l'imaginer.

— Je vais demander à Joe où il était la nuit dernière et s'il a quelque chose à voir avec cette affaire, déclara Caleb, de nouveau tout à son enquête. Et si tu penses à quelqu'un d'autre qui pourrait te vouloir du mal, fais-le-moi savoir.

— D'accord. Et merci pour ton aide.

Il la salua d'un signe de tête et tourna les talons.

En le voyant s'éloigner, Portia eut un léger pincement au cœur, comme un écho au déchirement qu'elle avait ressenti des années plus tôt lorsqu'elle l'avait regardé partir pour la dernière fois.

C'était insensé.

Elle avait donné une seconde chance à leur couple, et il l'avait gâchée. De toute évidence, il était passé à autre chose depuis bien longtemps. Elle savait qu'il s'était fiancé à Laura Kincaid, une magnifique blonde de deux ans sa cadette, et que leurs fiançailles n'avaient pas duré.

Portia supposait que c'était lui qui avait rompu, qu'il était probablement allé voir ailleurs. Après tout, il lui avait fait la même chose — il l'avait trahie, lui brisant le cœur —, et rien n'indiquait qu'il avait changé depuis.

Laura avait quitté la ville peu après leur rupture et, selon les rumeurs, Caleb n'avait pas attendu longtemps avant d'enchaîner de nouveau les flirts.

Portia n'était pas certaine, en fin de compte, que son trouble soit dû uniquement à la peur. Il fallait l'admettre, Caleb Grayson avait toujours la capacité de l'émouvoir comme aucun autre homme ne l'avait jamais fait.

Le reste de la journée se déroula dans une sorte de brouillard. Pour la première fois depuis des années, la crèche était silencieuse un jour de semaine. Pas de rires d'enfants, pas de gros bisous mouillés, seulement le silence qui l'oppressait tandis qu'elle finissait de ranger la salle. Elle ne vit personne en dehors du menuisier, qui arriva en fin d'après-midi pour remplacer la vitre des toilettes.

Les choses avaient été remises en ordre, mais il valait mieux que les enfants restent chez Melody pendant quelques jours, le temps que le coupable soit démasqué, songea Portia en refermant à clé la porte du garage.

Elle avait hâte que Caleb résolve l'affaire pour que la garderie puisse de nouveau fonctionner normalement, car il n'était pas question d'accueillir les petits ici tant qu'elle n'aurait pas la certitude qu'ils ne courraient aucun danger.

Peut-être pourrait-elle en profiter pour repeindre les murs. Cela faisait plusieurs mois qu'elle avait envie de rafraîchir la pièce, sans avoir jamais trouvé le temps de le faire.

Il était un peu plus de 17 heures, constata-t-elle en regagnant sa maison. Elle décida qu'elle ne dormirait que d'un œil cette nuit et laisserait la fenêtre de sa chambre ouverte, pour être sûre d'entendre quelque chose si l'on tentait de nouveau de pénétrer dans le garage. Puis elle se ravisa et se dit qu'il serait plus prudent de se barricader chez elle. Dans la garderie, tout n'était que matériel et donc remplaçable ; elle-même ne l'était pas.

Dans la cuisine flottait encore l'agréable odeur d'oranges et de salade de poulet qu'elle avait préparée le matin pour le déjeuner des enfants.

Après avoir posé ses clés sur la table, Portia traversa le salon pour se rendre dans sa chambre.

Elle rêvait de prendre une bonne douche, d'enfiler sa chemise de nuit préférée et d'engloutir un pot de glace au chocolat en regardant la télé — n'importe quel programme, pourvu qu'il lui fasse oublier le cambriolage, les affiches malveillantes, et Caleb Grayson.

Mais quelques minutes plus tard, alors qu'elle essayait de se détendre sous le jet d'eau chaude, elle constata, impuissante, que son esprit ne cessait de dériver vers Caleb. Fréquentait-il quelqu'un en ce moment ? Et si oui, s'agissait-il d'une relation sérieuse ? Autant de questions qu'elle n'était vraiment pas censée se poser…

Il lui avait promis de l'aimer pour toujours, lui avait assuré qu'elle était la seule femme avec laquelle il désirait passer sa vie. Puis elle était partie à l'enterrement de son grand-père, et la rumeur avait commencé à se répandre qu'il la trompait.

Les sourcils froncés, Portia referma les robinets et attrapa la serviette moelleuse qui l'attendait. Un chagrin de jeunesse, songea-t-elle. Heureusement, elle n'était plus aussi naïve qu'à l'époque, et elle avait appris la leçon en ce qui concernait Caleb.

Une fois séchée, elle enfila sa petite chemise de nuit de soie verte et le peignoir assorti. Il était à peine 19 heures lorsqu'elle s'installa sur son canapé devant la télévision, avec une assiette de salade de poulet et un grand verre de thé glacé posés sur un plateau.

Elle venait juste de finir de manger et de rapporter le plateau dans la cuisine lorsqu'on sonna à la porte. En entrouvrant celle-ci, elle eut la surprise de trouver Caleb sur le seuil.

— Bonsoir, Portia. Je peux entrer ?

Elle détacha la chaîne de sûreté et ouvrit en grand pour le laisser entrer puis le précéda dans le salon. Comme il regardait autour de lui avec curiosité, elle se demanda ce qu'il pensait de sa décoration aux couleurs vives, des gros coussins disposés sur le parquet lustré, et de l'étagère chargée de livres, de bibelots et de photos des enfants dont elle s'était occupée.

Il promena son regard sur la pièce, avant d'étudier Portia d'un air appréciateur.

— Pas mal, observa-t-il — sans qu'elle sache au juste ce qu'il trouvait « pas mal ».

Il se laissa tomber dans le fauteuil rembourré en face du canapé tandis que Portia, après avoir resserré son peignoir d'un air gêné, reprenait sa place sur le canapé.

— Alors ? S'il te plaît, dis-moi que tu as résolu l'affaire et que le coupable est derrière les barreaux.

— Pas vraiment, répondit-il avec une réticence évidente. Je voulais juste te dire que j'ai parlé avec Joe cet après-midi. Il m'a assuré qu'il n'avait rien à voir avec les affiches ou ce qui s'est passé ici la nuit dernière. J'ai aussi discuté avec quelques jeunes de la ville pour voir s'ils étaient au courant de quelque chose, mais il semble que personne n'ait d'informations.

— Tu n'avais pas besoin de venir jusqu'ici pour me dire ça. Tu aurais pu te contenter de me téléphoner, observa-t-elle.

Elle n'était pas certaine d'apprécier sa présence ici, dans son espace privé. Elle n'avait aucune envie de sentir les vestiges de son eau de toilette une fois qu'il serait parti, ni de le revoir mentalement installé dans son fauteuil comme s'il était chez lui.

— Tu étais assez retournée quand je t'ai quittée, expliqua-t-il. Je voulais passer pour vérifier que tu allais bien.

Il laissa errer son regard sur sa bouche, puis sur sa gorge, un regard bien trop brûlant pour que Portia se sente tout à fait à l'aise.

— Tu me connais, Caleb, je me remets toujours très vite.

— Non, Portia, je ne te connais pas, répliqua-t-il. On vit tous les deux dans cette petite ville depuis toujours, mais on ne se parle jamais.

Elle haussa les épaules.

— On se dit bonjour quand on se croise, on parle de la pluie et du beau temps. Avant aujourd'hui, il n'y avait aucune raison d'engager une conversation plus poussée.

— Justement, je crois qu'on a besoin d'une vraie discussion. Joe m'a appris que tu étais sortie avec Eric Willowby.

— Oui, j'ai eu une relation avec Eric, admit-elle avec un peu de réticence. Mais cela date de plusieurs mois. Je n'imagine pas une seule seconde qu'il puisse avoir un rapport avec ce qui s'est passé.

Ne voulant plus rien partager de personnel avec lui, elle se leva.

— C'est gentil de t'être inquiété pour moi, dit-elle. Mais comme tu peux le voir, je vais très bien.

Sur ces mots, elle regarda la porte pour lui faire comprendre que la conversation était terminée.

Caleb se leva lentement à son tour, comme s'il rechignait à partir. Alors qu'elle le raccompagnait jusqu'à l'entrée, il s'arrêta pour lui faire face.

— Tu es sûre que ça va ? Tu as l'air préoccupée.

Elle l'était, en effet, mais c'était davantage dû à sa présence dans sa maison et à l'effet qu'il avait sur elle qu'au saccage de la garderie.

— Ça va, répondit-elle, surprise d'entendre sa propre voix trembler légèrement.

D'un geste hésitant, il tendit la main pour replacer derrière son oreille une mèche de cheveux qui retombait le long de son visage.

— Tu es tellement belle…, murmura-t-il.

Pendant une longue minute, ils se regardèrent sans rien dire. Portia eut l'impression que le passé resurgissait entre eux tandis qu'un flot d'émotions la submergeait. Dans l'atmosphère devenue soudain électrique, elle ressentit un curieux mélange de désir et de tristesse.

Le regard de Caleb s'assombrit, se fit plus doux. Lorsqu'il s'avança vers elle, elle sut d'instinct qu'il allait l'embrasser.

Sa raison lui cria de reculer, d'empêcher une telle erreur de se produire, mais ses pieds refusèrent de lui obéir. Puis, quand il se pencha pour prendre ses lèvres, elle alla à sa rencontre les yeux fermés.

Brûlants et sauvages, voilà comme elle se rappelait ses baisers.

Celui-ci ne fit pas exception. La bouche de Caleb était à la fois tendre et impérieuse, et Portia avait toutes les peines du monde à lui résister. Mais lorsqu'il passa les bras autour d'elle pour la plaquer contre lui, elle s'écarta brusquement, furieuse qu'il ait osé l'embrasser, et plus furieuse encore de l'avoir laissé faire.

— C'était stupide de faire ça ! s'exclama-t-elle, le souffle court.

Il la gratifia de ce sourire gamin qu'elle avait naguère tant aimé.

— Peut-être, admit-il. Mais parfois, les choses stupides sont drôlement agréables. Bonne nuit, Portia.

Dès qu'il fut sorti, elle claqua la porte derrière lui et s'enferma à clé, exaspérée à l'idée qu'après toutes ces années, il puisse encore provoquer en elle un tel désir.

Elle avait raison, se dit Caleb. C'était stupide de l'avoir embrassée, mais elle était tellement irrésistible, dans sa nuisette verte ultra sexy qui laissait voir le haut de ses seins crémeux et ses jambes magnifiques !

Il monta dans sa voiture et serra les mains sur le volant en attendant que son désir se dissipe. Lorsqu'il se sentit un peu plus maître de lui, il démarra.

Il avait passé la majeure partie de la journée à tenter d'apprendre qui avait bien pu s'introduire dans la garderie de Portia, mais aussi à poser des questions sur elle, pour se faire une idée de la femme qu'elle était devenue.

« Aimante », « généreuse » et « gentille », voilà les adjectifs qui revenaient le plus souvent lorsque les gens parlaient d'elle. Alors pourquoi ne s'était-elle pas encore mariée et n'avait-elle pas fondé de famille ?

Oui, ça avait été idiot de l'embrasser, mais il avait

voulu goûter ses lèvres, vérifier si elle avait toujours le pouvoir de l'enflammer.

La réponse était oui, définitivement oui.

Cependant, dix ans plus tôt, il n'avait pas été assez bien pour elle. Portia ne lui avait pas fait confiance ; elle n'avait pas cru à son amour, et rien n'indiquait qu'une nouvelle tentative avec elle ne se solderait pas par un autre échec.

S'il n'avait aucune intention de remettre son cœur en jeu, il n'était cependant pas contre l'idée d'allonger Portia sur un lit frais et parfumé et de lui faire l'amour jusqu'à ce qu'ils soient tous les deux repus. Mais bien qu'elle lui ait accordé un baiser, il avait le sentiment qu'elle n'accepterait jamais de passer avec lui une nuit torride et sans lendemain.

Elle l'avait accusé de l'avoir trompée lorsqu'elle était partie quelques jours dans sa famille, puis de nouveau quand elle était allée à l'université. Elle avait laissé les rumeurs et les sous-entendus briser leur couple. Bien qu'il ait alors proclamé haut et fort son innocence, elle avait choisi de ne pas le croire.

Aujourd'hui encore, il n'arrivait pas à lui pardonner. Et cette trahison, à laquelle s'ajoutait le coup terrible que Laura lui avait porté, l'empêchait de s'engager de nouveau sérieusement dans une relation.

En rentrant chez lui, il fut frappé par l'aspect gris et terne de son intérieur, comparé aux couleurs vives et joyeuses du salon de Portia. Sa maison lui avait paru pleine de vie, à tel point qu'il n'aurait pas été surpris d'entendre des éclats de rire résonner entre les murs.

Il posa ses clés sur la table basse et s'écroula sur son canapé gris.

Gris. Telle était la couleur de sa vie en ce moment,

où tout se déroulait machinalement, sans joie, sans réelle émotion.

Le mois précédent, il avait vu Tom, son frère aîné, trouver l'amour avec une femme magnifique et la petite fille de celle-ci. Il avait été étonné par l'envie que ce bonheur avait suscitée en lui.

Avec un soupir de mécontentement, il se leva et se rendit dans la cuisine pour prendre une bière dans le frigo. Il but une longue gorgée et s'assit à table puis, comme chaque fois qu'il se retrouvait seul avec ses pensées, l'image de sa sœur vint envahir son esprit.

— Où es-tu, Brittany ? murmura-t-il.

Il savait, d'instinct, qu'elle était en difficulté, même s'il refusait de croire qu'elle pouvait être morte.

Un avis de disparition avait été diffusé dans tous les bulletins d'information à travers quatre Etats ; ses frères avaient fouillé sa maison à la recherche d'indices criminels, sans rien trouver. Ils avaient aussi organisé des battues plusieurs jours de suite, sans résultat.

Le pire était de ne pas savoir ce qui s'était passé, ni par où commencer pour résoudre ce mystère.

Alors qu'il s'apprêtait à boire une autre gorgée de bière, son téléphone portable se mit à sonner. C'était son frère Benjamin.

— Salut, frangin. Qu'est-ce qui se passe ?

— Tom veut qu'on le rejoigne à la propriété des Miller le plus vite possible, annonça Benjamin.

— La propriété des Miller ? Pourquoi ?

Il s'agissait d'une ferme abandonnée, dans la banlieue nord de la ville, qui avait été saisie et mise en vente plusieurs années auparavant.

— Layla vient de l'appeler. Apparemment, elle était en train de faire visiter les lieux à un client quand elle a découvert une voiture dans la vieille grange. Je n'en sais pas plus, mais Tom veut qu'on vienne.

— J'y serai dans dix minutes, répondit Caleb avant de raccrocher.

Laissant sa bière sur la table, il attrapa ses clés de voiture et sortit rapidement. La requête de son frère ne l'inquiétait pas outre mesure : il arrivait fréquemment que les Grayson viennent en renfort les uns des autres lorsqu'il se passait quelque chose de suspect.

Sans compter que Tom était un homme prudent, ce qui constituait l'une de ses nombreuses qualités en tant que shérif. Caleb, lui, avait plutôt tendance à se montrer impatient, un défaut qu'il devrait absolument s'efforcer de corriger s'il voulait devenir le policier parfait qu'il désirait être.

Lorsqu'il emprunta, vers 20 heures, le chemin de terre menant à la propriété des Miller, le soleil brillait encore fort, même s'il commençait à décliner.

La voiture de Tom était garée à côté d'une autre que Caleb reconnut comme étant celle de Layla West, l'agent immobilier le plus agressif de Black Rock et la meilleure amie de Portia depuis toujours.

— Qu'est-ce qui se passe ? demanda-t-il en s'approchant de Tom et de Layla qui se tenaient devant la maison.

— Layla s'apprêtait à me le dire, répondit Tom.

— J'ai amené un client ici samedi pour lui montrer la maison. Il a voulu revenir aujourd'hui pour visiter les dépendances. Quand on est entrés dans la grange, on a vu une voiture tout au fond, cachée sous des couvertures.

— Quel genre de voiture ? demanda Caleb.

— Je n'en sais rien. Ça m'a tellement fichu la frousse que j'ai entraîné mon client dehors et appelé Tom tout de suite.

Elle se tourna vers celui-ci.

— Ce n'est pas normal, Tom. Cette propriété appartient à la banque, et la voiture n'était pas là lorsque j'ai fait visiter la maison il y a quelques mois.

Comme Benjamin arrivait, Tom le mit au courant de la situation.

— Rentre chez toi, Layla, dit-il ensuite à la jeune femme. Nous te tiendrons au courant dès que nous en saurons plus.

Layla esquissa une petite moue de contrariété. De toute évidence, elle aurait préféré rester pour connaître le fin mot de l'histoire.

— Viens, Layla, je te raccompagne à ta voiture, proposa Caleb à qui Tom adressa un sourire reconnaissant.

— Portia m'a parlé du saccage de la garderie, dit Layla tandis qu'ils traversaient le terrain en friche. Est-ce que tu vas retrouver le coupable ?

— Je fais de mon mieux.

— Il faut que tu fasses plus que ça, répliqua-t-elle avec un brin de reproche dans la voix.

Caleb lui ouvrit sa portière.

— On trouvera la personne qui tourmente Portia, mais il faut aussi qu'on sache ce qui se passe ici.

— Tiens-moi au courant, dit-elle en se glissant derrière le volant. Et sois gentil avec Portia.

Caleb n'attendit pas de la voir partir. Il rejoignit au plus vite Tom et Benjamin.

— Alors, on y va ?

Tom acquiesça, et les trois frères se dirigèrent vers la grange.

— Je n'ai reçu aucun rapport de véhicule volé, annonça Tom tout en ouvrant les portes du bâtiment.

— C'est peut-être quelqu'un qui voulait se débarrasser de sa voiture sans avoir à payer l'enlèvement par la dépanneuse, suggéra Benjamin.

— Ou quelqu'un qui l'a mise à l'abri des créanciers, avança Caleb. Personne n'apprécie de recevoir la visite des huissiers.

Ils découvrirent le véhicule tout au fond de la grange, recouvert de couvertures comme Layla l'avait décrit. Seule la calandre était visible, et Caleb sentit un frisson glacé le parcourir en l'apercevant.

Alors qu'ils retiraient les couvertures, les trois frères se figèrent.

C'était la voiture de Brittany.

Pendant un long moment, ils restèrent muets de stupeur. Puis Benjamin finit par rompre le silence.

— Je vais chercher des gants, murmura-t-il, avant de se ruer hors de la grange.

Caleb jeta un coup d'œil dans la voiture à travers la vitre du conducteur, tout en prenant garde de ne pas toucher la carrosserie.

— Ses clés sont sur le contact, mais je ne vois pas son sac à main, observa-t-il.

Il avait la nausée, et il comprit en regardant Tom que celui-ci ressentait la même chose. Son frère était pâle comme un linge et avait les mâchoires contractées.

Tout portait à croire qu'il s'agissait d'une affaire criminelle. Brittany n'était pas du genre à dissimuler sa voiture, ni à disparaître aussi longtemps.

Tandis que son regard dérivait vers le coffre, Caleb sentit l'angoisse le prendre à la gorge.

Ils n'eurent pas à attendre longtemps. Benjamin revint une minute plus tard en courant toujours et leur tendit à chacun une paire de gants.

Caleb enfila les siens avant d'ouvrir la portière du

côté conducteur. Il se pencha et retira soigneusement les clés du contact.

Ses pieds lui semblaient lourds comme du plomb tandis qu'il se dirigeait vers le coffre de la voiture. Alors qu'il insérait la clé dans la serrure, Tom et Benjamin vinrent se placer à ses côtés.

L'espace d'un instant, ce fut comme si l'univers tout entier retenait sa respiration. La peur était palpable dans l'air.

Caleb fit tourner la clé, et le coffre s'ouvrit sans un bruit.

Il crut s'évanouir de soulagement.

Le coffre était vide.

— J'appelle les techniciens, dit Tom d'une voix plus grave que d'habitude. Il faut passer cette voiture au peigne fin pour voir si l'on trouve des indices de ce qui a pu arriver à Brittany.

Aucun d'eux n'évoqua le fait qu'il était peut-être trop tard. Que si la voiture avait été cachée là juste après la disparition de Brittany, cinq semaines s'étaient déjà écoulées depuis la dernière fois que leur sœur avait été vue vivante.

3

Le lendemain matin à 10 heures, Portia se rendit au centre-ville pour acheter de la peinture. Elle n'avait pas bien dormi, sursautant chaque fois que la maison craquait ou grinçait, mais par chance, la nuit s'était déroulée sans nouvel incident.

Ed Chany, l'employé de la quincaillerie, lui apprit qu'on avait retrouvé la voiture de Brittany dans la propriété des Miller. Portia éprouva un pincement au cœur en pensant à l'épreuve que les Grayson étaient en train de traverser.

Elle-même connaissait la douleur de voir quelqu'un disparaître de sa vie, d'ignorer où il se trouvait et s'il était toujours vivant. Son père les avait abandonnées, elle et sa mère, alors qu'elle avait douze ans. Pendant des années, elle s'était demandé pourquoi il était parti, ce qu'il faisait, et s'il était toujours en vie. Partant du principe qu'il l'aurait contactée s'il avait voulu garder des liens avec elle, elle n'avait cependant jamais essayé de le retrouver.

Bien sûr, elle espérait que la disparition de Brittany trouverait une explication logique, mais le fait que son véhicule ait été découvert dissimulé dans une grange n'augurait rien de bon.

Elle venait de charger les seaux de peinture dans le coffre de sa voiture lorsqu'elle entendit Caleb l'appeler.

Tandis qu'il s'approchait d'elle à grands pas, elle ne put s'empêcher de remarquer comme ses épais cheveux bruns brillaient à la lumière du soleil, et comme sa démarche assurée forçait l'admiration.

— Caleb, je suis au courant pour la voiture de Brittany. Je suis vraiment désolée, dit-elle lorsqu'il l'eut rejointe.

Il acquiesça, le regard sombre.

— Merci. Nous faisons notre possible pour la retrouver, mais pour l'instant, les pistes ne mènent nulle part.

Portia lutta contre l'envie de lui prendre la main, d'offrir un peu de réconfort à cet homme qu'elle avait naguère aimé de tout son cœur et de toute son âme.

— Vous la retrouverez peut-être saine et sauve, avança-t-elle.

— Nous ne pouvons que l'espérer. Tom est encore sur place pour continuer les recherches, mais il m'a renvoyé ici pour tenir la boutique avec Sam.

A entendre la pointe de frustration dans sa voix, Portia comprit qu'il aurait préféré s'impliquer activement dans l'enquête plutôt que de rester en ville.

— En parlant de Sam, continua-t-il, il pense avoir vu quelqu'un ce matin qui pourrait être en rapport avec tes soucis.

— Qui ça ? demanda-t-elle, curieuse.

— Dale Stemple.

Ce nom lui donna la chair de poule.

— Mon Dieu ! Je n'avais même pas pensé à lui. Mais il n'est pas censé être en prison ?

— Quand Sam m'a dit qu'il avait eu l'impression de l'apercevoir en voiture, j'ai fait quelques vérifications. Il a été libéré il y a deux semaines.

— Et Rita ? Où est-elle ?

Au-dessus d'eux, le soleil lui sembla soudain moins

brillant et moins chaud tandis qu'elle repensait au couple qu'elle avait dénoncé au service de protection de l'enfance deux ans plus tôt.

— Dieu seul le sait. Quand Dale a été arrêté, Rita a tout de suite quitté la région. J'imagine qu'elle s'est remariée. Ce n'était pas le genre de femme à aimer vivre seule.

Portia acquiesça. Elle avait un peu de mal à se souvenir de Rita Stemple. Mince et effacée, cette femme s'était rarement montrée en ville.

— Je voulais juste te prévenir qu'il est sorti de prison et qu'il est peut-être revenu à Black Rock pour se venger de toi. Je vais essayer de lui mettre la main dessus, mais de ton côté, il va falloir que tu restes attentive.

— Merci, Caleb, répondit Portia. Je n'arrive pas à croire qu'il ne m'ait même pas traversé l'esprit ! Je suppose que c'est parce que je l'imaginais toujours en prison. Tu me tiens au courant de tes recherches ?

— Bien sûr.

— Et j'espère que Tom et les autres avanceront sur la disparition de Brittany, ajouta-t-elle.

Une ombre de douleur assombrit le regard de Caleb, et ses épaules s'affaissèrent.

— Merci. Moi aussi.

Il se redressa, poussa un profond soupir, puis jeta un coup d'œil dans le coffre de la voiture.

— Tu te lances dans les travaux ?

— Je me suis dit que puisque les enfants étaient chez Melody, il fallait en profiter pour revoir un peu la déco de la garderie.

— Tu restes donc chez toi toute la journée ?

— Oui et non. J'ai prévu de m'arrêter chez Melody pour faire un petit coucou aux enfants avant de rentrer.

Ensuite, je serai chez moi jusqu'en fin d'après-midi. Le mardi, je vais toujours dîner chez ma mère. Mais je vais te laisser mon numéro de portable, au cas où tu aurais du nouveau.

Caleb nota le numéro sur son calepin avant de refermer le coffre pour elle.

— Il n'y a pas de raison de penser que tu es en danger, assura-t-il. Tu n'as pas reçu de menaces, et il est possible que Sam se soit trompé en croyant avoir aperçu Dale. Après tout, il n'a pas eu le temps de bien voir le conducteur. Mais je voulais juste que tu saches que je m'occupe de ça, et que tu dois quand même faire attention.

— Merci, Caleb, j'apprécie ce que tu fais pour moi. D'autant que tu dois déjà te préoccuper de la disparition de ta sœur.

Il esquissa un sourire, sans que celui-ci n'atteigne ses yeux d'un brun profond.

— Pour le moment, Tom s'occupe de la disparition de Brittany, et moi je fais mon possible pour régler ton problème. Sans compter que si je ne le fais pas, j'ai bien peur que Layla ne se jette sur moi pour me mordre.

Portia se mit à rire, sensation pour le moins agréable.

— Layla est une bonne copine.

— C'est un vrai chien d'attaque en ce qui te concerne, répliqua-t-il avant d'enfoncer les mains dans ses poches. Bon, fais bien attention à toi. Je t'appelle si j'ai du nouveau.

— Merci, Caleb.

En le voyant repartir vers le bureau du shérif, elle dut reconnaître bien malgré elle qu'il était aussi agréable à regarder de dos que de face. Mais tandis qu'elle s'installait au volant de sa voiture, elle tenta de se convaincre que l'émotion qu'elle ressentait chaque fois que Caleb se trouvait près d'elle n'était qu'un réflexe dû à leur expérience passée.

Oubliait-on vraiment un jour son premier amour ? Sa première expérience sexuelle ? Le souvenir de cette personne provoquait-il toujours cet intense désir, cette onde électrique que Caleb suscitait encore chez elle ?

Ils étaient tous deux passés à autre chose, pourtant. Portia savait qu'il sortait beaucoup, et elle sortait de temps en temps aussi. Malgré cela, elle n'avait jamais rencontré aucun homme qui l'ait marquée autant que Caleb.

Elle tenta de ne plus penser à lui tandis qu'elle se dirigeait vers la maison de Melody, et se concentra plutôt sur les souvenirs qu'elle gardait du couple Stemple. Dale et Rita étaient parents de deux enfants, un petit garçon de trois ans, Danny, et une petite fille de quatre ans, Diane.

Le lendemain du jour où elle les avait accueillis pour la première fois dans sa garderie, Portia avait remarqué les signes de maltraitance. D'abord des bleus sur l'avant-bras de Diane, comme des empreintes de doigts. Puis, lorsque Danny lui avait demandé d'aller aux toilettes, elle avait découvert que ses fesses portaient des marques de coups de ceinture, et même quelques écorchures.

Elle avait aussitôt prévenu le service de protection de l'enfance. Une femme était venue chercher les enfants à la garderie pour les mettre à l'abri, et Portia n'avait plus jamais revu Dale ni Rita.

Plus tard, elle avait entendu dire que Dale avait été arrêté pour menaces à l'encontre d'un travailleur social et détention illégale d'armes. Rita avait quitté la ville, et Portia avait tenté d'oublier l'incident, même si elle s'était souvent demandé ce qu'étaient devenus Danny et Diane.

Pendant un temps, les parents de Dale avaient pensé demander la garde de leurs petits-enfants. Mais comme la maman de Dale luttait à l'époque contre un cancer, Danny et Diane avaient été placés en famille d'accueil, disparaissant ainsi de la petite ville de Black Rock.

Après une étape chez Melody, où elle fit le plein de bisous et de câlins, Portia rentra chez elle et déposa les seaux de peinture à la garderie. Elle prévoyait de manger, puis de passer l'après-midi à rassembler tous les meubles au centre de la pièce pour pouvoir peindre les murs le lendemain.

Peut-être avait-elle réagi de manière exagérée en laissant les enfants chez Melody après l'intrusion, mais elle préférait pécher par excès de prudence plutôt que d'avoir à le regretter par la suite. De plus, c'était l'occasion idéale pour redonner un peu de couleurs à la garderie, ce qu'elle avait envie de faire depuis des mois.

Lorsqu'elle eut fini de manger, elle empocha son téléphone portable et prit un couteau dans le tiroir de la cuisine avant de retourner au garage. Elle se sentait un peu bête avec son couteau à la main, d'autant qu'elle n'était pas certaine d'être capable de s'en servir contre quelqu'un, même pour se défendre. Cependant, la perspective de rester seule tout l'après-midi sans aucun moyen de protection, aussi dérisoire soit-il, ne la rassurait pas vraiment.

A 17 heures, épuisée, elle s'arrêta et rentra pour prendre une douche et se changer avant d'aller chez sa mère. Comme d'habitude, une pointe d'angoisse la tenaillait à l'idée de passer du temps avec elle.

Doris Perez était une femme pleine d'amertume, qui

ne s'était jamais remise d'avoir été abandonnée par son mari. Au fil des ans, cette aigreur n'avait fait qu'empirer.

Pour être honnête, c'était plus par devoir que par envie que Portia dînait toutes les semaines avec sa mère. Celle-ci n'avait pas d'amis, sa santé devenait fragile, et Portia était sa seule fille. Bien sûr, elle aimait sa mère, mais il y avait des moments où elle ne l'appréciait pas beaucoup.

A 6 heures, elle monta dans sa voiture et prit la route de sa maison d'enfance, à treize kilomètres de là. Tout en conduisant, elle repensa au moment où Caleb l'avait embrassée. Elle n'en revenait pas qu'après toutes ces années, ses baisers aient gardé leur pouvoir magique. Les lèvres de Caleb, avides et brûlantes, avaient su faire naître en elle un désir qu'elle n'avait pas ressenti depuis bien longtemps.

Il lui avait fallu faire appel à tout son courage pour résister à l'envie de l'entraîner jusque dans son lit pour lui faire l'amour et le repousser avant que les choses n'aillent plus loin. Mais elle savait pertinemment que cela aurait été une énorme erreur, le meilleur moyen de ramener la peine et le chagrin dans sa vie.

Tandis qu'elle empruntait la petite route de campagne bordée d'arbres qui menait à la ferme de sa mère, elle admira le jeu du soleil de fin de journée à travers les branches. D'ici peu, les feuilles vireraient au rouge, puis au jaune, avant de former au sol un tapis multicolore.

Portia aimait l'automne, mais c'était aussi à cette saison de l'année que son envie de bébés revenait en force — non pas les bébés des autres, qu'elle gardait seulement la journée, mais des enfants à elle, qui feraient partie de sa vie vingt-quatre heures sur vingt-quatre. L'automne lui rappelait toujours qu'une année de plus venait de s'écouler sans qu'elle n'ait connu le bonheur de porter un petit être dans son ventre.

— Il faut te trouver un mari avant de faire des bébés, se dit-elle tout haut.

Elle savait que nombre de femmes choisissaient d'élever leurs enfants seules, mais ce n'était pas le genre de vie auquel elle aspirait.

En tant que fille de parents divorcés, et d'un père qui n'avait pas cherché à la revoir depuis qu'il l'avait abandonnée, elle voulait offrir quelque chose de mieux à ses propres enfants.

Elle aperçut sa mère qui l'attendait, installée dans son rocking-chair sous la véranda. La balancelle dans laquelle Caleb et Portia avaient passé tant de soirées à discuter avait été démontée depuis plusieurs années déjà.

Sa mère se leva lorsqu'elle descendit de voiture. Doris Perez aurait été jolie, sans les sévères rides d'amertume qui marquaient son visage.

— Bonjour, maman.

— Ce n'est pas trop tôt ! La salade va être toute ramollie.

— Je suis sûre qu'elle sera très bonne. Je t'avais dit que je viendrais vers 18 h 30.

Portia rejoignit sa mère sous la véranda et l'embrassa rapidement.

— Allons manger, marmonna Doris. Quand ton père était là, nous dînions toujours à 17 heures tapantes. Je n'ai pas l'habitude de manger si tard.

Chaque fois qu'elle venait chez sa mère, Portia avait droit à la même litanie. Elle étouffa un soupir et la suivit dans la cuisine, où la table était déjà mise.

Tandis qu'elle s'installait à la place qu'elle avait

occupée pendant toute son enfance et son adolescence, Doris sortit du four le poulet qu'elle avait préparé.

— Ça se passe bien, au travail ? demanda-t-elle à sa mère lorsqu'elles furent toutes deux assises.

— Je ne pensais pas avoir besoin de travailler, répondit Doris en se renfrognant. Si ton père n'était pas parti, j'aurais passé mes journées à déjeuner avec mes copines et à bricoler dans la maison, au lieu de vendre des produits de beauté à des petites snobs au bazar du coin.

— Tu ne travailles que quatre jours par semaine, répliqua Portia. Ça te laisse quand même trois jours pour bricoler et sortir avec tes copines.

Doris ne répondit pas, mais Portia connaissait la vérité : voilà bien longtemps que sa mère avait fait fuir toutes ses amies, avec son pessimisme et sa mauvaise humeur.

— Tu sais qu'ils ont retrouvé la voiture de Brittany Grayson dans la grange des Miller ? demanda Portia pour changer de sujet.

— Oui, j'en ai entendu parler. C'est terrible. Cette pauvre fille est probablement morte.

Portia sentit son cœur se serrer en imaginant la douleur de Caleb s'il perdait sa sœur.

— J'espère que non, murmura-t-elle.

— Il y a du nouveau en ce qui concerne le cambriolage de ton garage ?

— J'en ai parlé avec Caleb ce matin. Il m'a appris que Dale Stemple venait de sortir de prison. Tu te souviens de lui ? Je les avais dénoncés, lui et sa femme, au service de protection infantile.

— Un sale type, celui-là ! J'ai toujours pensé qu'il battait aussi sa femme, en plus de ses enfants. Chaque fois que je croisais Rita, j'avais l'impression qu'elle avait peur de parler, voire de respirer.

— Toujours est-il que l'on ne sait pas vraiment si Dale est de retour en ville ou pas, précisa Portia.

— J'imagine que Caleb doit avoir autre chose en tête, avec l'histoire de sa sœur, observa Doris d'un air irrité. De toute façon, je crois me souvenir que tu n'as jamais été la priorité de Caleb Grayson. Il est bien comme ton père, à cavaler après toutes les femmes.

— Maman, je t'en prie ! C'était il y a longtemps… Pourquoi ne pas parler de quelque chose de plus plaisant ? suggéra Portia.

Ressasser la trahison de Caleb était bien la dernière chose dont elle avait envie.

Pendant le reste du repas, elles discutèrent des enfants dont Portia s'occupait à la garderie, des potins du coin, et de l'hiver qui ne tarderait pas à arriver.

Après le dîner, Portia aida sa mère à débarrasser la table et à faire la vaisselle.

— Tu ne vas pas partir maintenant, hein ? demanda Doris lorsque tout fut rangé. Je pensais préparer du café. On pourrait s'installer dans le salon, et tu m'aiderais à avancer mon nouveau puzzle.

Bien que Portia n'eût aucune envie de rester une heure de plus en compagnie de sa mère, et encore moins de se creuser la tête sur un puzzle, elle accepta. Pour tout dire, elle avait pitié de sa mère qui passait ses soirées toute seule à broyer du noir et à pester contre l'homme qui l'avait quittée seize ans plus tôt.

Il n'y avait jamais eu le moindre secret dans la famille Perez. Doris avait confié très tôt à sa fille que son mari, Pete, la trompait sans vergogne. D'une certaine manière, Portia en voulait à sa mère de lui avoir fait partager ses soucis d'adulte, à un âge où elle aurait dû n'être qu'une enfant heureuse et insouciante.

Elle se souvenait de son père comme d'un homme imposant et affable, doté d'un rire tonitruant et de gros bras costauds. Plus jeune, elle n'avait pas compris pourquoi, en quittant sa mère, il avait choisi de l'abandonner elle aussi. Mais à présent, elle imaginait sans peine que si son père n'avait pas voulu garder de liens avec elle, c'était tout simplement parce qu'il n'avait aucune envie d'avoir affaire à son ex-femme.

Il avait payé sa pension alimentaire chaque mois jusqu'à ses dix-huit ans, et Portia s'était toujours demandé, depuis son départ, si elle le reverrait un jour.

Il était presque 22 heures lorsque sa mère la raccompagna à sa voiture et lui dit au revoir.

En l'embrassant, Portia regretta que Doris n'ait pas su rebondir après l'épreuve de son divorce, qu'elle n'ait pas réussi à trouver un semblant de bonheur dans sa vie. Elle s'était accrochée avec obstination à son aigreur comme à un vieil ami rassurant et familier, sans jamais vouloir s'en détacher.

— Je t'appelle demain soir, promit-elle, avant de démarrer.

C'était une soirée magnifique. La température avait baissé, rendant l'air enfin respirable.

Elle ouvrit les vitres pour profiter de la fraîcheur le temps du trajet retour.

La route qu'elle empruntait pour revenir de chez sa mère n'était guère plus qu'un chemin goudronné, assez étroit et bordé de vieux arbres aux troncs épais.

Le vent du soir s'engouffrait dans la voiture, lui caressant agréablement le visage. Elle mit la radio et chercha sa station préférée, qui ne passait que de vieux tubes.

Elle avait à peine parcouru quelques kilomètres lorsqu'elle repéra dans son rétroviseur les phares d'un véhicule qui se rapprochait à vive allure. Une pointe d'irritation vint gâcher sa bonne humeur quand le pick-up se colla derrière elle, projetant dans sa voiture une lumière éblouissante.

— Imbécile ! grommela-t-elle en relevant son rétroviseur pour éviter d'être aveuglée. Règle tes phares !

Avant d'avoir pu reposer sa main sur le volant, elle ressentit une secousse brutale.

— Hé ! s'écria-t-elle en réalisant qu'on venait de la percuter par l'arrière.

Comme elle pensait qu'il s'agissait d'un accident, elle voulut freiner pour s'arrêter sur le bas-côté, mais elle n'en eut pas le temps. Le pick-up la heurta de nouveau, assez fort cette fois pour lui arracher le volant des mains.

Une vague de panique la submergea lorsqu'elle s'aperçut qu'elle avait perdu le contrôle de sa voiture, et que l'un des magnifiques vieux chênes qui bordaient la route fonçait droit sur elle.

Elle entendit l'impact juste avant que sa tête ne vienne cogner contre le volant. Puis tout devint noir.

Caleb venait juste de retirer son jean pour aller se coucher lorsque son téléphone portable se mit à sonner. C'était Sam McCain, qui était de garde ce soir-là.

— Oui, Sam ?

— Je viens d'avoir un appel de Gus Swanson. Il roulait sur la route d'Old Pike avec sa femme quand ils ont découvert la voiture de Portia Perez écrasée contre un arbre, avec Portia inconsciente à l'intérieur. Ce n'est pas loin de chez Doris. J'ai déjà appelé les secours, mais je me suis dit que tu voudrais être au courant.

Sam n'eut pas le temps de finir sa phrase. Caleb avait déjà raccroché et enfilait de nouveau son jean. Son cœur battait à tout rompre.

Il attrapa ses clés de voiture et se retrouva sur la route en quelques secondes.

« Inconsciente. » Il n'aimait pas ce mot, vraiment pas. Que s'était-il passé ? Cette portion de route était certes étroite, mais Portia l'avait empruntée assez souvent pour en connaître la moindre bosse.

Alors comment avait-elle pu foncer dans un arbre ? Etait-elle gravement blessée ? Tandis que les questions se bousculaient dans sa tête, il agrippa le volant plus fort et appuya sur l'accélérateur, pressé d'arriver sur le lieu de l'accident.

Malgré la peine qu'elle lui avait infligée par le passé, Portia n'avait jamais vraiment quitté son cœur. Même l'amour qu'il avait pensé ressentir pour Laura n'avait pas égalé celui qu'il avait naguère éprouvé pour Portia.

Comme d'habitude, le souvenir de Laura raviva la colère qui grondait dans sa poitrine. Ce qu'elle lui avait fait était impardonnable, et même si plus d'un an s'était écoulé depuis, sa fureur envers elle n'avait pas diminué.

Il repoussa ces pensées ; ce n'était pas le moment de ressasser de vieilles rancœurs. Il fallait qu'il rejoigne Portia.

Il crut que son cœur s'arrêtait de battre quand, au détour d'un virage, il découvrit la scène. L'avant de la voiture rouge de Portia était complètement encastré dans un arbre.

Gus Swanson et son épouse, Martha, se tenaient près de la voiture, et Portia était assise par terre à côté d'eux. Caleb laissa échapper un soupir de soulagement lorsqu'il la vit porter la main à sa tête. Au moins, avait-elle repris conscience.

Il bondit de sa voiture et courut vers elle, en même temps qu'il entendait une sirène au loin. Les secours ne tarderaient pas à arriver.

En jetant un coup d'œil vers l'épave, Caleb nota que l'airbag conducteur s'était déployé. Etant donné l'état de l'avant du véhicule, il paraissait évident que le coussin et la ceinture de sécurité avaient sauvé la vie à Portia.

— Ah ! Caleb, le salua Gus qui était venu à sa rencontre avec un soulagement palpable. Elle a repris conscience, mais quand nous sommes arrivés, elle avait perdu connaissance. Nous ne voulions pas la déplacer, mais nous avions aussi peur de la laisser dans la voiture, avec toute cette fumée qui s'échappe du moteur.

— Vous avez assisté à l'accident ? demanda Caleb.

— Non, il a dû se produire juste avant que nous arrivions, répondit Gus.

Comme la sirène de l'ambulance se rapprochait, Caleb se hâta de rejoindre Portia. Martha lui fit un signe de tête en guise de salut.

Portia avait le front rouge et enflé, le visage pâle comme la lune qui brillait au-dessus d'eux, et les yeux écarquillés, dans le vague.

Il sentit son estomac se serrer lorsqu'elle se frotta de nouveau la tête.

— Je vais bien, dit-elle avant qu'il ait eu le temps d'ouvrir la bouche. Je veux rentrer chez moi.

— Non, tu vas aller à l'hôpital, répliqua-t-il, inquiet de la voir fermer les yeux. Portia, peux-tu me dire ce qui s'est passé ?

Ses paupières se rouvrirent et, à la lumière argentée

de la lune, il put lire la peur qui assombrissait ses prunelles noisette.

— Quelqu'un a percuté l'arrière de ma voiture et j'ai perdu le contrôle.

Comme deux auxiliaires médicaux accouraient avec une civière, Caleb s'écarta pour les laisser faire leur travail.

Lorsqu'elle fut installée sur le brancard, il l'accompagna jusqu'à l'ambulance.

— Je te rejoins à l'hôpital, lui dit-il.

— Caleb, quelqu'un m'est rentré dedans délibérément. C'était un pick-up, et il m'a poussée à deux reprises, pas seulement une fois. Il l'a fait exprès.

Les secouristes hissèrent la civière dans l'ambulance que Caleb regarda démarrer, stupéfié.

Les paroles de Portia résonnaient dans son esprit. « Il l'a fait exprès. » Etait-il possible que le choc ait embrouillé ses souvenirs de l'accident ?

Après avoir remercié Gus et Martha pour leur aide, il alla chercher une lampe torche dans le coffre de sa voiture, puis s'approcha de celle de Portia et en éclaira l'arrière.

Il ne faisait aucun doute qu'un autre véhicule l'avait percutée. Le pare-chocs était enfoncé, de même qu'une partie du coffre. En se penchant pour regarder de plus près, il remarqua des traces de peinture noire sur la carrosserie.

Lorsqu'il se redressa, une vive inquiétude lui nouait l'estomac. Si Portia ne se trompait pas — et les preuves matérielles semblaient appuyer ses dires —, il n'avait pas affaire à un simple accident avec délit de fuite. C'était bel et bien une tentative de meurtre.

4

Portia ne demandait qu'une chose, rentrer chez elle. Elle avait passé des radios et un médecin l'avait auscultée. Seule dans un box de la salle d'examen, elle attendait que le docteur revienne la voir avec les résultats.

Sa tête lui faisait un mal de chien et tout son corps était douloureux, comme si une bande de voyous l'avait tabassée avec des battes de base-ball. Elle rêvait de retrouver le confort de son lit douillet.

Elle frissonna. Il faisait frais dans la pièce et elle ne portait qu'une de ces chemises d'hôpital ouvertes derrière, mais elle ne savait pas si son impression de froid était due uniquement à la température ambiante et à sa tenue ou à ce qu'elle venait de vivre sur la route.

En entendant un bruit de pas, elle poussa un soupir de soulagement. Peut-être allait-on enfin la laisser sortir. Toutefois, lorsque le rideau s'ouvrit, ce fut Caleb qui apparut.

— Je pensais que c'était le docteur qui revenait pour me libérer, dit-elle.

— Il est encore en train d'étudier tes radios. Est-ce que tu te sens prête à répondre à quelques questions ? demanda-t-il en se rapprochant du lit.

La compassion qui se lisait dans ses yeux lui donna soudain envie de pleurer, mais il était hors de question qu'elle s'effondre devant lui.

— Il le faut bien, répondit-elle en se frottant les bras, à la recherche d'un peu de chaleur.

Elle n'avait pas la moindre envie de revivre l'accident, mais elle savait que répondre aux questions de Caleb était la seule manière de faire avancer l'enquête.

— Comment te sens-tu ? s'enquit-il.

— Sur une échelle de un à dix, dix étant le pire que j'aie jamais vécu, je dois être à peu près à douze, répondit-elle. J'ai mal à des endroits où je n'imaginais pas avoir des muscles.

« Et je suis terrifiée », ajouta-t-elle en son for intérieur.

Quand elle repensait au moment où le pick-up l'avait percutée sur cette route étroite et sombre, la peur l'emportait sur sa douleur.

— Avant qu'ils ne te mettent dans l'ambulance, tu as dit que celui qui t'était rentré dedans l'avait fait délibérément, observa-t-il.

Il la regardait attentivement, comme s'il essayait de lire dans ses pensées.

— C'est vrai. C'était un camion, certainement un pick-up. Il a heurté ma voiture une première fois, mais j'ai réussi à garder le contrôle. C'est quand il m'a foncé dessus la deuxième fois, beaucoup plus fort, que le volant m'a échappé.

Elle étouffa un sanglot. Bizarrement, ce qu'elle désirait le plus au monde en cet instant, c'était de sentir les bras forts de Caleb autour d'elle. Elle se rappela toutefois bien vite qu'elle n'avait plus trouvé de réconfort dans ses bras depuis bien longtemps.

— Est-ce que tu as pu voir le conducteur ?

— Non, il faisait trop noir, et il avait mis ses feux de route. La lumière était vraiment éblouissante. Mais je suis certaine que c'était un véhicule de couleur sombre.

— Il était noir, précisa Caleb. J'ai vu des traces de peinture noire sur ta carrosserie.

— Super ! Ça va limiter les recherches, ironisa-t-elle — la moitié des hommes de Black Rock roulaient en effet en pick-up noirs. Au fait, Joe en a un, ajouta-t-elle soudain.

— J'irai vérifier. De toute façon, celui qui a fait ça aura forcément des traces sur sa carrosserie. Nous alerterons tous les garages de la région, et examinerons tous les véhicules qui répondent à la description.

Le Dr Debar les interrompit en arrivant alors.

— Caleb, si vous voulez bien nous excuser, j'ai besoin de parler à ma patiente.

— Il peut rester, assura Portia.

Elle doutait en effet que le médecin ait quelque chose de très privé à lui révéler sur son état de santé.

— Très bien. Vous souffrez d'une légère commotion cérébrale, expliqua-t-il à Portia. J'aimerais vous garder en observation pour la nuit.

— Je n'ai pas envie de rester. Vous semblez dire que ce n'est pas grave. Je veux rentrer chez moi, répondit-elle.

— Vous ne devriez pas rester seule.

— Tout ira bien, je vous assure, insista-t-elle. S'il vous plaît, j'ai vraiment envie de rentrer.

— Tu veux que j'appelle ta mère ? proposa Caleb.

— Tu plaisantes ?

Sa mère était bien la dernière personne qu'elle avait envie de voir en ce moment. Caleb savait bien, pourtant, que ses relations avec elle étaient pour le moins tendues.

— Non, vraiment, ça va aller, répéta-t-elle. Je veux juste rentrer chez moi et aller me coucher.

Le Dr Debar haussa les épaules.

— Je ne peux pas vous obliger à rester, de toute

façon. Je vais signer vos papiers de sortie pendant que vous vous rhabillez. Mais si vous vous sentez prise de vertiges ou de nausées, vous devez absolument revenir ici.

Portia acquiesça avec lassitude et laissa échapper un soupir de soulagement lorsque les deux hommes sortirent pour la laisser se préparer.

Que se passait-il en ce moment dans sa vie ? songea-t-elle. Si elle n'avait pas mis sa ceinture de sécurité, et si l'airbag n'avait pas fonctionné, elle aurait pu être tuée.

Les Swanson l'avaient-ils sauvée en passant par-là juste quelques instants après l'accident ? Le conducteur du pick-up avait-il eu l'intention de s'arrêter pour voir si elle était morte ? Et s'il l'avait trouvée encore en vie, aurait-il fait en sorte de l'achever ?

C'était un vrai cauchemar, mais avec un meurtrier bien réel dont elle ne connaissait pas l'identité et dont elle ignorait les motivations. Ce qu'elle savait, en revanche, c'était que pour la première fois de sa vie, elle avait réellement peur.

En jetant un coup d'œil sur l'horloge, elle vit qu'il était presque une heure du matin. S'il n'avait pas été si tard, elle aurait appelé Layla pour lui demander de venir dormir chez elle, mais elle n'avait pas envie d'ennuyer son amie en pleine nuit.

Elle tenta de se rassurer en se disant qu'elle n'avait certainement rien à craindre chez elle jusqu'au lendemain matin. Sa maison disposait de bonnes serrures et de fenêtres solides. Quoi qu'il en soit, l'idée de passer le reste de la nuit toute seule l'inquiétait plus qu'elle ne voulait l'admettre.

— Tu es présentable ? demanda Caleb derrière le rideau.

— Si l'on peut dire, répondit-elle.

Il entra dans le box

— Te voilà libre de partir. Le Dr Debar m'a chargé de te dire que tu pouvais le rappeler dans la matinée si tu as besoin de médicaments contre la douleur. Il te fera alors une ordonnance.

— Je n'ai pas besoin de médicaments. Tout ce que je veux, c'est que tu retrouves la personne qui me fait subir tout ça.

— J'ai déjà demandé à Benjamin de faire une liste de tous les propriétaires de pick-up noirs dans la région.

Il la prit par le bras.

— En attendant, je te ramène chez toi.

— Où est ma voiture ? demanda-t-elle tandis qu'il l'entraînait dans le couloir.

— Je l'ai fait remorquer jusqu'au garage de Wally. Il la gardera le temps qu'on récupère des échantillons de la peinture noire retrouvée sur ta carrosserie. Je ne suis pas sûr qu'elle soit réparable…

Caleb serra son bras un peu plus fort.

— Tu aurais pu mourir, murmura-t-il.

— Cette pensée m'a traversé l'esprit plus d'une fois au cours de cette dernière heure.

Bien qu'elle n'ait jamais vraiment pardonné à Caleb de lui avoir brisé le cœur dix ans plus tôt, Portia appréciait la chaleur de sa main sur son bras, la proximité rassurante de son corps.

Elle était épuisée, sans compter qu'elle n'avait pas encore vraiment pris conscience de ce qui venait de lui arriver.

L'idée qu'on ait délibérément cherché à la tuer lui paraissait aussi invraisemblable que les affirmations de Walt Tolliver, le farfelu de Black Rock, qui passait son temps à essayer de convaincre qui voulait l'entendre que des vaisseaux extraterrestres se posaient régulièrement dans la petite ville.

Qui pourrait vouloir lui faire du mal à ce point ? Qu'avait-elle fait pour susciter une telle colère ? Les questions ne cessaient de se bousculer dans son esprit confus.

Caleb la mena jusqu'à sa voiture de patrouille, lui ouvrit la portière du côté passager et l'aida à s'installer.

A l'instant où il referma la portière, elle se sentit enveloppée par son odeur familière, un parfum qui faisait renaître en elle des souvenirs de robes de bal au corsage orné de petits bouquets de fleurs, de baisers passionnés et, surtout, d'une nuit d'amour torride qu'elle avait prise à l'époque pour un avant-goût de toutes celles à venir.

Elle se laissa aller en arrière dans son siège et ferma les yeux. Une douleur lancinante lui vrillait le milieu du front, là où elle s'était cognée contre le volant.

— Ça va ? demanda Caleb en démarrant.

Elle lui lança un bref coup d'œil entre ses paupières mi-closes.

— Non, ça ne va pas, répondit-elle d'un ton cassant. J'ai mal à la tête, je me sens comme si j'étais passée sous un rouleau compresseur, et quelqu'un a essayé de me tuer.

Elle avait l'impression que tout lui échappait, et ne savait pas comment s'en sortir, comment reprendre un semblant de contrôle sur sa vie.

Caleb s'engagea sur la route sans rien dire.

— Excuse-moi, je n'aurais pas dû te parler comme ça, dit-elle au bout d'un moment.

Il lui décocha un de ses sourires en coin qu'elle avait naguère trouvés irrésistibles.

— Si quelqu'un a le droit d'être désagréable ce soir,

c'est bien toi, lui fit-il remarquer. Ces dernières heures ont été éprouvantes.

— Ce n'est pas seulement cet accident, qui me mine. C'est ça, ajouté aux affiches et à l'intrusion dans la garderie. Je n'arrive tout simplement pas à comprendre ce qui se passe dans ma vie en ce moment.

— On va le savoir, je te le promets.

Portia reposa sa tête sur l'appuie-tête et, rassurée par la conviction qui perçait dans la voix de Caleb, ferma de nouveau les yeux. Malgré tous les reproches qu'elle pouvait lui faire sur le plan personnel, elle ne doutait pas de ses qualités en tant que policier. Les Grayson se montraient tous doués dans leur travail.

Quelques minutes plus tard, elle poussa un soupir de soulagement lorsqu'il se gara devant chez elle.

— Merci, Caleb. Merci pour tout, dit-elle en ouvrant sa portière. Tu me tiendras au courant des avancées de l'enquête ?

— Evidemment.

Il descendit de voiture et se hâta d'en faire le tour pour prendre Portia par le bras et l'accompagner jusqu'à sa porte.

A mesure que le temps passait, elle avait l'impression que les douleurs qu'elle ressentait un peu partout s'accentuaient. Ses jambes la supportaient à peine.

— Comment va ta tête ? lui demanda Caleb tandis qu'elle cherchait ses clés dans son sac à main — par chance, il avait pensé à le récupérer dans la voiture de Portia avant que Wally ne vienne la remorquer.

— J'ai un peu la migraine, mais je n'ai pas de vertiges ni de nausées, répondit-elle en ouvrant la porte.

Elle se retourna vers lui.

— Ça va aller, maintenant.

— Je sais, que ça va aller. Parce que je n'ai pas l'intention de te laisser seule le reste de la nuit.

Il passa à côté d'elle pour entrer dans la maison.

— Allez, Portia, viens te coucher.

Caleb crut voir une petite flamme s'allumer dans le regard de Portia et se rendit compte qu'il subsistait toujours quelque chose entre eux, quelque chose de fort, de fou, que les années n'avaient pas réussi à effacer.

— Ce n'est pas nécessaire, protesta-t-elle sans grande conviction.

— Tu as entendu tout comme moi ce qu'a dit le docteur. Que tu ne devrais pas rester seule pour l'instant. Tu ne veux pas appeler ta mère, et je suis là. Donc, autant faire comme cela.

Elle referma la porte à clé.

— Je dois admettre que je craignais un peu de rester seule ce soir, avoua-t-elle en allant s'asseoir sur le canapé. Mais je ne me sens pas prête à aller me coucher tout de suite. Je n'arrête pas de repenser à ce qui s'est passé, ça tourne et retourne dans ma tête.

Elle avait l'air tellement fragile, tellement vulnérable, que Caleb éprouva une bouffée de colère contre l'imbécile qui la faisait souffrir. Il s'installa à côté d'elle, tout en luttant contre l'envie de la serrer dans ses bras et de lui promettre qu'il passerait le restant de ses jours à la protéger.

— Hier, j'ai contacté les parents de Dale Stemple pour savoir s'ils avaient eu des nouvelles de leur fils depuis sa sortie de prison, expliqua-t-il. Ils m'ont assuré qu'ils avaient perdu le contact avec lui depuis qu'il avait été arrêté. J'ai aussi mené ma petite enquête en ville.

Apparemment, personne d'autre que Sam ne l'a vu. Il est tout à fait possible que Sam se soit trompé.

— Ce qui nous ramène à la case départ : qui peut me détester au point de vouloir me tuer ?

Elle se frotta le front et poussa un soupir qui déchira le cœur de Caleb.

— Peut-être que Sam ne s'est pas trompé, que Dale est bel et bien là, mais qu'il a trouvé un bon endroit où se cacher, ajouta-t-elle.

— Peut-être, oui, mais ce n'est pas ce soir que nous allons trouver des réponses, Portia. Tu viens de subir un gros traumatisme. Il faut que tu te reposes.

Elle acquiesça.

— Tu as raison. Je vais me coucher. Le lit est fait dans la chambre d'amis, la première porte en face, dans le couloir. Fais comme chez toi, dit-elle.

Elle dut se lever un peu trop vite, car Caleb la vit grimacer de douleur.

— Avec un peu de chance, ce mal de tête sera passé demain, marmonna-t-elle.

Il se leva à son tour. Il aurait voulu lui offrir quelques paroles de réconfort, voire l'assurance qu'il ne lui arriverait rien d'autre, mais il ne servait à rien de lui donner de faux espoirs, de lui faire une promesse qu'il n'était pas sûr de pouvoir tenir.

— Tu vas arriver à te coucher toute seule ? demanda-t-il.

Elle lui adressa un faible sourire.

— Ça fait bien longtemps que je me couche toute seule, répliqua-t-elle avant de disparaître dans le couloir.

Cette réponse emplit Caleb d'un plaisir inattendu et surtout ridicule. Il savait qu'elle sortait relativement souvent, mais apparemment, aucun de ses flirts ne semblait être allé bien loin.

De son côté, il avait rencontré d'autres femmes depuis son histoire avec Laura, mais avait lui aussi évité de devenir trop intime avec elles. Il avait conscience qu'en faisant l'amour avec quelqu'un, on pouvait facilement y laisser son cœur. Et il n'avait certainement pas l'intention de se faire avoir une fois de plus.

Pour le moment, son absence de relation amoureuse était bien le dernier de ses soucis. Il fallait qu'il découvre qui avait décidé de s'en prendre à Portia, et pourquoi.

Sans parler de la disparition de Brittany, qui le préoccupait toujours autant.

Sachant que rien ne pourrait avancer avant le lendemain matin, il vérifia une dernière fois que les portes et les fenêtres étaient bien fermées, avant de traverser le couloir pour rejoindre la chambre d'amis.

La pièce était aussi accueillante que le salon, avec son couvre-lit rouge vif, ses coussins jaunes et bleus et ses tableaux colorés accrochés aux murs. La maison était à l'image de sa propriétaire : gaie, chaleureuse et sans prétention.

Caleb prit un oreiller sur le lit, fouilla le placard du couloir en quête d'un drap et d'une couverture, et retourna dans le salon. Il préférait s'installer sur le canapé, quitte à ne dormir que d'un œil ; il voulait être sûr d'entendre s'il se passait quoi que ce soit.

Même s'il doutait que l'agresseur de Portia tente de s'en prendre à elle une seconde fois dans la même nuit, mieux valait ne négliger aucune précaution.

Il ne lui fallut que quelques minutes pour installer drap et couverture sur le canapé, retirer son jean et son T-shirt et se coucher.

Il était tard et il était épuisé, mais il ne parvint pas à s'endormir tout de suite. Ses pensées ne cessaient de dériver vers Portia qui dormait dans la pièce voisine. Y avait-il des secrets dans sa vie qu'elle lui aurait cachés, et qui seraient liés aux menaces qui pesaient sur elle ?

Black Rock ressemblait à n'importe quelle autre petite ville : les commères aimaient colporter les ragots, et tout le monde les écoutait. Caleb avait toujours imaginé qu'il n'y avait pas réellement de secrets dans sa ville natale, mais en fait, personne ne savait vraiment ce qui se passait derrière les portes closes, ni dans la tête des gens.

Il s'aperçut alors qu'il avait toujours considéré Portia comme lui appartenant. Elle avait été son premier amour, sa première partenaire, et même s'ils n'avaient passé qu'une seule nuit ensemble, celle du bal de fin d'année, cette nuit-là avait gravé le nom de Portia dans son cœur de manière indélébile.

Voilà des années qu'ils avaient rompu, et il n'avait aucun espoir de former de nouveau un couple avec elle, mais il savait qu'il ne se sentirait pas tranquille tant que celui qui la tourmentait ne serait pas derrière les barreaux.

Il dut finir par s'endormir, car il se réveilla en sursaut alors qu'il faisait jour, sans savoir où il était. Il regarda sa montre. 6 heures du matin. Malgré sa courte nuit, il se sentait reposé et prêt à affronter une nouvelle journée.

Après avoir enfilé son jean, il se dirigea sur la pointe des pieds vers la chambre de Portia et jeta un coup d'œil par la porte entrouverte.

Elle dormait sur le côté, face à lui, le visage calme et détendu dans son sommeil. Ses cheveux d'un brun cuivré s'étalaient contre l'oreiller et le drap avait glissé, révélant le décolleté plongeant de sa nuisette vert émeraude.

Elle était tellement belle ! Il eut soudain une folle

envie de se glisser à côté d'elle et de la réveiller en l'embrassant. Il aurait aimé caresser sa peau soyeuse jusqu'à l'entendre soupirer de plaisir, mais cela aurait sans nul doute été la pire erreur de sa vie.

Avant de ne plus en être capable, il fit demi-tour et se hâta vers la salle de bains, où il prit une douche presque froide pour calmer ses ardeurs.

Une fois rhabillé, il alla dans la cuisine préparer du café.

Alors qu'il regardait par la fenêtre, une tasse à la main, il fronça les sourcils. A l'arrière de la maison s'étendait un petit bois, qui avançait jusque sur les côtés du terrain de Portia.

Quelqu'un s'était déjà introduit dans la garderie sans être dérangé, les voisins se trouvant trop loin pour être en mesure de voir quoi que ce soit. De la même manière, n'importe qui pourrait entrer chez Portia sans que personne ne voie ni n'entende rien.

Il fallait absolument qu'il retrouve le coupable au plus vite, songea-t-il tandis qu'il sirotait son café et observait les premiers rayons du soleil qui se levait à l'horizon.

Il en était à sa troisième tasse et avait déjà passé plusieurs coups de téléphone lorsque le bruit de la douche lui apprit que Portia était réveillée.

Elle aurait probablement encore mal partout, malgré ses quelques heures de sommeil. Eprouvant l'envie de prendre soin d'elle, Caleb sortit du frigo tout ce dont il avait besoin pour préparer des œufs, du bacon et des toasts. Même s'il avait hâte de se mettre au travail, de chercher des pistes et mener des interrogatoires, sa priorité, pour l'heure, était de s'assurer du bien-être de Portia.

Il venait de faire griller le bacon lorsqu'elle le rejoignit dans la cuisine.

— Œufs au plat ou œufs brouillés ? demanda-t-il.

Il eut de la peine à ne pas admirer trop ostensiblement la façon dont son T-shirt vert citron lui moulait la poitrine et dont son short blanc mettait en valeur ses fesses rebondies et ses longues jambes bronzées.

— Qu'est-ce que tu fais, Caleb ?

— Je te prépare un petit déjeuner, répondit-il. Comment te sens-tu ?

Elle s'approcha pour se servir une tasse de café.

— Mieux que ce que j'espérais. J'ai encore quelques courbatures, mais au moins, je n'ai plus mal à la tête. Et des œufs au plat, ce serait génial.

— Eh bien, assieds-toi, alors. Ce sera prêt dans quelques minutes.

Elle s'exécuta.

— Je ne savais pas que tu cuisinais.

— Il y a sans doute plein de choses que tu ne sais pas, répliqua-t-il en haussant un sourcil. Tout comme il y en a plein, sans doute, que je ne sais pas sur toi.

Elle entoura sa tasse de ses doigts fins et leva les yeux vers lui.

— Pourquoi ai-je l'impression que tu ne dis pas ça à la légère ?

Caleb cassa les œufs dans la poêle, avant de glisser des tranches de pain dans le grille-pain.

— Qu'est-ce que tu as prévu de faire aujourd'hui ? demanda-t-il, changeant volontairement de sujet.

Il fallait qu'il garde en tête que Portia et lui n'avaient plus réellement de liens, qu'ils n'étaient plus les mêmes personnes qu'à l'époque où ils étaient jeunes et follement amoureux.

— Je pensais faire quelque chose de complètement inutile et inhabituel pour moi, dit-elle. Comme par exemple proposer à Layla d'aller au restaurant et de faire du lèche-vitrines.

— Ça m'a tout l'air de répondre aux recommandations du docteur, observa-t-il, rassuré qu'elle n'ait pas l'intention de rester seule chez elle toute la journée.

Lorsque le pain fut grillé, Caleb mit les œufs dans des assiettes et déposa le tout sur la table, où il s'installa en face de Portia.

— Et toi, quels sont tes projets pour aujourd'hui ? s'enquit-elle.

— Ce matin, j'ai prévu de faire le tour des pick-up noirs de la région avec Benjamin. On aura peut-être la chance d'en trouver un dont l'avant est enfoncé, qui sait. Et cet après-midi, j'ai l'intention d'aller discuter avec Harley, dans son bar, pour voir s'il a des nouvelles de Dale. Si mes souvenirs sont bons, ils étaient bons copains avant que Dale n'aille en prison.

— C'est peut-être Harley qui est derrière tout ça, suggéra Portia.

Caleb songea à Harley Danvers, propriétaire d'un établissement bruyant à la périphérie de la ville. Véritable montagne de muscles, couvert de tatouages de la tête aux pieds, le crâne entièrement rasé, l'homme, un ancien boxeur, avait l'air d'une brute.

— Ça m'étonnerait, répondit Caleb. Tout le monde sait que sous ses airs de gros dur, Harley cache un cœur en or. Je ne l'imagine pas risquant tout ce qu'il a construit ici pour rendre service à un ami, surtout ce genre de service. Mais je vérifierai quand même, bien sûr.

Pendant quelques minutes, ils mangèrent en silence. Caleb gardait les yeux baissés pour ne pas voir la façon dont les cheveux de Portia reflétaient la lumière du soleil et respirait à peine, de peur d'être enivré par son parfum fleuri. Il ne parvenait cependant pas à maîtriser ses souvenirs, qui le ramenaient sans cesse à cette unique nuit de passion qu'ils avaient partagée tant d'années plus tôt.

Il fallait qu'il résolve cette affaire au plus vite. Plus il passait de temps avec Portia, plus elle éveillait en lui quelque chose de particulièrement malvenu.

— Quand tu auras fini de manger, je voudrais que tu me fasses une liste de tous les hommes avec qui tu es sortie, avec qui tu as flirté cette année. Je veux connaître le nom de tous ceux qui ont pu se montrer grossiers avec toi ou te mettre mal à l'aise ne serait-ce qu'une seconde.

— Donc, tu penses que ce n'est pas Dale Stemple qui est revenu se venger ? demanda-t-elle.

— Je pense simplement que la pire des choses serait d'avancer avec des œillères et de considérer que le coupable est Dale, en excluant les autres possibilités.

Il avala sa dernière bouchée, puis se leva pour porter son assiette dans l'évier.

— Je ne vois pas l'utilité de remonter jusqu'à l'année dernière ! protesta Portia. La personne qui cherche à me tuer, à supposer que ce ne soit pas Dale Stemple, m'en veut certainement pour quelque chose qui a dû arriver tout récemment.

— Pas forcément.

Caleb s'adossa au buffet et la regarda pensivement.

— Les émotions ne sont pas toujours aussi simples, aussi claires, fit-il remarquer. Parfois, les choses peuvent couver pendant des mois, voire des années, avant d'exploser tout à coup.

Tandis qu'elle soutenait son regard sans ciller, il se demanda s'il parlait vraiment de celui qui l'avait agressée, ou bien de ses propres sentiments pour elle.

Il secoua bien vite la tête pour chasser ces pensées.

— Une dernière chose…, ajouta-t-il. Je crois qu'il serait préférable que tu ne t'approches pas des enfants inscrits à la garderie pendant un certain temps.

Il eut un pincement au cœur en la voyant écarquiller les yeux.

— Il faut regarder les choses en face, Portia. Je n'ai pas envie que les petits deviennent des victimes collatérales. Car il semble bien que quelqu'un t'ait prise pour cible.

5

— Il a eu l'air surpris quand il a vu la liste de tous les hommes avec qui je suis sortie cette année, dit Portia, tout en plantant sa fourchette dans un morceau de céleri au milieu de sa salade.

— Tout le monde sait que tu es la pire catin de Black Rock, commenta Layla en levant les yeux au ciel. Franchement, c'est l'hôpital qui se moque de la charité ! On ne peut pas dire que Caleb soit resté très sage. Lui aussi, il sort beaucoup. Il a même été fiancé pendant un moment, avant de rater aussi cette relation.

Portia jeta un regard circulaire autour d'elle, pour la dixième fois depuis qu'elles étaient entrées dans le petit restaurant. Elle ne pouvait s'empêcher de se demander si l'un des hommes installés au comptoir ou à l'une des tables était celui qui l'avait envoyée dans le fossé la veille au soir.

Elle avait été prise pour cible, comme l'avait dit Caleb. Mais par qui ? Et pourquoi ?

Reportant son attention sur Layla, elle soupira.

— J'aurais bien aimé que tous ces rendez-vous galants me permettent de trouver l'homme de ma vie. Mais j'ai l'impression que cet homme-là n'existe pas, du moins pas à Black Rock.

— Ne m'en parle pas ! répliqua Layla pince-sans-rire. La seule différence entre toi et moi c'est que, pour le coup, je suis vraiment la catin de la ville. Et je n'ai toujours pas trouvé l'homme idéal, moi non plus.

Portia éclata de rire tout en secouant la tête. Comme toujours, elle était à la fois choquée et amusée par l'humour outrancier de son amie. On ne pouvait pas dire que Layla couchait avec le premier venu, mais elle avait eu, sans nul doute, beaucoup plus d'expériences que Portia.

— Je me disais qu'après manger, on pourrait peut-être aller voir ce nouveau magasin qui a ouvert à côté de la quincaillerie, suggéra Layla. Je voulais y aller la semaine dernière, mais je n'ai pas eu le temps.

— Tu ne dois pas retourner travailler ? s'étonna Portia. Je ne veux pas te faire perdre toute ta journée.

— Franchement, est-ce que tu te rends compte de l'état du marché immobilier à Black Rock ? J'ai de la chance d'avoir eu un bon héritage de mes parents, sinon je finirais par mourir de faim.

— Ou tu t'achèterais moins de vêtements, dit Portia pour la taquiner.

— Crois-moi, je préférerais arrêter de manger plutôt que de me priver de faire les magasins, répliqua Layla avec un grand sourire.

Une heure plus tard, elles entraient dans la boutique Chez Bernie.

Bernice Clinton, alias Bernie, était une ancienne femme au foyer rondelette qui avait décidé d'ouvrir un magasin dans l'idée d'offrir aux habitantes de la petite ville un plus large choix de vêtements à la mode. Elle savait tout de suite reconnaître ce qui était « tendance », et trouvait toujours des articles correspondant aux goûts de ses clientes, même si ceux-ci étaient très hétéroclites. Outre des vêtements, elle vendait également des chaussures et des sacs à main.

Layla était au comble du ravissement, fouillant les rayons avec un art consommé pour en extraire une demi-douzaine de choses à essayer.

Portia, elle, n'avait besoin de rien en particulier, mais surtout envie de rien. Elle savait pertinemment que tant que les enfants n'auraient pas réintégré la garderie, sa vie lui semblerait incomplète. Et ce n'étaient pas une paire de chaussures ou un nouveau sac à main qui combleraient ce vide.

Lorsque Layla, les bras chargés de vêtements, disparut dans une cabine d'essayage, Portia s'assit sur un tabouret matelassé et bavarda avec Bernie, mais elle avait l'esprit ailleurs. Plus précisément, elle ne cessait de penser à Caleb depuis leur petit déjeuner.

« Parfois, les choses peuvent couver pendant des mois, voire des années. » Ses paroles tournaient en boucle dans sa tête. Parlait-il de la personne qui la poursuivait ou d'elle et de lui ?

Quel genre d'émotion aurait pu couver en lui à son sujet pendant toutes ces années ? se demanda-t-elle. Il avait promis de l'aimer à jamais, et pourtant, dès qu'elle avait eu le dos tourné, il en avait profité pour la tromper.

Quelques-unes de ses amies s'étaient empressées de lui raconter qu'il avait passé une soirée dans un bar avec Jayme Cordell, une jolie blonde de deux ans leur cadette. Et ces mêmes amies avaient précisé qu'au bout de plusieurs heures, Caleb et Jayme étaient repartis ensemble.

Il avait clamé son innocence avec tant de véhémence que Portia lui avait pardonné, consentant à lui donner une seconde chance. Toutefois, leurs rapports n'avaient plus jamais été les mêmes, après cela. Sa confiance ayant été ébranlée, elle avait par exemple refusé de faire de nouveau l'amour avec lui. Caleb avait compris qu'elle avait besoin d'un peu de temps et accepté cette décision.

Portia était ensuite partie à l'université, et à peine une semaine après son départ, les rumeurs s'étaient remises à circuler à propos de Caleb et de Jayme. Cette fois, Portia avait mis fin à leur relation pour de bon.

« Infidèle un jour, infidèle toujours », aurait dit sa mère. Doris était convaincue que tous les hommes, sans exception, trompaient leur femme ; ceux qui ne l'avaient pas encore fait attendaient simplement qu'une bonne occasion se présente pour prouver la bassesse de leur nature.

Après toutes ces années, Portia se surprit à se demander ce qui s'était réellement passé entre Caleb et Jayme. Avec un peu de recul et la maturité acquise, elle avait appris à quel point les faits pouvaient être déformés quand ils étaient transmis par le bouche à oreille.

Elle reconnaissait également que lorsqu'elle avait dix-huit ans, sa mère avait eu une énorme influence sur elle. Et le souvenir de son père adultère avait certainement aussi joué un rôle dans sa décision de chasser Caleb de sa vie.

Portia fronça les sourcils. Pourquoi repensait-elle à tout cela maintenant ? Elle ne pouvait pas revenir en arrière et changer le passé. Sans compter que Caleb n'était plus pour elle, à présent, que l'adjoint du shérif chargé de retrouver l'agresseur dont elle avait été victime.

Il était plus de 16 heures lorsque Layla la raccompagna chez elle.

— Tu es sûre que ça va aller, toute seule ici ? lui demanda-t-elle d'une voix inquiète.

— Ne t'en fais pas pour moi, répondit Portia. Caleb

m'a dit qu'il prendrait de mes nouvelles un peu plus tard. Et de toute façon, je n'ai pas l'intention de me faire chasser de chez moi par un croque-mitaine, ajouta-t-elle avec un brin de fausse bravoure.

— Bien dit, ma belle ! s'exclama Layla. Tu sais, je pourrais te trouver une arme, si tu penses en avoir besoin. Un de mes ex a un revolver.

— Non, merci, vraiment ! protesta Portia. Je serais bien capable de me tirer une balle dans le pied en voulant l'utiliser, et j'aurais trop peur que mon agresseur me le prenne pour s'en servir contre moi. Ne t'inquiète pas, ça va aller.

— Bon. Tu m'appelles, d'accord ? dit Layla tandis que Portia descendait de voiture.

Portia lui fit un signe de la main, et la regarda s'éloigner sur la route. Toutes deux étaient inséparables depuis le collège. Au fil des ans, leur amitié avait été à la fois mise à l'épreuve par leurs différences et nourrie par leurs points communs.

Si Portia n'avait pas eu de père dans sa vie, celui de Layla avait été un homme froid et sévère qui l'avait marquée à jamais à force de mots durs, de gifles et d'absence d'affection. Et ce manque d'amour, Layla tentait vainement de le combler en se précipitant un peu trop vite dans les bras des hommes.

Alors que Portia s'apprêtait à déverrouiller sa porte, elle s'arrêta en voyant arriver une voiture qu'elle connaissait. Elle adressa un sourire à la belle blonde qui se gara et descendit du véhicule. C'était Peyton, la petite amie de Tom. Sa fille était inscrite à la garderie.

— Bonjour, Peyton !

— Bonjour, Portia. J'ai entendu parler de ce qui t'est

arrivé, et je suis venue voir si je peux faire quelque chose pour t'aider.

— Merci, c'est gentil. Tu veux entrer ?

— Non, je n'ai pas le temps. J'étais en route pour aller chercher Lilly chez Melody et j'ai pensé que je pouvais m'arrêter ici deux minutes. Je sais que Caleb se fait un sang d'encre à cause de cette histoire. Et Tom aussi.

— Ça me gêne un peu de détourner Caleb de ses recherches concernant Brittany, répondit Portia.

Peyton fronça les sourcils.

— Malheureusement, il n'y a pas grand-chose à faire pour l'instant. Tom m'a dit qu'ils n'avaient rien trouvé dans la voiture, pas d'empreintes, rien qui puisse les mettre sur une piste. C'est vraiment terrible.

— Caleb ne m'en a pas parlé…

— Caleb est bien du genre à tout garder pour lui. J'ai appelé Tom il y a quelques heures, et il m'a appris que les fouilles sur la propriété des Miller n'avaient rien donné. Enfin, tout ça n'a aucun rapport avec ma visite. Je voulais juste voir si tu allais bien.

Peyton posa une main sur le bras de Portia.

— Je suis passée par là, ajouta-t-elle. Je sais ce que c'est que la peur. Si jamais tu as besoin de parler, n'hésite pas à m'appeler.

Portia n'était pas étonnée que Tom Grayson soit tombé amoureux de Peyton. Non seulement elle était magnifique, mais elle était aussi attentionnée et généreuse.

— Merci, Peyton, c'est très gentil.

Après lui avoir dit au revoir, Portia rentra chez elle.

En effet, Peyton savait ce qu'était la peur. Quelques mois plus tôt, son bébé avait été kidnappé et sa vie menacée par un agresseur inconnu.

Tom avait réussi à ramener la petite Lilly saine et sauve

dans les bras de sa mère, tout en tombant amoureux de l'une comme de l'autre. Le coupable s'était révélé être l'ex-petit ami de Peyton, qui était aussi le père de Lilly.

Selon les rumeurs qui couraient en ville, le shérif de Black Rock allait bientôt épouser la belle Peyton. Tout le monde se disait heureux que Tom ait trouvé la femme de sa vie.

La maison était trop silencieuse. Portia se mit à tourner en rond, passant d'une pièce à l'autre pour vérifier que les fenêtres étaient bien fermées, luttant contre l'angoisse qui menaçait de la submerger.

Ce qu'elle avait dit à Layla était vrai : elle refusait de se laisser chasser de chez elle par la peur. Mais elle savait aussi que la personne qui l'avait poussée dans le fossé n'ignorait probablement pas son adresse. Et même si elle tentait de se rassurer en se disant qu'elle était en sécurité dans sa maison avec toutes les portes et les fenêtres fermées, et qu'une voiture de police patrouillait dans le quartier, elle se sentait tout de même à bout de nerfs.

Il était un peu plus de 18 heures lorsque Caleb lui téléphona pour prendre de ses nouvelles.

— Comment te sens-tu ? lui demanda-t-il.

— Bien. Juste un peu fatiguée, répondit-elle, surprise de l'effet apaisant que le son de sa voix grave produisait sur elle. Et toi, ta journée ?

— Bien occupée, mais très peu productive, marmonna-t-il sans pouvoir cacher sa frustration. Pour l'instant, nous n'avons pas réussi à retrouver le pick-up qui a percuté ta voiture hier soir. Je m'apprête à aller voir Harley dans son bar pour discuter un peu avec lui. Et chez toi, ça va ? J'ai pensé que je devrais peut-être venir lorsque j'aurai fini avec Harley. Je n'aime pas trop l'idée de te savoir seule chez toi.

« Oui ! cria une petite voix dans un coin de son esprit. Oui, s'il te plaît, viens chez moi et reste avec moi. »

Elle refusa cependant de laisser les mots franchir la barrière de ses lèvres.

— Non, ce n'est pas la peine, dit-elle. Je vais bien. Les portes et les fenêtres sont fermées, et je dormirai avec mon téléphone portable à portée de main. Il n'y a aucune raison de croire que quelqu'un va essayer de s'introduire chez moi cette nuit.

Elle ne pouvait pas permettre à la peur de lui faire perdre le contrôle sa vie et de la pousser à prendre des décisions qu'elle serait susceptible de regretter plus tard. Elle n'allait tout de même pas demander à Caleb de s'installer chez elle pour la protéger ! De toute évidence, ce serait la pire des choses à faire.

Elle comprit au silence de Caleb qu'il n'appréciait vraiment pas de la savoir seule.

— Je vais m'assurer qu'une voiture de police patrouille régulièrement dans ton quartier, finit-il par dire.

— Merci. Je suis sûre que tout ira bien, répondit-elle.

Pourtant, alors qu'ils avaient raccroché depuis longtemps, qu'elle avait dîné et se préparait à aller se coucher, Portia commença à regretter de s'être montrée aussi sûre d'elle face à Caleb.

Non, ça n'allait pas bien. La maison qui lui avait toujours paru si chaleureuse et accueillante lui semblait soudain étrangère. Le moindre craquement du plancher ou du toit suscitait en elle des bouffées de panique. Et lorsque le système de climatisation se mit en marche, elle bondit littéralement de sa chaise.

A 21 heures, elle décida d'aller se coucher et de lire

au lit jusqu'à ce qu'elle s'endorme. Elle avait commencé récemment un bon livre qui, avec un peu de chance, l'empêcherait de penser à la peur qui la tenaillait. Et aussi à Caleb.

Elle lut jusqu'à 23 heures puis, se rendant compte que le sommeil n'était pas près de venir, elle décida de se relever pour se préparer une tasse de thé bien chaud.

Alors qu'elle passait devant la porte d'entrée, elle jeta un coup d'œil à travers le judas et eut la surprise de découvrir une voiture garée devant chez elle.

Caleb.

Que faisait-il donc dehors si tard ? La réponse lui apparut comme une évidence, et elle sentit son cœur se gonfler de gratitude : il était venu surveiller sa maison. Il était là pour la protéger.

Quel genre d'homme Caleb Grayson était-il devenu depuis ces années de lycée où elle avait été folle amoureuse de lui ? Et pourquoi, pour la première fois depuis cette époque lointaine et révolue, sentait-elle revivre en elle un tel intérêt pour lui ?

Portia avait du mal à y croire. Avait-il vraiment l'intention de rester toute la nuit dans sa voiture, devant chez elle, pour assurer sa sécurité ?

Une vague de chaleur et de sérénité l'envahit. Comme cela allait être facile, maintenant, de retourner se coucher et de s'endormir, en sachant que Caleb était là pour veiller sur elle !

Pourtant, surveiller sa maison toute la nuit ne faisait pas partie de ses obligations, elle le savait. Comment arriverait-il à travailler le lendemain après avoir passé des heures dans l'espace confiné de sa voiture ?

« Tu pourrais lui rendre la vie plus facile », chuchota une petite voix en elle.

Après un bref moment d'hésitation, elle ouvrit la porte et sortit sur le perron.

A la lumière du réverbère sous lequel il s'était garé, elle pouvait distinguer son visage, et elle comprit qu'il l'avait vue. Levant la main, elle lui fit signe de la rejoindre, sans savoir si elle était en train d'inviter chez elle son protecteur ou le seul homme au monde capable de lui briser de nouveau le cœur.

La journée avait été rude. Caleb avait l'impression d'avoir remué ciel et terre sans pour autant avancer d'un pouce sur l'affaire de Portia.

Sa discussion avec Harley, dans le bar de celui-ci, ne lui avait apporté aucune réponse concernant Dale Stemple. Et comme rien n'indiquait que l'ancien détenu se trouvait vraiment à Black Rock, Caleb s'était penché de nouveau sur la liste des hommes qui avaient fréquenté Portia au cours de l'année passée.

Pour ne rien arranger, la disparition de sa sœur ne cessait de le tourmenter.

Lorsqu'ils avaient retrouvé sa voiture, Caleb avait espéré que celle-ci leur fournirait des indices sur ce qui était arrivé à Brittany ou sur l'endroit où elle se trouvait.

Hélas ! les recherches n'avaient rien donné.

Tout en sachant pertinemment que certaines affaires de disparition n'étaient jamais résolues, il refusait l'idée que sa sœur puisse entrer dans ces statistiques. Le pire était de devoir attendre qu'il se passe quelque chose pour que l'enquête avance. Caleb détestait se sentir à ce point impuissant.

Alors qu'il s'apprêtait à rentrer chez lui, il avait soudain été pris d'une vive inquiétude en songeant à

Portia, et n'avait pas réussi à écarter le pressentiment qu'un danger imminent la guettait.

Il avait alors renoncé à l'idée de la laisser seule et s'était rendu chez elle avec l'intention de passer la nuit dans sa voiture.

En voyant la porte de sa maison s'ouvrir, il s'était d'abord demandé si Portia avait un problème, avant de se rassurer.

Elle était là, sur le perron, vêtue de cette petite nuisette verte qu'il trouvait tellement sexy.

Pendant un long moment, elle avait regardé dans sa direction sans bouger. Et lorsqu'elle avait fini par lui faire signe de la rejoindre, l'anxiété qui le tenaillait avait vite été remplacée par un autre sentiment bien différent, mais presque aussi inquiétant.

Il descendit de voiture et se dirigea vers elle, le cœur battant un peu trop fort pour la simple mission de protection qu'il était censé remplir.

Bon sang ! songea-t-il. Qu'elle était belle avec ses épais cheveux emmêlés, et cette chemise qui frôlait à peine le milieu de ses cuisses et exposait l'arrondi de ses seins !

— Bonsoir, Portia, dit-il d'une voix neutre.

— Ce n'est pas le soir, mais la nuit…, répliqua-t-elle avec un léger sourire. Tu avais l'intention de rester devant chez moi jusqu'au matin ?

— C'est ce que j'avais prévu, oui, répondit-il en retenant son regard de descendre plus bas que sa bouche.

— Tu ne crois pas que tu serais plus à l'aise dans ma chambre d'amis ou sur le canapé ?

« Je serais plus à l'aise dans ton lit », pensa-t-il bien malgré lui.

— Certainement.

— Tu penses que je suis en danger ?

Ses yeux noisette paraissaient plus verts tandis qu'elle le dévisageait sombrement.

— Pas forcément.

Comment pouvait-il lui expliquer qu'il s'était inquiété pour sa sécurité pendant toute la soirée ? se demanda Caleb. Il n'avait aucun fait, rien de concret sur quoi se baser, en dehors de son instinct. Or, son instinct l'avait rarement trompé. Si l'individu qui avait provoqué l'accident de Portia avait eu l'intention de la tuer, il devait déjà savoir que son plan avait échoué. Et Caleb craignait qu'il ne retente sa chance.

— Je me suis juste dit qu'il valait mieux prévenir que guérir, expliqua-t-il simplement.

— J'aime ta façon de voir les choses, remarqua-t-elle d'un ton pince-sans-rire, avant de s'effacer pour lui permettre d'entrer.

Elle referma la porte à clé derrière lui et lui fit signe d'aller dans la cuisine.

— Je m'apprêtais à me faire un thé avant de me coucher. Tu veux boire quelque chose ?

— Non, merci. Mais je veux bien te tenir compagnie.

Il s'assit à table et l'observa tandis qu'elle remplissait la bouilloire et la posait sur la gazinière, un peu surpris de la voir aussi à l'aise dans une tenue aussi aguichante.

Lorsqu'elle eut mis l'eau à chauffer, elle le rejoignit à table.

— Alors, rien de nouveau ?

Contrarié de ne pouvoir lui dire que l'affaire était résolue et qu'elle n'avait plus rien à craindre, Caleb fronça les sourcils.

— Non, rien de nouveau. J'ai discuté avec Harley et mené ma petite enquête en ville, mais personne ne semble avoir croisé Dale Stemple. J'ai aussi vu Joe Castle, et il m'a dit qu'il avait prêté son pick-up à son fils qui vit à Oklahoma City.

— C'est un peu suspect, non ?

— C'est ce que j'ai pensé. J'ai contacté la police là-bas pour qu'ils vérifient l'information, et je devrais en savoir plus demain matin. Walt Tolliver a lui aussi un pick-up noir. Je suis allé le voir, mais le véhicule n'est pas abîmé.

Portia esquissa un sourire.

— Walt est bien trop occupé à regarder les extraterrestres pour vouloir me tuer. De plus, on ne s'est jamais fâchés, lui et moi.

— Oui, mais comme il est souvent dans son monde, je me suis dit qu'il t'était peut-être rentré dedans accidentellement en cherchant ses martiens. Mais ce n'était pas lui. Ah ! et j'ai aussi discuté avec Eric Willowby. Tu sais qu'il est toujours amoureux de toi ?

Curieux de voir sa réaction, Caleb observa attentivement l'expression de Portia. Mais au même moment, la bouilloire se mit à siffler et elle se leva pour éteindre la gazinière.

— Eric est très gentil, dit-elle tout en versant l'eau chaude dans une tasse.

Elle laissa infuser le sachet quelques instants, le retira et ajouta une goutte de lait avant de revenir s'asseoir.

— Je suis sûre qu'il fera un parfait mari.

— Dans ce cas, pourquoi tu as rompu avec lui ? demanda Caleb.

Elle but quelques petites gorgées de thé tout en le regardant par-dessus le bord de sa tasse qu'elle reposa ensuite en soupirant.

— Tout simplement parce que ce n'était pas le bon, répondit-elle.

— Le bon ?

— Tu sais bien ce que je veux dire, répliqua-t-elle avec un brin d'impatience. Eric n'est pas l'homme avec qui j'ai envie de me coucher tous les soirs, celui à côté de qui j'ai envie de me réveiller tous les matins. Ce n'est pas l'homme avec qui j'ai envie de partager mes espoirs et mes rêves. Il est très gentil, et il a été vraiment adorable avec moi, mais ce n'était pas le bon.

— Tu recherches peut-être quelqu'un qui n'existe pas, hasarda Caleb.

— Eh bien, dans ce cas, je préfère rester célibataire. De toute façon, je n'ai pas l'intention de me caser tout de suite. Mais pourquoi tu me poses toutes ces questions, au fait ? D'après ce que je sais, il ne semble pas que tu sois un modèle de bonheur conjugal.

— J'ai été plus près de me marier que toi, en tout cas, rétorqua-t-il.

Comme toujours lorsqu'il pensait à Laura, une pointe de colère le traversa.

— Je ne savais pas qu'il s'agissait d'une compétition, observa-t-elle avant de reprendre une gorgée de thé.

— Ce n'est pas une compétition. J'étais juste curieux, voilà tout.

— Puisque nous en sommes aux confidences, que s'est-il passé entre Laura et toi ? Je croyais que vous aviez fixé une date de mariage, et subitement, j'entends dire qu'elle a quitté la ville.

Caleb n'avait parlé à personne de ce que Laura lui avait fait subir, et il n'avait certainement pas l'intention d'en parler à Portia maintenant.

— Ça n'a pas marché, c'est tout. Ce n'était pas la bonne, ajouta-t-il avec un sourire forcé.

Portia regarda un moment sa tasse, avant de lever les yeux vers lui.

— Tout comme je n'étais pas la bonne non plus, n'est-ce pas ?

Surpris qu'elle évoque ainsi leur passé, et tout aussi surpris par la rancœur que ses paroles faisaient monter en lui, il eut un mouvement de recul,

Elle rougit aussitôt et baissa les yeux.

— Excuse-moi, je n'aurais pas dû dire ça. S'il y a bien une chose que je n'ai pas envie de faire, c'est revisiter le passé. D'autant que j'ai assez de soucis comme ça avec le présent.

— Je suis bien d'accord. Même s'il y a une partie de notre passé que je revisiterais bien volontiers…

Il laissa errer son regard sur elle, conscient qu'elle ne pouvait pas avoir le moindre doute sur ce qu'il signifiait exactement.

Pourquoi lui cacher qu'il la désirait encore ? Après tout, ils n'étaient plus des enfants, mais deux adultes consentants qui n'avaient pas besoin de promesses d'éternité pour s'offrir un petit moment de plaisir.

Il se pencha pour s'enivrer de son parfum, ce délicieux mélange de fleurs légères et de savon frais.

— Il m'arrive de repenser à la nuit du bal de fin d'année, avoua-t-il.

Une émotion indéchiffrable passa dans les yeux de Portia.

— Il m'arrive aussi d'y penser, répondit-elle. Mais nous n'étions que des gamins, Caleb, et ce que nous avons partagé cette nuit-là était magique parce que c'était notre première fois.

Elle but le reste de son thé puis se leva pour porter sa tasse dans l'évier.

— Il n'y a aucun moyen de retrouver cette magie, et tu le sais, reprit-elle en lui faisant face.

Caleb se leva à son tour et, l'espace d'un instant, il oublia pourquoi il se trouvait là, chez elle, au milieu de la nuit. Il oublia qu'il était venu pour la protéger d'un ennemi inconnu.

Il ne voyait plus que Portia, la très jolie, très séduisante Portia, avec ses cheveux lisses et soyeux, sa peau de velours et ses jambes de rêve. Portia dont les baisers l'avaient ému comme ceux d'aucune autre femme.

Alors, il se souvint de la souplesse de ses seins sous ses mains et des gémissements que ses caresses lui avaient arrachés ; il se souvint des doigts de Portia glissant lentement sur lui tandis qu'elle le couvrait d'un préservatif, ce soir-là, il y a si longtemps…

Il avait demandé à un ami plus âgé de louer une chambre d'hôtel pour eux. Le temps d'une nuit, cette pièce un peu miteuse, un peu froide, s'était transformée en véritable nid d'amour pour Portia et lui, un cocon dans lequel ils avaient pu explorer le désir qui bouillonnait entre eux et lui laisser libre cours.

— Nous n'avons peut-être pas besoin de magie, lui fit-il remarquer. Nous ne sommes plus des gamins.

Il fit un pas vers elle.

— Tu n'es pas curieuse, Portia ?

Il s'avança encore, si près qu'il pouvait distinguer les éclats dorés dans ses yeux, et sentir son souffle rapide sur sa joue.

Lentement, il dégagea de son visage une mèche de ses cheveux satinés, puis effleura de son index ses lèvres roses et pleines.

Voyant dans ses yeux s'allumer le même feu qui brûlait en lui, Caleb ne se laissa pas le temps de changer d'avis et ne laissa pas à Portia la possibilité de protester. Il captura sa bouche en un baiser ardent et affamé.

Elle se raidit, sans pour autant reculer ni le repousser. Mais lorsqu'il caressa ses lèvres du bout de la langue pour l'inviter à s'ouvrir à lui, elle se détendit enfin et se laissa aller contre lui.

Le cœur battant à tout rompre, il l'enlaça tandis qu'elle passait les bras autour de son cou.

Leur baiser se fit plus fougueux, plus passionné encore. Leurs corps se pressèrent l'un contre l'autre, comme mus par une volonté propre.

Il n'avait pas oublié ce que c'était de l'embrasser. Rien n'avait changé. Et pourtant… Si elle lui paraissait délicieusement familière dans ses bras, ce n'était pas un désir d'adolescent qu'il sentait monter en lui, mais celui d'un homme.

Il laissa courir sa main le long de son dos, savourant la fraîcheur de la soie et la chaleur de son corps qui irradiait à travers. Quittant ses lèvres douces et pulpeuses, il fit glisser les siennes le long de son cou jusqu'à l'endroit sensible, juste derrière l'oreille, qu'il avait découvert cette fameuse nuit, dix ans plus tôt.

Il la sentit frémir tandis qu'il s'attardait là, puis continuait à effleurer sa gorge du bout des lèvres. Elle rejeta la tête en arrière, un mouvement naguère familier, qui lui fit soudain prendre conscience d'une chose : il s'était trompé en croyant être parvenu à la chasser de ses pensées au fil des ans, et avoir cessé de la désirer depuis bien longtemps.

En réalité, Portia n'avait jamais complètement quitté son cœur ; il l'avait toujours eue dans la peau. Et en cet instant, le ressentiment qu'il avait éprouvé à son égard lui paraissait tellement lointain qu'il lui était impossible de s'y raccrocher.

Caleb n'avait plus aucune prise sur son corps, qui semblait suivre ses propres instincts. Sa bouche avait repris possession de celle de Portia. Il la tenait serrée fermement contre lui tandis que son autre main, fébrile, dessinait le contour de sa hanche et venait se poser sur son sein.

Soudain, elle poussa un petit cri et recula brusquement. Sa poitrine se soulevait et s'abaissait rapidement tandis qu'elle dardait sur lui un regard sombre et tourmenté.

— C'est pour ça que tu es venu ce soir ? demanda-t-elle d'une voix tremblante. Tu as testé toutes les femmes de la ville, et maintenant, tu as décidé de tout reprendre de zéro ?

Caleb eut l'impression de recevoir une douche froide. Le désir qui l'enflammait encore quelques secondes plus tôt laissa place à la vieille rancœur qu'il avait nourrie contre Portia pendant des années.

L'estomac noué, il s'écarta d'elle et fourra les mains dans ses poches.

— Tu n'as jamais compris quel genre d'homme j'étais. Quel genre d'homme je suis !

— Excuse-moi, Caleb. C'était déplacé, dit-elle, visiblement désolée. Je suis fatiguée, et il est tard. Il vaudrait peut-être mieux qu'on aille se coucher.

— Va dormir. Je m'installe sur le canapé pour le reste de la nuit.

Elle hocha la tête puis, sans un mot, quitta la cuisine.

Caleb la regarda partir tandis qu'une étrange bataille se livrait en lui, mélange de colère et de désir.

Etait-il venu ici seulement pour la protéger ou parce

qu'il recherchait tout autre chose ? La curiosité, voilà ce qui l'avait poussé à se rendre chez elle, songea-t-il tout en se dirigeant vers le salon. Il avait voulu vérifier si cette magie explosive qui les avait unis autrefois était toujours là, prête à être ravivée.

Et la réponse était oui. Pendant ce moment intense où il l'avait tenue dans ses bras, où il avait goûté à ses lèvres enfiévrées, il n'avait souhaité qu'une chose : être tout pour elle, devenir l'homme de sa vie.

Puis les paroles de Portia avaient rompu le charme, d'une façon aussi douloureuse qu'inattendue. Pour autant, elles avaient eu le mérite de le ramener à la réalité, en lui rappelant que le bonheur qu'ils avaient partagé avait été brisé par l'incapacité de Portia à lui faire confiance, à croire en lui.

De toute évidence, rien n'avait changé en ce qui la concernait. Il n'avait rien à gagner à tenter de reconstruire une relation avec elle. Bien sûr, il continuerait à assurer sa protection. Il remplirait sa mission en résolvant l'affaire qui lui avait été confiée. Mais jamais, plus jamais, il ne laisserait Portia ni aucune autre femme s'insinuer dans son cœur !

6

Malgré l'heure tardive à laquelle elle s'était couchée, Portia se réveilla dès l'aube avec un goût amer dans la bouche. Le regret et la honte l'envahirent lorsqu'elle se souvint de ce qu'elle avait dit à Caleb.

Ses paroles avaient été haineuses et très éloignées de la réalité. Caleb n'avait rien d'un coureur de jupons. Bien sûr, il sortait beaucoup, mais pourquoi s'en priverait-il ? Il était beau et célibataire, après tout. Et pour être juste, elle n'était même pas certaine qu'il sortait beaucoup plus qu'elle.

Elle avait eu tort de lui parler ainsi, cela ne faisait aucun doute. Mais au moment où leur baiser devenait plus fougueux et leurs caresses plus intimes, elle avait cherché désespérément à créer un fossé entre eux, pour se défendre contre le désir incroyable que ses mains et ses lèvres éveillaient en elle.

Pendant qu'il l'embrassait, il l'avait serrée si fort contre lui qu'elle n'avait plus eu qu'une envie : l'entraîner dans sa chambre pour lui faire l'amour.

Effrayée par l'intensité de son désir, elle s'était vue obligée de faire quelque chose pour éteindre le feu. A présent, elle regrettait d'avoir été aussi blessante.

Elle poussa un soupir et se tourna sur le côté pour regarder par la fenêtre. Dehors, la lumière de l'aube commençait tout juste à faire pâlir le ciel.

Comme il était beaucoup trop tôt pour se lever, Portia resta allongée dans son lit avec ses pensées pour seule compagnie. Peut-être Caleb avait-il raison. Peut-être n'avait-elle jamais vraiment compris le genre d'homme qu'il était, ni celui qu'il était devenu.

Et s'il lui avait toujours dit la vérité ? songea-t-elle soudain. Et s'il ne l'avait jamais trompée avec Jayme Cordell ? Elle ne se rappelait même plus qui l'avait informée de l'infidélité de Caleb…

Elle soupira. Quelle différence cela faisait-il, à présent ?

Dix longues années s'étaient écoulées depuis, et il n'y avait aucun moyen de remonter dans le temps pour modifier le cours des événements. Si elle avait cru, naguère, que Caleb était l'homme de sa vie, elle percevait maintenant chez lui comme une colère qui bouillonnait juste sous la surface, une colère qui, parfois, assombrissait son regard et durcissait ses traits.

Probablement ce ressentiment était-il lié à la disparition de sa sœur ou alors à sa rupture avec Laura. Il ne pouvait tout de même pas lui en vouloir encore, à elle, pour ce qui s'était passé entre eux tant d'années plus tôt, alors qu'ils n'étaient que des enfants !

Quoi qu'il en soit, elle était sûre d'une chose : malgré l'intensité du désir qu'elle ressentait pour lui, désir qui était vraisemblablement réciproque, Caleb n'était pas l'homme de sa vie et n'avait pas envie de l'être.

Agacée contre elle-même, elle fronça les sourcils. A quoi bon ressasser de vieilles histoires ? se morigéna-t-elle. Elle ne voulait pas d'une autre relation avec Caleb. Tout ce qu'elle attendait de lui, c'était qu'il démasque l'imbécile qui s'en prenait à elle, de sorte que sa vie puisse reprendre son cours normal.

Elle avait besoin de retrouver les enfants de la

garderie, de les revoir chez elle. Les bouilles joyeuses, les baisers bruyants et les gros câlins lui manquaient. Ces petits bouts de chou étaient ce qu'elle avait de plus cher au monde, et leur absence laissait un trou béant dans son cœur.

Même si elle rêvait d'avoir elle-même des bébés, elle devait se contenter, pour l'heure, de garder les enfants des autres. Et elle n'avait même pas ceux-là en ce moment… Toutefois, Caleb avait raison. Tant que son agresseur n'aurait pas été démasqué, mieux valait qu'elle se tienne à l'écart des petits êtres qu'elle aimait tant.

Lassée de ruminer toujours les mêmes pensées, elle décida de se lever et entra dans la salle de bains attenante à sa chambre avec l'espoir qu'une bonne douche chasserait de sa tête les images de Caleb, et l'idée obsédante qu'ils avaient été sur le point de faire l'amour.

Peine perdue. Sous le jet d'eau chaude, elle ne cessa de repenser à la façon dont les baisers de Caleb l'avaient fait frissonner, dont ses caresses avaient allumé en elle un désir qu'elle n'avait ressenti pour aucun autre homme.

Pourtant, elle n'avait pas vécu comme une nonne au cours des dix dernières années. Elle avait eu des relations intimes avec deux des hommes qu'elle avait fréquentés. L'un s'était vu obligé de déménager dans une autre ville pour son travail, et l'autre avait fini par la quitter, avec sa bénédiction.

Quoi qu'il en soit, aucun des deux ne l'avait troublée comme Caleb parvenait à le faire. Avec lui, elle avait l'impression que sa peau était en feu au moindre contact et que lui seul avait le pouvoir d'éteindre les flammes. Il fallait admettre qu'il existait quelque chose de fort entre eux, au moins sur le plan physique.

Lorsqu'elle fut séchée et habillée, elle comprit en sentant l'odeur alléchante du café que Caleb était réveillé.

Elle lui devait des excuses, et comptait bien les lui présenter au plus vite.

En entrant dans la cuisine, elle le trouva debout face à la fenêtre en train de regarder dehors, une tasse de café à la main.

Ayant sans doute senti sa présence, il se retourna, l'air réservé et distant.

— Bonjour.

— Bonjour, Caleb. Je voulais te demander de m'excuser pour ce que j'ai dit hier soir... sur le fait que tu aurais testé toutes les femmes de la ville.

Il esquissa un sourire, sans que celui-ci ne remonte jusqu'à son regard sombre.

— Ne t'inquiète pas, répondit-il. J'ai déjà oublié.

— Ce n'était pas gentil de dire ça, insista-t-elle. Et en plus, ce n'est pas ce que je pense de toi.

— Ça ne fait rien.

L'air pensif, il but une gorgée de café.

— Est-ce que tu as demandé des nouvelles de ta voiture à Wally ? demanda-t-il.

— Oui, je l'ai appelé hier, répondit Portia, soulagée qu'il change de sujet. Il m'a dit que finalement ce n'était pas aussi grave qu'il y paraissait et qu'il espérait l'avoir réparée en début de semaine prochaine.

Elle alla se servir un café, avant de se tourner de nouveau vers Caleb.

Les rides de concentration qui barraient son front n'enlevaient rien à sa beauté. Ses cheveux étaient décoiffés, avec cette charmante mèche rebelle qui retombait presque sur son œil gauche. Elle dut lutter contre l'envie de la remettre en place.

— L'idée de te savoir seule ici sans voiture ne me plaît pas du tout, dit-il. Il vaudrait peut-être mieux que je reste la nuit tant que cette histoire n'est pas réglée.

La perspective d'héberger Caleb la nuit l'excitait et la terrifiait tout à la fois.

Il ne faisait aucun doute qu'une passion indomptable brûlait encore entre eux, et elle craignait de laisser libre cours à cette passion. Instinctivement, elle savait que s'il restait là la nuit, ils ne résisteraient pas longtemps au désir qui les dévorait.

— En fait, j'avais prévu d'inviter Layla à venir passer quelques jours avec moi, répondit Portia, bien que l'idée ne lui ait traversé l'esprit qu'un instant plus tôt. J'ai bien envie de partager un petit moment entre filles avec elle. Ça fait une éternité que cela ne nous est pas arrivé, et je suis sûre que je pourrai la convaincre de m'aider à repeindre la garderie.

— Pourquoi tu n'irais pas plutôt chez elle ?

— Impossible ! J'ai des problèmes avec M. Moustaches.

Caleb haussa un sourcil.

— J'espère qu'il ne s'agit pas du nouveau copain de Layla.

— Pas du tout. C'est un gros chat à poils longs qui, pour une raison que j'ignore, a jeté son dévolu sur moi, expliqua Portia en souriant. Malheureusement, je ne peux pas rester dix minutes chez Layla sans être prise d'une énorme crise d'allergie.

Caleb hocha la tête, une expression impénétrable sur le visage.

— Quoi qu'il en soit, je n'aime pas te savoir seule ici tant qu'on n'aura pas résolu l'affaire, répéta-t-il. Appelle-moi si Layla ne peut pas venir.

— Ne t'inquiète pas, je le ferai sans faute. Tu veux manger quelque chose ?

— Non, je dois rentrer chez moi pour me doucher et me changer avant d'aller au travail.

Il termina sa tasse de café et la déposa dans l'évier.

Portia savait qu'il avait largement le temps de prendre le petit déjeuner avant de rentrer chez lui se préparer mais, de toute évidence, il avait hâte de partir. Elle ne put s'empêcher de se demander s'il avait vraiment accepté ses excuses. Ou peut-être regrettait-il leur moment d'abandon, la veille au soir…

Il ne prononça pas un mot tandis qu'elle le raccompagnait à la porte. Cependant, quand il se tourna vers elle en arrivant sur le seuil, Portia eut l'impression que son cœur s'arrêtait de battre en voyant l'intensité de son regard.

— Je ne vais pas te mentir, Portia. J'ai envie de toi. Depuis le jour où tu es entrée dans le bureau du shérif pour me parler de ces affiches, je n'ai pas cessé de penser à te faire l'amour, au point d'en rêver la nuit…

Il enfonça les mains dans ses poches, comme s'il craignait qu'elles n'échappent à son contrôle.

— Mais surtout, ne te trompe pas sur mes intentions, reprit-il. Je ne suis pas à la recherche d'une relation sérieuse, ni d'aucune sorte de relation, d'ailleurs. Seulement, si un jour l'envie te prend de t'offrir un petit moment de plaisir, pense à moi.

Sur ces mots, il descendit les marches du perron et se dirigea vers sa voiture.

Portia le regarda partir, bouche bée. Elle était choquée par ce qu'il venait de dire, et tout aussi choquée par le regain de désir que cela fit naître en elle.

*
* *

Caleb était de mauvaise humeur, sans savoir exactement pourquoi. Etait-ce parce qu'il n'arrivait pas à retrouver l'agresseur de Portia ? A moins que ce ne soit parce qu'elle lui avait fait perdre la tête, quelques heures plus tôt, avec ses courbes sexy pressées contre lui, et sa bouche en feu sous la sienne ?

Et il y avait eu aussi sa réflexion cinglante, pour laquelle elle s'était excusée, mais qui prouvait bien qu'elle avait toujours un problème quand il s'agissait de faire confiance aux hommes.

Portia l'appela peu après 10 heures pour l'informer que Layla était d'accord pour passer quelques jours chez elle.

Il se surprit à être déçu que son amie ait accepté de l'aider, ce qui l'agaça encore plus. Car malgré tout ce qu'il reprochait à Portia, il sentait au fond de lui qu'il avait envie d'être son héros, de la protéger le jour comme la nuit. Oui, surtout la nuit…

A midi, il quitta le bureau pour aller déjeuner au restaurant, un peu plus loin dans la rue. La police d'Oklahoma City l'avait contacté dans la matinée pour lui faire savoir que le pick-up noir de Joe Castle ne présentait aucune trace suspecte. Toutes les pistes se révélaient être des impasses, si bien qu'il commençait à se sentir comme un lion en cage.

Lui et ses frères Tom et Benjamin se trouvaient dans la même situation en ce qui concernait la disparition de Brittany. Ils n'avaient aucun indice, aucune direction à suivre, et chaque jour qui passait renforçait l'impression déprimante qu'ils ne sauraient jamais ce qui était arrivé à leur sœur.

La plupart des tables du restaurant étant occupées, il

s'installa au comptoir et s'efforça de sourire lorsque Linda Wyatt, l'une des serveuses, vint prendre sa commande.

— Dure journée ? demanda-t-elle.

— Ça se voit tant que ça ?

— Je ne te cache pas que tu as l'air fatigué, Caleb, répondit-elle en souriant.

Elle sortit son bloc-notes et un stylo de la poche de son tablier.

— C'est peut-être parce que tu travailles trop.

— Ou que je réfléchis trop, marmonna-t-il. Je prendrai juste un hamburger avec un supplément de cornichons, des frites et un verre de thé glacé.

— Pas de nouvelles de ta sœur ? s'enquit-elle, avant de souffler en l'air pour dégager une mèche grisonnante qui lui collait au front.

— Non, toujours rien.

— J'espère que vous la retrouverez bientôt.

— Je l'espère aussi.

Linda lui sourit avec compassion, puis partit s'occuper de sa commande. Caleb sentit une vague de tristesse l'envahir. Sa sœur avait disparu, et leur dernière découverte à son propos n'augurait rien de bon. Pour couronner le tout, il n'arrivait même pas à savoir qui avait voulu tuer Portia en envoyant sa voiture contre un arbre.

— Salut, Caleb.

La voix grave de Larry Norwood l'arracha à ses pensées. Il releva la tête pour le saluer. Larry, sa femme et leurs trois enfants s'étaient installés à Black Rock deux mois plus tôt, et la réputation du nouveau vétérinaire de la ville croissait de jour en jour.

— Salut à toi. Comment ça va ?

Larry s'assit sur un tabouret à côté de Caleb, un sourire heureux aux lèvres.

— Très bien. Je me sens de plus en plus chez moi à Black Rock.

— C'est un endroit où il fait bon vivre et où les gens sont accueillants, reconnut Caleb, tout en éprouvant une bouffée de fierté pour sa ville natale.

Black Rock était en effet une petite bourgade tranquille du Kansas, où tout le monde se connaissait, mais où les nouveaux venus étaient toujours les bienvenus. La ville possédait comme toutes les autres son lot de commères et d'originaux, mais sans que leur présence ne rende l'atmosphère trop malsaine. Caleb s'y était toujours senti vraiment bien, si ce n'est que sa sœur avait disparu et que quelqu'un s'en prenait maintenant à Portia.

Les deux hommes déjeunèrent ensemble en continuant à discuter de la région, de leur travail et de la chaleur étouffante qui était encore annoncée pour plusieurs jours.

Caleb appréciait de pouvoir parler de sujets légers, ordinaires, avec quelqu'un d'aussi sympathique que Larry. Au moins, pendant ce temps, les émotions conflictuelles qui l'assaillaient lorsqu'il pensait à Portia et l'angoisse qui le rongeait à propos de Brittany se trouvaient reléguées dans un coin de son esprit.

Lorsqu'il quitta le restaurant, il décida de partir en voiture en direction du ranch familial, à la périphérie de la ville, plutôt que de retourner tout de suite au bureau.

Cela faisait plusieurs jours déjà qu'il n'avait pas pris de nouvelles de son frère Jacob, et il avait l'intention de passer le voir dans la maisonnette qu'il occupait depuis son retour. Benjamin, qui vivait encore dans la grande maison où ils avaient tous grandi, s'assurait au quotidien que leur frère aîné ne manquait de rien.

En franchissant le portail de la propriété, Caleb nota avec plaisir les signes d'une ferme en pleine activité.

Sur sa gauche, le bétail broutait tranquillement dans le pré et à droite, le champ de maïs ondulait sous la brise tiède. Quelques employés étaient occupés à réparer la barrière d'un enclos, pendant que le palefrenier étrillait les chevaux en sifflotant.

Benjamin aimait son travail de shérif adjoint, mais son cœur était toujours resté au ranch. Caleb était prêt à parier que son frère déciderait tôt ou tard de se consacrer entièrement à la terre et aux bêtes.

Il passa devant la maison sans s'arrêter et emprunta une petite route gravillonnée qui menait à un bois, un peu plus loin.

Dès l'instant où il s'enfonça dans la forêt, la cabane apparut, nichée entre les arbres. Caleb se gara et descendit de voiture, tout en se demandant, pour la centième fois, ce qui avait pu arriver à Jacob pour qu'il en vienne à se cacher dans un lieu aussi isolé du reste du monde.

Il frappa deux fois, puis entendit la voix grave de son frère l'inviter à entrer.

Jacob était assis dans un fauteuil devant la table basse, sur laquelle une lampe était allumée : la lumière du soleil ne parvenait pas à percer l'épaisse voûte du feuillage qui abritait la maisonnette.

— Petit frère ! le salua Jacob en souriant, sans que son sourire n'atteigne pour autant son regard sombre. Quoi de neuf ?

— Pas grand-chose… Je me sentais contrarié, et j'ai décidé de prendre quelques minutes pour passer te voir. Comment tu vas ?

Caleb s'installa dans le fauteuil en face de celui qu'occupait son frère. Il ne se donnait même plus la peine de lui demander ce qui se passait dans sa vie, dans sa tête, parce qu'il lui avait déjà posé la question un million de fois, et que Jacob refusait d'y répondre.

— Ça va.

Jacob frotta sa joue mal rasée, puis se laissa aller en arrière contre le dossier de son siège.

— Tom est venu me voir hier soir, reprit-il, et il m'a dit qu'il n'y avait rien de nouveau au sujet de la disparition de Brittany.

— J'essaie de rester optimiste, mais ça devient de plus en plus difficile à mesure que le temps passe, répondit Caleb. Pour l'instant, nous n'avons aucune piste, et le fait d'avoir découvert sa voiture cachée dans une grange n'est pas très rassurant.

— Vous finirez par la retrouver, je vous fais confiance, assura Jacob.

— J'aimerais pouvoir en être aussi sûr.

— Raconte-moi un peu ce qui se passe en ville en ce moment, demanda Jacob, comme pour changer de sujet. Je ne suis pas au courant des derniers potins de Black Rock.

Pendant les minutes qui suivirent, Caleb parla à son frère du projet qu'avait le maire d'organiser un festival d'automne, de la dernière rencontre de Walt Tolliver avec les extraterrestres, et des soucis auxquels Portia était confrontée depuis quelques jours.

— Vous étiez inséparables, tous les deux, quand vous étiez plus jeunes, observa Jacob. Je me souviens que papa et maman avaient peur de vous voir vous marier sans que vous n'ayez pris le temps de profiter de la vie.

Caleb laissa échapper un rire amer.

— Ils s'inquiétaient pour rien, je peux te l'assurer, dit-il d'un air sombre.

— Portia n'est pas mariée, il me semble ?

— Non, elle est toujours célibataire.

Jacob fixa sur lui un de ses regards pénétrants qui avaient toujours eu le don d'intimider Caleb, et ce depuis qu'il était tout petit. Son frère aîné avait été le seul capable de lui faire avouer toutes ses bêtises. Il lui suffisait de poser sur lui ses yeux d'un gris perçant pour que Caleb sente toutes ses défenses s'écrouler.

— Alors, est-ce qu'il y a toujours des étincelles entre vous ? demanda-t-il.

— Bien sûr que non ! s'exclama Caleb.

Son frère haussa un sourcil goguenard.

— Bon, peut-être encore un peu, concéda Caleb. Mais c'est purement physique. Ça ne mènera nulle part. Ça n'a pas marché entre nous avant, et il n'y a aucune raison de penser que ça marcherait mieux maintenant.

— Vous n'étiez que des gamins, à l'époque. Vous avez tous les deux quelques années et quelques expériences en plus sous la ceinture.

Jacob se pencha pour attraper une bouteille de bière posée sur la table basse.

— Tu en veux une ?

— Non, merci, je suis en service. Pour tout dire, il est temps que je parte, ajouta Caleb en se levant.

— Tiens-moi au courant pour cette histoire d'étincelles, dit Jacob en lui lançant un clin d'œil.

Caleb alla jusqu'à la porte, avant de se retourner vers son frère.

— Crois-moi, il ne se passera rien entre Portia et moi. Je suis fait pour vivre seul.

Jacob laissa échapper un rire tonitruant, enroué comme une mécanique qui n'aurait pas servi depuis longtemps.

Depuis que son frère était revenu à Black Rock, Caleb ne l'avait pas entendu rire et, l'espace d'un instant, il savoura le plaisir de l'entendre de nouveau. Puis il se rappela que Jacob était en train de se moquer de lui ouvertement, et il le fusilla du regard.

— Tu peux me dire ce qu'il y a de si drôle ?

— L'idée que tu restes seul toute ta vie. Je n'ai jamais connu aucun homme qui soit aussi peu fait pour la solitude que toi.

Ses yeux s'assombrirent.

— Et crois-moi, j'en connais un rayon sur la solitude, ajouta-t-il.

Il porta la bouteille à ses lèvres.

— Allez, déguerpis ! On se reparlera plus tard.

Tandis que Caleb ouvrait la porte, son frère but une longue gorgée de bière en lui faisant signe de la main.

Préoccupé, Caleb rejoignit sa voiture.

Jacob était une autre source d'inquiétude pour lui. Il buvait beaucoup trop, passait bien trop de temps tout seul, et Caleb reconnaissait difficilement en lui l'homme qu'il avait été avant que des événements mystérieux ne le ramènent à la maison.

Tom et Benjamin plaisantaient de temps en temps, en disant qu'ils seraient obligés un de ces jours d'organiser une intervention pour contraindre leur frère à quitter sa cabane et à réintégrer le monde à force d'amour et d'attention.

Toutefois, Caleb savait que cela n'arriverait pas. Ils respectaient tous le besoin que Jacob éprouvait de s'isoler. De toute évidence, leur frère aîné avait de lourds problèmes à résoudre, à surmonter. Il ne leur restait plus qu'à espérer qu'il finirait bientôt par sortir de sa solitude ou leur confierait au moins ce qui lui était arrivé.

Tandis qu'il regagnait la ville, il songea aux différents membres de sa famille.

La peur le prenait à la gorge lorsqu'il pensait à Brittany, et il se faisait beaucoup de souci pour Jacob. Heureusement, Tom avait trouvé l'amour auprès de Peyton, et Benjamin restait toujours le garçon joyeux et décontracté qui semblait avoir comme seul but dans la vie celui de voir tout le monde aussi heureux que lui.

L'après-midi se déroula sur le même mode que la matinée, et ne fut pas plus productif. Caleb passa son temps à suivre de fausses pistes qui ne menaient nulle part, et à lutter contre une frustration qui menaçait de le consumer tout entier.

En quittant le bureau à la tombée de la nuit, il décida de s'arrêter devant la maison de Portia avant de rentrer chez lui. Il voulait s'assurer que Layla était bien là, que Portia n'était pas seule.

A mesure que les jours passaient sans qu'aucun autre incident ne se produise, il en venait à se demander si elle n'était pas hors de danger. Peut-être avait-elle été victime d'un banal accident de la route, après tout. Il était tout à fait possible que la personne qui l'avait accrochée ait eu peur de s'arrêter.

Il tenait cependant à faire le tour de tous les scénarios envisageables. Si malgré tout l'accident était bien un acte délibéré, il se pouvait aussi que celui qui avait une dent contre Portia ait suffisamment déchargé sa colère en collant les affiches, en saccageant la garderie et en l'expédiant dans le fossé.

Dans ce cas, c'était peut-être bien lui qui inventait tout seul des problèmes pour avoir une bonne raison de côtoyer Portia…

Cette pensée lui fit l'effet d'un coup de poing.

Il s'empressa de la repousser. Non, il n'inventait rien du tout. Il y avait tout de même eu trois actes de malveillance dirigés contre Portia, et il faudrait être idiot ou complètement irresponsable pour ne pas en craindre un quatrième.

En se garant le long du trottoir, Caleb poussa un soupir de soulagement en voyant la voiture de sport de Layla dans l'allée.

Parfait, se dit-il. Au moins, Portia ne serait-elle pas seule cette nuit.

Un mélange d'émotions bien connues l'envahit soudain — la douleur de l'amour perdu, la tristesse des rêves brisés, la déception des espoirs non réalisés. Il ravala l'amertume qui lui serrait la gorge.

Son frère se trompait à son sujet. Même s'il subsistait quelques braises entre Portia et lui, même s'il supportait mal la solitude, il ne donnerait plus jamais son cœur à aucune femme.

Jacob avait tort. Il était bel et bien fait pour vivre seul.

7

— Ça va être super !

Les mains sur les hanches, Portia s'écarta du mur que Layla et elle venaient de repeindre en jaune vif, et admira le résultat. Cette nouvelle couleur rendrait la garderie encore plus joyeuse, encore plus lumineuse, et c'était exactement ce qu'elle voulait pour ses amours de bébés.

— Je ne veux plus entendre parler de peinture, protesta Layla. Ce qui m'intéresse, c'est ce que tu as prévu de me donner à manger. Je meurs de faim.

Elle posa son rouleau en gémissant et se massa les reins.

— Tu m'as fait travailler comme une forcenée. Je vais porter plainte pour esclavage.

Portia se mit à rire.

— Ce n'était que le début, ma petite ! s'exclama-t-elle. Il faudra s'y remettre demain, car comme tu peux le constater, cette pièce a quatre murs et nous venons tout juste de terminer le premier.

Elle passa le bras autour des épaules de son amie et l'entraîna vers les lavabos.

— Mais ça suffit pour aujourd'hui. Pour le dîner, ce sera une pizza livrée à domicile, parce que je n'ai aucune envie de cuisiner.

Elles nettoyèrent leurs pinceaux et leurs rouleaux

en papotant, puis quittèrent le garage pour regagner la maison.

Layla se laissa tomber sur le canapé avec un gros soupir, pendant que Portia commandait une pizza par téléphone.

Lorsqu'elle eut raccroché, elle vint s'asseoir à côté de son amie.

— Tu ne peux pas imaginer à quel point j'apprécie que tu aies pris quelques jours pour rester avec moi, lui confia-t-elle.

Layla sourit, tout en ramenant une mèche de ses longs cheveux blonds derrière son oreille.

— Tu sais, je n'avais pas beaucoup de travail ces temps-ci, et il fallait de toute façon que je pose des congés. A vrai dire, tu es bien la seule personne avec qui j'ai envie de passer des vacances.

Elle fronça le nez.

— Enfin... pour être tout à fait franche, ajouta-t-elle, je trouve que ça craint vraiment qu'il n'y ait aucun prince charmant pour m'inviter à passer quelques jours de rêve avec lui.

— C'est vrai que cette ville manque cruellement de princes charmants, concéda Portia.

L'image de Caleb lui vint aussitôt à l'esprit.

Elle l'avait pris pour son prince charmant, dix ans plus tôt, mais sa couronne s'était alors ternie, et il n'y avait eu aucun moyen de lui faire retrouver son brillant. Toute la journée, elle s'était demandé si elle ne s'était pas trompée à son sujet. N'était-ce pas son cœur à elle qui s'était terni, plutôt que la couronne du prince Caleb ?

Elle se leva brusquement du canapé.

— Allez, viens dans la cuisine. On va boire quelque chose en attendant notre pizza.

Portia n'avait pas envie de penser à Caleb. Elle n'avait pas envie de se rappeler à quel point elle l'avait désiré la veille au soir, et à quel point ce désir brûlait encore en elle.

Tandis que Layla s'installait à table, elle mit le couvert et prépara leurs boissons.

Les deux amies discutèrent du travail qu'il leur restait à faire le lendemain à la garderie, et en vinrent à parler des problèmes que rencontrait Layla à l'agence. Les ventes immobilières étaient en baisse constante, si bien qu'elle se demandait si elle n'allait pas devoir envisager une reconversion.

— Qu'est-ce que tu aimerais faire, si tu ne travaillais plus dans l'immobilier ? lui demanda Portia.

Layla ne répondit pas tout de suite.

— Je sais que ça va te paraître très surprenant de ma part, dit-elle après un long silence, mais ce dont j'ai vraiment envie, c'est de devenir l'épouse de quelqu'un, et la mère de quelqu'un. J'aimerais rester quelques années à la maison à m'occuper de mes enfants et de mon foyer. Et lorsque les petits iraient à l'école, alors je réfléchirais à ce que je veux faire du reste de ma vie.

Elle regarda Portia avec un grand sourire.

— C'est ringard, non ?

— Pas du tout, répliqua Portia en éprouvant un regain de sympathie envers Layla. Par contre, ce n'est peut-être pas trop dans l'air du temps.

— Tu sais bien que je n'ai jamais été du genre politiquement correct, plaisanta Layla. Tu savais, par exemple, que j'étais folle amoureuse de Jacob Grayson, quand j'étais plus jeune ?

— C'est vrai ? répondit Portia, surprise. Il était beau,

on ne peut pas dire le contraire. Mais j'ai toujours trouvé qu'il avait quelque chose d'effrayant.

Layla eut un petit rire.

— Ce que tu trouves effrayant, moi je le trouve sexy. J'aime bien les types un peu sombres, presque dangereux. Ça met un peu de piquant dans la vie.

Portia leva les yeux au ciel, sans pouvoir s'empêcher de sourire. Décidément, sa meilleure amie l'étonnerait toujours, et c'était bien pour cette raison qu'elle l'aimait autant.

La sonnette retentit alors.

— Ce doit être notre pizza, commenta-t-elle en se hâtant d'aller ouvrir la porte.

Elle étouffa un cri en voyant l'homme qui se tenait sur son perron.

— Joe ! s'exclama-t-elle avec surprise, non sans ressentir une pointe d'angoisse. Qu'est-ce que tu fais là ?

Joe Castle était un bel homme, grand et blond, aux yeux bleus et au visage bronzé, buriné par la vie au grand air.

L'expression dure et froide, il la fusilla du regard.

— Tu as un problème avec moi ? demanda-t-il sèchement sans s'embarrasser de politesses.

Ne sachant pas vraiment de quoi il était capable, Portia agrippa fermement la porte.

— Bien sûr que non, répondit-elle.

— Alors tu peux me dire pourquoi j'ai Caleb Grayson sur le dos ?

Portia laissa échapper un soupir de soulagement lorsque Layla apparut à ses côtés.

— Salut, Joe, dit celle-ci. Qu'est-ce qui se passe ?

— Je suis venu dire à Portia que je n'ai rien à voir

avec ce qui lui arrive. Jamais je ne ferais de mal à une femme, et le vandalisme n'est vraiment pas mon truc.

— Ecoute, Joe, je suis désolée que tout ça t'ait agacé. Seulement il se trouve que Caleb a une enquête à mener, et il m'a demandé de lui indiquer le nom des personnes que j'ai fréquentées ces derniers temps. Il a bien fallu que je lui dise que nous étions sortis ensemble, et malheureusement, cela t'a placé sur sa liste des suspects potentiels, expliqua Portia. Mais je n'ai jamais pensé que tu pouvais avoir un lien quelconque avec tout cela.

C'était faux, bien sûr, mais Joe sembla se détendre légèrement.

— Je suis heureux de l'apprendre, répondit-il d'un ton bourru. On est sortis ensemble assez longtemps pour que tu saches quel genre d'homme je suis. Je ne m'en prends jamais aux femmes.

A cet instant, la voiture du livreur de pizza s'arrêta le long du trottoir, et un jeune homme en descendit, portant une boîte en carton.

— Je vois que vous allez bientôt manger, observa Joe. Je ne vais pas vous déranger plus longtemps. Je voulais juste te dire en face que je n'ai rien à voir avec cette affaire.

Sans attendre de réponse, il fit volte-face et rejoignit son véhicule.

Lorsque Portia eut payé le livreur, les deux amies retournèrent dans la cuisine.

— Tu penses qu'il est vraiment venu pour s'excuser ? demanda Layla en déposant des parts de pizza dans leurs assiettes.

— Pour quelle autre raison aurait-il pu venir ?

Layla haussa les épaules.

— Je ne sais pas. Pour l'attaque numéro quatre, peut-être ?

— Ne sois pas ridicule ! Il a forcément vu ta voiture dans l'allée, il savait bien que je n'étais pas seule.

— Il a aussi pu penser que c'était une voiture de location, vu que la tienne est toujours chez le garagiste, répliqua Layla.

Les sourcils froncés, Portia mordit dans sa pizza. Joe ne pouvait tout de même pas lui en vouloir à ce point d'avoir décidé qu'ils n'étaient pas faits l'un pour l'autre !

« Les journaux relatent tous les jours d'horribles histoires de femmes qui se font tuer parce qu'elles n'aimaient pas en retour », chuchota une petite voix dans sa tête.

— J'ai du mal à réaliser que tout ça est vrai, finit-elle par dire. Je n'arrête pas de penser que c'est un cauchemar et que je vais bientôt me réveiller.

— Si c'est un cauchemar, sache que je n'apprécie pas plus que ça d'y être impliquée, fit remarquer Layla, arrachant de nouveau un sourire à Portia.

Pendant le reste du repas, elles se détendirent en abordant des sujets plus légers. Elles placèrent des paris sur la date de mariage de Tom Grayson et de Peyton, plaisantèrent à propos de Walt Tolliver en se demandant jusqu'où il pourrait aller avant de se faire interner, et discutèrent de l'attirance de Layla pour les bad boys.

— Je trouve Benjamin Grayson très séduisant, avoua Layla, mais il est bien trop gentil pour moi.

Portia songea au frère de Caleb. Comme tous les Grayson, Benjamin pouvait indéniablement être qualifié de bel homme, mais c'était aussi celui des frères qui avait le meilleur caractère et se montrait le plus facile à vivre. Layla avait raison, elle était beaucoup trop fougueuse pour un homme tel que Benjamin. Nul doute qu'elle n'en ferait qu'une bouchée.

— Benjamin ne sort pas beaucoup, observa Portia. Pour tout dire, je ne me souviens même pas de l'avoir déjà vu avec une fille.

Layla mastiqua pensivement sa bouchée de pizza.

— Tu as raison, je ne le revois pas non plus avec quelqu'un. Au fait, je me demande ce que Jacob a bien pu devenir. Ça fait des années que je n'ai pas entendu parler de lui.

— Aucune idée. Encore un mystère.

Portia soupira.

— Peut-être qu'on est toutes les deux vouées à rester célibataires toute notre vie, finalement, reprit-elle. On sera des vieilles filles, avec plein de chats et les souvenirs de nos anciennes conquêtes pour seule compagnie.

— J'adore M. Moustaches, mais il ne pourra jamais remplacer un homme ! protesta Layla. Et puis, je ne sais pas en ce qui me concerne, mais je suis certaine que toi tu es faite pour te marier et avoir plein d'enfants. C'est ce que tu as toujours voulu.

Portia sentit un léger abattement peser sur ses épaules. Oui, c'était en effet son vœu le plus cher. Et c'était aussi ce que Caleb lui avait promis — l'amour et la famille…

— Parfois, je me demande à quoi aurait ressemblé ma vie si je n'avais pas rompu avec Caleb quand on était à la fac, avoua-t-elle.

Layla se servit une autre part de pizza.

— Elle ne serait peut-être pas bien différente, en dehors du fait que tu garderais tes propres enfants avec ceux des autres, dit-elle.

— Il m'arrive de me demander si je n'ai pas eu tort d'écouter les ragots, plutôt que d'écouter Caleb.

— C'est possible, répondit Layla sans hésiter. Tu sais, beaucoup de filles étaient jalouses de toi, au lycée. Caleb était l'un des mecs les plus en vue, et il a été à genoux devant toi dès la deuxième année. Certaines filles auraient adoré vous voir rompre pour tenter leur chance avec lui. Mais l'eau a coulé sous les ponts depuis, non ?

— C'est vrai.

Portia secoua la tête.

— Mais je dois avouer qu'aujourd'hui, j'ai quelques regrets, ajouta-t-elle.

— Ça ne sert à rien de regretter le passé, sauf si c'est pour en tirer des leçons, observa Layla. Evidemment, on aimerait tous pouvoir revenir en arrière et réparer les erreurs que l'on a faites.

Portia songea à la dureté qu'elle avait perçue dans le regard de Caleb, ce matin. Se pouvait-il qu'elle soit responsable de la colère qu'elle devinait parfois tout au fond de ses yeux ?

Elle n'en savait rien. En revanche, elle était certaine qu'il n'y avait aucune chance de réparer ce qui n'avait pas marché entre eux, aucune chance de retrouver la magie qu'ils avaient partagée jadis. Sans compter que Caleb avait été on ne peut plus clair quant à ses intentions : il avait envie de faire l'amour avec elle, et non de bâtir une relation sérieuse.

Après avoir terminé leur repas, elles s'installèrent dans le salon pour continuer à discuter.

A 20 h 30, le téléphone sonna. C'était Caleb, qui voulait s'assurer que tout allait bien.

Le son de sa voix grave fit à Portia l'effet d'une caresse, une douce caresse, de celles qui font frissonner délicieusement. Elle ne put s'empêcher de repenser à leur étreinte de la veille, à leurs baisers passionnés, aux mains de Caleb sur son dos, sur sa poitrine…

Tout en s'efforçant de chasser bien vite ces pensées de son esprit, elle lui répondit que tout allait bien et que Layla avait prévu de rester jusqu'à la fin de la semaine. La conversation en resta là.

— Je sais que j'ai une réputation de couche-tard, mais cette peinture et tous ces meubles à déplacer m'ont épuisée, dit Layla en étouffant un bâillement lorsque Portia la rejoignit.

— Je n'en peux plus non plus, reconnut Portia d'un ton las.

Elle était cependant persuadée que sa fatigue était davantage mentale que physique. Ressasser toute la journée les mêmes idées à propos de Caleb l'avait beaucoup plus éreintée que le fait de repeindre un mur.

— Tu n'as pas l'intention de me réveiller à l'aube, j'espère ? demanda Layla tandis qu'elles s'engageaient dans le couloir. Tu me connais, j'ai besoin d'une bonne nuit de sommeil pour être fraîche et dispose.

— Je te promets de ne pas te faire lever trop tôt, dit Portia en allumant la lumière dans la chambre d'amis.

— Merci, murmura-t-elle en embrassant affectueusement Layla.

— Merci pour quoi ?

— Merci d'être là. Et d'être mon amie.

Layla lui fit un grand sourire.

— Je suis bien obligée d'être ton amie, répliqua-t-elle, tu connais tous mes secrets !

Portia se mit à rire.

— Bon, tu sais où sont rangées les choses, mais si tu as besoin de quoi que ce soit, n'hésite pas à me le faire savoir.

— Ne t'inquiète pas pour moi, répondit Layla.

Elles se souhaitèrent bonne nuit, puis Portia se dirigea vers sa chambre au bout du couloir.

Comme Layla, elle se sentait épuisée. Une douche bien chaude lui semblait être le remède idéal pour soulager les muscles de ses bras et de son dos, tout endoloris à force de manier le rouleau et les pinceaux.

Quelques minutes plus tard, tandis qu'elle se détendait sous le jet d'eau presque brûlante, elle songea au travail que Layla et elle avaient accompli dans la journée. La peinture jaune avait facilement masqué le beige terne qui couvrait les murs. Lorsqu'elles auraient terminé, la pièce paraîtrait beaucoup plus gaie et lumineuse. Portia était convaincue que les enfants seraient ravis de cette transformation.

Elle avait appelé Melody dans la matinée pour savoir comment elle s'en sortait avec les petits chez elle. La jeune fille lui avait assuré que tout se passait bien, mais que les enfants demandaient sans cesse « tata Portia ».

Même si elle était consciente que cette situation ne pouvait pas s'éterniser, Portia avait expliqué à Melody qu'elle préférait ne pas courir le risque de côtoyer les enfants tant que l'affaire ne serait pas réglée. Elle ne se pardonnerait jamais s'il devait arriver quoi que ce soit à l'un des petits à cause d'elle.

Mais quand saurait-elle si les enfants pouvaient revenir chez elle ? Quand serait-elle enfin en sécurité, et en mesure de reprendre le cours normal de sa vie ? Elle qui aimait pouvoir prendre les choses en main supportait mal de devoir attendre sans rien faire, de se sentir à ce point démunie.

Peut-être Caleb et elle avaient-ils réagi aux événements de manière excessive. Il paraissait évident que quelqu'un lui en voulait et ne l'aimait pas, mais il était également possible que cette personne ait suffisamment déchargé sa colère en provoquant cet accident.

Qui sait, elle ne craignait peut-être plus rien.

En sortant de la salle de bains, Portia enfila sa nuisette et se mit au lit en laissant la lampe de chevet allumée. Il n'y avait aucun bruit dans la maison. Sans doute Layla dormait-elle déjà.

Une bouffée de gratitude l'envahit lorsqu'elle songea à son amie.

Quand elle l'avait appelée pour lui demander de venir passer quelques jours chez elle, Layla n'avait pas hésité un instant. Une heure plus tard, elle était arrivée avec sa valise et son sourire, prête à offrir son aide de manière inconditionnelle.

Portia espérait au plus profond d'elle-même que son amie rencontrerait un homme qui l'aimerait à la folie, un homme qui saurait s'accommoder de sa nature instable et qui verrait au-delà de ses défauts. Car Layla avait vraiment un cœur en or.

Elle soupira et se tourna pour éteindre la lampe, plongeant la chambre dans l'obscurité. Seul un rayon de lune filtrait à travers la fenêtre.

Alors qu'elle pensait que le sommeil serait long à venir, elle s'endormit très vite et se mit à rêver.

C'était le soir du bal de fin d'année du lycée, et elle se trouvait dans la chambre d'hôtel avec Caleb.

Une tension délicieuse lui noua l'estomac tandis qu'elle découvrait les pétales de roses dispersés sur le lit, et voyait la flamme qui brûlait dans les yeux de Caleb.

Voilà, elle y était enfin. Dans quelques instants, elle allait offrir sa virginité à l'homme qu'elle aimait.

Bien qu'elle soit un peu nerveuse, elle n'avait pas peur. Elle savait que Caleb se montrerait doux et attentionné, qu'il recevrait avec gratitude le cadeau qu'elle s'apprêtait à lui faire. Elle savait aussi qu'elle ne s'était pas trompée en décidant de faire l'amour avec lui : il n'y avait rien qu'elle désirait plus au monde.

Lorsqu'il la prit dans ses bras, son cœur se mit à danser follement dans sa poitrine. Et lorsqu'il posa ses lèvres brûlantes et affamées sur les siennes, elle lui rendit son baiser avec tout autant d'ardeur.

Cette étreinte chassa les derniers doutes qu'elle aurait pu encore nourrir. Sa place était bien là, dans les bras de celui qu'elle aimait à la folie. Caleb avait déjà conquis son cœur, le moment était venu de lui offrir ce qu'elle avait de plus précieux.

Ils se laissèrent tomber sur le lit, où le parfum enivrant des roses les enveloppa comme dans un cocon.

Les lèvres de Caleb vinrent se poser juste derrière son oreille, sur ce point sensible qui lui arrachait toujours un soupir de plaisir.

— Je t'aime, Portia. Je t'aimerai toujours, lui murmura-t-il avec fougue.

Ses paroles l'emplissaient d'une douce chaleur qui lui réchauffait le cœur.

— Je t'aime aussi. Pour l'éternité.

— Je te promets qu'il n'y aura aucune autre femme dans ma vie. Je t'aimerai jusqu'à ma mort.

Sa voix tremblait sous le coup de l'émotion.

Il l'enlaça de nouveau, la couvrant de baisers et de caresses. Bientôt, il trouva le haut de la fermeture Eclair au dos de sa robe de bal. Le bruit de la glissière qui descendait lentement la fit frissonner de désir. Elle attendait avec impatience de sentir ses mains brûlantes sur sa peau, de se retrouver nue contre lui. Mais tandis que le bruit persistait, elle se sentit envahie par un vague sentiment d'inquiétude.

Caleb n'aurait pas dû mettre autant de temps pour ouvrir sa robe, et pourtant, le léger chuintement continuait…

Portia se réveilla en sursaut, le cœur battant à tout rompre.

Elle resta immobile un long moment, les yeux fermés, les muscles tendus.

Comment se faisait-il que son rêve ait provoqué en elle une impression de malaise aussi intense ? Une telle sensation de danger ?

A l'instant où elle entrouvrit les yeux, son cerveau enregistra simultanément deux anomalies. La moustiquaire avait été tailladée et pendait en travers de la fenêtre ouverte. C'était cela, le bruit qu'elle avait entendu dans son rêve. Et une silhouette sombre était en train de s'avancer rapidement vers son lit.

Avant qu'elle n'ait eu le temps de crier, l'individu fut sur elle et serra ses mains puissantes autour de sa gorge. Elle sentit tout de suite qu'il portait des gants en latex. Le contact froid du caoutchouc lui glaça le sang.

Elle voulut se débattre, mais s'aperçut qu'elle était prise au piège entre les draps. Gigotant désespérément, elle tenta de se libérer de sa prison de coton, sans y parvenir.

L'étau se resserra autour de son cou. Les doigts s'enfoncèrent dans sa peau tandis qu'un vent de panique se déchaînait en elle. Redoublant d'énergie, elle battit des bras et des jambes, refusant d'abandonner le combat sans avoir tout fait pour se défendre.

Elle ne distinguait rien de son agresseur, en dehors du fait que son visage était dissimulé sous une cagoule. Ses mains, sur sa gorge, semblaient dotées d'une force presque surhumaine. Elle vit ses yeux briller mais, dans l'obscurité, fut incapable d'en discerner la couleur.

L'homme ne disait rien. Il respirait rapidement, bruyamment, comme essoufflé par l'effort qu'il devait fournir pour l'étrangler. Portia aurait tant aimé entendre sa voix, ne serait-ce qu'un mot, pour savoir à qui elle avait affaire !

Les larmes lui brouillèrent la vue lorsqu'elle comprit que si elle ne réagissait pas très vite, elle allait mourir ici, dans son lit, alors que Layla se trouvait dans la chambre juste à côté, à portée de cri.

Elle n'arrivait plus à respirer. L'obscurité se refermait autour d'elle à mesure que les doigts s'enfonçaient toujours plus dans sa gorge. De petites étoiles explosèrent dans sa tête ; son cerveau commençait à manquer d'oxygène.

Au bout d'un temps qui lui sembla une éternité, ses efforts finirent par payer. Elle réussit enfin à dégager un bras de sous le drap, et l'envoya de toutes ses forces contre la tête de son agresseur.

Surpris, il desserra sa prise une seconde.

Portia en profita pour avaler une grande bouffée d'air puis frappa de nouveau.

Elle tenta de crier, mais ne parvint pas à émettre le moindre son. Sans discontinuer, elle asséna des coups de poing au visage et aux épaules de l'individu. A force de se débattre, elle parvint bientôt à libérer une de ses jambes de la camisole de ses draps, et se mit à donner des coups de pied avec frénésie.

L'inconnu, tout en gardant une main serrée autour de son cou, lui donna un violent coup de poing dans la mâchoire, projetant sa tête en arrière contre l'oreiller. Un cri strident s'échappa enfin de la gorge de Portia.

Une seconde plus tard, la voix de Layla lui parvint depuis la chambre voisine.

— Portia ! Portia, qu'est-ce qui se passe ? J'arrive tout de suite, j'ai mon pistolet avec moi !

En un éclair, l'agresseur la relâcha, bondit du lit et se précipita vers la fenêtre pour disparaître dans la nuit.

A bout de souffle, inspirant à pleins poumons, Portia se redressa à l'instant où la porte de sa chambre s'ouvrait à toute volée.

Une lumière rassurante inonda la pièce.

Si elle n'avait pas été si terrifiée, Portia aurait ri en voyant Layla. Celle-ci, vêtue d'un caraco rose vif et d'un minuscule slip assorti, brandissait non pas un pistolet, mais un fer à lisser.

Ramassée sur elle-même, prête à bondir, elle ressemblait à une guerrière ninja ultra branchée. Mais Portia était bien incapable de rire. Elle porta une main à sa gorge en feu en gémissant.

Layla laissa tomber le fer à lisser et courut à la fenêtre, qu'elle referma avant de se précipiter vers son amie.

— Ça va ? Oh ! mon Dieu, Portia ! Qui était là ? Est-ce que tu as vu qui c'était ?

Incapable de parler, Portia secoua la tête. Elle se massa le cou, puis toucha sa mâchoire endolorie. Elle avait froid. Seigneur ! Elle était gelée jusqu'aux os !

Et dire qu'à peine quelques heures plus tôt, elle s'était demandé si Caleb et elle n'avaient pas surestimé la gravité des événements de ces derniers jours…

Caleb.

Il fallait qu'elle l'appelle. Il fallait qu'elle lui raconte ce qui venait de se passer.

Tandis que Layla l'aidait à s'extirper du lit, un sanglot monta dans sa gorge meurtrie. Tenant désespérément à garder le contrôle d'elle-même, elle le ravala.

Elle devait absolument sortir de cette pièce, s'éloigner de cette fenêtre. Elle était terrifiée à l'idée que l'agresseur revienne finir son travail, terrifiée à l'idée que ce cauchemar ne se termine jamais.

Layla dut deviner ses craintes, car elle l'entraîna vers le couloir. Elle ne disait rien mais la soutenait fermement, comme si elle avait conscience qu'elle avait été à deux doigts de perdre son amie.

Car si elle n'était pas parvenue à crier, il ne faisait aucun doute que Layla l'aurait retrouvée morte dans son lit le lendemain matin.

Tremblant de tout son corps tandis que les dernières minutes qu'elle venait de vivre repassaient en boucle dans sa tête, Portia s'appuya contre elle.

Elle avait l'impression de sentir encore autour de son cou les mains puissantes de l'inconnu, tellement décidées à la tuer. Et elles avaient bien failli y parvenir…

Lorsqu'elles furent arrivées dans le salon, Portia s'empara du téléphone et composa d'une main tremblante le numéro du portable de Caleb.

Layla s'assit à côté d'elle sur le canapé, le visage blême.

Portia réussit à contenir ses émotions jusqu'à ce qu'elle entende la voix grave et endormie de Caleb à l'autre bout du fil.

— Caleb, j'ai besoin de toi, dit-elle d'une voix enrouée.

Puis elle éclata en sanglots.

8

Caleb n'avait jamais conduit aussi vite dans les rues de Black Rock. Par chance, à 2 heures et demie du matin, il n'y avait aucun autre véhicule sur la route pour le contraindre à ralentir.

Le coup de téléphone de Portia lui avait fichu une peur bleue. Complètement bouleversée, elle avait été incapable de lui raconter ce qui s'était passé. Tout ce qu'elle était parvenue à lui dire, c'était qu'elle avait besoin de lui. Il avait fallu que Layla prenne le combiné et lui explique que quelqu'un était entré par la fenêtre de la chambre de Portia et avait tenté de l'étrangler.

En entendant cela, Caleb avait failli hurler de rage. Il avait ordonné aux deux femmes de s'enfermer à double tour dans la maison et de ne pas bouger tant qu'il ne serait pas arrivé, puis il avait sauté dans ses vêtements avant de se ruer dans sa voiture.

Les mains cramponnées au volant, les mâchoires serrées à s'en faire mal, il s'engagea dans la rue menant au domicile de Portia.

Bon sang ! songea-t-il. Il fallait avoir un sacré cran pour s'introduire chez elle malgré les circonstances. L'agresseur avait bien dû voir la voiture de Layla garée dans l'allée, mais cela ne l'avait pas dissuadé de s'en prendre à Portia.

Caleb avait appelé Tom et Benjamin pour leur demander

de le rejoindre chez elle. Cette fois, il s'agissait sans aucun doute possible d'une tentative de meurtre, et il ne pouvait pas prendre la situation en charge tout seul.

Lorsqu'il se gara devant la maison, toutes les lumières étaient allumées. Il sauta de sa voiture et courut jusqu'à l'entrée.

— Portia, c'est moi ! cria-t-il en tambourinant à la porte.

Layla vint lui ouvrir, et lui fit signe de se diriger vers le salon, mais Caleb s'y était déjà précipité.

En un instant, Portia avait bondi du canapé et s'était réfugiée dans ses bras.

Son corps était secoué de tremblements tandis qu'elle sanglotait, le visage enfoui dans sa chemise.

Il la serra plus fort contre lui, tout en jetant un coup d'œil vers Layla, qui s'était laissée tomber sur le canapé. Elle portait un petit peignoir rose et son visage exprimait l'horreur la plus complète. Portia avait elle aussi enfilé son peignoir. Caleb sentait la fraîcheur et la douceur de la soie contre sa peau.

— Il est entré par la fenêtre de la chambre, expliqua Layla, le regard perdu dans le vide. Il a déchiré la moustiquaire, il a réussi à ouvrir la fenêtre, l'a enjambée et a essayé d'étrangler Portia.

Sa voix monta d'une octave.

— Il a voulu la tuer, Caleb ! Si je n'avais pas été là, je ne sais pas ce qui aurait pu arriver.

— Tu es sûre que c'était un homme ? demanda-t-il à Portia qui semblait se calmer un peu dans ses bras.

Elle se dégagea de son étreinte et leva les yeux vers lui. Son regard était incertain, vague.

En voyant les marques rouges sur sa joue et sur sa gorge, Caleb eut envie de frapper quelqu'un. De faire à l'agresseur de Portia ce que celui-ci lui avait fait subir, et même pire.

— Je ne sais pas, répondit-elle. Tout ce que je peux te dire, c'est que cette personne avait de la force.

Elle porta une main à son cou en déglutissant avec peine.

— Il avait une cagoule. Il faisait tellement noir que j'ai seulement distingué sa silhouette et la lueur mauvaise dans ses yeux.

Visiblement épuisée, elle alla se rasseoir sur le canapé. A cet instant, Tom et Benjamin frappèrent à la porte. Caleb alla leur ouvrir en espérant que Portia aurait encore la force de répondre aux questions de ses frères.

Pendant l'heure qui suivit, les hommes inspectèrent la chambre, la fenêtre et le lit, puis interrogèrent de nouveau Layla et Portia, en quête du moindre détail qui leur permettrait d'identifier l'agresseur.

Malgré les protestations de Portia, Caleb avait tenu à appeler une ambulance.

Lorsque le véhicule de secours arriva, les infirmiers examinèrent les blessures de la jeune femme et jugèrent une hospitalisation inutile. Portia assura une fois de plus qu'elle allait bien, et l'ambulance repartit.

Malheureusement, les choses s'étaient déroulées tellement vite et il faisait si sombre qu'elle n'avait pas eu la possibilité de voir vraiment la personne qui l'avait attaquée. Elle était incapable de dire si l'agresseur était petit ou grand, gros ou mince, et n'avait aucune idée de la couleur de ses cheveux ou de ses yeux.

Pendant tout le temps de l'interrogatoire, Caleb ne put s'enlever de la tête que Portia avait failli mourir. Il sentait son cœur battre à un rythme effréné, sous l'effet à la fois de l'inquiétude qu'il éprouvait pour elle et de la colère qui bouillonnait en lui.

Chaque fois qu'il regardait la joue et la gorge meurtries de Portia, qu'il voyait la pâleur de son visage et l'épouvante au fond de ses yeux, il craignait de se laisser emporter par cette rage. Il s'efforça pourtant de se contrôler, car il savait que s'il ne parvenait plus à se maîtriser, il serait incapable de faire son travail correctement.

Il était plus de 4 heures du matin lorsque Tom et Benjamin terminèrent leurs recherches. Ils emportèrent les draps de Portia, dans l'espoir d'y retrouver des traces — cheveux, salive, morceau de tissu — laissées par l'agresseur. Ils n'avaient découvert aucune empreinte sur la fenêtre, comme ils s'y étaient attendus. Portia avait été formelle : l'homme portait des gants.

— Je t'emmène chez moi, lui annonça Caleb lorsque Tom et Benjamin furent partis.

Elle sembla hésiter, mais Layla s'avança pour lui prendre les mains.

— Vas-y, Portia. Va chez Caleb, laisse-le veiller sur toi pour le reste de la nuit. Je t'aime beaucoup, mais je suis incapable de te protéger aussi bien que lui.

— Je vais préparer mes affaires, alors.

Portia se leva du canapé puis s'immobilisa.

— Je viens avec toi, dit Caleb.

Il comprenait aisément qu'elle n'avait pas envie de retourner dans sa chambre toute seule, après l'épreuve qu'elle venait d'y subir. Sa proposition lui valut un regard reconnaissant.

— Layla, attends-nous ici, ajouta-t-il. Nous te suivrons jusque chez toi.

Il accompagna Portia jusqu'à sa chambre, puis attendit

sur le pas de la porte pendant qu'elle sortait une petite valise d'un placard et commençait à la remplir.

Ils n'échangèrent pas un mot, et Caleb n'essaya pas d'engager la conversation. Il se doutait que les questions interminables de Tom et Benjamin l'avaient épuisée.

Une nouvelle vague de colère l'envahit lorsque son regard se posa sur la moustiquaire déchirée et le matelas à nu.

— Si je le trouve, je le tue !

Les mots lui avaient échappé avant qu'il ne se rende compte qu'il avait parlé tout haut.

— Non, tu ne le tueras pas, répondit Portia. Tu l'arrêteras et tu feras les choses comme il faut, parce que tu es quelqu'un de bien.

A la fois surpris et touché par ce qu'elle venait de dire, il la regarda disparaître dans la salle de bains.

Quelques instants plus tard, elle ressortit avec une trousse de maquillage, une brosse à cheveux et un flacon de shampooing, qu'elle ajouta aux vêtements dans sa valise avant de refermer celle-ci.

— Je suis prête, dit-elle. Partons d'ici.

Lorsqu'ils retournèrent dans le salon, Layla avait eu le temps de se changer et de rassembler ses affaires. Ils quittèrent la maison tous ensemble et rejoignirent les voitures.

Tandis que Portia s'installait, Caleb jeta un coup d'œil sur les alentours, en espérant que personne n'était en train de les épier. En même temps, il aurait presque voulu que l'agresseur soit là, tapi dans un coin. Ainsi, il aurait eu une chance de lui mettre la main dessus et de lui faire payer tout le mal qu'il avait fait à Portia.

— J'ai sous-estimé la personne qui s'en prend à toi, lui dit-il lorsqu'ils furent sur la route, derrière la voiture de Layla. Je pensais que s'il y avait quelqu'un chez toi, n'importe qui, tu serais en sécurité.

Il frappa le volant du plat de la main.

— Bon sang ! Je n'arrive pas à croire qu'il ait essayé de te tuer alors que Layla était juste à côté.

— Si je ne m'étais pas réveillée, il aurait réussi, répondit Portia. Il m'aurait sauté dessus et étranglée avant que j'aie pu émettre un son.

Elle serra ses bras autour d'elle comme pour se réchauffer.

— Dieu merci, j'ai réussi à crier. Et quand Layla a dit qu'elle arrivait et qu'elle était armée, il s'est tout de suite enfui par la fenêtre.

Lorsqu'ils s'arrêtèrent devant chez Layla, celle-ci descendit de voiture et s'approcha de Portia en lui faisant signe de baisser sa vitre.

— Tu sais, je lui aurais réglé son compte à coups de fer à lisser, lança-t-elle.

Caleb sentit son cœur se réchauffer en entendant Portia éclater de rire. Cela ne dura qu'un instant, mais ce rire lui permit de savoir qu'elle allait s'en sortir. Il admirait la force de caractère dont elle faisait preuve : après ce qu'elle avait vécu, elle aurait tout aussi bien pu perdre les pédales et tomber dans l'hystérie.

— Merci, Layla, dit-elle. Tu ne peux pas savoir comme je te suis reconnaissante. Tu m'as sauvé la vie, ce soir.

Layla lui adressa un grand sourire.

— Quand tout sera fini, tu n'auras qu'à m'inviter au restaurant, et on sera quittes.

— Marché conclu.

Caleb attendit pour redémarrer que Layla ait refermé la porte à clé derrière elle, puis il prit la direction de sa maison.

Le trajet se fit en silence. Portia avait fermé les yeux et reposé la tête contre le dossier du siège, exposant les marques rouges autour de sa gorge.

Caleb tenta de ne pas trop les regarder.

Elle se trompait à son propos. S'il s'était trouvé dans la pièce au moment où l'agresseur avait essayé de l'étrangler, il l'aurait tué, cela ne faisait aucun doute dans son esprit. Il n'y aurait pas eu d'arrestation en bonne et due forme, ni de procès, ni de jugement. Seulement la justice rendue par vengeance.

L'homme avait été stupide de s'en prendre à Portia cette nuit, alors qu'elle n'était pas seule. Ou peut-être avait-il estimé être assez fort, assez malin pour les tuer toutes les deux. Quoi qu'il en soit, son geste trahissait une haine féroce, tellement intense qu'il était prêt à prendre tous les risques pour l'assouvir.

Lorsque Caleb coupa le contact après s'être garé dans son allée, Portia ouvrit les yeux et se redressa.

— Et maintenant, qu'est-ce qu'on fait ? demanda-t-elle avec une lassitude qu'il n'avait jamais entendue dans sa voix auparavant.

— Pour commencer, on va se reposer un peu. On décidera de la suite demain matin.

En descendant de la voiture, il la vit jeter des regards inquiets autour d'elle.

Il attrapa la valise sur la banquette arrière, avant de prendre Portia par le bras pour la mener jusqu'à la maison.

— Tu seras en sécurité, ici, lui assura-t-il sans le moindre doute dans la voix.

Jamais il ne laisserait quiconque l'approcher tant qu'elle serait sous son toit.

Elle acquiesça, tout en portant une main à sa gorge.

Lorsqu'il l'eut conduite dans le salon, il posa la valise par terre.

— Tu veux de la glace pour mettre sur ton cou ? proposa-t-il.

— Non, merci, ça va aller.

Elle laissa retomber sa main.

— Et ta joue ? On dirait que tu vas avoir un bleu, là aussi, fit-il remarquer.

— Ne t'en fais pas. J'ai juste besoin de dormir un peu. Je suis sûre que ça ira mieux demain.

Elle tenta de sourire, mais ses yeux s'emplirent soudain de larmes.

— Ça ira mieux demain, n'est-ce pas, Caleb ?

Il refusait catégoriquement de tomber de nouveau amoureux d'elle, mais il ne pouvait rester insensible à la peur qui se lisait sur son visage, ni ignorer son besoin évident de réconfort.

Il l'attira contre lui, et elle se lova aussitôt dans ses bras, pressant son corps tremblant contre le sien. Caleb savait très bien que l'émotion qui la poussait vers lui n'était rien d'autre que la peur, l'horreur de ce qu'elle venait de vivre. Cela ne l'empêcha toutefois pas de réagir physiquement à son contact.

Tandis qu'il lui caressait doucement le dos pour tenter de l'apaiser, le parfum entêtant qui émanait de ses cheveux lui monta à la tête, et la chaleur de ses courbes moelleuses contre lui alluma un feu brûlant au creux de ses reins.

Il la serra ainsi quelques instants avant de s'écarter, de peur qu'elle ne remarque son émotion.

— Viens, je vais te montrer ta chambre, dit-il.

Il prit la valise et la porta jusqu'à la chambre d'amis, au bout du couloir.

— Ce n'est pas terrible, la prévint-il en posant la valise sur le lit.

Il suivit le regard de Portia, qui contemplait la pièce. A vrai dire, il n'y avait pas grand-chose à voir. Un lit simple, recouvert d'un couvre-lit marron et terne, était plaqué contre un mur. En face se dressait une commode sur laquelle trônait un petit vase rempli de pâquerettes jaunes en plastique. Une unique chaise était placée près du lit, non loin de la table de chevet.

— Ça ira très bien, répondit Portia.

— La salle de bains est juste en face, dans le couloir, précisa-t-il.

— Je crois que je vais y aller, justement. Je reviens tout de suite.

Elle quitta la chambre et alla s'enfermer dans la salle de bains.

Caleb profita de son absence pour retirer le couvre-lit et rabattre le drap. Pour tout dire, il avait envie de l'allonger là et de lui faire l'amour jusqu'à ce que la passion remplace la peur dans son regard, mais il savait que ce n'était pas ce dont elle avait besoin.

Il avait tout juste fini de préparer le lit lorsque Portia le rejoignit.

— Merci de m'accueillir ici, Caleb, lui dit-elle. Je n'aurais jamais pu me rendormir dans ma chambre, ni nulle part chez moi.

Tout en serrant ses bras autour d'elle, elle leva ses beaux yeux noisette vers lui.

— Tu crois que tu pourrais rester un peu avec moi, jusqu'à ce que je m'endorme, peut-être ?

Il ne supportait pas de voir la terreur qui assombrissait son regard, ni le léger tremblement de sa lèvre inférieure. Ces lèvres-là étaient faites pour sourire et pour embrasser, pas pour trembler de peur.

— Je resterai là aussi longtemps que tu voudras, lui assura-t-il.

Elle enleva sa robe de chambre et la posa sur la chaise, avant de se glisser entre les draps.

Caleb éteignit la lumière, puis s'assit au bord du lit.

La lumière du couloir éclairait le visage de Portia. Bien qu'elle eût fermé les yeux, Caleb devinait à la légère crispation de ses traits qu'elle était tendue et que le sommeil ne viendrait pas facilement.

— Tu veux parler ? demanda-t-il d'une voix douce.

Elle ouvrit les yeux pour le regarder.

— J'aimerais juste que quelqu'un m'explique pourquoi on veut me tuer. J'aimerais savoir ce que j'ai fait pour mériter ça.

— Tu ne mérites pas ça, quoi que tu aies fait, répliqua Caleb.

— Peut-être que c'est fini, maintenant, murmura-t-elle, les paupières lourdes. Peut-être qu'après ce qui s'est passé ce soir, mon agresseur se sera suffisamment défoulé, et qu'il me laissera tranquille.

— C'est possible, répondit-il bien que persuadé du contraire.

Il ne pouvait pas oublier que celui qui voulait tuer Portia avait pris le risque de s'introduire chez elle alors qu'il y avait quelqu'un d'autre dans la maison. Cela témoignait d'un désespoir et d'une rage sans commune mesure.

Caleb sentit son estomac se nouer. Il aurait aimé pouvoir assurer à Portia que son cauchemar serait bientôt terminé et que tout finirait bien, mais c'était impossible. Le futur proche lui semblait tout sauf radieux. Il n'y voyait rien d'autre que l'obscurité, le danger, et un agresseur rusé déterminé à tuer.

Tandis qu'elle s'endormait enfin à côté de lui, Caleb sentit l'angoisse l'envahir.

Portia se réveilla en sursaut et, complètement désorientée, regarda autour d'elle.

Les événements de la nuit lui revinrent peu à peu, et avec eux, la peur que tout recommence. L'agresseur, les mains serrées autour de sa gorge, la lutte pour survivre... les images effrayantes de la nuit défilèrent dans sa tête comme dans un film d'horreur.

Malheureusement, ce n'était pas un film, et elle ne pouvait pas quitter la salle aussi facilement.

« Tu es en sécurité », chuchota une petite voix dans son esprit.

Elle s'assit et s'efforça de respirer calmement. La dernière chose dont elle avait eu conscience avant de s'endormir avait été la présence de Caleb auprès d'elle, sur le lit. Il avait veillé à ce qu'elle trouve le sommeil en toute sérénité.

Avec un peu de chance, personne ne les avait vus partir de chez elle dans la nuit, et personne ne savait donc que Caleb l'avait recueillie chez lui. Elle n'avait peut-être plus rien à craindre, enfin.

Bien qu'il n'y ait pas de réveil dans la chambre, elle devina, à la lumière du soleil qui entrait à flots par la fenêtre, qu'il était déjà tard. Comme la maison était plongée dans le silence, elle supposa que Caleb était parti travailler.

Elle avait encore mal à la mâchoire et au cou lorsqu'elle se leva, mais la douleur restait supportable. Elle enfila sa robe de chambre puis sortit dans le couloir, avec l'intention d'aller se préparer du café.

Quand elle était arrivée au milieu de la nuit, bouleversée par l'épreuve qu'elle venait de vivre, elle n'avait pas vraiment prêté attention au décor. Maintenant qu'elle s'était reposée, elle regarda autour d'elle avec intérêt lorsqu'elle pénétra dans le salon.

Or, il n'y avait pas grand-chose à voir.

Entre un fauteuil beige très quelconque et un canapé assorti se dressait une table basse de bois, sur laquelle était posée une lampe, beige également. En face du canapé, un meuble multimédia renfermait une chaîne hi-fi et un lecteur de DVD, avec, au-dessus, un écran de télévision. Des photos de la famille Grayson étaient exposées sur l'une des étagères, seule indication concernant l'identité de l'occupant des lieux.

Elle s'approcha et sentit son cœur se serrer en voyant une photo de Caleb et de Brittany. Elle imaginait sans peine l'épreuve que les frères Grayson devaient traverser en ce moment, ne sachant pas ce qui avait pu arriver à leur sœur, ni si elle était toujours en vie.

— Bonjour.

Portia sursauta en entendant la voix de Caleb, qui se tenait sur le seuil de la cuisine.

— Je ne savais pas que tu étais là, s'excusa-t-elle.

Il lui fit signe de le rejoindre et lui désigna une chaise devant la table.

Portia jeta un coup d'œil à l'horloge et vit qu'il était plus de 10 heures.

— Tu ne devrais pas être au travail ? demanda-t-elle.

— A partir d'aujourd'hui, mon travail, c'est toi, répondit-il tout en versant du café dans une tasse qu'il posa devant elle. J'ai bien l'intention de m'occuper de toi, et de toi seule, jusqu'à ce que l'on retrouve l'imbécile qui t'a prise en grippe.

Elle le regarda, consternée.

— Mais, Caleb, tu as tellement d'autres choses à faire ! s'exclama-t-elle.

— Je ne veux plus que tu restes seule, Portia, dit-il d'un air sombre. Je te veux ici, avec moi, jusqu'à ce que cette affaire soit réglée. En dehors de Layla, personne ne sait que tu es chez moi, et j'ai bien l'intention que les choses restent comme ça.

— C'est insensé ! protesta-t-elle. Il faut que tu retrouves ta sœur. Tu ne peux quand même pas tout laisser tomber à cause de moi.

— Pour l'instant, je ne peux rien faire pour aider Brittany. On est dans une impasse.

Sa voix trahissait sa frustration.

— Tant que rien ne bouge de ce côté-là, reprit-il, je peux au moins essayer de te protéger.

Portia entoura sa tasse de café de ses mains et regarda Caleb intensément.

— Est-ce que tu ferais tout ça pour n'importe qui ? demanda-t-elle.

— Tu n'es pas n'importe qui. Tu es quelqu'un que j'ai aimé par le passé, quelqu'un à qui je tiens encore, quoique différemment. Enfin, peu importe. Qu'est-ce que tu veux manger ?

— Rien, merci. Je n'ai vraiment pas faim.

Elle n'était pas sûre de comprendre pourquoi ce qu'il venait de dire l'avait un peu blessée. Après tout, elle ressentait la même chose pour lui. Elle tenait encore à lui, d'une certaine façon, même si elle n'éprouvait plus à son égard la même passion romantique qu'autrefois.

Bien sûr, elle ne pouvait nier qu'il subsistait une très

forte attirance physique entre eux, mais cela n'avait rien à voir avec l'amour. Pour autant, l'idée d'être enfermée ici avec lui pendant plusieurs jours — et plusieurs nuits — lui procurait, outre un sentiment de grande sérénité, un frisson d'excitation indéniable.

Elle ne doutait pas un seul instant que Caleb la défendrait contre quiconque tenterait de nouveau de lui faire du mal. Mais qui la protégerait de Caleb ? Et avait-elle réellement envie d'être protégée de lui ?

— Au fait, j'ai oublié de te dire… Joe Castle est venu me voir chez moi hier soir, dit-elle pour tenter de penser à autre chose qu'à Caleb, et à ce qu'ils étaient susceptibles de faire ensemble.

Il fronça les sourcils et s'installa à table à côté d'elle. Portia inspira son odeur, un mélange plaisant de gel douche pour homme et de son parfum habituel. Une étincelle de désir s'alluma au creux de son ventre.

Seigneur, que lui arrivait-il ? songea-t-elle, irritée contre elle-même. Sa vie était sens dessus dessous, quelqu'un essayait de la tuer et voilà qu'elle n'avait qu'une seule chose en tête, faire l'amour avec Caleb. L'agression avait vraiment dû la secouer plus encore qu'elle ne l'aurait cru.

— Que voulait-il ? demanda Caleb.

Portia but une gorgée de café, en espérant que la caféine lui remettrait un peu les idées en place.

— Il voulait me dire qu'il n'avait rien à voir avec ce qui m'est arrivé, expliqua-t-elle. J'avoue qu'il m'a fait un peu peur. Il était très vexé que j'aie pu le croire capable de me chercher des ennuis.

Caleb ne parut pas apprécier cette information.

— Je crois que je vais encore avoir une petite conversation avec lui, marmonna-t-il, l'air sombre. Pour savoir où il était cette nuit à 2 heures du matin, par exemple.

Portia faillit protester. Elle faillit lui dire qu'elle n'imaginait vraiment pas Joe s'introduisant chez elle par la fenêtre et lui serrant le cou pour tenter de la tuer, mais elle se ravisa. En dehors de Caleb, de ses frères et de Layla, elle ne savait plus en qui elle pouvait avoir confiance.

Elle termina son café, puis se leva.

— Il faut que j'aille prendre une douche et m'habiller, dit-elle. Quels sont les plans pour la journée ?

— Je vais appeler Benjamin pour lui demander de venir te tenir compagnie un moment. Pendant ce temps, j'irai rendre visite à Joe pour connaître son emploi du temps de cette nuit. A mon retour, on pourra aller manger au restaurant, si tu en as envie.

— Je peux quand même rester seule ici quelques heures, assura-t-elle sans grande conviction.

Elle détestait l'idée de soustraire à ses obligations un autre représentant des forces de l'ordre.

— Tu as peut-être envie de jouer avec ta sécurité, mais pas moi, répondit-il avec fermeté. D'ailleurs, c'est notre boulot de protéger les citoyens de Black Rock, et je suis sûr que ça ne dérangera pas Benjamin de venir passer un moment avec toi. Allez, va te laver, j'appelle mon frère.

Même si elle ne supportait pas l'idée d'être un fardeau pour qui que ce soit, Portia était soulagée que Caleb refuse de la laisser seule. Car elle avait beau s'efforcer de ne pas trop penser à ce qui s'était passé dans la nuit, il n'en restait pas moins qu'elle ressentait encore le goût de la terreur dans sa bouche, et revoyait les mêmes images horribles chaque fois qu'elle fermait les yeux.

Non, vraiment, elle n'avait pas du tout envie de rester seule, ne serait-ce qu'une heure. Elle voulait discuter de tout et de rien avec quelqu'un, et sentir la présence réconfortante d'un autre être humain auprès d'elle pour oublier la peur qui menaçait de la submerger.

Après avoir pris une longue douche chaude qui lui fit le plus grand bien, elle enfila un short blanc et un chemisier jaune vif. En retournant dans la cuisine, elle fut surprise de tomber sur Benjamin, qui était en train de se servir une tasse de café. Apparemment, Caleb était déjà parti.

— Bonjour, Portia ! la salua-t-il. Dis donc, tu as sacrément bonne mine, après ce que tu as vécu cette nuit.

Flattée par le compliment, elle lui sourit puis refusa le café qu'il lui proposait.

— Non, merci. J'en ai déjà bu tout à l'heure et je suis suffisamment nerveuse pour ne pas abuser de la caféine.

Il fallait l'admettre, la présence d'un homme en uniforme et armé d'un pistolet avait vraiment quelque chose de rassurant. De plus, Portia avait toujours apprécié Benjamin, qui parlait d'une voix douce et se montrait agréable en toutes circonstances.

— Je te remercie beaucoup d'être venu, Benjamin, lui dit-elle en s'asseyant à table. Mais ça me gêne de te détourner de ton travail.

Il s'installa en face d'elle.

— Te protéger fait partie de mon travail, répliqua-t-il, même si Caleb a fait de cette histoire une affaire personnelle. Je plains ton agresseur s'il le retrouve avant nous. Est-ce que tu as repensé à quelque chose que tu aurais oublié de nous dire cette nuit ?

Portia secoua la tête.

— Tout est arrivé tellement vite, et il faisait si

sombre… Je regrette vraiment de ne pas avoir pensé à essayer de lui arracher sa cagoule.

— Tu étais bien trop occupée à te battre pour rester en vie, expliqua Benjamin. Un jour ou l'autre, le coupable fera une erreur, et nous le coincerons.

— J'espère que ce jour arrivera bientôt, parce que j'ai hâte de retrouver ma vie, soupira-t-elle.

Sans compter qu'elle n'était pas certaine d'aimer l'idée de passer ses journées et ses nuits ici, chez Caleb, alors que toute la maison était imprégnée de son odeur, et que sa présence lui rappelait une passion qu'elle n'avait partagée qu'avec lui.

Benjamin se laissa aller en arrière contre le dossier de sa chaise et sirota son café, en l'observant de son regard brun et doux.

— Ça va ?

Elle acquiesça.

— Aussi bien qu'on peut s'y attendre compte tenu des circonstances, j'imagine, répondit-elle. Je suis juste frustrée de ne pas savoir qui se cache derrière ces agressions, et pourquoi. C'est peut-être un de ces extraterrestres dont Walt Tolliver n'arrête pas de parler.

Benjamin se mit à rire, puis se rembrunit.

— Walt a toujours été un peu bizarre, mais ces derniers temps, je trouve qu'il est de plus en plus obsédé par son histoire d'invasion d'extraterrestres. Je me fais du souci pour lui.

— Je sais que sa femme est décédée il y a trois ou quatre ans. Est-ce qu'il a de la famille ? Des amis, peut-être ? s'enquit Portia.

— Juste une petite-fille. Elle s'appelle Edie Burnett, et elle habite à Topeka. J'ai essayé de l'appeler hier, mais je suis tombé sur son répondeur, alors je lui ai laissé un message pour lui dire de me recontacter. Depuis, je n'ai pas eu de nouvelles.

— Il est encore tôt, fit remarquer Portia. Je suis sûre qu'elle t'appellera avant la fin de la journée.

— C'est ce que j'espère. Je pense qu'il vaudrait mieux que quelqu'un de sa famille vienne le voir pour s'assurer qu'il va bien.

Touchée par sa bonté, Portia l'observa pendant quelques instants.

— Tu es quelqu'un de bien, Benjamin. Comment se fait-il que tu ne sois pas encore marié ?

Il reposa sa tasse de café et sourit d'un air contrit.

— C'est peut-être parce que je recherche la femme idéale, et que je ne l'ai pas encore trouvée… Mais je pourrais te poser la même question, Portia. Pourquoi n'es-tu pas mariée ? Vu comme tu aimes les enfants, c'est étonnant que tu n'en aies pas encore à toi.

— Je crois qu'aimer Caleb a ruiné toutes mes chances d'aimer un autre homme.

Elle dévisagea Benjamin, les yeux écarquillés, effarée par ce qu'elle venait de dire.

— Ne t'inquiète pas, je ne lui répéterai pas ce que tu viens de me confier, lui assura-t-il avec un regard amusé. Et, soit dit en passant, je crois que c'est pareil pour lui.

— C'est faux ! s'indigna-t-elle. Il devait bien aimer Laura Kincaid, puisqu'ils étaient allés jusqu'à se fiancer.

Benjamin s'appuya contre le dossier de sa chaise et fronça pensivement les sourcils.

— Sincèrement, je ne crois pas qu'il s'agissait vraiment d'amour entre Laura et lui, avança-t-il. Il n'avait pas cette étincelle dans les yeux, cette élasticité dans la démarche, qu'il avait toujours lorsqu'il était avec toi. Quand elle est partie de Black Rock, Caleb n'a pas eu le cœur brisé. Il était juste en colère. Pour tout dire, je crois qu'il est en colère depuis le jour où vous vous êtes séparés, tous les deux.

Portia poussa un gros soupir.

— Notre passé, à Caleb et moi, se dresse encore entre nous comme un mur infranchissable. Nous n'avons jamais reparlé de ce qui s'était passé, des raisons qui ont mené à notre séparation. Je crois que nous n'avons jamais réellement tourné la page.

Il lui sourit gentiment.

— Alors il est peut-être temps de prendre vos marteaux et de détruire ce mur, suggéra-t-il. Il est possible que vous ayez simplement besoin d'une seconde chance.

Portia sentit une onde de chaleur lui réchauffer le cœur à l'évocation de cette possibilité. Elle et Caleb pouvaient-ils surmonter leur passé et tenter de se trouver de nouveau ? songea-t-elle, le cœur battant. Avaient-ils vraiment droit à une seconde chance ?

Mais à peine née, cette douce chaleur qui avait bien failli s'installer en elle fut balayée par la réalité glaciale. Quelqu'un, tapi dans l'ombre, n'avait pas l'intention de lui laisser une seconde chance. Quelqu'un la voulait tout simplement morte.

9

Il était un peu plus de 13 heures lorsque Caleb se gara devant chez lui. Il coupa le contact puis, au lieu de descendre de voiture, il appuya son front contre le volant et poussa un long soupir.

Il était épuisé. La nuit précédente, il n'avait pas réussi à trouver le sommeil bien que Portia se soit endormie relativement vite. Après être resté un long moment assis sur le bord du lit à contempler son visage, il avait fini par accepter la vérité : il tenait encore profondément à elle.

Bien sûr, il avait été prêt à épouser Laura, et il aurait fait de son mieux pour que leur vie ensemble soit la plus heureuse possible. Mais ses sentiments pour la jolie blonde n'avaient jamais égalé ce qu'il avait éprouvé autrefois pour Portia.

Il essayait bien de se convaincre que la forte attirance qu'il ressentait pour elle n'avait pour origine que les souvenirs de ce qu'ils avaient vécu, mais il savait que ce n'était pas complètement vrai.

Ces derniers jours, il avait été amené à l'admirer pour son courage et sa générosité, et tous ceux qu'il avait interrogés lui avaient répété sans cesse qu'elle était aimante et chaleureuse, que tout le monde l'appréciait. Portia était quelqu'un de bien, elle méritait de trouver un homme tout aussi bien. Cependant, Caleb refusait d'imaginer qu'il puisse être cet homme-là.

Il releva la tête et descendit de voiture. Aussitôt, la chaleur écrasante du soleil s'abattit sur ses épaules.

L'idée de devoir cohabiter avec Portia pendant plusieurs jours le rendait légèrement nerveux.

Combien de temps supporterait-il de sentir son parfum et de voir cette petite flamme qui s'allumait parfois dans son regard sans devenir fou ? Combien de temps pourrait-il regarder ses lèvres sans avoir envie de les capturer de nouveau pour un baiser qui les laisserait tous deux essoufflés et tremblants de désir ?

Plus que tout, il rêvait de lui faire l'amour, mais ce rêve était aussi son cauchemar. Quels risques encourrait-il en effet s'ils en venaient à céder à leur envie ? Car s'il était bien décidé à empêcher Portia de s'insinuer dans son cœur, il craignait que, d'une manière ou d'une autre, elle réussisse à renverser ses défenses.

Il trouva Portia et son frère attablés dans la cuisine, en train de jouer aux cartes.

— Dieu merci, te voilà ! s'exclama Benjamin en reculant sa chaise. C'est une vraie tricheuse. Elle a gagné neuf parties sur dix.

— Vous jouez au poker ? demanda Caleb.

— Non, au mistigri, répondit Portia avec un grand sourire.

Benjamin posa ses cartes sur la table et se leva.

— Alors, qu'est-ce que tu as découvert à propos de Joe ?

— Il m'a dit qu'après avoir quitté Portia, hier soir, il était allé rejoindre Ann Tyler au bar de Harley. Ils ont bu quelques verres ensemble, puis ils sont rentrés chez lui. J'ai eu confirmation de cette version par Ann, qui affirme que Joe n'a pas quitté son lit de toute la nuit.

— Retour à la case départ, si je comprends bien, murmura Benjamin.

— Malheureusement, oui.

Caleb avait du mal à cacher sa frustration. Quelle que soit la piste qu'il tentait de suivre, il se retrouvait chaque fois dans une impasse.

— Je retourne au bureau. Est-ce que je peux faire autre chose pour toi ? demanda Benjamin.

Caleb secoua la tête.

— Il est trop tôt pour avoir les résultats des analyses effectuées sur les draps de Portia. Non, je crois qu'il n'y a rien à faire pour l'instant.

— Alors je vous dis à plus tard.

Comme Benjamin repartait, Caleb se tourna vers Portia.

— Ça te dit d'aller manger à la brasserie ?

— Ce n'est pas dangereux que je me montre en public ? s'enquit-elle avec une pointe d'inquiétude dans la voix.

Caleb avait réfléchi à la meilleure ligne de conduite à adopter dès l'instant où il avait quitté la maison. Il s'appuya contre le plan de travail et regarda Portia intensément.

— Au départ, je pensais te cacher ici, et faire en sorte que personne ne sache que tu étais chez moi. Mon seul objectif était de te protéger.

— Et maintenant ?

— Maintenant, je me demande si ce ne serait pas une meilleure idée de faire savoir à tout le monde que je t'héberge.

Il vit ses yeux s'étrécir, puis s'agrandir lorsqu'elle comprit où il voulait en venir.

— Tu veux te servir de moi comme appât…

Elle replaça une mèche de ses cheveux derrière son oreille.

Caleb nota que sa main tremblait légèrement.

— C'est à toi de prendre la décision, Portia. Si je n'étais pas sûr de pouvoir te défendre, je ne te proposerais jamais cela.

Sans détacher son regard du sien, elle réfléchit un moment.

— Je te fais confiance, finit-elle par dire. En plus, c'est peut-être la seule façon de faire sortir cette personne de l'ombre. J'ai vraiment envie que toute cette histoire se termine. Si c'est la seule manière d'y arriver, alors je suis d'accord.

— Dans ce cas, allons-y, répondit-il.

Cela faisait à peine quelques minutes qu'il se trouvait seul avec elle dans sa cuisine, et déjà il avait hâte de fuir cet espace confiné.

Quelques instants plus tard, ils montaient dans la voiture de Caleb.

— Ton agresseur a probablement collé les affiches la nuit, et il a provoqué l'accident sur une route sombre et isolée, résuma-t-il tandis qu'il reculait dans l'allée. La nuit dernière, il espérait sans doute te surprendre dans ton sommeil, à un moment où tu étais vulnérable. Je pense que tant que tu resteras dehors en plein jour et entourée de gens, tu seras en sécurité. Il paraît évident qu'il n'est pas assez fou pour tenter quoi que ce soit dans un lieu où quelqu'un serait en mesure de l'identifier.

— Qu'est-ce qui te fait croire qu'il pourrait essayer de me tuer chez toi ? demanda Portia. C'est une chose pour lui de penser qu'il pouvait se débarrasser de Layla, mais c'en est quand même une autre d'imaginer qu'il pourra s'en prendre à moi malgré la présence d'un policier armé.

— On verra bien comment les choses se présenteront, répondit Caleb. Pour l'instant, tout ce que je vois, c'est un énorme hamburger bien juteux avec plein de cornichons à côté.

Elle se tourna vers lui en souriant.

— Tu te souviens du soir où on était assis à table dans la cuisine de ta mère, et où tu avais vidé tout un bocal de cornichons ? Elle était furieuse, parce qu'elle en avait besoin pour préparer une salade de pommes de terre.

Caleb ne put s'empêcher de rire au souvenir de la scène.

— Ah oui, ça, elle était en colère ! s'exclama-t-il. Elle avait crié que j'avais gâché le repas qu'elle voulait apporter à Mme Whittaker, qui venait de se faire opérer du dos.

— Tu t'en étais sorti avec une bonne indigestion, et la pauvre Mme Whittaker avec un plat de macaroni au fromage à la place de la fameuse salade de pommes de terre de ta mère.

Il y avait bien longtemps que Caleb n'avait vu les yeux de Portia briller autant. L'éclat de son regard alluma une petite flamme de désir au fond de lui, qu'il tenta d'étouffer en se concentrant sur sa manœuvre pour se garer sur le parking de la brasserie.

— Tout semblait tellement plus simple, à l'époque, dit-il en coupant le contact.

— On avait l'impression que le monde était à nos pieds, approuva-t-elle. On était tellement jeunes, et tellement arrogants, aussi !

— Ça, c'est sûr.

Il ouvrit sa portière.

— Allons manger, ajouta-t-il pour couper court à la conversation.

Il n'avait pas envie de partager des souvenirs avec elle. Il n'avait pas envie de repenser à cette époque bénie où elle était dans ses bras et dans son cœur pour son plus grand bonheur, et où il croyait savoir parfaitement à quoi ressemblerait leur avenir ensemble.

Lorsqu'ils entrèrent dans la brasserie, il repéra un box libre au fond de la salle et s'y dirigea. Il s'installa du côté qui faisait face à la porte, de manière à pouvoir intervenir en cas de problème.

Rapidement Linda, la serveuse, s'approcha de leur table avec les menus et des verres d'eau.

— Je n'ai pas besoin de la carte, annonça Caleb comme Linda s'apprêtait à lui en donner une.

— Laisse-moi deviner, répondit-elle en souriant. Pour toi, ce sera un grand hamburger sans oignons avec un supplément de cornichons, des frites et un soda.

— Exactement.

— Et toi, Portia ? Tu veux regarder la carte ou tu t'en passeras aussi ?

— Je prendrai la même chose que Caleb, et tu pourras lui donner mes cornichons, répondit Portia.

— C'est noté.

Linda repartit vers les cuisines.

Aussitôt, un silence gêné s'installa entre eux. Caleb se concentra sur la salle du restaurant, regardant attentivement les autres clients pour vérifier que personne ne les observait. Au bout d'un moment, comme il sentait le regard de Portia peser sur lui, il reporta son attention sur elle.

— La nuit dernière, quand l'agresseur s'est introduit

dans ma chambre, j'étais en train de rêver à la soirée du bal de fin d'année, lui confia-t-elle.

Cette déclaration fit à Caleb l'effet d'un coup de poing. Dire qu'il ne s'attendait pas du tout à ce qu'elle évoque cette soirée-là était un doux euphémisme.

— Ah oui ? dit-il prudemment.

Elle soutint son regard avec une intensité troublante qui ne fit rien pour arranger sa nervosité.

— Je rêvais que nous étions sur le lit, dans la chambre d'hôtel, et que tu étais en train de faire glisser la fermeture Eclair de ma robe.

Caleb sentit sa gorge s'assécher tandis qu'il se remémorait la douceur soyeuse de sa peau, la chaleur de son souffle, le rythme effréné de son cœur contre le sien.

— Pourquoi tu me dis tout ça ? demanda-t-il d'une voix plus rauque qu'il ne l'aurait souhaité.

— Parce que je crois qu'il faut qu'on en parle, qu'on parle de nous et de ce qui s'est passé il y a dix ans. Je n'ai plus envie que ce sujet reste tabou entre nous.

— Mais il n'y a rien à dire ! s'exclama-t-il. On est sortis ensemble, on s'est séparés, fin de l'histoire. Notre relation n'a pas duré, comme la plupart des amours de lycée. Tu sais, on n'était pas tellement différents de tous les autres couples du même âge.

— Mais il y a des choses dont j'aimerais parler, protesta-t-elle.

Il regarda la salle bondée autour d'eux avant de reporter son attention sur Portia.

— Ce n'est ni le moment ni l'endroit pour se lancer dans une conversation personnelle, fit-il remarquer. Si ça ne te dérange pas, je préfère manger. On pourra en reparler plus tard.

Il espérait de tout cœur que, d'ici là, elle aurait oublié

ce qu'elle avait voulu lui dire, car il n'avait aucune envie de ressasser ce genre de choses. Le mal était fait. C'était de l'histoire ancienne ; il ne voulait plus y penser, et encore moins en parler.

Linda leur apporta leur repas, et ils se mirent à manger en silence.

Caleb avait conscience que l'atmosphère entre eux était tendue. Portia avait cessé de le regarder et affichait une expression un peu froissée — il avait dû la vexer en coupant court à la conversation, mais il était hors de question pour lui d'aborder le thème de leur relation passée, surtout en public. Il tenta de s'intéresser aux autres clients de la brasserie, et non à la femme assise en face de lui.

Larry Norwood, le vétérinaire, était installé au comptoir et discutait avec Margie Meadows, une veuve à la langue bien pendue qui travaillait à la supérette de Black Rock, en bordure de la ville. Assises à une table non loin de la leur, quelques lycéennes passaient leur temps à glousser et à lancer des regards langoureux en direction d'un jeune homme assez mignon qui mangeait seul au comptoir.

Caleb aurait voulu dire à ce garçon de se méfier des femmes comme de la peste, de fuir les chagrins d'amour de jeunesse. Il savait cependant que cela n'aurait servi à rien, que les peines de cœur faisaient sans doute partie de ces rites de passage douloureux qui permettaient d'évoluer de l'adolescence à l'âge adulte. Il en avait fait l'expérience, comme tant d'autres avant lui.

Portia et lui avaient presque terminé leur repas lorsque Tom poussa la porte du petit restaurant. Il les repéra aussitôt et s'approcha de leur box.

— Bonjour, Portia, dit-il. Comment tu te sens, aujourd'hui ?

— Beaucoup mieux que la dernière fois que nous nous sommes vus, répondit-elle.

— Mon petit frère s'occupe bien de toi ?

— Peut-être un peu trop bien. Je me sens vraiment coupable de le détourner de son travail.

Tom fit un geste de la main comme pour balayer ses scrupules.

— Son travail, c'est aussi de te protéger, fit-il remarquer.

— C'est ce que je n'arrête pas de lui expliquer, intervint Caleb.

— Comment vont Peyton et Lilly ? s'enquit Portia.

— Très bien.

Une lueur de joie scintilla dans le regard de Tom. Si Caleb avait décidé qu'il n'était pas fait pour se marier et fonder une famille, il ne pouvait s'empêcher d'envier le bonheur de son frère.

— Quand vas-tu enfin faire de Peyton une femme honnête ? demanda Portia avec un petit sourire.

Le regard de Tom s'assombrit.

— Quand Brittany sera de retour à la maison et pourra assister à la cérémonie.

— J'espère de tout cœur que cela arrivera bientôt.

Tom acquiesça, avant de se tourner vers Caleb.

— Tu me tiens au courant de la suite des événements ?

— Sans problème.

Tom les salua et alla s'asseoir au comptoir à côté de Larry Norwood.

— Il croit encore dur comme fer qu'on va retrouver Brittany saine et sauve, dit Caleb. Mais plus le temps passe, moins j'ai d'espoir que cela arrive.

— J'espère que tu te trompes et que Tom a raison, répliqua Portia.

Sur ces mots, elle le fit sursauter en prenant sa main dans la sienne.

Tandis que leurs doigts s'entremêlaient, Caleb ne put s'empêcher de constater à quel point leurs mains semblaient faites pour se joindre. Il avait toujours aimé tenir celle de Portia, si fine et si fragile, dans la sienne.

— Tu n'as pas le droit de perdre espoir, Caleb, murmura-t-elle en le regardant intensément. Il faut continuer à croire que tout va s'arranger, que nous nous en sortirons tous bien.

Il dégagea brusquement sa main.

— Je ne crois pas aux contes de fées, lâcha-t-il sèchement avant de se lever. On peut y aller ?

Elle le suivit sans un mot jusqu'au comptoir, où ils payèrent leur repas.

Caleb venait de récupérer sa monnaie lorsqu'il entendit Portia étouffer un cri. Il fit volte-face au moment même où elle l'agrippait par le bras.

— Dale Stemple, réussit-elle à bafouiller. Je viens de le voir passer en voiture. C'était lui, Caleb. J'en mettrais ma main à couper.

Une bouffée d'adrénaline afflua dans ses veines tandis qu'il empoignait Portia par le coude et l'entraînait dehors en courant. Le coup de chance tant attendu venait de se présenter : ils avaient enfin la preuve formelle que Dale Stemple était bien de retour en ville !

Il ne restait plus qu'à le prendre en chasse et à l'arrêter avant qu'il n'essaye de nouveau de tuer Portia.

Portia sentait son cœur battre à tout rompre lorsqu'elle monta dans la voiture de Caleb.

— Quelle direction ? demanda-t-il.

Elle désigna le haut de la rue, sur leur droite.

— Quel genre de véhicule ?

— C'était une berline noire.

Elle attacha sa ceinture d'une main tremblante. L'image de Dale, imprimée dans son esprit, lui donnait la chair de poule.

— Ça ne peut que être lui, Caleb. Je ne vois pas d'autre explication. Tout a commencé à partir du moment où il est sorti de prison.

Caleb ne fit aucun commentaire. Il démarra, puis quitta le parking dans un crissement de pneus, avant de prendre la direction qu'elle lui avait indiquée.

— Reste sur le qui-vive, et préviens-moi si tu vois la voiture garée quelque part, ordonna-t-il tout en accélérant.

Portia scruta la rue, à la recherche du véhicule de l'homme qu'elle craignait plus que tout au monde en ce moment. Les magasins et les boutiques défilèrent devant ses yeux, mais elle ne repéra la voiture noire sur aucun des parkings.

Dale Stemple avait-il jeté par hasard un coup d'œil dans la brasserie et remarqué qu'elle était en compagnie de Caleb ? se demanda-t-elle. Ou avait-il découvert que Caleb l'hébergeait après s'être aperçu qu'elle n'était plus chez elle et les avait-il suivis jusque-là ?

Elle agrippa le siège de chaque côté de ses cuisses, tandis qu'une angoisse incontrôlable montait en elle.

Caleb roula jusqu'aux limites de la ville, là où commençait l'autoroute et où il devenait impossible de savoir quelle direction Dale Stemple avait prise.

Il étouffa un juron et frappa le volant du plat de la main.

— Tu es sûre que c'était lui ?

— Absolument certaine.

Elle ne put réprimer un frisson.

— Je n'oublierai jamais son visage, expliqua-t-elle. Je n'ai pas cessé de penser à lui depuis le jour où tu as mentionné son nom. C'était lui, je le sais.

Caleb fit demi-tour.

— Je ne sais pas où il allait, mais je suis à peu près certain qu'il doit être hébergé par ses parents, dit-il. J'avais demandé à mes collègues de vérifier s'il n'était pas à l'hôtel. D'après eux, Stemple n'a loué aucune chambre.

— Il doit vraiment me détester, murmura Portia. J'ai détruit sa vie.

Caleb lui coula un regard en biais. Un muscle tressautait sur sa joue.

— Non, Portia, répliqua-t-il avec force. Il a détruit sa vie tout seul en battant ses enfants et en se lançant dans un trafic d'armes. Tu as permis à ces gamins d'échapper aux mauvais traitements, de connaître une vie meilleure, en dénonçant leur père. Si tu veux mon avis, tu aurais dû recevoir une médaille pour ça.

En le voyant prendre une nouvelle direction, Portia sentit sa tension monter d'un cran.

— Où est-ce qu'on va ?

— Chez les Stemple.

Il serrait le volant tellement fort que les jointures de ses doigts étaient blanches.

— On va savoir une fois pour toutes si Dale se cache chez eux.

Bien que ce soit le dernier endroit où Portia avait envie de mettre les pieds, elle ravala son inquiétude et garda le silence. L'expression sévère de Caleb lui interdisait de formuler la moindre protestation. Elle devinait sa détermination à la dureté de ses traits, à ses mâchoires serrées et à son regard inflexible. Et elle le connaissait assez pour savoir que rien ne l'empêcherait de faire ce qu'il avait décidé.

— Hé ! il ne faut pas que tu aies peur, dit-il soudain, en se détendant lui-même un peu.

— Qu'est-ce qui te fait dire que j'ai peur ? se défendit-elle.

Il lui adressa un sourire éclair.

— Parce que tes doigts vont finir par traverser ton siège.

Elle relâcha aussitôt le siège et posa ses mains sur ses genoux.

— Tu ne crois pas que tu devrais appeler du renfort ? demanda-t-elle.

— Je maîtrise la situation.

Elle l'espérait bien. La seule chose qui la rassurait un peu, c'était de savoir que Dale était parti dans la direction opposée.

Lorsqu'ils arrivèrent devant chez les Stemple, il n'y avait pas de véhicule noir en vue.

— Tu viens avec moi, annonça Caleb en coupant le contact. Je n'ai pas envie que tu attendes toute seule.

Ils descendirent tous deux de voiture. Portia fut soulagée lorsqu'il passa un bras autour de ses épaules, comme pour la protéger d'un éventuel danger.

Une fois devant la porte d'entrée, Caleb frappa trois coups rapides. Il attendit quelques secondes, puis frappa de nouveau.

— J'arrive, j'arrive… Un peu de patience ! s'exclama une grosse voix à l'intérieur.

La porte s'ouvrit sur le père de Dale, Art Stemple, qui fronça les sourcils en les voyant sur le seuil.

— Caleb, mademoiselle Perez. Que puis-je pour vous ? demanda-t-il.

Depuis l'arrestation de Dale, Portia avait eu l'occasion de revoir ses parents en ville, mais elle fut choquée par l'apparence d'Art. Il semblait avoir vieilli de dix ans depuis la dernière fois qu'elle l'avait croisé. Son visage était sillonné de rides profondes, et il paraissait faible et fatigué.

— Art, nous avons besoin de parler à Dale, expliqua Caleb. Nous savons qu'il est revenu à Black Rock, et qu'il couche ici.

Rien de tout cela n'était vrai — Caleb n'avait aucune preuve de ce qu'il avançait. Même si Portia était persuadée que Dale était de retour, il pouvait très bien être logé chez des amis, dormir dans sa voiture ou avoir pris une chambre dans une autre ville. Qui sait, il utilisait peut-être même un faux nom.

Art se mit à rougir.

— Je t'ai déjà dit qu'il n'était pas là et que nous n'avons pas eu de nouvelles de lui depuis sa sortie de prison, dit-il sur un ton excédé. Je ne sais pas pourquoi tu t'obstines à m'embêter avec ça !

— Tu ne verrais donc pas d'inconvénient à ce que l'on jette un coup d'œil à l'intérieur ? demanda Caleb.

Art sembla retenir sa colère tandis qu'il redressait les épaules.

— Je n'ai jamais eu de problème avec toi, ni avec aucun de tes frères, Caleb. J'ai été un citoyen honnête toute ma vie. Mais si tu veux fourrer ton nez chez moi, alors tu devras revenir me voir avec un mandat de perquisition. C'est tout ce que j'ai à te dire.

Avant que Caleb n'ait eu le temps de répondre, Art

referma la porte, et Portia entendit le bruit caractéristique du verrou qu'on tournait.

Sans rien laisser paraître de ce qu'il pensait, Caleb passa de nouveau un bras autour de ses épaules et l'entraîna vers la voiture.

— Je ne doute pas une seule seconde que Dale séjourne ici, remarqua-t-il tandis qu'ils quittaient l'allée des Stemple pour retourner chez lui.

— Comment peux-tu en être si sûr ?

Il fronça les sourcils.

— Je n'ai pas de preuves, mais quand Art a ouvert la porte, j'ai eu l'impression de sentir une odeur de tabac. Je sais qu'Art et sa femme ne fument pas, mais si je me souviens bien, Dale fumait.

— Comme un pompier, confirma Portia.

— Malheureusement, il n'y a aucune chance d'obtenir un mandat de perquisition si l'on n'a pas de preuve que Dale a commis ne serait-ce qu'une infraction minime. Aux yeux de la loi, il a purgé sa peine, et il est libre.

— Alors qu'est-ce qu'on va faire ? demanda Portia, qui se sentait impuissante.

— On rentre chez moi et je passe deux ou trois coups de fil. Je vais essayer de convaincre Tom de poster quelques hommes devant chez les Stemple pour surveiller leurs allées et venues. Dale n'était peut-être pas là maintenant, mais il finira bien par revenir, et on pourra alors au moins le convoquer pour lui poser quelques questions. Autre chose : on ne doit pas perdre de vue qu'il n'a peut-être rien à voir avec cette affaire et que le coupable peut être quelqu'un d'autre.

— Je ne suis pas d'accord ! Tout le désigne. Il a une bonne raison de me détester, et je n'avais aucun problème avant qu'il ne sorte de prison. Il y a quand même de fortes chances que ce soit lui.

— Ne t'inquiète pas, Dale est mon suspect numéro un, assura Caleb.

Portia devinait à son air soucieux, à son regard lointain, qu'il était plongé dans ses pensées et tentait de trouver la meilleure solution à ses problèmes.

Elle avait été déçue, et un peu blessée aussi, qu'il ait interrompu la conversation qu'elle souhaitait avoir avec lui à propos de leur passé.

Avec les années qui s'étaient écoulées depuis, il devait sans doute croire qu'elle avait oublié la façon dont s'était terminée leur histoire. Or, ce n'était pas le cas. Tôt ou tard, elle ferait en sorte d'avoir cette discussion avec lui, et de lui faire savoir qu'elle avait peut-être fait une erreur.

« Je crois que Caleb est en colère depuis le jour où vous vous êtes séparés. » Les paroles de Benjamin ne cessaient de lui revenir à l'esprit. S'il disait vrai, alors la colère de Caleb indiquait peut-être qu'il n'avait pas réussi à tourner la page, et qu'il éprouvait pour elle des sentiments dont elle ne l'aurait pas cru capable.

Elle l'observa à la dérobée, appréciant la ligne volontaire de sa mâchoire, son nez droit et ses lèvres sensuelles qui l'avaient toujours rendue à moitié folle. Jamais elle n'avait pas pu s'empêcher de comparer les hommes avec qui elle sortait à Caleb. Autant dire qu'aucun d'entre eux ne lui était arrivé à la cheville.

Quelques minutes plus tard, ils étaient de retour chez lui. Il s'excusa aussitôt et disparut dans sa chambre avec son téléphone portable.

Portia se retira dans la chambre d'amis et s'assit sur le lit. Bien qu'elle se soit réveillée tard ce matin-là, les événements de la nuit précédente, ajoutés au traumatisme de revoir Dale, avaient eu raison d'elle. Elle se sentait épuisée.

Peut-être une petite sieste lui ferait-elle du bien, se dit-elle en s'allongeant sur le lit. Mais dès l'instant où elle ferma les yeux, un millier d'images se mirent à danser sur l'écran de ses paupières closes.

Les souvenirs de la nuit qu'elle avait passée avec Caleb après le bal de fin d'année flottaient dans son esprit, diffusant en elle une douce chaleur teintée de désir. Elle avait envie de lui. Peut-être aurait-elle envie de lui toute sa vie, d'ailleurs… Il lui avait toutefois clairement fait comprendre qu'il n'avait rien d'autre à lui offrir qu'une relation purement sexuelle.

Serait-elle capable de s'en contenter ? se demanda-t-elle. De se retrouver de nouveau dans les bras de Caleb, de sentir de nouveau son corps bouger à l'unisson avec le sien, sans attendre davantage de lui ? Elle n'en était pas sûre.

Elle soupira. Soudain, le visage de Dale s'insinua dans son esprit et l'angoisse lui noua l'estomac tandis qu'elle repensait à celui qui voulait sa mort.

Dale n'était pas très costaud, il avait plutôt le physique sec d'un homme habitué aux bagarres de rue. Certaines femmes le trouvaient sans doute attirant, avec ses cheveux bruns et ses yeux d'un bleu perçant. Mais les rares fois où elle l'avait vu, Portia avait tout de suite perçu l'aura menaçante qui l'entourait, la violence prête à exploser qui couvait sous son apparence glaciale.

Elle songea à la silhouette qui l'avait agressée dans sa chambre. Se pouvait-il que ce soit Dale ? Oui, sans aucun doute. L'individu n'était pas très grand, même si, dans la nuit noire et sous l'effet de la peur, il lui avait paru aussi gros qu'un monstre.

Comment tout cela allait-il se terminer ? se lamenta-t-elle. Caleb et ses collègues parviendraient-ils à la protéger ? Finiraient-ils par arrêter Dale et par le remettre en prison, là où était sa place ?

Et combien de temps encore allait-elle devoir vivre dans l'incertitude ? Combien de temps devrait-elle encore attendre avant de retrouver sa maison, son travail et les enfants qu'elle aimait ?

En pensant à ses petits amours, elle sentit sa gorge se serrer. Elle eut beau tenter de se reprendre, de rester positive, elle sombra pour de bon dans la mélancolie.

Les larmes lui brouillèrent la vue tandis qu'elle songeait aux enfants qui occupaient une part si importante dans sa vie. Quand allait-elle les revoir ? Quand pourrait-elle de nouveau les serrer dans ses bras, les embrasser, leur lire des histoires, et voir leurs petites bouilles s'illuminer de joie ?

Un gros sanglot monta au fond d'elle, impossible à contenir. Elle roula sur le ventre et enfouit son visage dans l'oreiller tandis que les larmes se mettaient à couler à flots.

Elle pleurait parce que les enfants lui manquaient, parce que quelqu'un la détestait au point de vouloir la tuer. Et elle pleurait aussi pour l'amour qu'elle avait perdu tant d'années plus tôt.

Elle entendit un coup léger frappé à la porte, mais ne réussit pas pour autant à maîtriser son émotion.

— Portia ? appela Caleb.

Il entra dans la chambre.

— Va-t'en, sanglota-t-elle.

— Qu'est-ce qui ne va pas ?

Le matelas s'affaissa tandis qu'il s'asseyait à côté d'elle sur le lit.

— Pourquoi tu pleures ?

— Parce que… j'en ai envie, bégaya-t-elle tout en sachant que sa réponse pouvait paraître puérile.

— Arrête…, dit-il en posant la main sur son épaule. Tout va s'arranger. Je t'en prie, arrête, tu sais que je n'ai jamais supporté de te voir pleurer.

Il passa doucement la main sur sa nuque.

— Qu'est-ce qui a déclenché tout ça ?

— Les enfants me manquent… Ma vie me manque, répondit-elle entre deux sanglots.

— Tu vas la retrouver, ta vie, lui assura-t-il tout en lui caressant le dos. Tu es forte. Tiens le coup encore un peu, ce sera bientôt fini.

— Je ne me sens pas très forte, en ce moment.

Elle s'assit en soupirant, puis dégagea les cheveux de son visage.

— Je me sens même très faible, ajouta-t-elle d'une voix tremblante.

L'espace d'un instant, leurs regards se croisèrent, et une tension d'une tout autre nature naquit en elle. Puis Caleb l'attira dans ses bras.

— Alors laisse-moi être fort pour toi, murmura-t-il, la joue sur ses cheveux.

Portia se laissa aller contre son torse puissant. Pour la première fois depuis plusieurs jours, elle se sentait parfaitement en sécurité. Les mains de Caleb montaient et descendaient lentement dans son dos, chassant à chaque passage l'impression de froid et de désespoir qui l'avait envahie quelques instants plus tôt.

Rêvant de pouvoir rester dans ses bras jusqu'à ce que Dale Stemple soit de nouveau derrière les barreaux, elle se pelotonna encore un peu plus contre lui.

Portia aurait été incapable de dire combien de temps

dura leur étreinte. Ce qu'elle savait, en revanche, c'est que rien ne serait arrivé s'il n'avait pas pressé ses lèvres contre sa tempe et laissé glisser sa main sur sa hanche.

Une flamme s'alluma en elle, de celles que seul Caleb pouvait éteindre. Subitement, elle se moqua bien des conséquences et des promesses. La seule chose importante était qu'elle avait envie de lui, là, à l'instant.

Elle s'écarta juste assez pour pouvoir capturer ses lèvres. Caleb répondit à son baiser avec tout autant d'ardeur, mêlant sa langue à la sienne dans une danse sensuelle qui l'enflamma tout entière.

Ils s'embrassèrent encore et encore, jusqu'à perdre la notion du temps, jusqu'à ce que le souffle leur manque.

Lorsque Caleb relâcha enfin ses lèvres, son regard était tellement embrasé de désir que Portia crut fondre devant lui.

Il ne prononça pas un mot, mais se leva du lit et lui tendit la main. Elle connaissait parfaitement ses intentions : il voulait l'entraîner dans sa chambre pour lui faire l'amour. Elle le devinait au feu qui brûlait dans ses yeux, à la tension vibrante qui le maintenait figé sur place.

Portia savait qu'elle pouvait encore décider d'interrompre le cours des choses avant qu'elles n'échappent totalement à son contrôle. Elle disposait d'une seconde pour choisir d'écouter son cœur ou sa raison.

En fait, cette décision, son corps l'avait déjà prise, songea-t-elle. Et c'est avec un délicieux frisson qu'elle se leva et prit la main que Caleb lui tendait.

10

Le cœur de Caleb tambourinait dans sa poitrine tandis qu'il entraînait Portia dans le couloir, puis jusque dans sa chambre. Il savait, dans un coin de sa tête, qu'ils s'apprêtaient à faire quelque chose de stupide, mais l'ivresse du désir lui embrumait tellement l'esprit que sa raison n'avait plus aucune prise sur lui.

Il sentit une main trembler, sans pouvoir dire s'il s'agissait de la sienne ou de celle de Portia. Ce qui était sûr, c'était que tout son corps frissonnait d'impatience à l'idée de faire l'amour à Portia.

Dans sa chambre, les rayons du soleil filtraient à travers les feuilles frémissantes de l'érable qui se dressait derrière la fenêtre. Caleb lâcha la main de Portia lorsqu'ils s'arrêtèrent près du lit.

Pendant un long moment, il se contenta d'admirer sa beauté. Dans le jeu d'ombres et de lumières, ses yeux brillaient de désir, et sa poitrine se soulevait et s'abaissait au rythme de sa respiration accélérée.

Il n'osait pas parler, n'osait presque plus bouger, de peur de rompre le charme. Il craignait plus que tout que Portia change brusquement d'avis et s'enfuie en courant.

Il retint son souffle lorsqu'elle s'avança et leva les mains vers sa chemise. Elle entreprit d'en défaire un à un les boutons en se mordillant la lèvre, le regard rivé sur son torse qu'elle découvrait peu à peu.

Caleb resta parfaitement immobile. Le sang lui battait aux tempes, un feu ardent se propageait dans tout son corps. Il commençait à se sentir de plus en plus à l'étroit dans son pantalon de toile fine.

Lorsqu'elle eut atteint le dernier bouton, Portia releva enfin les yeux vers lui, tout en faisant glisser sa chemise sur ses épaules. Le vêtement tomba au sol avec légèreté.

Incapable de se retenir plus longtemps, Caleb l'attira brutalement dans ses bras pour s'emparer une fois de plus de ses lèvres. Celles-ci avaient le goût de l'interdit, du péché, le goût de la jeunesse et du désir. Ce goût-là, il ne l'avait jamais oublié, et ne l'oublierait jamais.

Tout en l'embrassant, il commença à déboutonner son corsage. Soucieux de faire durer cet instant magique le plus longtemps possible, il s'efforçait de maîtriser ses gestes, mais il perdit vite patience et défit les derniers boutons avec un peu plus de hâte.

Le chemisier glissa par terre, laissant Portia en soutien-gorge. Gardant les yeux rivés aux siens, elle ouvrit la fermeture Eclair de son short blanc et le fit descendre lentement le long de ses jambes.

Elle portait des sous-vêtements tout simples, sans dentelles ni fioritures, en coton blanc. Caleb songea qu'il n'avait jamais rien vu d'aussi sexy.

— Tu es tellement belle…, murmura-t-il. Tu me coupes le souffle.

Portia se mit à rougir et secoua la tête comme pour rejeter son compliment. Elle n'avait jamais voulu reconnaître à quel point elle était belle, et cela ne faisait qu'ajouter à son charme.

Tandis qu'elle s'allongeait sur le lit, Caleb se débarrassa de ses chaussures, chaussettes et pantalon avant de la rejoindre. Puis il la prit dans ses bras, savourant le contact de sa peau contre la sienne, impatient de se débarrasser de ces sous-vêtements qui les empêchaient de se retrouver entièrement nus l'un contre l'autre.

Aucun souvenir de la nuit du bal de fin d'année ne s'insinua dans l'esprit de Caleb. Il vivait pleinement le moment présent. C'était à Portia devenue femme qu'il allait faire l'amour, et non à Portia l'adolescente inexpérimentée.

Tout en l'embrassant encore et encore, il dégrafa son soutien-gorge et fit glisser lentement les bretelles sur ses épaules. Il avait hâte de sentir le poids de ses seins dans ses paumes, de goûter à ses tétons, de les voir se durcir de plaisir sous ses doigts.

Quand il l'en eut libérée, il abandonna sa bouche pour presser ses lèvres le long de sa gorge. Portia enfonça ses doigts dans ses cheveux et s'y accrocha comme pour le guider dans ses baisers.

Elle chuchota son nom lorsqu'il posa les mains sur ses seins, et gémit quand il commença à effleurer l'un de ses mamelons du bout de la langue. Elle se mit à onduler sous lui, tout en enroulant ses longues jambes autour des siennes tandis qu'il continuait à titiller le bout de ses seins l'un après l'autre.

Relâchant ses cheveux, elle laissa courir ses mains dans son dos, sur sa nuque, sur ses épaules, provoquant de petits frissons sur sa peau à chacune de ses caresses.

Il aurait pu lui faire l'amour sans attendre, tant il était gonflé de désir et rendu à moitié fou par l'envie de plonger en elle. Mais dans la petite partie de son cerveau qui fonctionnait encore de façon rationnelle, il savait qu'il la trahirait en allant trop vite.

— Caleb, murmura-t-elle.

Il releva la tête pour la regarder.

— Je veux être nue contre toi, dit-elle, comme si elle avait lu dans son esprit, comme si elle connaissait l'intensité de son besoin.

— Moi aussi, souffla-t-il.

Il s'écarta le temps qu'ils se débarrassent tous les deux de ce qui faisait encore obstacle entre eux. Lorsqu'il la rejoignit, son corps brûlait de la sentir nue contre lui.

Caleb posa une main sur sa jambe, remontant lentement sur la peau douce et satinée à l'intérieur de sa cuisse. Il entendit Portia gémir lorsque ses doigts atteignirent la chaleur de son intimité.

Elle se cambra pour aller à sa rencontre, tout en empoignant son membre gorgé de désir. Un plaisir intense l'envahit lorsqu'elle se mit à bouger la main de haut en bas. Elle semblait savoir exactement quelle pression exercer, quels mouvements effectuer pour susciter en lui la réaction la plus vive.

Toutefois, Caleb voulait absolument l'amener à la jouissance avant d'atteindre la sienne. Doucement, il repoussa sa main pour pouvoir se concentrer sur son objectif sans se laisser distraire par la satisfaction qu'elle lui procurait.

Alors qu'il continuait à la caresser en insistant sur le point le plus sensible de son corps, il sentit la tension monter en elle ; sa respiration se fit bientôt plus rapide, et elle se mit à gémir, un son grave et sensuel qui ne fit qu'accroître le désir de Caleb. Elle poussa un cri et s'abandonna contre la paume de sa main.

Sans plus attendre, Caleb roula sur le côté pour attraper un préservatif dans le tiroir de la table de nuit. Il déchira l'emballage avec plus de force qu'il n'était nécessaire, puis se couvrit.

Portia était prête à l'accueillir et tremblait encore de plaisir lorsqu'il se plaça au-dessus d'elle.

Seigneur ! Qu'elle était douce et chaude ! Alors qu'il la pénétrait lentement, en se faisant violence pour ne pas prendre possession d'elle trop brutalement, elle lui agrippa les fesses et l'attira profondément en elle.

Il ferma les yeux et resta immobile, craignant que le moindre mouvement ne précipite la fin avant même que rien n'ait commencé. Il n'avait pas oublié, pendant toutes ces années, à quel point Portia et lui s'ajustaient à la perfection. L'odeur de sa peau, les contours familiers de son corps modelé contre le sien, firent déferler en lui un flot d'émotions qui n'avaient rien à voir avec l'acte physique en lui-même.

Lorsqu'il rouvrit les yeux pour la regarder, il fut surpris de découvrir qu'il avait la vue brouillée par les larmes. Et il eut presque peur en voyant qu'elle aussi avait le regard humide. Il referma bien vite les yeux, et commença à aller et venir en elle, lentement.

En l'entendant se remettre à gémir, il crut perdre la raison. Leurs corps ondulaient en harmonie, Portia l'agrippait par les épaules et serrait les jambes autour de sa taille comme pour le prendre encore plus profondément en elle. Elle bougeait la tête de gauche à droite en se mordant la lèvre, visiblement au bord de l'extase.

N'y tenant plus, il la pénétra de plus en plus vite, de plus en plus fort, jusqu'à ce qu'il sente ses muscles intimes se contracter autour de lui tandis qu'elle atteignait de nouveau l'orgasme.

Au moment où elle criait son nom, secouée de spasmes de plaisir, il sentit sa propre jouissance exploser avec une intensité qui lui coupa le souffle.

Pendant un long moment, ils restèrent collés l'un

à l'autre, hors d'haleine, incapables de prononcer le moindre mot. Puis Caleb roula sur le dos à côté d'elle, et ils demeurèrent ainsi encore quelques instants, le temps de laisser se calmer les battements de leurs cœurs.

— Waouh ! finit par dire Portia.

— Tu me l'enlèves de la bouche, répondit Caleb.

Il ferma les yeux, tentant de chasser les émotions qui s'étaient emparées de lui. Comme il n'y parvenait pas, il se leva et se dirigea vers la salle de bains tandis que mille remords l'assaillaient.

Il se doucha rapidement puis étudia son reflet dans le miroir au-dessus du lavabo.

— Qu'est-ce qui t'a pris, au juste ? murmura-t-il à l'homme qui lui faisait face.

Cela allait mal finir, c'était certain. Les sentiments qu'il éprouvait pour Portia ne manquaient pas de l'inquiéter.

Elle représentait à la fois tout ce qu'il désirait le plus au monde, et tout ce qu'il refusait de laisser entrer dans sa vie.

Nul doute qu'il venait de commettre l'une des plus grosses erreurs de son existence en se laissant aller à lui faire l'amour.

Car il ne pouvait nier que ce qui venait de se passer entre eux avait été incroyable. Jamais il n'avait ressenti un tel plaisir avec aucune autre femme, peut-être pas même avec Portia dix ans plus tôt. Leur union, cette fois, avait été si intense qu'il avait eu peur d'y laisser son âme.

Comme toujours, un sentiment de colère s'installa en lui et lui serra la gorge. A deux reprises, il avait risqué son cœur pour une femme et, chaque fois, il en était ressorti blessé, piétiné, à vif. Il n'était pas stupide au point de s'exposer à une nouvelle déception.

Il était fait pour vivre seul, et même s'il n'existait pas d'adjectif assez fort pour qualifier ce qu'il venait de partager avec Portia, rien ne pourrait ébranler sa conviction. Il ne changerait pas d'avis.

En revenant dans la chambre, il fut un peu déçu de découvrir qu'elle ne s'était pas rhabillée et se trouvait encore dans son lit, complètement nue. Il ramassa son caleçon par terre tandis qu'elle se redressait, le drap serré contre sa poitrine.

— Caleb, il faut qu'on parle.

— De quoi veux-tu qu'on parle ? Portia, ce que nous venons de faire était vraiment stupide.

Il enfila son pantalon en refusant de croiser son regard, de peur de faire quelque chose de plus stupide encore.

— C'est marrant, je ne me sens pas stupide, répliqua-t-elle d'un ton blessé.

Une vague de honte le submergea. Il s'assit sur le lit et se résigna enfin à la regarder. Elle était incroyablement sexy, malgré les légères marques rouges autour de sa gorge et sur sa joue.

— Excuse-moi, je suis odieux.

Elle esquissa un sourire.

— Oui, tu es odieux. Mais au moins, tu le reconnais, dit-elle.

— C'est juste que je n'ai pas envie que tu te fasses des idées.

Il ramassa sa chemise.

— Ne t'inquiète pas, je n'ai pas l'intention de te demander en mariage, rétorqua-t-elle. De toute façon, je ne sais même pas si je serai encore vivante demain. Je ne veux pas te parler de l'avenir, Caleb, mais du passé.

— Pourquoi ? On ne peut plus revenir en arrière, ni changer quoi que ce soit.

Cette discussion le rendait nerveux. Il n'avait vraiment pas envie de revivre le traumatisme de leur rupture, et encore moins maintenant, alors qu'il se sentait affaibli émotionnellement par l'intensité de leur étreinte.

— Tu as raison, je ne peux rien changer, mais je peux au moins te dire que j'ai eu tort de ne pas te croire, répondit-elle. J'ai eu tort de ne pas te faire confiance. Je me suis laissé embobiner par les rumeurs et les sous-entendus.

Caleb en resta muet un moment. Jusque-là, il n'avait pas réalisé à quel point il voulait entendre ces mots, à quel point il en avait besoin. C'était comme s'il avait porté un poids pendant dix ans et qu'il venait d'en être subitement délivré.

— Le soir où tu es partie de Black Rock pour assister à l'enterrement de ton grand-père, je suis allé au café rejoindre quelques copains, expliqua-t-il. Jayme Cordell était assise seule à une table et je me suis installé avec elle. Ça s'est arrêté là. Pour tout dire, j'ai passé la soirée à lui parler de toi, à lui répéter que tu me manquais et que tu étais la femme de ma vie.

Il tourna la tête vers la fenêtre, où le soleil avait disparu derrière les nuages. Ce matin, la météo avait annoncé un temps chaud et humide, avec une possibilité d'orages dans l'après-midi. Mais c'était bien le dernier de ses soucis tandis qu'il reportait son attention sur celle qu'il avait jadis aimée de tout son cœur, de toute son âme.

— Tu vois, il ne s'est rien passé entre Jayme et moi, reprit-il. On n'a fait que discuter, et si tu veux mon avis, j'ai dû l'ennuyer à mourir à force de lui parler de toi. Quand j'ai décidé de m'en aller et de rentrer, elle a quitté le café elle aussi. Je l'ai donc raccompagnée jusqu'à sa voiture, et j'imagine que tous ceux qui nous ont vus partir ensemble en ont conclu que nous allions passer la nuit chez moi.

— Et moi, j'ai eu vent des rumeurs et j'ai imaginé le pire, soupira Portia.

Elle secoua la tête.

— Ça ne m'a pas aidée d'entendre ma mère me seriner à longueur de temps que tous les hommes étaient pareils, qu'ils trompaient tous leur femme, ajouta-t-elle. C'est aussi pour ça que j'ai cru aux rumeurs.

Elle se leva du lit, magnifique dans sa nudité, et s'agenouilla devant lui.

— Je te demande pardon, Caleb. Je suis navrée de t'avoir blessé, et d'avoir tout gâché entre nous. Voilà ce que je voulais te dire.

Caleb aurait voulu l'embrasser. Il aurait voulu la porter dans son lit et lui refaire l'amour, une fois, deux fois, dix fois, en savourant les sensations sans que le poids de la colère ne lui pèse sur la poitrine. Sa raison refusait néanmoins de lui accorder ce que son cœur désirait.

— Je te remercie de m'avoir dit tout cela, répondit-il enfin. Maintenant, il faut que j'aille passer quelques coups de téléphone, pour voir ce que l'on peut faire pour attraper celui qui s'est mis en tête de te tuer.

Il ne savait pas ce que Portia attendait de lui, et préférait ne pas le savoir, mais il devina sans peine à son expression qu'elle aurait souhaité une autre réponse.

Elle se releva avec grâce et s'écarta de lui.

Il quitta la pièce sans se retourner.

Un roulement de tonnerre accompagna Portia tandis qu'elle sortait de la chambre d'amis, après s'être douchée et habillée.

Caleb était en pleine conversation téléphonique dans

la cuisine. Ne sachant trop que faire, elle se pelotonna sur le canapé, avec ses pensées pour seule compagnie et son téléphone portable à la main.

Il fallait qu'elle appelle sa mère. L'histoire de l'agression dont elle avait été victime dans la nuit avait sans doute déjà fait le tour de la ville, et Doris risquait de s'inquiéter si elle ne parvenait pas à la joindre.

Elle composa le numéro de sa maison d'enfance, tout en s'armant de courage pour les quelques minutes qui allaient suivre. Leurs conversations se passaient en effet rarement sans que Doris ne lui fasse de remarques désobligeantes.

— Bonjour, maman, dit-elle le plus joyeusement possible, en l'entendant décrocher.

— Je commençais à me demander quand tu allais m'appeler, répondit celle-ci sur un ton de reproche. J'ai entendu dire que tu avais eu des ennuis, chez toi, hier soir. Où es-tu en ce moment ?

— Je suis chez Caleb. Il a décidé de me protéger le temps de retrouver mon agresseur.

Il y eut une longue pause à l'autre bout du fil.

— Et qui va te protéger de ce coureur de jupons ? lâcha enfin sa mère.

Portia se remettait à peine du moment magique qu'elle venait de partager avec Caleb, et la brève conversation qu'ils avaient eue ensuite tournait et retournait dans son esprit. Le commentaire de Doris fut la goutte d'eau qui fit déborder le vase.

— Arrête, maman ! s'exclama-t-elle d'une voix dure. Si tu ne sais dire que des méchancetés, autant ne pas parler du tout. Je suis vraiment navrée que papa t'ait quittée, et je suis désolée que tu ne t'en sois jamais remise, mais ça ne veut pas dire que tous les hommes sont mauvais. Tu es tellement aigrie que tu as réussi à chasser tout le monde de ta vie, en dehors de moi. Mais si tu continues, tu finiras par me chasser aussi.

— Dis donc, je ne te permets pas de me parler sur ce ton ! répliqua Doris, mais elle paraissait plus blessée qu'en colère.

Portia poussa un profond soupir.

— Tu sais, maman, je t'aime beaucoup. Mais je ne te laisserai pas dénigrer Caleb, ni aucun autre homme avec qui je suis susceptible de sortir. Je ne te laisserai pas gâcher mon bonheur avec ton amertume.

— Je t'aime aussi, Portia. C'est bien pour ça que je n'ai pas envie que tu souffres. Je ne veux pas que tu subisses ce que j'ai subi.

— Ça n'arrivera pas, maman. Oh ! je ne suis pas à l'abri des peines de cœur, mais mon chagrin ne m'empêchera jamais de chercher de nouveau le bonheur. Il faut que tu passes à autre chose, maman, ajouta-t-elle d'une voix plus douce. Oublie un peu ton amertume.

Doris marqua une longue pause.

— J'y penserai, finit-elle par dire à contrecœur. Même si, après toutes ces années, je ne suis pas sûre de savoir comment faire.

— Tu y arriveras, j'en suis sûre. Je voulais juste te faire savoir que j'allais bien. Je te rappellerai plus tard, conclut Portia.

Elle raccrocha au moment où Caleb entrait dans la pièce.

— Tout va bien ? s'enquit-il.

— Oui, je viens d'appeler ma mère. Je me doutais qu'elle se ferait du souci.

Caleb s'assit sur le canapé, à l'opposé de Portia.

— J'étais au téléphone avec Sam McCain. Il surveille

la maison des Stemple depuis qu'on en est partis tout à l'heure, mais il n'a vu aucun signe de Dale. Quand Sam repartira chez lui, Dan Walker prendra la relève pour continuer à monter la garde.

— Dale n'est pas forcément chez ses parents, fit remarquer Portia. Il a peut-être des amis ou de la famille dont on n'a jamais entendu parler.

— C'est possible, mais je continue à penser qu'il est hébergé chez ses parents, insista Caleb. Il m'a semblé que son père se comportait bizarrement, comme s'il cachait quelque chose. Et je suis certain d'avoir senti une odeur de tabac chez eux.

— Même s'il est là, on ne peut toujours pas être sûrs à cent pour cent que Dale est derrière tout ça.

— C'est vrai, concéda Caleb. Mais peu importe qui c'est, je veux qu'on arrête ce type au plus vite.

Un grondement de tonnerre accompagna ces derniers mots et le ciel s'assombrit d'un coup. Caleb se leva pour s'approcher de la fenêtre.

— L'orage va bientôt éclater, murmura-t-il.

— Un peu de pluie ne ferait pas de mal.

Portia l'observa tandis qu'il continuait à regarder dehors. Ses épaules semblaient tendues, sa nuque raide. Lorsqu'il était sorti de la cuisine un peu plus tôt, son visage arborait une expression réservée qui ne souffrait aucune intrusion.

Elle se sentit alors submergée par une émotion qu'elle ne parvenait plus à rejeter et fut soudain forcée d'affronter la vérité. Elle était toujours aussi profondément amoureuse de Caleb qu'elle l'avait été dix ans plus tôt.

Cette évidence ne l'étonna pas ; elle lui serra juste le cœur un peu plus.

Elle avait espéré, en faisant de nouveau l'amour avec

lui, et en reconnaissant devant lui qu'elle avait commis une erreur par le passé, qu'il lui déclarerait ses sentiments d'une manière ou d'une autre. Hélas ! rien de tel ne s'était produit. Faire l'amour avec lui n'avait fait qu'augmenter la distance qui les séparait.

Par moments, elle avait l'impression de percevoir son amour, de le voir briller dans ses yeux lorsqu'il n'y prenait pas garde, de le sentir dans ses gestes. Et il y avait aussi en lui une tristesse inexplicable, une colère qu'elle ne comprenait pas.

— Parle-moi de Laura, demanda-t-elle.

Il se tourna lentement vers elle, le regard toujours aussi insondable.

— Pourquoi tu veux que je te parle d'elle ?

— Parce qu'elle fait partie de ton passé, répondit Portia. Et parce que je suis curieuse.

— Eh bien, on est sortis ensemble et on s'est séparés. Fin de l'histoire.

Il haussa les épaules comme pour écarter le sujet, mais il y avait quelque chose de brutal dans sa réponse qui laissait penser que l'histoire ne s'arrêtait pas là, justement.

— Elle t'a fait du mal, avança Portia d'une voix douce.

La mâchoire de Caleb se contracta. Sa bouche ne formait plus qu'une ligne fine et dure.

— Tu devais l'aimer beaucoup, continua-t-elle.

Il laissa échapper un rire amer.

— Je ne crois pas que l'amour ait quelque chose à voir là-dedans, répondit-il.

Il poussa un soupir et se tourna de nouveau vers la fenêtre tandis que le tonnerre grondait encore. Puis il s'assit dans un fauteuil en face de Portia et la regarda un long moment, comme s'il hésitait à se confier à elle.

— Au départ, c'était simplement une histoire de sexe, entre Laura et moi, finit-il par dire. Elle m'avait prévenu qu'elle ne recherchait rien de permanent, et c'était mon cas aussi. On est donc sortis ensemble sans se faire d'illusions sur l'avenir de notre relation.

Il marqua une pause, quittant Portia des yeux pour fixer un point au-dessus du canapé. La pièce était maintenant plongée dans la pénombre, tant le ciel menaçait.

— On était ensemble depuis quatre mois quand elle m'a annoncé un jour qu'elle était enceinte. On n'avait pas pris nos précautions un soir, et apparemment, ça n'avait pas été sans conséquences.

Portia sentit son cœur se serrer. Laura avait donc été enceinte… Caleb avait-il un fils quelque part ? Ou peut-être une fille, que Laura aurait emmenée loin de lui ? Cela expliquerait sans doute la colère qui semblait l'habiter en permanence.

— Même si je n'étais pas vraiment amoureux de Laura, je l'aimais bien quand même, et je me disais que je finirais par l'aimer tout court, expliqua Caleb. Alors je lui ai demandé de m'épouser. L'idée de devenir père me coupait le souffle. J'en avais envie, plus que tout au monde.

Il serra les poings.

— J'étais sur un petit nuage. Je savais que je serais un bon père, et que je ferais de mon mieux pour devenir un bon mari.

— Donc, Laura et toi, vous vous êtes fiancés, dit Portia.

Il acquiesça.

— Et à mesure qu'on préparait le mariage, je me suis engagé, corps et âme, pour Laura et pour notre bébé. On avait décidé de se marier rapidement et en toute simplicité, parce que je voulais que ce soit fait avant la naissance. La famille a toujours eu beaucoup d'importance pour moi, et j'étais bien décidé à ce que l'on devienne une famille heureuse. Un mois avant la cérémonie, qui était prévue un dimanche après-midi, Laura m'a annoncé qu'elle ne pouvait plus continuer.

Un éclair illumina soudain la pièce, aussitôt suivi par un coup de tonnerre qui fit trembler les fenêtres. Portia sursauta, mais elle ne pouvait détacher son regard de Caleb, dont les traits exprimaient une douleur sans nom.

— Elle est donc partie, et tu n'as pas de nouvelles de ton enfant ? demanda Portia, tentant de deviner la suite.

Une fois de plus, il eut un rire amer qui suscita un élan de compassion chez Portia.

— Non, répondit-il. J'aurais préféré que les choses se passent de cette façon. Non seulement elle ne voulait plus m'épouser, mais elle ne voulait plus non plus de mon bébé. Elle s'est fait avorter sans me le dire.

— Oh !

L'exclamation avait échappé à Portia en même temps que des larmes lui brouillaient la vue. Elle ne pouvait pas rester assise sur le canapé alors que Caleb se trouvait là, en face d'elle, avec son chagrin si gros qu'il occupait tout l'espace.

Tandis qu'elle se levait et s'approchait de lui en pleurant à chaudes larmes, il quitta son fauteuil, le corps vibrant d'émotion. Elle avait l'impression de ressentir dans son propre cœur la douleur qu'il avait dû éprouver pendant tout ce temps.

Elle passa les bras autour de son cou, vaguement surprise qu'il ne la repousse pas. Au contraire, il enfouit son visage dans ses cheveux en la serrant contre lui.

Comme elle pleurait de plus belle, il la prit par les épaules pour la regarder.

— Pourquoi tu pleures ?

— Pour toi, Caleb, sanglota-t-elle. Je pleure pour ce que tu as perdu, et parce que j'aurais tellement aimé être à la place de Laura et porter ton bébé. Je pleure parce que si ç'avait été moi, je l'aurais chéri, ton enfant !

Il l'attira de nouveau contre lui sans dire un mot.

Tandis que dehors l'orage se déchaînait, lâchant des trombes d'eau contre les fenêtres, ils pleurèrent sur ce qui aurait pu être et n'avait pas été.

11

Il fallait qu'il trouve une solution pour qu'elle parte de chez lui, songea Caleb trois jours plus tard, tandis qu'il buvait son café en regardant par la fenêtre. La pluie avait cessé, et la nature paraissait avoir trouvé un regain de vie dans le semblant de fraîcheur qu'elle avait apportée.

Portia dormait encore et il savourait ce moment de solitude et de détente, pendant lequel il n'avait pas besoin de contrôler ses gestes et ses regards.

Depuis qu'il s'était confié à elle en lui révélant la trahison de Laura, il se sentait aussi vulnérable qu'un enfant. Par réaction, il avait tout fait pour garder ses distances avec elle, créant du même coup une tension difficilement supportable entre eux.

Ces trois derniers jours, ils avaient joué la carte de la discrétion, se contentant d'attendre que Dale — ou quiconque en voulait à Portia — veuille bien se manifester, sans savoir s'il avait l'intention d'attaquer de nouveau et, si oui, à quel moment.

Il était grand temps de passer à la vitesse supérieure. Caleb pressentait que celui qui voulait tuer Portia attendait qu'une bonne occasion se présente pour frapper. Or, ce soir, il avait décidé de lui offrir cette opportunité.

Bien sûr, la manœuvre n'était pas sans danger, mais ils ne pouvaient pas continuer comme ça indéfiniment.

Portia l'avait bouleversé en pleurant par compassion pour lui, pour ce qu'il avait perdu. Et elle l'avait littéralement sidéré en lui avouant qu'elle aurait aimé porter son enfant. En bref, elle commençait à démolir ses défenses une à une, et il était hors de question de la laisser finir.

Le moment était donc venu d'agir, mais il ne pouvait s'empêcher de frémir en pensant aux risques qu'il s'apprêtait à prendre.

Si les choses tournaient mal, s'il arrivait quoi que ce soit à Portia, il n'était pas sûr de pouvoir se le pardonner un jour.

— Salut.

Il fit volte-face en entendant sa voix.

— Bonjour, répondit-il. J'ai préparé du café, si tu veux.

Portia s'était déjà douchée et habillée. Elle portait une robe d'été turquoise qui épousait ses formes à la perfection et faisait paraître ses yeux plus bleus que verts.

Il s'efforça de détourner le regard tandis qu'elle se versait une tasse de café et s'installait à table.

— Je crois qu'il est temps que je trouve un autre endroit où dormir, annonça-t-elle.

— Et où voudrais-tu aller ? s'exclama-t-il, surpris. Qui pourrait te protéger mieux que moi ?

— Je ne sais pas, mais on ne peut pas continuer comme ça. Je ne peux plus supporter d'attendre sans rien faire qu'il arrive quelque chose. De toute façon, je ne vais pas habiter ici toute ma vie, et j'ai bien l'impression qu'il ne se passera rien tant que je resterai chez toi.

— Je sais bien, dit-il. C'est pour ça que le moment est venu de forcer le destin.

Sentant son cœur battre un peu plus vite en songeant au plan qu'il avait passé une bonne partie de la nuit à mettre au point, il la rejoignit et s'assit en face d'elle.

— Comment ça, forcer le destin ?

Portia serrait sa tasse de café entre ses mains, comme si ce qu'il venait de dire lui avait glacé le sang et qu'elle tentait de se réchauffer.

— Il y a fort à parier que le tueur surveille la maison, expliqua-t-il. Maintenant, tous les habitants de Black Rock savent que je t'héberge, et il doit être au courant, lui aussi. Comme ma voiture est restée devant la maison tout le temps, il doit savoir aussi que je ne t'ai pas quittée une seconde, le jour comme la nuit. Je crois que celui qui te poursuit n'est pas loin. C'est juste une intuition, mais mon instinct me trompe rarement.

— Alors quel est ton plan ? demanda-t-elle.

Elle était tellement belle, avec la lumière matinale qui éclairait son visage… L'inquiétude s'empara une nouvelle fois de Caleb tandis qu'il s'appuyait contre le dossier de sa chaise et la regardait intensément.

— Ce soir à la nuit tombée, je vais partir en voiture, commença-t-il. Benjamin se faufilera dans le jardin pour se cacher à l'arrière de la maison. Il est capable de se déplacer comme un fantôme dans le noir, et avec un peu de chance, le meurtrier ne le verra pas. J'irai me garer un peu plus loin, et je reviendrai en douce me poster à l'avant. On restera là en attendant que Dale ou quelqu'un d'autre se montre. S'il vient, on pourra l'arrêter avant qu'il ne touche à un seul de tes cheveux.

— Et s'il n'est pas dans les parages ce soir ?

— Dans ce cas, nous recommencerons demain soir, et encore le soir d'après. Il finira bien par voir que ma voiture n'est plus là, et il pensera que tu es seule ici.

— Et si ça ne marche pas ? insista-t-elle. Qu'est-ce qu'on fait s'il est trop intelligent pour mordre à l'hameçon ?

— On trouvera un autre plan, répondit Caleb, avant

de se pencher en avant pour planter son regard dans le sien. Mais je crois qu'il te déteste trop pour rester prudent bien longtemps.

— Ce que tu dis me réchauffe vraiment le cœur ! observa-t-elle avec ironie.

— Portia, on n'est pas obligés de le faire si tu n'en as pas envie. Je voudrais que tu comprennes que même si tous les plans comportent des risques, celui-ci est, à mon avis, le plus sûr que l'on puisse envisager.

Bon sang, il espérait de tout son cœur que c'était le cas ! songea-t-il sombrement. Il avait tourné et retourné le projet dans sa tête pour ainsi dire toute la nuit, effrayé à l'idée de le mettre à exécution, et tout aussi effrayé à la perspective de ce qui pouvait arriver s'il ne le faisait pas.

Portia regarda vers la fenêtre, les sourcils froncés. De toute évidence, elle pesait le pour et le contre.

— J'en ai tellement marre d'avoir peur ! finit-elle par dire. J'en ai assez que ma vie reste en attente.

Elle tourna de nouveau la tête vers lui, le menton levé.

— C'est d'accord, on va le faire, décida-t-elle. Je veux en finir avec cette histoire, et si ça peut se faire ce soir, alors allons-y.

Caleb acquiesça, tout en espérant qu'il n'était pas en train de commettre une erreur.

Ils déjeunèrent en silence, perdus dans leurs pensées. Lorsqu'ils eurent fini de débarrasser la table, Caleb emporta le téléphone dans sa chambre et appela Benjamin pour mettre au point les détails de son plan.

L'après-midi leur parut durer une éternité. Portia tenta de se plonger dans un livre, mais elle le reposa bientôt, incapable de se concentrer. Pendant ce temps, Caleb faisait les cent pas dans le salon, à la fois soulagé à l'idée de pouvoir enfin agir, et inquiet de la tournure que pourraient prendre les événements.

A 18 h 30, ils s'installèrent devant un plat de poulet au riz que Portia avait préparé.

Caleb avait l'estomac bien trop noué pour avoir faim, mais il se força à manger, conscient qu'il aurait besoin de toute son énergie dans les heures à venir.

Portia remuait les aliments du bout de sa fourchette, comme si elle manquait d'appétit, elle aussi.

Il aurait tant aimé pouvoir lui dire que tout allait bien se passer, que demain à la même heure, elle aurait retrouvé sa maison et sa vie, comme avant ! Malheureusement, c'était impossible.

Il n'avait aucune idée de ce que la nuit leur réservait. Il était probable que l'agresseur ne se manifeste pas, qu'il devine qu'on lui tendait un piège. Caleb se donnait trois soirs, et si rien ne se passait, alors il songerait à trouver une autre solution d'hébergement pour Portia.

Si elle continuait à dormir chez lui, il avait peur de craquer et de lui faire l'amour de nouveau, peur d'oublier la résolution qu'il avait prise de rester seul. Et surtout, il craignait de s'en sortir une fois de plus avec le cœur brisé. Ça, ça ne devait plus arriver.

Portia finit par soupirer et repoussa son assiette.

— Je ne peux pas manger. J'ai beaucoup trop de choses en tête.

Caleb se garda bien de lui demander de préciser quelles choses, par crainte de ce qu'elle pourrait répondre.

Depuis le jour où ils avaient fait l'amour, il avait deviné à ses regards, à ses gestes, qu'elle éprouvait pour lui des sentiments très forts. Il savait qu'elle était sans doute de nouveau amoureuse de lui, mais il n'avait surtout pas envie de l'entendre.

— Caleb, quoi qu'il arrive ce soir, je veux te remercier pour tout ce que tu as fait pour moi, reprit-elle soudain.

— Tu pourras me remercier quand le coupable sera derrière les barreaux.

— Non, vraiment, tu as déjà fait beaucoup. Et tu sais, je suis presque contente que nous ayons pu passer ces quelques jours ensemble. Je crois que nous avions besoin de guérir les blessures du passé.

Ses yeux brillaient tandis qu'elle le dévisageait.

— J'espère que tes blessures sont guéries, continua-t-elle. J'espère que tu me pardonnes d'avoir été jeune et bête, et de m'être laissé influencer aussi facilement il y a dix ans.

Caleb sentit sa gorge se serrer.

— C'était il y a longtemps, Portia.

Il repoussa son assiette lui aussi, tout en songeant au désespoir et à la colère qui l'avaient ravagé lorsqu'elle l'avait chassé de sa vie.

Il tenta de faire appel à cette colère, de l'utiliser comme un bouclier contre cette femme qui faisait battre son cœur un peu trop vite et éveillait en lui des émotions trop intenses, mais c'était peine perdue. Il ne lui restait plus qu'une profonde tristesse, et l'acceptation de l'idée qu'ils n'étaient pas destinés à être ensemble.

— Je ne te garde pas rancune, dit-il enfin. J'ai toujours su que ta mère avait souffert de son divorce, et qu'elle avait dû influencer ta décision de rompre avec moi.

— Je ne peux pas rejeter la faute uniquement sur ma mère, répondit Portia. J'aurais dû écouter mon cœur plutôt que de laisser les autres me monter la tête.

— Et moi, j'aurais peut-être dû me battre un peu plus pour que tu me croies, ajouta Caleb. Je suis content moi aussi qu'on ait pu reparler de tout cela, mais maintenant, il faut tourner la page.

Ces derniers mots, il les avait prononcés pour qu'elle se souvienne — et qu'il se souvienne aussi — qu'il n'y avait pas de place pour elle dans sa vie.

Portia se leva de table et alla poser son assiette dans l'évier avant de se retourner vers lui.

— Je vais aller faire ma valise, annonça-t-elle. Comme ça, si les choses se passent comme nous l'espérons, je serai prête à rentrer chez moi.

Elle hésita un instant, comme si elle attendait qu'il dise quelque chose, mais il se contenta d'acquiescer et elle quitta la cuisine.

Caleb se tenait debout devant la fenêtre et regardait le soleil se coucher. Les ombres, au pied des arbres, s'allongeaient à vue d'œil. Il sentit les battements de son cœur s'accélérer en réalisant que bientôt ce serait le moment de mettre son plan à exécution.

Sortant son téléphone de sa poche, il appela Benjamin pour revoir avec lui une dernière fois le déroulement des opérations.

Lorsqu'il eut raccroché, il se tourna de nouveau vers la fenêtre. A l'arrière, le jardin offrait de nombreuses cachettes qui permettraient à son frère de surveiller la maison sans risquer d'être vu. La même chose était valable pour la cour, à l'avant.

Ce soir-là, la lune serait pleine et le ciel dégagé, comme il l'avait été toute la journée. Cette luminosité présentait à la fois un avantage et un inconvénient : elle les aiderait à mieux voir ce qui se passait autour de la maison, tout en augmentant le risque de se faire repérer par quiconque tenterait de s'approcher de Portia.

Caleb faisait cependant confiance à son frère pour rester invisible.

Ce plan était d'une simplicité remarquable. Il avait beau le retourner en tous sens dans sa tête, il n'y voyait aucune faille, aucune faiblesse susceptible de mener à une catastrophe. Si quelqu'un voulait s'en prendre à Portia ce soir, Caleb ne doutait pas un instant que Benjamin ou lui-même serait en mesure de l'arrêter avant qu'il n'ait réussi à s'introduire dans la maison.

A 20 h 30, le crépuscule commença à laisser place à la nuit. Toujours devant sa fenêtre, Caleb songea soudain à Brittany.

Une sensation de vide s'empara de lui tandis qu'il pensait à sa sœur disparue. Avec ses frères et les habitants de Black Rock, ils avaient fait tout leur possible pour la retrouver. Faute de pistes et d'indices nouveaux, l'enquête se retrouvait au point mort. Les frères Grayson en étaient à se demander s'ils avaient raté quelque chose, s'ils auraient pu s'y prendre autrement.

Il sentit sa nuque se raidir sous l'effet de la tension nerveuse. En cet instant, il avait le sentiment d'avoir perdu sa sœur à jamais. Il était hors de question qu'il perde aussi Portia.

Mais tout en étant conscient que son plan comportait des risques, il pensait sincèrement que ceux-ci restaient minimes. Bon sang ! il fallait que ça marche, se dit-il. Il fallait que le coupable soit arrêté pour que Portia puisse retrouver le cours normal de sa vie. Ensuite seulement, il pourrait reprendre la sienne, quelle qu'en soit la forme.

La nuit avait fini de tomber lorsqu'il sentit Portia s'approcher de lui.

— C'est bientôt le moment, n'est-ce pas ? demanda-t-elle.

Il se retourna pour la regarder.

— Tu as changé d'avis ?

— Non, j'ai juste hâte qu'on en finisse. Je veux que ce type aille en prison, et s'il faut prendre des risques pour y arriver, alors je suis prête à en prendre.

Caleb lutta contre l'envie de la serrer dans ses bras, de l'entraîner dans sa chambre pour lui faire l'amour une dernière fois.

Il jeta un coup d'œil à sa montre.

— Je vais aller mettre ma voiture un peu plus loin, expliqua-t-il. Benjamin doit être en position dans le jardin, à l'heure qu'il est. Quand j'aurai garé la voiture, je reviendrai ici. Mon frère surveillera l'arrière de la maison, et moi l'avant. Avec un peu de chance, en voyant le champ libre, l'agresseur pensera que tu es seule.

— O.K., répondit-elle d'une voix faible.

Ses lèvres tremblaient, et ses yeux étaient agrandis par l'angoisse.

— N'aie pas peur, lui dit-il.

Elle s'efforça de sourire.

— Qu'est-ce qui te fait croire que j'ai peur ? demanda-t-elle avec une fausse bravoure.

— J'entends claquer tes dents !

Elle éclata alors de rire et il la trouva plus belle que jamais. Une vague de désir, douce et obsédante, lui embrasa les reins.

Sans réfléchir, il l'attira contre lui et captura ses lèvres tremblantes entre les siennes.

Il savait que c'était stupide, mais il avait envie de l'embrasser et de la sentir tout près de lui une dernière fois avant de lui faire ses adieux.

Elle passa les bras autour de son cou et s'accrocha à lui comme à une bouée de sauvetage. L'espace d'un instant, il eut l'impression que c'était exactement ce qu'elle était pour lui.

Il aurait voulu se perdre dans son étreinte et l'embrasser pendant des heures, mais il avait conscience que le temps passait, et qu'il fallait partir.

A contrecœur, il interrompit leur baiser et s'écarta de Portia.

— Ferme bien derrière moi, lui conseilla-t-il en ouvrant la porte. On se revoit à l'aube. Ou même plus tôt, si notre plan fonctionne.

En s'éloignant de la maison, il l'entendit tourner le verrou derrière lui. Il venait de sortir ses clés de voiture quand son téléphone portable se mit à vibrer dans sa poche.

C'était Benjamin.

— Oui ?

— J'ai été appelé pour un accident qui s'est produit sur l'autoroute. J'étais le seul adjoint disponible, alors il a fallu que j'y aille… Je repars à l'instant, mais je voulais te prévenir que j'aurai dix ou quinze minutes de retard.

Caleb fronça les sourcils. Il pensait que Benjamin était déjà en place, et ce contretemps était pour le moins contrariant.

— J'étais sur le point d'aller garer ma voiture devant la maison des Johnson, dit-il à voix basse au cas où l'agresseur aurait été à portée de voix. On est appelés là-bas si souvent que la présence de mon véhicule ne paraîtra pas suspecte. Mais vu que tu n'es pas encore arrivé, je vais rentrer t'attendre à la maison. Appelle-moi quand tu seras en poste dans le jardin.

— Entendu, répondit Benjamin avant de raccrocher.

La famille Johnson avait deux fils adolescents qui

s'attiraient souvent des ennuis. Au moins une fois par mois, les voisins appelaient le shérif pour se plaindre de la musique trop forte ou des fêtes qui duraient jusque très tard dans la nuit.

Personne ne s'étonnerait donc de voir deux voitures de police garées devant chez eux.

Subitement, Caleb songea que Portia allait lui manquer. Cette constatation le frappa sans prévenir, le laissant tout désemparé. Pendant son séjour chez lui, elle avait donné des couleurs et du sens à sa maison. Elle en avait fait plus qu'un simple lieu où dormir ; elle en avait fait un foyer.

Il avait apprécié que Portia soit la première personne qu'il croisait le matin en se levant, et la dernière à qui il souhaitait bonne nuit avant d'aller se coucher. Il avait pris plaisir à échanger des banalités avec elle, à parler de sujets plus sérieux aussi, et à observer la façon dont son regard s'illuminait lorsque quelque chose l'amusait.

Oui, il avait aimé l'avoir auprès de lui… beaucoup trop. Et pour cette raison, il ressentait maintenant le besoin de s'éloigner d'elle le plus possible. Il fallait à tout prix qu'elle retrouve sa vie pour qu'il puisse retrouver la sienne.

Il se donnait encore trois jours, après quoi il serait obligé de chercher une autre solution. Peut-être pourrait-il installer Portia dans la cabane, avec Jacob. Ainsi, elle continuerait à être en sécurité, tout en le libérant, lui, de sa présence envoûtante.

Il ne put s'empêcher de sourire en imaginant la réaction de Jacob si on lui annonçait qu'une femme allait venir troubler sa solitude. Il ne sauterait pas de joie, c'était certain.

Caleb se rembrunit en remettant son téléphone portable

dans sa poche. Ce n'était vraiment pas le moment de se perdre dans ses pensées, alors qu'il avait un plan à mettre à exécution. Il s'apprêtait à repartir vers la maison lorsqu'il entendit un bruit derrière lui. Le bruit de quelqu'un marchant sur l'allée bétonnée.

Comme il commençait à se retourner pour jeter un coup d'œil, quelque chose s'abattit violemment sur sa tempe. La douleur explosa dans sa tête en une myriade d'étoiles blanches tandis qu'il reculait en titubant.

En tombant, il comprit dans un moment de panique que Portia était en danger et qu'il ne pourrait pas la secourir.

Il eut le temps d'apercevoir le visage de la personne qui venait de le frapper, et fut choqué de constater que ce n'était ni Dale Stemple, ni aucun des suspects figurant sur leur courte liste.

Puis tout devint noir.

12

Après le départ de Caleb, Portia se dirigea vers la cuisine avec l'intention de se préparer un thé. Elle se sentait gelée jusqu'aux os, et savait pertinemment que pendant les cinq ou dix minutes qui allaient suivre, elle serait là toute seule, à la merci de son agresseur.

Elle s'arrêta en chemin pour jeter un coup d'œil sur les photos exposées sur l'étagère, dans le salon. Son regard s'attarda sur celle de Caleb.

Son cœur s'emplit d'amour, et aussi de tristesse. Combien de temps lui faudrait-il pour se remettre des moments intenses qu'elle venait de vivre avec lui ? Il lui avait fallu longtemps pour tourner la page lorsqu'ils avaient rompu, dix ans plus tôt. A vrai dire, elle n'avait peut-être même jamais vraiment tourné cette page.

Elle quitta le salon en soupirant. Une grande tasse de thé bien chaud l'aiderait sans doute à chasser le froid qui s'était installé en elle, et aussi à rester éveillée jusqu'à l'aube en attendant le retour éventuel de Caleb.

Caleb… Tout en remplissant la bouilloire, elle ne put s'empêcher de penser encore à lui. Elle avait passé ces trois derniers jours à lutter contre l'envie de lui avouer ses sentiments. Elle rêvait d'une seconde chance avec lui, d'une opportunité de réparer les erreurs du passé, mais elle avait bien peur qu'il ne veuille pas du tout la même chose.

Oh ! bien sûr, elle ne doutait pas un seul instant qu'il avait envie d'elle physiquement, et elle savait aussi qu'il tenait à elle. Parfois, en sentant son regard peser sur elle, elle avait cru voir la flamme de l'amour brûler dans ses yeux… Malgré tout, il était possible qu'elle se fasse des idées.

Tandis qu'elle attendait que l'eau se mette à bouillir, elle jeta un coup d'œil à l'horloge. Quelques minutes seulement s'étaient écoulées depuis le départ de Caleb. Etait-il déjà revenu et caché dans les buissons devant la maison, ou peut-être dans le jardin des voisins d'en face ?

Et Benjamin, était-il bien en train de surveiller l'arrière de la maison, en attendant l'arrivée d'un meurtrier potentiel ?

Elle avait le sentiment que cette nuit ne finirait jamais.

Que se passerait-il si leur plan n'aboutissait pas aux résultats escomptés ? Elle ne pouvait pas rester ici plus longtemps. Plus elle passait de temps dans cette maison et s'attardait dans la vie de Caleb, plus il lui serait difficile de le quitter le moment venu.

L'ennui, c'était qu'elle ne savait pas où aller. Elle pourrait bien sûr séjourner chez sa mère, mais s'il devait arriver malheur, elle ne se pardonnerait jamais de l'avoir mise en danger. Quant à se faire héberger par Layla, c'était tout aussi impossible, car il n'y avait rien à faire contre les allergies que lui provoquait M. Moustaches.

Sans aucun doute, c'était ici, chez Caleb, qu'elle se sentait le plus en sécurité, du moins physiquement. Elle lui faisait confiance comme à personne d'autre au monde pour la protéger. Son cœur, en revanche, courait les plus grands dangers.

Bien que sa valise soit prête, elle ne savait pas où elle l'emporterait lorsqu'elle partirait d'ici. Rentrerait-elle chez elle, avec son agresseur derrière les barreaux et le reste de sa vie devant elle ? Ou s'en irait-elle ailleurs, dans un lieu que Caleb considérerait comme sûr le temps que l'affaire soit résolue ?

Elle sursauta lorsque la bouilloire se mit à siffler et la retira du feu en s'ordonnant mentalement de se détendre.

Quelques instants plus tard, alors qu'elle emportait sa tasse de thé dans le salon, on frappa des coups violents à la porte.

Le cœur battant à tout rompre, elle posa bien vite sa tasse sur la table basse devant le canapé.

La personne qui venait de frapper ne pouvait pas représenter une menace, tenta-t-elle de se rassurer. Caleb n'aurait jamais laissé à quiconque la possibilité de s'approcher de la porte.

C'est avec un horrible pressentiment qu'elle s'avança dans l'entrée, alluma la lumière du porche et regarda par le judas.

Une femme se tenait sur le seuil, les traits déformés par la peur.

— Il y a un homme dans votre allée ! cria-t-elle à travers la porte. Je crois qu'il est blessé !

Sur ces mots, elle disparut du champ de vision de Portia.

S'agissait-il d'un piège ? Où était Caleb ? se demanda-t-elle. Le sang bourdonnait dans ses oreilles lorsqu'elle quitta le vestibule pour se précipiter vers la fenêtre du salon, qui donnait sur l'avant de la maison. De là, on voyait parfaitement l'allée.

Elle crut que son cœur s'arrêtait de battre quand elle aperçut la voiture de Caleb, et celui-ci qui gisait par terre à côté. Puis soudain, avant qu'elle n'ait eu le temps de réagir, la porte d'entrée s'ouvrit à toute volée et quelqu'un se rua dans la maison.

Portia fit volte-face et, l'espace d'un instant, elle ne reconnut pas la femme qui brandissait un couteau d'une main et tenait dans l'autre le trousseau de clés de Caleb. Ses yeux bleu pâle luisaient de haine.

Elle étouffa un cri lorsque la mémoire lui revint.

Rita Stemple avait grossi, et teint ses cheveux châtain clair en noir corbeau. Elle n'affichait plus du tout cet air persécuté qu'on lui avait toujours vu. Telle qu'elle était, on aurait dit une guerrière vengeresse bien déterminée à tuer.

— Coucou, Portia, dit-elle avec un sourire carnassier. J'ai bien peur que ton petit copain policier ne soit pas trop dans son assiette. Il a fait une mauvaise rencontre avec une batte de base-ball.

Elle s'avança dans la pièce.

Caleb ! Portia eut l'impression que son cœur se brisait dans sa poitrine. Elle lutta contre le désespoir qui menaçait de la submerger. Etait-il mort ? L'avait-elle tué ? Il ne fallait surtout pas penser à cela maintenant, s'ordonna-t-elle en reportant son attention sur la femme qui se tenait à quelques mètres d'elle.

— Rita ? Que se passe-t-il ? demanda-t-elle. Pourquoi es-tu là ?

La peur la glaçait et elle sentait un cri monter dans sa gorge, mais elle fit son possible pour garder une voix calme et posée.

— Tu sais très bien pourquoi je suis là.

Les doigts de Rita se resserrèrent sur le manche du couteau tandis qu'elle faisait un pas de plus vers elle. Elle jeta les clés de Caleb par terre.

— Tu as ruiné ma vie, Portia, et le moment est venu de me venger.

— Rita, j'étais obligée de signaler les marques de mauvais traitements aux autorités, répondit Portia, désespérée. Je n'avais pas le choix. J'aurais pu perdre mon travail si je ne l'avais pas fait !

Rita fendit l'air de son couteau, et Portia crut s'évanouir de terreur.

— Je ne parle pas de ces fichus gamins, rétorqua Rita. Je n'en ai jamais voulu, de toute façon. C'est Dale qui a insisté pour faire des gosses. Il fallait bien un peu de discipline pour qu'ils se tiennent tranquilles.

Abasourdie, Portia la dévisagea tandis que la vérité lui apparaissait soudain. Ce n'était donc pas Dale qui maltraitait les enfants, mais Rita. Ils s'étaient trompés du tout au tout. Seigneur ! Ils n'avaient vraiment rien compris !

— C'est Dale, que j'aime, et tu as tout gâché entre nous ! s'écria Rita.

— Je ne comprends pas… Mais qu'est-ce que tu racontes ? demanda Portia.

« Fais-la parler », songea-t-elle. Tant qu'elle parlerait, elle ne se servirait pas de ce couteau terrifiant.

— J'ai été une épouse parfaite pendant que Dale était en prison. Je lui rendais visite dès que je le pouvais ! Je lui écrivais tous les jours, et je ne l'ai jamais trompé. J'ai même trouvé un travail pour pouvoir lui rendre la vie plus facile en lui envoyant de l'argent. J'avais hâte qu'il soit libéré pour qu'on se retrouve enfin ensemble…

Sa voix tremblait d'émotion et elle dut s'éclaircir la gorge avant de continuer.

— Le jour de sa sortie, je suis allée chez ses parents pour qu'on puisse parler de nos projets, organiser notre nouvelle vie à tous les deux. Et là, il m'a annoncé qu'il ne voulait plus de moi !

Des larmes de colère se mirent à briller dans ses yeux, mais elle gardait le couteau toujours aussi serré dans sa main.

— Si tu ne nous avais pas dénoncés, personne n'aurait su qu'il faisait un peu de trafic d'armes ! Il ne serait jamais allé en prison, et on serait toujours ensemble. Maintenant, il veut divorcer et continuer sa vie sans moi. Et tout ça c'est ta faute !

Sans prévenir, elle se rua en avant, le couteau brandi.

Portia réagit par pur réflexe. Elle saisit sa tasse de thé sur la table basse près de laquelle elle s'était tenue tout ce temps et la lui lança à la tête.

Rita hurla de douleur et de rage lorsque le liquide encore très chaud l'atteignit au visage. Elle lâcha le couteau pour s'essuyer les yeux.

Portia en profita pour se précipiter vers la porte.

Elle y était presque parvenue lorsque Rita se jeta sur son dos. Elle tomba lourdement par terre sous le poids de la femme en furie, se retourna vivement pour tenter de se défendre, et vit avec horreur que Rita avait récupéré le couteau.

Refusant d'abandonner la partie, Portia releva les jambes et rua avec frénésie pour empêcher la lame de l'atteindre. Son genou s'enfonça dans l'estomac de Rita, lui coupant le souffle pendant quelques secondes.

Avec un grognement de rage, celle-ci abattit le couteau mais Portia parvint à rouler sur le côté pour éviter le coup mortel. Elle se leva tant bien que mal et s'écarta de Rita, qui se releva à son tour et s'avança vers elle.

Ses yeux lançaient des éclairs.

— Il n'y a personne qui viendra te sauver, cette fois,

Portia. Tu aurais dû mourir la nuit où je suis entrée par la fenêtre pour t'étrangler.

Sa poitrine s'abaissait et se soulevait au rythme de sa respiration haletante.

— Tu m'as fait perdre la seule chose qui comptait pour moi, reprit-elle. C'est ta faute s'il ne m'aime plus ! Tu t'es occupée de ce qui ne te regardait pas, et tu as gâché ma vie. Et pour ça, tu vas mourir !

Une fois de plus, elle bondit en avant.

La lame s'enfonça dans l'épaule de Portia alors qu'elle reculait pour esquiver le coup.

Une douleur aiguë la transperça, libérant le cri bloqué dans sa gorge depuis l'instant où Rita était entrée dans la maison.

La tête lui tourna tant la blessure, qui s'était mise à saigner abondamment, lui faisait mal. Elle tomba à genoux mais se releva aussitôt, vacillant sur ses jambes.

« Et voilà, c'est la fin », songea-t-elle en laissant échapper un sanglot.

Une fatigue accablante s'abattit sur elle, sapant toute son énergie. Elle savait que Caleb avait fait de son mieux pour la protéger, mais ils n'avaient pas envisagé une seule seconde qu'ils pourraient avoir affaire à une femme. Ni lui ni elle n'avaient songé à Rita. Et maintenant, Caleb était mort, Benjamin n'avait probablement pas entendu son cri, et il ne restait plus personne pour lui venir en aide.

Elle pressa la main contre la plaie pour tenter d'arrêter l'hémorragie et, incapable de trouver la force de se battre, tomba de nouveau à genoux. A sa terreur se mêlait un profond chagrin, non pas parce qu'elle savait qu'elle allait mourir, mais parce que Caleb était déjà mort.

— Pitié, murmura-t-elle.

Elle ne savait pas si elle implorait Rita de lui laisser la vie ou de l'achever au plus vite.

Rita esquissa un sourire cruel et son regard se fit encore plus glacial.

— L'heure de la vengeance a sonné ! s'exclama-t-elle.

Au même instant, la porte d'entrée s'ouvrit violemment et la silhouette de Caleb se détacha dans l'encadrement. Il avait le côté de la tête en sang, mais son expression était froide et déterminée.

Sans un mot, il leva son pistolet et tira. La balle vint se loger dans le genou de Rita, qui s'écroula en hurlant de douleur.

Tandis que Benjamin entrait en courant, Caleb se rua vers Portia

— Portia, murmura-t-il en la prenant dans ses bras. Reste avec moi.

— Je te croyais mort, dit-elle, les yeux emplis de larmes.

Elle leva faiblement la main pour toucher son visage baigné de sang.

— Tu sais bien que j'ai toujours eu la tête dure, répliqua-t-il avec un petit sourire.

Apaisée, Portia ferma les yeux. Elle savait qu'elle était en sécurité, maintenant, hors de danger.

Elle l'entendit vaguement appeler une ambulance puis perdit connaissance.

13

— Tu pourras peut-être te faire tatouer pour couvrir la cicatrice, suggéra Layla.

C'était le lendemain après-midi. Layla était arrivée à l'hôpital quelques minutes plus tôt, les bras chargés d'un énorme bouquet de fleurs et les poches bourrées de faux tatouages.

On avait fait à Portia douze points de suture, et elle attendait que le médecin lui signe son autorisation de sortie.

— Crois-moi, après tout ce que je viens de vivre, cette cicatrice est bien le cadet de mes soucis ! s'exclama-t-elle. Sans compter que je ne suis pas vraiment du genre à me balader avec des tatouages.

— Je n'arrive toujours pas à croire que ton agresseur était Rita. Et je n'arrive toujours pas à croire non plus que c'était elle qui battait ses enfants.

Layla secoua la tête.

— Ça montre bien qu'on ne peut jamais savoir ce qui se passe derrière les portes closes, ajouta-t-elle.

— Je ne suis pas sûre de vouloir savoir ce qui se passe chez les gens de cette ville, répondit Portia.

— Au fait, où est ton héros ? Je pensais le trouver ici avec toi.

— Il était là, mais il a reçu un coup de téléphone de Tom il y a une heure, et il a dû partir. Je crois que

Tom avait besoin qu'il lui fasse un rapport officiel sur ce qui s'est passé hier soir.

Caleb était resté avec elle pendant qu'on la recousait. Et quand le médecin avait décidé de la garder en observation pour la nuit, à cause de l'hémorragie et du traumatisme qu'elle venait de subir, il avait insisté pour dormir sur une chaise à côté de son lit.

Ils n'avaient pas beaucoup parlé, si ce n'est de ce qui s'était passé pendant que Caleb était inconscient et que Portia se défendait contre Rita.

Pour Portia, cette lutte avait duré une éternité alors qu'en réalité, il ne s'était écoulé que quelques minutes entre le moment où Caleb avait été assommé et celui où il était venu à son secours.

En arrivant devant la maison, Benjamin avait trouvé Caleb assis par terre, reprenant tout juste connaissance. Les deux hommes s'étaient aussitôt précipités à l'intérieur en espérant qu'ils n'arrivaient pas trop tard.

— Il est censé revenir me chercher d'ici à une heure pour me ramener chez moi, ajouta-t-elle.

— Alors qu'est-ce qui va se passer, maintenant, entre vous deux ? demanda Layla.

— Rien du tout. Je vais reprendre ma vie et lui la sienne, répondit Portia, en tentant d'ignorer la douleur qui lui broyait le cœur tandis qu'elle disait cela.

Layla se mit à rire.

— Si tu veux mon avis, il ne se passera pas grand-chose dans vos vies ! Depuis le temps, je pensais que vous finiriez par comprendre que vous êtes faits l'un pour l'autre. Je vous voyais bien vous remettre ensemble et vous promettre un amour éternel, comme dans les contes de fées. Ça m'aurait redonné espoir pour moi, soit dit en passant.

Portia soupira.

— Pour être honnête, j'espérais moi aussi ce genre de dénouement, avoua-t-elle.

— Je le savais ! s'exclama Layla d'un ton triomphant en se redressant sur sa chaise. J'étais sûre que tu étais encore amoureuse de lui !

— Ça ne m'avance à rien, de toute façon. Il m'a fait comprendre un millier de fois qu'il ne voulait pas d'une relation sérieuse. Donc, c'est fini.

— Eh bien, je trouve que c'est nul, répliqua Layla avec sa franchise habituelle.

Elles se tournèrent toutes les deux vers la porte lorsque Benjamin entra dans la chambre.

— Bonjour, les filles. J'étais dans le coin pour recueillir un signalement de disparition, et je me suis dit que je pouvais prendre quelques minutes pour passer voir comment va la malade.

— Qui a disparu ? demanda Layla.

— Jennifer Hightower. Vous la connaissez ?

Layla et Portia secouèrent la tête.

— Elle a vingt-deux ans et travaille à la supérette près de l'autoroute, précisa Benjamin. Elle n'est pas rentrée chez elle hier soir, et sa colocataire n'a pas eu de nouvelles depuis que Jennifer est partie travailler hier en fin d'après-midi.

— Elle est sans doute bien au chaud quelque part avec un petit copain, plaisanta Layla.

— J'aimerais que tu aies raison, répondit Benjamin avant de sourire à Portia. Alors, comment tu vas ?

— Pas trop mal. J'ai hâte de sortir d'ici et de rentrer chez moi.

— Je me suis dit que ça t'intéresserait peut-être de savoir que Rita a été opérée du genou et qu'elle va bien, lui annonça-t-il. Elle sera en pleine forme pour passer le reste de sa vie en prison.

— Tout est bien qui finit bien, alors, dit Layla.

Benjamin acquiesça.

— Au fait, j'ai eu une longue conversation avec Dale Stemple, ce matin. Il m'a demandé de te transmettre ses vœux de prompt rétablissement, Portia. Il ne pensait pas que Rita était folle à ce point, et il ne voulait pas faire savoir qu'il était de retour à Black Rock.

Il enfonça les mains dans ses poches et haussa les épaules.

— J'ai l'impression qu'il a bien changé, continua-t-il. Il m'a dit qu'il avait envie de reconstruire sa vie, et qu'il espère récupérer la garde de ses enfants un jour.

— Mais il a bien été reconnu coupable de maltraitances, non ? s'étonna Layla.

Benjamin secoua la tête.

— Non. Il a été inculpé pour trafic d'armes, mais il a toujours clamé son innocence en ce qui concernait les mauvais traitements infligés à ses enfants.

— Il devait quand même être au courant de ce qui se passait, intervint Portia. Les marques que j'ai vues sur ces petits ne laissaient aucun doute.

— Dale soutient qu'il était absent de chez lui la majeure partie du temps, soit parce qu'il travaillait, soit parce qu'il traînait avec des copains. Il n'avait aucune idée de ce que les enfants subissaient à la maison. Les seules marques qu'il a eu l'occasion de voir, il les a mises sur le compte des bleus et des bosses que tous les gamins de cet âge sont amenés à se faire.

— Et tu le crois ? demanda Layla, dubitative.

Benjamin hésita un moment avant d'acquiescer.

— Oui, je le crois. Enfin, c'est de l'histoire ancienne,

tout ça, maintenant. Portia, je suis content que tu ailles bien. On dirait que tu vas enfin pouvoir reprendre le cours de ta vie.

— Merci pour tout, Benjamin, répondit-elle.

— De rien. Allez, il faut que je me sauve. Je vais essayer de voir ce que je peux faire pour retrouver cette Jennifer Hightower.

Il les salua puis quitta la chambre.

— Je vais devoir y aller moi aussi, annonça Layla en se levant de sa chaise.

— Merci, Layla. Tes fleurs sont magnifiques, mais je crois que je me passerai des tatouages.

Layla sourit avant de se diriger vers la porte. Alors qu'elle avait la main sur la poignée, elle se retourna vers Portia.

— Si tu aimes vraiment Caleb, lui dit-elle, n'aie pas peur de te battre pour lui. Dis-lui ce que tu ressens, montre-lui que vous êtes faits pour être ensemble. L'amour est bien la seule chose pour laquelle ça vaut le coup de se battre.

Sur ces mots, elle tourna les talons et s'en alla.

Portia se leva du lit avec précaution pour aller regarder par la fenêtre, tandis que les dernières paroles de Layla résonnaient dans son esprit.

Maintenant que son cauchemar était terminé, plus rien ne venait brouiller ce qu'elle éprouvait pour Caleb. Elle l'aimait. C'était aussi simple et aussi compliqué que cela. Elle l'avait toujours aimé, et avait le sentiment qu'elle quitterait ce monde en l'aimant encore.

Il ne lui restait plus l'ombre d'un doute : elle s'était méprise au sujet de Caleb voilà dix ans et avait fait la plus grosse erreur de sa vie en rompant avec lui.

De même, elle avait la certitude qu'il l'aimait lui aussi.

Restait à savoir si elle parviendrait à percer les défenses qu'il avait érigées tout autour de son cœur. Serait-elle capable de le convaincre qu'ils méritaient une seconde chance, qu'ils pouvaient trouver le bonheur ensemble ?

« L'amour est bien la seule chose pour laquelle ça vaut le coup de se battre. »

Les paroles de Layla tournaient encore dans sa tête lorsque Caleb arriva peu après.

— Salut. Comment vas-tu ?

Elle se détourna de la fenêtre et lui sourit.

— Plutôt bien. Je suis pressée de partir d'ici, ça, c'est sûr, dit-elle.

— Je viens de parler avec le médecin. Il m'a dit que tes papiers de sortie sont signés.

Il s'avança vers elle et plaça un index sous son menton pour lui relever le visage.

— Oui, tu as vraiment meilleure mine qu'hier soir, observa-t-il. Tu as repris des couleurs, et tu as les yeux qui brillent.

« C'est l'amour qui les fait briller », faillit-elle répliquer, mais elle se tut. Elle ne voulait pas lui déclarer ses sentiments ici, dans une chambre d'hôpital où n'importe qui pouvait entrer à l'improviste et interrompre ce qu'elle avait envie, ce qu'elle avait besoin de lui dire.

— J'ai hâte de retrouver ma maison, préféra-t-elle répondre tandis qu'il laissait retomber sa main.

— Dans ce cas, allons-y.

Il prit le bouquet de fleurs que Layla avait apporté et ils sortirent ensemble de la chambre.

Par chance, une des infirmières avait prêté un T-shirt à Portia pour qu'elle puisse rentrer chez elle à peu près propre. Le haut qu'elle portait la veille, déchiré par le coup de couteau et tout souillé de sang, était irrécupérable.

Une fois sortis de l'hôpital, ils rejoignirent la voiture de Caleb.

Portia eut un pincement au cœur lorsqu'elle vit sa valise sur la banquette arrière. Il avait vraiment pris toutes ses précautions pour qu'elle n'ait aucune raison de retourner chez lui…

— Je suis allé au garage, ce matin, pour voir où en était ta voiture. Wally m'a dit qu'elle était prête, annonça Caleb en démarrant. Il te l'amènera chez toi dans l'après-midi pour t'éviter un trajet en taxi.

— C'est très gentil de sa part, répondit Portia. Je crois que je vais prendre quelques jours pour finir la peinture dans la garderie, avant de faire revenir les enfants, ajouta-t-elle après un instant de silence. Un nouveau départ, dans un cadre rénové, voilà qui me semble être une excellente idée.

Elle lui coula un regard en biais. Savait-il seulement à quel point elle rêvait d'un nouveau départ avec lui ? se demanda-t-elle.

Il gardait les yeux fixés sur la route, apparemment inconscient de la bataille qui se livrait dans le cœur de Portia. Devait-elle vraiment lui faire part de ce qu'elle ressentait pour lui ou valait-il mieux se contenter de lui dire au revoir, sans lui avouer la force de son amour ? Pourrait-elle supporter de vivre avec les regrets de ce qui aurait pu être, si elle décidait de garder le silence ?

Bien sûr, elle ne mourrait pas s'il disparaissait de sa vie. Elle finirait par repartir à la conquête du bonheur, quoi qu'il arrive. Mais jamais elle n'oublierait le shérif adjoint aux yeux sombres et au charmant demi-sourire, ce garçon qui avait pris sa virginité, cet homme qui s'était emparé de son cœur.

Lorsqu'ils arrivèrent devant chez elle, Portia avait pris

sa décision. Il fallait qu'elle lui parle, elle n'avait pas le choix. Elle descendit de voiture, le bouquet de fleurs dans les mains, tandis que Caleb attrapait sa valise à l'arrière. Côte à côte, ils remontèrent l'allée.

Portia ouvrit la porte et entra chez elle, l'estomac noué par l'anxiété. Comme elle traversait le salon pour se rendre dans la cuisine, elle sentit avec acuité la présence de Caleb juste derrière elle.

Après avoir posé les fleurs sur le plan de travail, elle se tourna vers lui, et sut qu'elle allait lui dire tout ce qu'elle avait sur le cœur, maintenant. Layla avait raison, un amour aussi fort méritait bien de se battre.

— Caleb…

Elle avait la gorge sèche, et son cœur battait fort dans sa poitrine. Par où commencer ?

— Portia, répondit-il avec un sourire.

Il posa sa valise par terre.

— Je suis heureux que tout soit fini, reprit-il, que tu puisses enfin retrouver une vie normale, et que tu n'aies plus de raisons d'avoir peur. Alors je pense qu'il est temps de se dire au revoir.

Son regard était sombre et indéchiffrable.

— Rien ne nous y oblige, dit-elle en s'approchant de lui, les jambes soudain toutes faibles. Je suis amoureuse de toi, Caleb. Je veux une deuxième chance. Je crois que nous sommes faits l'un pour l'autre.

Elle marqua une pause et observa son visage intensément, mais il ne se passa rien. C'était comme s'il ne l'avait pas entendue. Elle fit un pas de plus vers lui, de sorte qu'elle se tenait assez près pour sentir son odeur familière et percevoir la chaleur qui émanait de son corps.

— Je t'en prie, Caleb, dis quelque chose ! Je viens de mettre mon cœur entre tes mains.

Des larmes commencèrent à lui piquer les paupières.

— Je t'aime, continua-t-elle. Je t'ai toujours aimé, et je veux vivre avec toi. Tu es le bon, Caleb. Tu es l'homme avec qui j'ai envie de partager mes espoirs, avec qui j'ai envie de bâtir des rêves. Tu es celui avec qui je veux passer le reste de ma vie.

L'espace d'un instant, elle crut voir une flamme de désir s'allumer dans le regard de Caleb, mais elle disparut aussitôt.

— Portia…, répondit-il enfin. Je t'ai dit dès le début que je ne recherchais pas de relation durable.

Il baissa les yeux, comme s'il ne pouvait pas la regarder en face.

— Je suis désolé si je t'ai donné de faux espoirs.

— Tu m'aimes, Caleb, je le sais ! s'exclama-t-elle avec ferveur. Pour l'amour du ciel, donne-nous une chance de goûter au bonheur ! Accepte-moi dans ta vie comme je suis déjà dans ton cœur.

Lorsqu'il releva les yeux vers elle, au lieu de voir la joie tant espérée dans son regard, elle n'y lut que du désespoir.

Il recula d'un pas.

— Ne fais pas ça, Portia. Ne rends pas les choses plus difficiles qu'elles ne le sont déjà.

— Mais je ne complique rien ! protesta-t-elle. J'essaie juste de te faire comprendre que nous sommes faits pour être ensemble.

Il secoua la tête, tout en reculant encore.

— Non, nous ne sommes pas faits l'un pour l'autre, répliqua-t-il. On a eu notre chance, et on l'a gâchée. Je n'ai pas envie de risquer mon cœur de nouveau.

Elle le dévisagea, stupéfaite.

— Tu sais ce que je pense, Caleb ? Je pense que je

t'ai fait du mal et ça, je le regretterai toujours. Mais je crois surtout que Laura t'a anéanti.

Elle s'interrompit pour ravaler ses larmes.

— J'ai toujours craint, au fond de moi, de devenir comme ma mère, reprit-elle. Elle a eu tellement peur de chercher le bonheur, peur d'être blessée de nouveau, qu'elle a fini par se replier sur elle-même. Et je ne veux pas vivre comme ça. Caleb, si tu te laisses dominer par ton amertume et si tu chasses pour toujours l'amour de ton cœur, alors tu finiras comme elle. Tout froid, et tout seul.

Caleb enfonça les mains dans ses poches.

— J'ai fait ce que j'avais promis de faire. Je t'ai rendu ta vie, et tu n'es plus en danger. Je ne peux rien faire d'autre pour toi, Portia.

— Dis plutôt que tu n'en as pas envie, répondit-elle tandis que les larmes ruisselaient sur ses joues. Dis plutôt que tu as peur !

— Tu as le droit de penser ce que tu veux. Trouve-toi un type bien. Epouse-le, et fais ces bébés que tu as toujours voulus. Au revoir, Portia.

Là-dessus, il tourna des talons et quitta la pièce à grands pas.

Quelques secondes plus tard, Portia entendit la porte d'entrée se refermer, et comprit qu'il était parti. Parti définitivement et en refermant la porte sur tous ses espoirs.

Elle eut l'impression qu'une main invisible lui étreignait le cœur, et reconnut cette douleur. C'était celle de l'amour perdu, des rêves qui volaient en éclats.

Se laissant tomber sur une chaise devant la table, elle posa son front sur ses bras, et pleura toutes les larmes de son corps. Elle pleura longtemps, pour tout ce qui aurait pu être et ne serait jamais.

— Joey, on ne met pas les petits pois dans son nez ! dit sévèrement Portia tout en essuyant le visage du petit garçon de deux ans.

— Pourquoi ? demanda-t-il.

— Parce que les petits pois n'aiment pas les nez. Les petits pois aiment les bouches.

Elle l'embrassa sur le front avant d'aller s'occuper des autres enfants qui avaient besoin d'un bisou, d'une serviette ou d'un peu d'aide pour manger.

Cela faisait quatre jours que Caleb était parti de chez elle sans un regard en arrière. Les deux premiers jours, Portia s'était lancée à corps perdu dans la peinture de la garderie, afin de s'occuper l'esprit en préparant au mieux le retour des enfants.

Ils étaient revenus la veille et, depuis, son temps avait été suffisamment rempli de gros câlins, de baisers pleins de tendresse et d'éclats de rire pour lui faire oublier son chagrin, au moins pendant la journée.

Cependant, quand les enfants repartaient, lorsqu'elle avait fini de dîner et que la maison se trouvait plongée dans un silence assourdissant, la tristesse reprenait le dessus et devenait si accablante que Portia craignait de ne pas lui survivre.

Les choses auraient été plus simples, sans doute, si elle avait pu se dire que Caleb ne l'aimait pas, si elle avait été certaine qu'il l'avait chassée de sa vie parce qu'il ne voulait pas d'elle. Malheureusement, elle n'y croyait pas une seconde, et cela ne faisait qu'aggraver sa peine.

Elle savait que la douleur finirait par s'atténuer, qu'un

jour viendrait où elle pourrait penser à lui sans avoir la sensation qu'une flèche lui transperçait le cœur. Mais pour l'instant, ce jour lui paraissait loin, très loin.

— Ça va ?

La voix de Melody la tira de ses pensées.

— Oui, répondit Portia en souriant à son assistante, dont la présence avait été une vraie bénédiction ces derniers temps. Je suis vraiment contente que les enfants soient revenus.

— Et ils sont tous ravis d'être de nouveau ici, je peux te l'assurer, dit Melody. Lorsqu'ils étaient chez moi, il ne se passait pas un jour sans que l'un ou l'autre me demande quand il reverrait « tata Portia ».

En entendant cela, elle sentit son cœur s'emplir d'amour pour ces petits qu'elle gardait.

— Il est grand temps que tu fasses un bébé, lui fit remarquer Melody.

— Un jour, peut-être..., murmura Portia avec mélancolie. Bon, ajouta-t-elle en redressant les épaules. On ferait bien de débarrasser et de nettoyer tout ça rapidement, avant que Joey ne finisse par se fourrer un petit pois dans le nez.

Le reste de l'après-midi passa bien trop vite, et il fut bientôt l'heure où les parents vinrent récupérer leurs enfants. Comme d'habitude, lorsque le dernier s'en alla, Portia eut l'impression qu'il emportait un bout de son cœur avec lui.

Le silence qui s'abattit sur la garderie ne fit qu'accroître la sensation de vide qui l'envahit. Tandis qu'elle replaçait les livres sur les étagères et rangeait les jouets dans les caisses, l'image de l'homme qui avait rejeté son amour, qui avait refusé de reconnaître qu'il l'aimait, vint occuper son esprit.

Même s'il ne voulait pas d'un avenir avec elle, Portia espérait qu'un jour il parviendrait à mettre de côté son amertume et trouverait une partenaire avec qui partager sa vie, une femme qu'il aimerait à la folie. Car l'imaginer passant le restant de ses jours tout seul lui brisait le cœur.

Une question la taraudait. Pendant les quelques jours qui s'étaient écoulés depuis qu'elle l'avait vu pour la dernière fois, avait-il pensé à elle ? Avait-il des regrets ?

De peur de l'apercevoir ou, pire, d'être obligée d'échanger quelques politesses avec lui s'ils venaient à se croiser, elle ne s'était pas aventurée en ville. Elle n'était pas prête pour cela ; la blessure était encore trop fraîche.

Quoi qu'il en soit, elle savait qu'ils finiraient de toute façon par se rencontrer à un moment ou à un autre. Elle serait alors obligée de lui sourire, de faire comme si le revoir ne lui brisait pas du tout le cœur.

Elle mit un peu d'ordre dans les piles de livres de coloriage et les crayons, puis s'apprêta à partir. Alors qu'elle se tournait vers la porte, elle sursauta en voyant l'objet de ses pensées qui se tenait sur le seuil.

— Salut, Portia.

— Caleb.

Elle eut l'impression que son cœur tentait de bondir hors de sa poitrine.

Caleb portait un jean délavé et un T-shirt blanc qui moulait ses larges épaules musclées. Il paraissait tellement fort, tellement sexy, qu'elle eut envie à la fois de le chasser de chez elle et de se jeter dans ses bras.

— Tu ne travailles pas, aujourd'hui ? demanda-t-elle.

Elle était soulagée de s'entendre parler d'une voix normale.

— Je suis en vacances, répondit-il.

Il s'avança dans la pièce et regarda autour de lui.

— La nouvelle peinture n'est pas mal, observa-t-il. Ça rend la salle beaucoup plus claire et joyeuse.

— Merci. Qu'est-ce que tu fais là, Caleb ? J'imagine que tu n'es pas venu ici simplement pour admirer la décoration, dit-elle avec une pointe d'irritation dans la voix.

S'il croyait pouvoir faire copain-copain avec elle, il se trompait lourdement. Elle ne pouvait pas être amie avec l'homme qu'elle aimait et qui avait refusé d'admettre qu'il l'aimait lui aussi.

Il se passa la main dans les cheveux, faisant retomber sa charmante mèche rebelle sur son front. Alors qu'il fixait son regard sur elle, Portia crut déceler une touche de vulnérabilité au fond de ses yeux.

— J'ai essayé, Portia… Ces quatre derniers jours, j'ai essayé de me convaincre que j'avais bien fait de m'éloigner de toi. J'ai essayé de me dire que je pouvais très bien vivre seul, que je pouvais m'envelopper dans mon amertume et que cela suffirait à me tenir chaud. Mais j'avais tort.

Il ne fit pas un pas vers elle. Portia resta figée sur place, suspendue à ses lèvres. Elle n'osait pas espérer, elle n'osait pas croire…

— Tu as raison, poursuivit-il. Tu m'as blessé il y a dix ans en m'accusant de t'avoir trompée. Tu m'as blessé parce que tu ne m'as pas cru. Et tu as raison aussi en ce qui concerne Laura. Elle m'a rendu méfiant envers les femmes.

Il poussa un gros soupir en regardant par la fenêtre la plus proche.

— Je ne voulais pas t'aimer, Portia. Je pensais

qu'il ne s'agissait que d'une simple attirance physique entre nous, que les sentiments que je ressentais pour toi n'étaient que les vestiges des émotions du passé. Je pensais en avoir assez de l'amour, mais je me trompais.

Quand il posa de nouveau les yeux sur elle, Portia y vit une telle douceur, un tel désir, qu'elle en resta pétrifiée.

Il s'avança vers elle et lui caressa tendrement la joue.

— En première année de lycée, tu étais à mes yeux la fille la plus mignonne que j'avais jamais croisée. Ensuite, en plus d'être ma meilleure amie, tu es devenue celle avec qui j'avais envie de passer tout mon temps. Et en dernière année, je t'ai désirée avec la passion d'un homme, tout en réalisant à quel point je t'aimais. Aujourd'hui, tu n'es plus une lycéenne. Tu es une femme, et tu me coupes le souffle.

Il laissa retomber sa main, sans pour autant s'écarter d'elle.

— Je t'ai fait une promesse, il y a longtemps, ajouta-t-il. Je t'ai promis de t'être fidèle et de t'aimer pour toujours. J'ai tenu cette promesse par le passé, et j'ai bien l'intention de la tenir à l'avenir.

Portia crut que son cœur allait éclater tant ses paroles l'emplissaient de bonheur.

— Caleb Grayson, si tu ne me prends pas tout de suite dans tes bras, je crois que je vais mourir !

Il esquissa un sourire, un de ces sourires sexy dont il avait le secret et qui ne manquaient jamais de la faire fondre, puis il l'attira contre lui.

Le baiser qu'ils échangèrent exprimait toute la passion de la jeunesse, la joie du pardon et l'amour, de ceux qui durent jusqu'à la nuit des temps.

Alors qu'ils reprenaient leur souffle, Caleb riva son regard au sien.

— Tu es la femme de ma vie, Portia. La seule auprès de qui j'ai envie de me réveiller le matin, la seule que j'ai envie de tenir dans mes bras toute la nuit. Je veux t'épouser, Portia.

— Je le veux aussi, répondit-elle tout en ayant l'impression de vivre un rêve. Oui, je le veux. Ça va marcher, cette fois, Caleb.

— Ça marche déjà, assura-t-il tandis que dans ses yeux brillait tout l'amour qui brûlait dans son cœur.

Portia posa la main sur sa joue.

— Je veux que tu me fasses un bébé, murmura-t-elle.

Il resserra son étreinte tout en la dévorant des yeux. Elle crut défaillir sous l'intensité de son regard.

— J'en ai envie aussi. J'ai envie de toi, d'un mariage et de plein de bébés.

— Moi, tu m'as déjà. Il faudra un peu de temps pour organiser le mariage, mais on pourrait s'occuper de la question du bébé dès maintenant, suggéra-t-elle avec un petit sourire.

Une flamme de désir s'alluma dans les yeux de Caleb.

— Excellente idée ! s'exclama-t-il en la prenant par la main pour l'entraîner vers la maison, vers le bonheur qui serait le leur dorénavant.

Le 1er mai

Black Rose n°158

Troublante intuition - Kathleen Creighton

Son père lui a-t-il toujours menti ? Cette terrible question hante Lindsey depuis que sa mère accuse son mari de n'être qu'un imposteur et – pire – de l'avoir forcée à l'épouser, près de trente ans plus tôt, alors qu'elle était enceinte... Simples divagations d'une femme malade, ou bien Richard Merrill, celui que Lindsey considère comme son père depuis toujours, n'est-il pas celui qu'il prétend ? Désemparée, Lindsey demande à la police de se pencher sur son affaire. Mais le seul qui accepte est Alan Cameron, un homme qui l'attire terriblement, et qu'elle aurait préféré tenir à l'écart des lourds secrets de famille qu'elle craint de découvrir...

L'ombre de la passion - Carla Cassidy

Lorsque le FBI se présente à la porte de Lana et lui impose d'héberger sous son toit l'un de ses agents, un certain Riley Kincaid, la jeune femme proteste, furieuse d'une telle intrusion dans sa vie privée. D'autant que, pour ne pas attirer l'attention, Kincaid et elle vont devoir se faire passer pour un couple d'amants. Mais elle se ravise bien vite en apprenant que son voisin est soupçonné d'être un dangereux tueur en série dont elle doit être protégée. Néanmoins, pas question de laisser l'agent Kincaid prendre son rôle de fiancé trop au sérieux pendant son enquête. Elle a en effet horreur des don Juan dans son genre, arrogants et sûrs de leur pouvoir de séduction...

BLACK ROSE

Black Rose n°159

Liés par le danger - Ann Voss Peterson

Melissa Anderson a beau être aussi belle que qualifiée, Nick enrage d'avoir à supporter sa présence à ses côtés vingt-quatre heures sur vingt-quatre. Pourquoi a-t-il fallu que ce soit précisément cette femme qui soit assignée à sa protection et à celle de Jason, son fils de quatre ans ? Tout, en elle, lui rappelle l'ex-épouse qu'il a eu tant de mal à oublier et qui a voulu lui arracher son fils : sa blondeur, sa silhouette svelte, ses courbes affolantes, mais aussi son ambition et sa farouche indépendance... Pourtant, il n'a pas le choix : témoin d'une fusillade, recherché par les tueurs, il va devoir coopérer avec Melissa – sauf à mettre en danger Jason, l'enfant qu'il aime plus que tout au monde...

Un rival bien trop séduisant - Marie Ferrarella

Taylor McIntyre déteste qu'on marche sur ses plates-bandes. Elle sent donc monter la colère quand elle apprend que J.C. Larido, ce détective privé imbu de lui-même et opportuniste, a obtenu l'autorisation d'enquêter sur la même affaire qu'elle. De surcroît, il semble s'être mis en tête de la séduire pour obtenir d'elle des informations ! Résolue à l'évincer, elle fait tout pour se montrer désagréable avec lui. Mais, au fil des jours, elle doit se rendre à l'évidence : tout détestable qu'il soit, J.C. est talentueux et son charme la trouble bien plus que de raison...

BLACK ROSE

Black Rose n°160

Tes bras pour refuge - Molly Rice

Bill Spencer... Qui est vraiment cet homme énigmatique, et quels secrets cache-t-il ? Depuis qu'elle a fait sa connaissance dans le car qui l'emmenait loin de sa ville natale, Cara en est persuadée : tout comme elle, Bill fuit quelque chose... ou bien quelqu'un. Pourquoi, sinon, surveillerait-il chacune de ses paroles, chacun de ses gestes ? Est-il en danger ? Fascinée par son charisme et sa beauté virile, qui font naître en elle des émotions inconnues jusqu'alors, Cara brûle de percer le mystère. Mais est-elle prête, pour cela, a révéler à Bill sa véritable identité, à renoncer au mensonge qui la protège ?

Captive d'un cheikh - Dana Marton

Peut-elle faire confiance à Nasir ? Le Dr Sadie Kauffman ne cesse de se le demander depuis que cet homme ténébreux est venue la trouver, une nuit, en secret, peu après qu'elle a été enlevée par des hommes armés lors de la mission humanitaire qu'elle menait au Moyen-Orient. Il enquête en réalité sur ses ravisseurs, lui a-t-il expliqué, et il l'aidera à s'enfuir, le moment venu. Sadie est bouleversée. Et bien que partagée entre la peur et l'impatience de fuir, elle est déjà infiniment reconnaissante envers cet homme, pour qui elle n'est qu'une inconnue, et qui est prêt à risquer sa vie pour la délivrer...

Black Rose n°161

Le gardien de mes jours - Beth Cornelison

Quand des coups de feu se mettent à fuser au beau milieu de sa cérémonie de mariage, Paige ne peut que hurler de frayeur. Qui sont les hommes qui ont tiré ? Et que veulent-ils ? Soudain, elle a soudain l'impression d'être jetée en plein cauchemar. D'autant que, sans l'intervention miraculeuse de Jake McCall, un garde du corps dissimulé dans l'assistance, elle aurait été tuée. Après le drame, Jake l'emmène en lieu sûr et la tranquillise : il ne laissera pas avant que tout danger soit écarté. Mais il lui révèle aussi que son futur mari se savait menacé, et a caché dans ses affaires des informations sensibles. Des informations qu'ils doivent absolument retrouver, sauf à courir bien d'autres risques...

Pour le sourire de Megan - Jo Leigh

Il retrouvera les assassins. C'est le serment que s'est fait l'inspecteur Brandon McCabe depuis que le père de la petite Megan a été tué sous ses yeux, alors qu'il venait, quelques minutes plus tôt, de lui confier sa fille. Car impossible, pour Brandon, de laisser courir les criminels qui ont effacé le sourire de la fillette, un sourire si attachant et qui le faisait fondre de tendresse. Mais il sait déjà que, démuni face à la détresse de la petite fille, il ne pourra pas à la fois mener l'enquête et épauler Megan. Pour lui qui ne connaît rien aux enfants, une seule solution se présente donc : demander son aide à Hailey Bishop, sa voisine, qu'il n'a pourtant jamais essayé d'aborder, tant elle lui paraît attirante et intimidante...

A paraître le 1er mars

Best-Sellers n°455 • suspense

Le secret de Black Falls - Carla Neggers

De retour dans son village natal de Black Falls pour fuir un scandale qui menace sa carrière d'agent secret, Jo Harper vient chercher un peu de calme et de sérénité sous le rideau neigeux des montagnes de son enfance. Mais au lieu du havre de paix dont elle rêve, elle retrouve son village en état de choc : une adolescente a mystérieusement disparu dans la montagne. Incapable de laisser cette jeune fille seule en pleine tempête, Jo propose de participer aux recherches… pour découvrir qu'il lui faudra s'associer à Elijah Cameron, l'homme qui lui a brisé le cœur quinze ans auparavant. Malgré ses douloureux souvenirs, Jo se résigne à faire équipe avec Elijah. D'autant plus que des indices la conduisent à soupçonner l'adolescente disparue de ne pas s'être seulement perdue, mais aussi et surtout de fuir un danger – un danger redoutable qui pourrait bien les placer eux aussi dans la ligne de mire d'un tueur.

Best-Sellers n°456 • suspense

L'ombre du soupçon - Laura Caldwell

Izzy McNeil n'en revient pas : la voilà présentatrice d'une nouvelle chaîne de télévision. Après des mois particulièrement difficiles, la chance semble enfin lui sourire à nouveau. Il ne lui reste plus qu'à retrouver confiance en elle et à remettre de l'ordre dans sa vie sentimentale. Mais tout cela passe d'un seul coup au second plan quand elle retrouve Jane, sa meilleure amie, sauvagement assassinée. Anéantie, Izzy doit en outre affronter les attaques d'un odieux inspecteur de police qui la soupçonne du meurtre de son amie. Comment se défendre face à ces accusations quand des coïncidences incroyables la désignent comme la coupable idéale – tandis que de sombres secrets que Jane aurait sans doute voulu emporter dans la tombe commencent à remonter à la surface ?

Best-Sellers n°457 • thriller

Au cœur du danger - Alex Kava

Des cauchemars, qui la hantent nuit après nuit… Des insomnies, de plus en plus fréquentes. Maggie O'Dell n'aurait jamais imaginé que son travail de profiler du FBI s'insinuerait de la sorte dans sa vie privée, jusqu'à troubler son sommeil. Déstabilisée mais décidée à conserver son sang froid, elle n'hésite pas un instant à se rendre en Floride pour une nouvelle enquête qui se révèle ardue. D'étranges paquets non identifiés ont en effet été repêchés par les garde-côtes, dans les eaux de Pensacola. Des paquets qui ne laissent hélas aucun doute sur le fait que des meurtres ont eu lieu. Sur place, Maggie ne tarde pas à trouver une piste, celle d'un trafic terrifiant. Mais son enquête se complique quand un terrible ouragan se déclare. Au cœur de la tourmente, elle est alors soulagée de pouvoir compter sur l'aide du médecin militaire Benjamin Platt, un homme qu'elle connaît de longue date et à qui elle accorde une confiance absolue. Car ils ne seront pas trop de deux pour exhumer la vérité… au risque d'être ensevelis avec elle.

Best-Sellers n°458 • roman

La baie des promesses - Debbie Macomber

C'est dans la petite ville de Cedar Cove qu'elle ne quitterait pour rien au monde qu'Olivia Lockhart exerce avec passion son métier de juge aux affaires familiales. Un métier qui réserve souvent bien des surprises, comme par cette belle matinée d'été, où elle a affaire à un jeune couple décidé à divorcer alors que leur amour semble encore possible. Mais des surprises, la vie en réserve aussi en dehors du tribunal. Ce journaliste, par exemple, qu'Olivia vient de rencontrer et qui lui fait une cour assidue. Et puis, il y a sa fille, Justine, qu'elle aimerait aider dans ses choix de vie ; sa mère, Charlotte, qui a toujours un nouveau projet en tête ; et sa meilleure amie Grace, qui cherche son mari mystérieusement disparu. Bref, des gens qu'elle aime et qui ont besoin de toute son affection. Des gens qui ne peuvent que se croiser et se retrouver car à Cedar Cove, on n'est jamais loin les uns des autres…

Best-Sellers n°459 • paranormal

Le piège des ténèbres - Gena Showalter

Immortelle dotée de pouvoirs maléfiques qu'elle a toujours rejetés, Gwendolyn désespère d'échapper un jour aux hommes impitoyables et cruels qui la retiennent prisonnière. Pourtant, elle nourrit encore l'espoir secret de voir son père, cet ange aux yeux d'azur et aux grandes ailes blanches dont elle conserve précieusement le portrait depuis son enfance, la libérer de ses ravisseurs – et surtout de la moitié sombre de son être. Mais au lieu de cela, c'est Sabin, un guerrier ténébreux, un prince des seigneurs de l'ombre, qui se présente à elle pour la délivrer. Et semer le trouble dans son esprit. Car comment accorder sa confiance à cet immortel qui ne songe qu'à se battre et dont la violence est légendaire ? N'est-il pas en train de lui tendre un piège encore plus redoutable que celui dans lequel elle est déjà enfermée ? Suivre Sabin, n'est-ce pas prendre le risque de renoncer à jamais au monde dont elle a toujours rêvé ?

Best-Sellers n°460 • suspense

Le silence des anges - Dinah McCall

« Dors, mon ange, dors. » L'inscription, gravée sur le pendentif, est de celles qui vous glacent le sang. Car l'enfant que l'on vient de retrouver, portant ce collier, a été assassinée…
A l'annonce de cette nouvelle, Olivia Sealy est sous le choc. Car la petite fille est morte vingt-cinq ans plus tôt – au moment même où Olivia était enlevée, séquestrée, puis libérée contre rançon. Plus troublant encore : comme Olivia, la petite fille assassinée a une légère déformation à la main… Pour la première fois de sa vie, Olivia se sent en danger, à la merci d'une vérité sur laquelle elle n'a aucune prise. Car il est possible que, vingt-cinq ans plus tôt, on l'ait confondue avec la petite morte…

Best-Sellers n°461 • historique

La duchesse scandaleuse - Nicola Cornick

Angleterre, Régence

Depuis le décès de son mari, Laura, duchesse de Cole, est déterminée à rester libre et sans attaches, excepté ce lien fort qui l'unit à Hattie, sa fille adorée. Une décision irrévocable, croit-elle, jusqu'au jour où elle apprend l'arrivée en ville de Dexter Anstruther. Dexter, le véritable père de son enfant. Le seul homme qu'elle ait jamais aimé et avec lequel elle a passé, jadis, une scandaleuse nuit d'amour… avant de se résoudre à le quitter, dans l'espoir de l'oublier. Peine perdue : quatre ans plus tard, les souvenirs de Laura sont plus vivaces que jamais, tout comme l'attirance irrépressible qu'elle éprouve pour Dexter. Pourtant, cette fois, elle devra tout faire pour l'éviter. Car non seulement Dexter n'a manifestement jamais digéré l'affront qu'elle lui a fait, mais en plus, il ignore tout de sa paternité. Et s'il venait à découvrir la vérité, nul doute qu'il s'en servirait pour se venger d'elle…

Composé et édité par les
éditions Harlequin
Achevé d'imprimer en France (Malesherbes)
par Maury-Imprimeur
en mars 2011

Dépôt légal en avril 2011
N° d'imprimeur : 162160